R & B

Tom Sharpe wurde in England geboren, studierte in Cambridge, lernte als Buchhalter, Sozialarbeiter und Fotograf Südafrika kennen, bis er ausgewiesen wurde, unterrichtete als Hilfslehrer an einer Berufsschule in Cambridge, bis ihm der Erfolg seiner Bücher die Freiheit schenkte, mit Frau und drei Kindern als Schriftsteller zu leben. Bisher in Deutsch erschienen: »Puppenmord«, »Trabbel für Henry«, »Tohuwabohu«, »Mohrenwäsche«, »Der Renner«, »Klex in der Landschaft«, »Schwanenschmaus in Porterhouse«.

Tom Sharpe

FamilienBande

Ein komischer Roman

Aus dem Englischen von
Hans M. Herzog

Rogner & Bernhard
bei Zweitausendeins

Die Originalausgabe erschien unter dem Titel
The Throwback
bei Martin Secker & Warburg Limited, London.

ISBN 3-8077-0231-8

Umschlag von Paul Sample.

Lektorat: Benjamin Schwarz.
Herstellung: Dieter Kohler & Bernd Leberfinger, Nördlingen.
Satz und Druck bei Wagner GmbH, Nördlingen.
Gebunden bei G. Lachenmaier, Reutlingen.
Printed in Germany.

Dieses Buch gibt es nur bei Zweitausendeins
im Versand (Postfach 610637, D-6000 Frankfurt am Main 60)
oder in den Zweitausendeins-Läden in Berlin, Essen, Frankfurt, Freiburg, Hamburg, Köln, München, Saarbrücken, Stuttgart.

In der Schweiz über buch 2000,
Postfach 89, CH-8910 Affoltern a. A.
In Österreich über den VKA-Buchladen und Versand,
Stiegengasse 20, Postfach 76, A-1060 Wien.

I

Man könnte mit Fug und Recht behaupten, daß Lockhart Flawse, als er seine Braut Jessica, geborene Sandicott, über die Türschwelle des Hauses 12 Sandicott Crescent in East Pursley, Grafschaft Surrey, trug, ebenso unvorbereitet in den Stand der Ehe mit all seinen Gefahren und glücklichen Momenten trat, wie er am Montag, den 6. September 1965 um fünf nach sieben die Welt betreten hatte, wodurch er seiner Mutter das Lebenslicht ausblies. Da Miss Flawse sich trotz der Brennesseln, aus denen ihr Totenbett bestand, standhaft geweigert hatte, den Namen seines Vaters zu nennen, und die Stunde seiner Entbindung und ihres Dahinscheidens damit verbrachte, abwechselnd zu heulen und »Großer Scott!« zu schreien, hatte sich sein Großvater darin gefallen, das Neugeborene nach dem Biographen des großen Walter Scott zu nennen und es Lockhart, unter beträchtlicher Gefährdung seines eigenen Rufes, zu gestatten, fürs erste den Nachnamen Flawse anzunehmen.

Von da an hatte Lockhart nichts mehr annehmen dürfen, nicht einmal eine Geburtsurkunde, wofür der alte Mr. Flawse gesorgt hatte. Wenn seine Tochter schon so bar jeder gesellschaftlichen Diskretion war, daß sie bei der Jungfuchsjagd unter einer Bruchsteinmauer einem Bastard das Leben schenkte, nachdem ihr Pferd, vernünftiger als sie, an ebendieser Bruchsteinmauer verweigert hatte, wollte Mr. Flawse wenigstens sicherstellen, daß sein Enkel ohne die Schwächen seiner Mutter aufwuchs. Dies war ihm gelungen. Mit achtzehn wußte Lockhart so wenig über Sex, wie seine Mutter von Verhütung gewußt hatte oder hatte wissen wollen. Er hatte sein Leben unter der Obhut mehrerer Haushälterinnen und später eines halben Dutzends Hauslehrer verbracht, erstere danach ausgewählt, ob sie willens waren, Kost und Logis des alten Mr. Flawse zu ertragen, letztere nach ihrer Weltfremdheit.

Alldieweil Flawse Hall auf der Flawse-Hochebene unterhalb der Flawse-Hügel und somit um die dreißig Kilometer von der nächsten menschlichen Siedlung entfernt in der trostlosesten Moorlandschaft nördlich des Römerwalls lag, hielten es nur die verzweifeltesten Haushälterinnen und die weltfremdesten Hauslehrer längere Zeit dort aus. Doch nicht allein die Unbilden der Natur schreckten. Mr. Flawse war äußerst reizbar, und der Reihe von Hauslehrern, die Lockhart ein äußerst dürftiges Allgemeinwissen vermittelt hatten, war dies nur unter der ausdrücklichen Bedingung gestattet worden, bei den Sprachen des Altertums ohne Ovid auszukommen und auf jegliche Literatur zu verzichten. Sie sollten Lockhart in den alten Mannestugenden und der Mathematik unterrichten. Mr. Flawse hielt besonders große Stücke auf Mathematik und glaubte ebenso inbrünstig an Zahlen, wie seine Vorfahren an Prädestination und Viehdiebstahl geglaubt hatten. Seiner Meinung nach stellten sie den soliden Grundstock einer Karriere in der Wirtschaft dar und waren ebenso bar aller deutlich sexuellen Anspielungen, wie die Formen seiner Haushälterinnen. Da Hauslehrer, und vor allem weltfremde Hauslehrer, nur selten sowohl Kenntnisse der Mathematik als auch der Sprachen des Altertums aufwiesen, verlief Lockharts Erziehung sprunghaft, war aber dennoch gründlich genug, um jeden Versuch örtlicher Behörden scheitern zu lassen, ihn auf öffentliche Kosten mit einer orthodoxeren Schulbildung auszustatten. Die Schulinspektoren, die sich nach Flawse Hall wagten, um Beweise für Lockharts unzulängliche Bildung zu finden, verblüffte seine Schmalspurgelehrsamkeit. Sie waren keine Knäblein gewohnt, die ihre neunzehn lateinischen Konjugationstabellen aus dem Stegreif hersagen oder das Alte Testament auf Urdu lesen konnten. Des weiteren waren sie es nicht gewohnt, Prüfungen in Gegenwart eines alten Mannes abzuhalten, der augenscheinlich mit dem Abzug eines demonstrativ geladenen und zerstreut in ihre Richtung deutenden Gewehrs herumspielte. Unter diesen Umständen kamen sie zu dem Schluß, daß Lockhart Flawse zwar kaum in sicheren, dafür aber bildungsmäßig in exzellenten Händen sei, und daß man sich durch den Versuch, ihn in öffentliche Obhut zu nehmen, höchstwahrscheinlich nichts einhandeln würde als eine Ladung Schrot, und so dachten auch seine Hauslehrer, die von Jahr zu Jahr seltener kamen.

Mr. Flawse kompensierte ihre Abwesenheit, indem er Lockhart selbst unterrichtete. Er hatte 1887 das Licht der Welt erblickt, zur Blütezeit des britischen Weltreichs, und hielt immer noch die Dogmen hoch, die während seiner Jugend im Umlauf waren. Die Briten waren die herausragendsten Lebewesen, die Gott und Natur je geschaffen hatten, das Empire immer noch das größte Weltreich, das es je gegeben hatte. In Calais fingen die Kaffern an, und Sex war zwar zwecks Fortpflanzung notwendig, aber ansonsten tabu und generell ekelhaft. Daß es seit geraumer Zeit kein Empire mehr gab und die Kaffern schon lange nicht mehr in Calais anfingen, sondern den Spieß umgekehrt hatten und zahlreich in Dover landeten, wurde von Mr. Flawse ignoriert. Er abonnierte keine Zeitung und nahm den Umstand, daß es in Flawse Hall keine Elektrizität gab, zum Vorwand, kein Transistorradio im Haus zu dulden, geschweige denn ein Fernsehgerät. Sex hingegen konnte er nicht ignorieren. Noch mit neunzig nagten seiner Exzesse wegen Schuldgefühle an ihm, und daß diese sich, ähnlich wie das Empire, weitgehend aus der Realität in die Phantasie verflüchtigt hatten, machte die Angelegenheit nur noch schlimmer. Im Geiste blieb Mr. Flawse ein lasterhafter Mensch, der eine rigorose Lebensweise beibehielt, bestehend aus kalten Bädern und langen Spaziergängen, um den Körper abzuhärten und die Seele zu kasteien. Außerdem ging er Jagen, Fischen und Schießen und ermunterte seinen unehelichen Enkel eindringlich, diese gesunden Freiluftbetätigungen auszuüben, bis Lockhart mit einem 303er Lee-Enfield-Gewehr aus dem 1. Weltkrieg einen laufenden Hasen auf 450 Meter und mit einer 22er ein Moorhuhn auf hundert erlegte. Mit siebzehn hatte Lockhart die Fauna der Flawse-Hochebene und die Fische im Fluß North Teen bereits soweit dezimiert, daß es selbst den Füchsen, denen der relativ schmerzlose Tod durch Gewehrschuß mit Bedacht erspart blieb, damit sie von Jagdhunden gehetzt und in Stücke gerissen wurden, schwerfiel, über die Runden zu kommen, so daß sie lieber ihre Zelte abbrachen und sich in weniger aufreibende Moorgebiete verzogen. Weitestgehend war es auf diese Abwanderung zurückzuführen, die zeitlich mit der Abreise seiner letzten und begehrenswertesten Haushälterin zusammenfiel, daß der alte Mr. Flawse, als er zu sehr der Portweinflasche und der literarischen Gesellschaft Carlyles zugesprochen hatte, von seinem Hausarzt Dr. Magrew den Rat bekam, eine Urlaubsreise zu unternehmen. Unterstützung fand der Arzt bei Mr. Flawses Rechtsanwalt Mr. Bullstrode auf einer der monatlichen Abendgesellschaften, die der alte Mann seit dreißig Jahren gab, und die ihm als Forum für lautstarke Dispute über Fragen ewiger, metaphysischer, biologischer und allgemein beleidigender Natur dienten. Diese Dinners waren sein Ersatz für den Kirchenbesuch, die anschließenden Streitgespräche für ihn eine Art Ersatzreligion.

»Verflucht will ich sein, wenn ich so was mache«, hatte er festgestellt, als Dr. Magrew zum erstenmal das Gespräch auf eine Reise brachte. »Und der Trottel, der behauptet hat, nichts gehe über eine Luftveränderung, lebte nicht in diesem finsteren Jahrhundert.«

Dr. Magrew genehmigte sich noch etwas Port. »Ohne Haushälterin und in Ihrem ungeheizten Haus können Sie nicht erwarten, noch einen Winter zu überleben.«

»Dodd und der Bastard kümmern sich um mich. Und das Haus ist nicht ungeheizt. Im Stollen von Slimeburn liegt Kohle, die Dodd fördert. Der Bastard übernimmt das Kochen.«

»Da wir gerade beim Thema sind«, sagte Dr. Magrew, der den Verdacht hegte, daß Lockhart ihr Abendessen gekocht hatte, »Ihre Verdauung wird die Belastung nicht aushalten, und Sie können nicht erwarten, den Jungen ewig hier oben einzupferchen. Es wird Zeit, daß er etwas von der Welt sieht.«

»Erst muß ich herausfinden, wer sein Vater ist«, polterte Mr. Flawse los. »Und sobald ich es weiß, werde ich das Schwein bis auf einen Zoll an sein Leben peitschen.«

»Wenn Sie nicht auf uns hören, werden Sie niemanden mehr auspeitschen können«, konstatierte Dr. Magrew. »Meinen Sie nicht auch, Bullstrode?«

»Als Ihr Freund und Rechtsberater«, erklärte der im Kerzenlicht glühende Mr. Bullstrode, »muß ich sagen, daß ich das vorzeitige Ende dieser angenehmen Zusammenkünfte aufgrund einer halsstarrigen Mißachtung klimatischer Gegebenheiten sowie unseres Rates bedauern würde. Sie sind kein junger Mann mehr, und die Frage Ihres Testaments...«

»Scheiß auf mein Testament, Sir«, sagte der alte Mr. Flawse. »Wenn ich weiß, wem ich mein Geld vermache, setze ich ein Testament auf, vorher nicht. Und wie lautet der Rat, den Sie so bereitwillig anbieten?«

»Unternehmen Sie eine Kreuzfahrt«, sagte Mr. Bullstrode, »in irgendeine heiße, sonnige Gegend. Das Essen soll hervorragend sein.«

Mr. Flawse starrte in die Tiefen seiner Karaffe und dachte über den Vorschlag nach. Am Rat seiner Freunde war etwas dran, außerdem hatten sich in letzter Zeit etliche Pächter beschwert, Lockhart habe sich mangels leichtfüßiger Jagdbeute inzwischen angewöhnt, Schafe auf dreizehnhundert Meter Entfernung abzuknallen, Beschwerden, die Lockharts Menüs untermauerten. Für Mr. Flawses Verdauung und Gewissen hatten sie in letzter Zeit etwas zu oft nicht durchgebratenen Hammel gegessen, zudem war Lockhart achtzehn, und es wurde Zeit, daß er den Knaben unter die Haube brachte, bevor der irgendwen unter die Erde brachte. Wie zur Untermalung dieser Überlegungen hörte man aus der Küche Mr. Dodds northumbrischen Dudelsack eine melancholische Weise spielen, während Lockhart ihm gegenübersaß und lauschte, so wie er Mr. Dodds Erzählungen über die gute alte Zeit und die beste Methode, wie man Fasane wilderte oder Forellen kitzelte, zu lauschen pflegte.

»Ich werde es mir überlegen«, versprach Mr. Flawse schließlich.

In dieser Nacht half heftiger Schneefall bei seiner Entscheidung nach, und als Dr. Magrew und Mr. Bullstrode zum Frühstück nach unten kamen, fanden sie ihn in einer zugänglicheren Laune vor.

»Ich überlasse Ihnen die Vorbereitungen, Bullstrode«, sagte er, als er seinen Kaffee getrunken und eine geschwärzte Pfeife angezündet hatte. »Und der Bastard kommt mit.«

»Um einen Paß zu kriegen, braucht er eine Geburtsurkunde«, sagte der Rechtsanwalt, »außerdem ...«

»In einem Graben geboren, in einem Kanal wird er sterben. Ich lasse ihn erst registrieren, wenn ich weiß, wer sein Vater ist«, knurrte Mr. Flawse.

»Durchaus«, bemerkte Mr. Bullstrode, der das Thema Auspeitschen so früh am Morgen vermeiden wollte. »Ich schätze, man kann ihn in Ihren Paß eintragen lassen.«

»Nicht als sein Vater«, fauchte Mr. Flawse, dessen Gefühle für seinen Enkel sich in ihrem Ausmaß teilweise durch seinen schrecklichen Verdacht erklärten, daß er persönlich möglicherweise nicht bar jeder Verantwortung für Lockharts Zeugung sein könnte. Die Erinnerung an eine trunkene Begegnung mit einer Haushälterin, die, wenn er es recht bedachte, nicht nur jünger, sondern auch widerspenstiger gewesen war, als ihr Aussehen ihn tagsüber hatte erwarten lassen, bereitete ihm immer noch Gewissensqualen. »Nicht als sein Vater.«

»Als sein Großvater«, sagte Mr. Bullstrode. »Dafür brauche ich ein Foto.«

Mr. Flawse begab sich in sein Arbeitszimmer, wühlte in einer Schreibtischschublade herum und kam mit einem Schnappschuß zurück, auf dem ein zehn Jahre alter Lockhart zu sehen war. Mr. Bullstrode musterte es zweifelnd.

»Er hat sich seitdem stark verändert«, sagte er.

»Nicht daß ich wüßte«, sagte Mr. Flawse, »und wenn es einer weiß, dann ich. Er war schon immer ein dussliger Knilch.«

»Wie wahr, und zwar einer, den es praktisch gar nicht gibt«, sagte Dr. Magrew. »Wie Sie wissen, ist er nicht bei der staatlichen Krankenversicherung registriert, und falls er jemals erkranken sollte, wird er es sicherlich schwer haben, überhaupt behandelt zu werden.«

»Der ist in seinem ganzen Leben noch nicht einen Tag krank gewesen«, entgegnete Mr. Flawse. »Ein gesünderes Ekel findet sich schwerlich.«

»Er könnte einen Unfall haben«, gab Mr. Bullstrode zu bedenken.

Doch der alte Mann schüttelte nur den Kopf. »Zu schön, um wahr zu sein. Dodd hat ihm beigebracht, wie man sich in einem Notfall verhält. Sie kennen doch bestimmt das Sprichwort, daß ein Wilderer den besten Wildhüter abgibt?« Mr. Bullstrode und Dr. Magrew kannten es. »Nun, mit Dodd ist es umgekehrt. Er ist ein Wildhüter, der den besten Wilderer abgeben würde«, fuhr Mr. Flawse fort, »und genau das hat er aus dem Bastard gemacht. Wenn der durch die Gegend stromert, ist im Umkreis von dreißig Kilometern keine Kreatur vor ihm sicher.«

»Apropos stromern«, sagte Mr. Bullstrode, der als Jurist nicht in Lockharts illegale Unternehmungen eingeweiht sein wollte, »wohin möchten Sie denn reisen?«

»Irgendwohin südlich von Suez«, sagte Mr. Flawse, der sich nicht mehr so gut an Kipling erinnerte wie früher. »Alles weitere überlasse ich Ihnen.«

Drei Wochen später verließen Lockhart und sein Großvater Flawse Hall in der uralten geschlossenen Kutsche, die

Mr. Flawse als offizielles Transportmittel benutzte. Wie alles Moderne war ihm auch das Automobil verhaßt. Mr. Dodd saß vorn auf dem Kutschbock, und hinten hatte man den 1910 von Mr. Flawse auf einer Reise nach Kalkutta benutzten Überseekoffer festgezurrt. Als die Pferdehufe über die kiesbedeckte Auffahrt klapperten, hing Lockhart seinen hochgesteckten Erwartungen nach. Dies war seine erste Reise in die Welt der Erinnerungen seines Großvaters und seiner eigenen Phantasie. In Hexham bestiegen sie den Zug nach Newcastle, und in Newcastle stiegen sie um nach London und Southampton. Die ganze Zeit über beschwerte sich Mr. Flawse, die London-North-Eastern-Eisenbahn sei nicht mehr das, was sie vor vierzig Jahren gewesen war, während Lockhart erstaunt entdeckte, daß nicht alle Frauen Damenbärte und Krampfadern hatten. Am Schiff angekommen, war der alte Mr. Flawse derart erschöpft, daß er aus dem Teint zweier Bahnsteigschaffner schloß, er befinde sich bereits in Kalkutta. Nur unter maximalen Schwierigkeiten und nach minimaler Kontrolle seines Passes, schaffte man ihn endlich die Gangway hinauf in seine Kabine.

»Ich werde meine Mahlzeit hier in meiner Luxuskabine einnehmen«, informierte er den Steward. »Der Bursche wird oben zu Abend essen.«

Der Steward sah den »Burschen« an und beschloß, weder zu erwähnen, daß die Kabine nicht gerade luxuriös war, noch daß Abendessen in Kabinen der Vergangenheit angehörten.

»Wir haben einen Burschen von altem Schrot und Korn in Nummer neunzehn«, teilte er anschließend der Stewardeß mit, »und wenn ich alt sage, dann meine ich alt. Würd' mich nicht wundern, wenn er schon auf der Titanic mitgefahren wäre.«

»Ich dachte, die sind alle ertrunken«, sagte die Stewardeß, aber der Steward wußte es besser. »Von wegen. Dieser alte Knochen ist ein Überlebender, wenn ich je einen gesehen habe, und sein verfluchter Enkel kommt offenbar direkt aus der Arche, und zwar nicht aus der Knuddeltierabteilung.«

Als die *Ludlow Castle* den Solent hinabfuhr, speiste der alte Mr. Flawse in seiner Luxuskabine, während sich Lockhart, auffällig in Frack und weiße Krawatte gekleidet, die einmal einem größeren Onkel gehört hatten, auf den Weg in den Speisesaal der Ersten Klasse begab, wo man ihn zu einem Tisch führte, an dem bereits Mrs. Sandicott und ihre Tochter Jessica saßen. Von Jessicas Schönheit überwältigt zögerte er einen Augenblick, dann machte er einen Diener und nahm Platz.

Lockhart Flawse hatte sich nicht nur auf den ersten Blick verliebt. Er hatte sich Hals über Kopf verknallt.

2

Und Jessica erging es ebenso. Ein Blick auf diesen großgewachsenen, breitschultrigen jungen Mann, der sich verbeugte, und Jessica wußte, sie war verliebt. Doch was bei dem jungen Paar Liebe auf den ersten Blick war, war bei Mrs. Sandicott Berechnung auf den zweiten. Lockharts Aufzug in Frack und Krawatte sowie sein generell gehemmtes und verlegenes Benehmen verfehlten ihre Wirkung auf sie nicht, und als er irgendwann stammelte, sein Großvater speise in ihrer Luxuskabine, jubilierte Mrs. Sandicotts Vorortseele beim Klang dieses Wortes.

»Ihre Luxuskabine?« hakte sie nach. »Sagten Sie wirklich Luxuskabine?«

»Ja«, murmelte Lockhart. »Sehen Sie, er ist neunzig, und durch die lange Anfahrt vom Herrenhaus erschöpft.«

»Vom Herrenhaus«, flüsterte Mrs. Sandicott und warf ihrer Tochter einen vielsagenden Blick zu.

»Flawse Hall«, sagte Lockhart. »So heißt der Familiensitz.«

Und wieder wurde Mrs. Sandicott in tiefster Tiefe aufgewühlt. Die Kreise, mit denen sie Umgang pflegte, hatten keine Familiensitze, und hier, in Gestalt dieses eckigen, großgewachsenen Jugendlichen, dessen von Mr. Flawse übernommener Akzent im ausgehenden neunzehnten Jahrhundert wurzelte, entdeckte sie die gesellschaftlichen Attribute, nach denen sie schon lange strebte.

»Und Ihr Großvater ist tatsächlich neunzig?« Lockhart nickte. »Wie erstaunlich, daß ein Senior in dieser Lebensphase an einer Kreuzfahrt teilnimmt«, fuhr Mrs. Sandicott fort. »Fehlt er denn seiner armen Frau nicht?«

»Kann ich wirklich nicht sagen. Meine Großmutter ist 1935 gestorben«, sagte Lockhart, was Mrs. Sandicotts Herz noch höher schlagen ließ. Als sich das Essen dem Ende zuneigte, hatte sie Lockhart seine Lebensgeschichte entlockt, und bei jeder neuen Information wuchs Mrs. Sandicotts Überzeugung, daß sich ihr endlich, endlich eine Gelegenheit bot, die sie keineswegs ungenutzt verstreichen lassen durfte. Besonders beeindruckt hatte sie Lockharts Geständnis, er sei von privaten Hauslehrern unterrichtet worden. In Mrs. Sandicotts Welt gab es ganz gewiß keine Leute, die ihre Söhne von Hauslehrern unterrichten ließen. Privatschulen waren das höchste der Gefühle. Als der Kaffee serviert wurde, schnurrte Mrs. Sandicott geradezu. Jetzt wußte sie, daß es kein Fehler gewesen war, an dieser Kreuzfahrt teilzunehmen, und als Lockhart schließlich aufstand und zunächst ihr und dann Jessica beim Aufstehen behilflich war, schwebte sie mit ihrer Tochter in einem Gefühl gesellschaftlicher Ekstase in die Kabine zurück.

»Was für ein netter junger Mann«, sagte sie. »Welch entzückende Manieren, und so wohlerzogen.«

Jessica schwieg. Sie wollte den Reiz ihrer Gefühle nicht durch ein Geständnis zerstören. Lockhart hatte sie überwältigt, aber anders als ihre Mutter. Während er für Mrs. Sandicott eine erstrebenswerte gesellschaftliche Sphäre verkörperte, war er für Jessica die fleischgewordene Romantik. Und Romantik war ihr ein und alles. Sie hatte sich die Beschreibung des Flawseschen Anwesens auf der Flawse-Hochebene unterhalb der Flawse-Hügel angehört und jedem Wort eine neue Bedeutung zugeordnet, die sie den Liebesromanen entnahm, mit denen sie die Leere ihrer Jugendjahre gefüllt hatte, eine Leere, die einem Vakuum glich.

Mit achtzehn war Jessica Sandicott mit körperlichen Reizen ausgestattet, die jenseits ihrer Kontrolle lagen, und mit einem unschuldsvollen Gemüt, an dem ihre Mutter sowohl Schuld war als auch verzweifelte. Präziser gesagt, ihre Unschuld resultierte aus dem Testament des verstorbenen Mr. Sandicott, in dem dieser alle zwölf Häuser des Straßenzugs Sandicott Crescent »meiner liebsten Tochter Jessica« vermacht hatte, »sobald sie das Alter ihrer Reife erreicht«. Seiner Frau hinterließ er Sandicott & Partner, Konzessionierte Buchprüfer und Steuerberater, Wheedle Street, London. Doch das Testament des verblichenen Mr. Sandicott hinterließ nicht allein diese konkreten Posten. Es hatte Mrs. Sandicott mit einem Gefühl der Trauer und der Überzeugung erfüllt, daß der frühzeitige Tod ihres Gatten mit fünfundvierzig der unwiderlegbare Beweis dafür war, daß sie keinen Gentleman geehelicht hatte, wobei der Beweis seiner mangelnden Ritterlichkeit darin bestand, daß er die Welt nicht wenigstens zehn Jahre früher verlassen hatte, als sie sich noch in einem einigermaßen heiratsfähigen Alter befand, oder daß er ihr nicht zumindest sein gesamtes Vermögen hinterließ. Aufgrund dieses doppelten Unvermögens hatte sich Mrs. Sandicott zweierlei vorgenommen: Erstens sollte ihr nächster Gatte ein sehr reicher Mann mit einer so kurzen Lebenserwartung wie irgend möglich, vorzugsweise todkrank sein; zweitens wollte sie dafür sorgen, daß Jessica das Alter der Reife so langsam erreichte, wie es eine streng religiöse Erziehung bewirken konnte. Bisher hatte sie ihr erstes Ziel gar nicht und ihr zweites nur teilweise erreicht.

Jessica hatte mehrere Klosterschulen besucht, und der Plural deutete bereits auf das partielle Versagen ihrer Mutter hin. Zunächst hatte sie eine derart intensive religiöse Inbrunst entwickelt, daß sie beschloß, Nonne zu werden und ihre eigenen weltlichen Güter dadurch zu verringern, daß sie sie denen des Ordens hinzufügte. Mrs. Sandicott hatte sie überstürzt auf eine weniger überzeugende Klosterschule umgeschult, und eine Zeitlang sah die Lage für sie viel rosiger aus. Leider empfanden das etliche Nonnen genauso. Jessicas engelhaftes Gesicht samt ihrem unschuldigen Wesen hatten bewirkt, daß sich vier Nonnen gleichzeitig bis über beide Ohren in sie verliebten, und die Oberin zur Rettung ihres Seelenheils darauf bestand, Jessicas störender Einfluß müsse verschwinden. Mrs. Sandicotts einleuchtendes Argument, sie sei für die Attraktivität ihrer Tochter nicht verantwortlich, und wenn jemand relegiert werden müsse, dann doch wohl die lesbischen Nonnen, verfing bei der Oberin nicht.

»Ich werfe dem Kind nichts vor. Sie wurde zur Liebe geschaffen«, erklärte sie verdächtig gefühlsbetont und in direktem Widerspruch zu Mrs. Sandicotts Ansichten zu diesem Thema. »Sie wird irgendeinem braven Mann eine wunderbare Ehefrau sein.«

»Ich kenne Männer ein wenig intimer als Sie, möchte ich hoffen«, parierte Mrs. Sandicott. »Sie wird den ersten besten Halunken nehmen, der um ihre Hand anhält.«

Das war eine schicksalhaft zutreffende Prophezeiung. Um ihre Tochter vor jeder Versuchung zu bewahren und ihre eigenen Einkünfte aus den Mieten der Häuser am Sandicott Crescent zu behalten, hatte Mrs. Sandicott Jessicas Aktivitäten auf ihr Wohnhaus und einen Fernkurs in Maschineschreiben beschränkt. Als Jessica achtzehn wurde, konnte noch immer keine Rede davon sein, daß sie das Alter der Reife erreicht hatte. Wenn überhaupt, hatte sie sich zurückentwickelt, und während Mrs. Sandicott die Geschäfte von Sandicott und Partner überwachte – der Partner war übrigens ein Mr. Treyer –, versank Jessica in einem literarischen Morast aus Liebesromanen, in denen es von herrlichen jungen Männern nur so wimmelte. Kurz, sie lebte in einer Phantasiewelt, deren Dominanz sich eines Morgens erwies, als sie verkündete, sie habe sich in den Milchmann verliebt und wolle ihn heiraten. Am nächsten Tag sah sich Mrs. Sandicott den Milchmann genau an und befand, nun sei die Zeit für verzweifelte Maßnahmen reif. So sehr sie ihre Phantasie auch strapazierte, sich den Milchmann als Zukünftigen ihrer Tochter vorzustellen, wollte ihr nicht in den Sinn. Doch ihre entsprechenden Argumente, durch die Tatsache untermauert, daß er nicht nur neunundvierzig, verheiratet und Vater von vier Kindern war, sondern auch noch nichts von seinem Glück wußte, prallten an Jessica ab.

»Ich werde mich seinem Glück opfern«, verkündete sie. Mrs. Sandicott war anderer Meinung und buchte umgehend zwei Fahrkarten für die *Ludlow Castle*, in der Überzeugung, ganz gleich, was für potentielle Ehemänner für ihre Tochter auf dem Schiff warten mochten, sie könnten auf keinen Fall ungeeigneter sein als der Milchmann. Außerdem mußte sie auch an sich selbst denken, und Kreuzfahrtschiffe waren ein berüchtigtes Jagdrevier für nicht mehr ganz junge Witwen auf der Suche nach dem Volltreffer. Daß Mrs. Sandicott es auf einen steinalten, möglichst unheilbar kranken Greis mit Unmengen von Geld abgesehen hatte, machte die Reise nur noch spannender. Und Lockharts Auftauchen hatte den doppelten Volltreffer angekündigt: Einen annehmbaren und offensichtlich geistig zurückgebliebenen jungen Mann für ihre bescheuerte Tochter, während in seiner Luxuskabine ein neunzig Jahre alter Gentleman mit einem riesigen Gut in Northumberland wartete. An diesem Abend begab sich eine vergnügte Mrs. Sandicott zu Bett. In der Koje über ihr seufzte Jessica und flüsterte die magischen Worte: »Lockhart Flawse von Flawse Hall auf der Flawse-Hochebene dicht unterhalb der Flawse-Hügel«. Sie ergaben eine Flawse-Litanei, die zu ihrer Religion namens Romantik paßte.

Auf dem Bootsdeck beugte sich Lockhart über die Reling und starrte auf das Meer hinaus, Gefühle im Herzen, so turbulent wie das schäumende Kielwasser des Schiffes. Er hatte das wunderbarste Mädchen der Welt kennengelernt und zum allerersten Mal bemerkt, daß Frauen nicht einfach nur wenig anziehende Lebewesen waren, die Essen kochten, Fußböden fegten und, nachdem sie die Betten gemacht hatten, nachts in selbigen eigenartige Geräusche von sich gaben. Mit ihnen ließ sich mehr anfangen als das, doch was das wohl sein mochte, konnte Lockhart nur raten.

Auf sexuellem Gebiet beschränkte sich sein Wissen auf die beim Ausnehmen von Karnickeln gemachte Entdeckung, daß Rammler Eier hatten und Weibchen nicht. Zwischen diesen anatomischen Unterschieden und der Tatsache, daß Frauen Kinder bekamen und Männer nicht, bestand offenbar irgendein Zusammenhang. Als er ein einziges Mal versuchte, Näheres über diese Unterschiede herauszufinden, indem er den Hauslehrer auf Urdu fragte, wie Mizraim in 1. Mose 10, Vers 13 die Luditer zeugete, hatte er eine Ohrfeige erhalten, die ihn vorübergehend taub machte und ihm den Eindruck vermittelte, solche Fragen blieben am besten ungestellt. Andererseits war ihm bewußt, daß es so etwas wie die Institution der Ehe gab und daß Ehen Familien zur

Folge hatten. Eine seiner entfernten Flawse-Kusinen hatte einen Bauern aus Elsdon geheiratet und in rascher Folge vier Kinder bekommen. Das hatte ihm die Haushälterin erzählt, mehr nicht, außer, daß die Heirat ein Schnellschuß gewesen sei, was das Geheimnis nur noch vertiefte, da ein Schuß, wie Lockhart wußte, Lebewesen ins Jenseits und nicht auf die Welt beförderte.

Um die Angelegenheit vollends zu verwirren, hatte ihm sein Großvater nur erlaubt, seine Verwandten zu besuchen, wenn deren Beerdigung anstand. Mr. Flawse genoß Begräbnisse ungemein. Sie bestärkten ihn in seiner Auffassung, daß er zäher als alle anderen Flawses war und nur eines gewiß war, nämlich der Tod. »In einer unsicheren Welt dürfen wir in der Wahrheit, jener ewigen Wahrheit, Trost finden, daß der Tod uns schließlich alle holt«, sprach er beispielsweise einer trauernden Witwe Trost zu, was schreckliche Folgen hatte. Und anschließend, in der zweisitzigen Kutsche, die er für solche Ausflüge benutzte, ließ er sich vor Lockhart über den Wert des Todes als Hüter der Moral aus. »Ohne ihn würde nichts verhindern, daß wir uns wie Kannibalen benähmen. Aber wenn man einem Menschen die Angst vor dem Tod einimpft, hat das eine herrlich heilsame Wirkung.«

Und so war Lockhart weiterhin in Unwissenheit über das Leben verblieben, während er sich ein umfangreiches Wissen über den Tod aneignete. Seinen Körperfunktionen und Gefühlen blieb es überlassen, ihn in sexuellen Fragen in ganz unterschiedliche Richtungen zu lenken. Da er mutterlos aufwuchs und die meisten Haushälterinnen seines Großvaters verabscheute, hegte er Frauen gegenüber entschieden negative Gefühle. Positiv blieb zu vermelden, daß ihm nächtliche Samenergüsse viel Vergnügen bereiteten, ohne daß er allerdings um deren Bedeutung wußte. In Gegenwart von Frauen bekam er keine feuchten Träume, und Frauen bekam er überhaupt keine.

Wie er sich so auf die Reling stützte und im Mondlicht auf die weiße Gischt hinuntersah, übersetzte Lockhart seine neuen Gefühle in die Bilder, die ihm am vertrautesten waren. Er sehnte sich danach, für den Rest seines Lebens selbsterlegte Lebewesen Jessica Sandicott zu Füßen zu legen. Mit dieser poetischen Vorstellung von Liebe begab sich Lockhart in die Kabine, wo der mit einem roten Flanellnachthemd bekleidete Mr. Flawse lautstark schnarchte, und stieg in seine Koje.

Hatte Lockharts Auftritt Mrs. Sandicotts Erwartungen beim Abendessen geweckt, so bestätigte der alte Mr. Flawse diese beim Frühstück. In einem Anzug, der bereits 1925 aus der Mode gekommen war, bahnte er sich den Weg durch unterwürfige Kellner mit einer Arroganz, die weit älter als sein Anzug war, und musterte, nachdem er mit einem »Ihnen einen guten Morgen, Ma'am«, Platz genommen hatte, voller Abscheu die Speisekarte.

»Ich will Haferbrei«, informierte er den Oberkellner, der nervös von einem Fuß auf den anderen trat, »und nicht Ihren halbgaren Matsch. Hafer, Mann, Hafer.«

»Jawohl, Sir, und danach?«

»Eine doppelte Ration Eier mit Speck. Und treiben Sie ein paar Nierchen auf«, fuhr Mr. Flawse zum prognostischen Vergnügen von Mrs. Sandicott fort, die über Cholesterin genau Bescheid wußte. »Und wenn ich doppelt sage, meine ich doppelt. Vier Eier und ein Dutzend Speckstreifen. Anschließend Toastbrot, Marmelade und zwei Kannen Tee. Der Junge bekommt das gleiche.«

Der Kellner eilte mit der tödlichen Bestellung fort, während Mr. Flawse über den Rand seiner Brille hinweg Mrs. Sandicott und Jessica musterte.

»Ihre Tochter, Ma'am?« erkundigte er sich.

»Meine einzige Tochter«, murmelte Mrs. Sandicott.

»Gratuliere«, sagte Mr. Flawse, womit offen blieb, ob das Lob der Schönheit ihrer Tochter oder dem Einzelkinddasein galt. Mrs. Sandicott errötete zustimmend. Mr. Flawses altmodische Umgangsformen fand sie beinahe so bezaubernd wie sein Alter. Das die restliche Mahlzeit begleitende Schweigen wurde nur durch die Behauptung des alten Mannes unterbrochen, der Tee sei schwächer als Quellwasser, man möge gefälligst eine ordentliche Kanne starken Frühstückstees bringen, in dem der Löffel senkrecht stehenblieb. Doch obwohl Mr. Flawse den Anschein erweckte, er konzentriere sich auf die Eier mit Speck und den Tee, der genug Tannin enthielt, um ein verstopftes Abflußrohr zu säubern, kreisten seine Gedanken doch um andere Dinge, gar nicht so weit von denen Mrs. Sandicotts entfernt, wenn auch mit anderem Schwergewicht. Im Laufe seines langen Lebens hatte er gelernt, einen Snob eine Meile gegen den Wind zu riechen, und Mrs. Sandicotts Ehrerbietung kam ihm gelegen. Sie würde, überlegte er, eine ausgezeichnete Haushälterin abgeben. Außerdem gab es da noch ihre Tochter. Sie war fraglos ein dämliches Mädchen und paßte ebenso fraglos zu seinem dämlichen Enkel. Mr. Flawse beobachtete Lockhart aus dem Winkel eines wäßrigen Auges und erkannte die Symptome von Verliebtheit.

»Schafsaugen«, murmelte er laut vor sich hin, zur Verwirrung des wartenden Kellners, der sich entschuldigte, daß so etwas nicht auf der Speisekarte stand.

»Und wer hat das behauptet?« fuhr Mr. Flawse ihn an und entließ den Mann mit einem Wink seiner fleckigen Hand.

Mrs. Sandicott registrierte alle diese Verhaltensweisen und kam zu dem Schluß, Mr. Flawse sei genau der Mann, auf den sie gewartet hatte, ein neunzigjähriger Großgrundbesitzer mit einem mächtigen Bankkonto und Appetit auf genau die Speisen, die sich am besten eigneten, ihm im Nu den Garaus zu machen. Daher war die Dankbarkeit nicht gespielt, mit der sie nach dem Frühstück seine Einladung zu einem Deckspaziergang annahm. Mr. Flawse schickte Lockhart und Jessica zu einem gemeinsamen Wurfringspiel fort, und gleich darauf drehten er und Mrs. Sandicott in einem für letztere atemberaubenden Tempo ihre Runden über das Promenadendeck. Als sie die üblichen dreieinhalb Kilometer des Alten zurückgelegt hatten, verschlug es Mrs. Sandicott aus anderen Gründen den Atem. Mr. Flawse war nicht der Mann, der ein Blatt vor den Mund nahm.

»Um alle Unklarheiten zu beseitigen«, sagte er überflüssigerweise, als sie auf den Liegestühlen Platz nahmen, »ich neige nicht dazu, mit meinen Gedanken hinter dem Berg zu halten. Sie haben eine Tochter im heiratsfähigen Alter und ich einen Enkel, der unter die Haube gehört. Stimmt's oder habe ich recht?«

Mrs. Sandicott rückte die Decke auf ihrem Schoß zurecht und sagte einigermaßen geziert, da sei wohl etwas Wahres dran.

»Mit Sicherheit habe ich recht, mit Sicherheit«, sagte Mr. Flawse. »Ich weiß es, und Sie wissen es auch. Tatsächlich wissen wir es beide. Nun, ich bin ein alter Mann und rechne in meinem Alter nicht mit einer so langen Zukunft, daß ich den Tag erlebe, an dem mein Enkel standesgemäß heiratet. Kurzum, Ma'am, wie der große Milton es formulierte: ›In mir ist kein Aufschub.‹ Verstehen Sie, was ich meine?«

Mrs. Sandicott verstand, was sie jedoch leugnete. »Für Ihr

Alter sind Sie in bemerkenswert guter Form, Mr. Flawse«, stellte sie aufmunternd fest.

»Kann schon sein, aber fest steht, daß die große Gewißheit kommt«, sagte Mr. Flawse, »und ebenso fest steht, daß mein Enkel ein Trottel ist, der bald, als mein einziger Erbe, ein reicher Trottel sein wird.« Er gestattete Mrs. Sandicott, diese Aussicht für eine Weile auszukosten. »Und als Trottel braucht er eine Frau, die nicht auf den Kopf gefallen ist.«

Er machte noch eine Pause, und Mrs. Sandicott verkniff sich die Bemerkung, wenn Jessica schon nicht auf den Kopf gefallen sei, dann doch zumindest mit dem Kopf gegen eine Wand gelaufen.

»Damit könnten Sie recht haben«, sagte sie.

»Das kann ich und das habe ich«, fuhr Mr. Flawse fort. »Seit eh und je war es bei den Flawses Brauch, Ma'am, uns die Mütter näher anzusehen, wenn wir unsere Frauen auswählten, und ich bekenne ganz offen, daß Sie in geschäftlichen Dingen einiges auf dem Kasten haben, Mrs. Sandicott, Ma'am.«

»Das ist aber wirklich zu nett von Ihnen, Mr. Flawse«, flötete Mrs. Sandicott, »seit dem Tod meines armen Gatten mußte ich nämlich die Brötchen verdienen. Sandicott & Partner sind konzessionierte Buchprüfer, und mir obliegt die Geschäftsführung.«

»Eben«, sagte Mr. Flawse. »Ich habe einen Riecher für solche Dinge, und zu wissen, daß mein Enkel in guten Händen ist, wäre mir ein Trost.« Er brach ab. Mrs. Sandicott harrte erwartungsvoll.

»Und an welche Hände dachten Sie dabei, Mr. Flawse?« fragte sie endlich, aber Mr. Flawse hatte beschlossen, es sei an der Zeit, so zu tun, als sei er eingeschlafen. Die Nase über der Decke, die Augen geschlossen, schnarchte er leise. Er hatte den Köder ausgelegt. Es war sinnlos, die Falle zu bewachen, und alsbald stahl Mrs. Sandicott sich leise und mit gemischten Gefühlen davon. Einerseits hatte sie diese Kreuzfahrt nicht angetreten, um einen Ehemann für ihre Tochter zu finden, sondern um einen loszuwerden. Andererseits war Mr. Flawse, wenn man seinen Worten glauben konnte, auf der Suche nach einer Frau für seinen Enkel. Einen unwirklichen Moment lang spielte sie mit dem Gedanken, Lockhart für sich zu reklamieren, verwarf ihn aber sofort wieder. Jessica oder keine hieß die Devise, und der Verlust Jessicas bedeutete den Verlust der Mieteinnahmen aus den zwölf Häusern am Sandicott Crescent. Hätte der alte Narr ihr einen Antrag gemacht, sähe die Sache schon anders aus.

»Zwei Fliegen mit einer Klappe«, murmelte sie vor sich hin, als sie an den doppelten Streich dachte. Die Sache war es wert, sorgfältig geplant zu werden. Und so machte Mrs. Sandicott es sich in einer Ecke des Erste-Klasse-Salons bequem und stellte Überlegungen an, während die beiden Frischverliebten über das Sonnendeck tollten. Durch das Fenster konnte sie Mr. Flawses deckenumhüllte, in dem Liegestuhl ruhende Gestalt im Auge behalten. Gelegentlich zuckten seine alternden Knie. Mr. Flawse hatte sich den sexuellen Exzessen seiner Phantasie hingegeben, die sein nonkonformistisches Gewissen heimsuchten, und in denen zum ersten Mal Mrs. Sandicott eine Hauptrolle spielte.

3

Auch in der zwischen Lockhart und Jessica aufblühenden Liebe spielte die Phantasie eine große Rolle. Nach dem Sprung ins Wasser tollten sie wie Kleinkinder im Planschbecken oder vergnügten sich beim Decktennis, und als die Tage vergingen und das Schiff langsam gen Süden in äquatoriale Gewässer dampfte, wuchs ihre Leidenschaft sprachlos an. Zwar nicht gänzlich sprachlos, aber tagsüber unterhielten sie sich in nüchternen Worten. Erst abends, wenn die ältere Generation zu den Tönen der Schiffsband den Quickstep tanzte und sie allein auf die vom Schiff aufgewirbelte Gischt schauten und einander die Eigenschaften widmeten, die ihre jeweilige Erziehung betont hatte, ließen sie ihre Herzen sprechen. Doch auch dann offenbarten sie ihre Gefühle füreinander nur über den Umweg anderer Menschen und anderer Orte. Lockhart erzählte von Mr. Dodd, wie er und der Wildhüter abends auf der Ruhebank in der mit Steinplatten ausgelegten Küche saßen und der schwarze eiserne Herd zwischen ihnen glühte, während draußen der Wind im Schornstein heulte und drinnen Mr. Dodds Dudelsack jammerte. Und wie er und Mr. Dodd die Schafe hüteten oder sich in dem Slimeburn genannten bewaldeten Tal, wo Mr. Dodd in einem bereits 1805 erschlossenen Stollen Kohle förderte, an das Wild heranpirschten. Schließlich waren da noch die Angelzüge auf dem großen, von Fichten umgebenen Stausee, anderthalb Kilometer vom Herrenhaus entfernt. Jessica sah alles deutlich vor sich, und zwar durch einen Nebel aus Mazo de la Roche, Brontë sowie aller anderen Liebesromane, die sie je gelesen hatte. Lockhart war der junge Kavalier, der ihr Herz im Sturm erobern und sie der Langeweile ihres Lebens in East Pursley und dem Zynismus ihrer Mutter entreißen und sie in das Wunderland des auf der Flawse-Hochebene unterhalb der Flawse-Hügel gelegenen Flawseschen Herrenhauses entführen würde, wo der Wind toste und draußen hoch der Schnee lag, aber im Haus alles warm war vor lauter altem Holz, Hunden und dem Säuseln von Mr. Dodds northumbrischen Dudelsack, und der alte Mr. Flawse an dem ovalen Mahagonitisch saß und bei Kerzenschein tiefschürfende Gespräche mit seinen beiden Freunden Dr. Magrew und Mr. Bullstrode führte. Mit dem aus Lockharts Worten gewobenen Teppich schuf sie sich ein Bild der Vergangenheit, das sie unbedingt zu ihrer Zukunft machen wollte.

Lockharts Verstand arbeitete praktischer. Für ihn war Jessica ein strahlend schöner Engel, dem er, wenn schon nicht sein eigenes, so doch das Leben jedes anderen Wesens zu Füßen legen wollte, das sich in Reichweite seiner mächtigsten Flinte bewegte.

Während die jungen Leute nur stillschweigend verliebt waren, taten sich die alten weniger Zwang an. Nachdem er den Köder für eine neue Haushälterin ausgelegt hatte, wartete Mr. Flawse auf die Reaktion. Sie kam später als erwartet. Mrs. Sandicott ließ sich Zeit, sie hatte sich alles sorgfältig überlegt. Wenn Mr. Flawse Jessica zur Schwiegerenkelin wollte, mußte er ihre Mutter zur Frau nehmen. Sie schnitt das Thema mit gebührender Delikatesse an, nämlich über den Umweg einer Immobilienangelegenheit.

»Falls Jessica heiraten würde«, sagte sie eines Abends beim Dinner, »stände ich ohne ein Zuhause da.«

Mr. Flawse zeigte seine Begeisterung über diese Neuigkeit, indem er noch einen Brandy orderte. »Wie das, Ma'am?« erkundigte er sich.

»Weil mein armer seliger Mann alle zwölf Häuser am Sandicott Crescent, einschließlich unseres eigenen, unserer Tochter hinterlassen hat, und ich niemals mit dem frischvermählten Paar zusammenwohnen würde.«

Das konnte Mr. Flawse ihr nachfühlen. Er hatte lange genug mit Lockhart zusammengelebt, um zu wissen, welche Gefahren es mit sich brachte, ein Haus mit diesem Ungeheuer zu teilen. »Da wäre ja immer noch Flawse Hall, Ma'am. Dort wären Sie höchst willkommen.«

»Als was? Als kurzfristiger Gast, oder dachten Sie an ein dauerhafteres Arrangement?«

Mr. Flawse zögerte. Etwas in Mrs. Sandicotts Stimme verriet ihm, daß ihr das ihm vorschwebende dauerhafte Arrangement ganz und gar nicht schmecken würde. »Ihr Gastrecht wäre dauerhaft, Ma'am. Sie könnten so lange bleiben, wie Sie wünschen.«

In Mrs. Sandicotts Augen lag ein stählernes Vorstadtglitzern. »Und was genau würden die Nachbarn dabei denken, Mr. Flawse?«

Erneut zögerte Mr. Flawse. Daß die nächsten Nachbarn zehn Kilometer weit entfernt in Black Pockrington wohnten und ihn nicht für fünf Pfennige interessierte, was sie dachten, hatte ihn schon zu viele Haushälterinnen gekostet und würde wahrscheinlich auch Mrs. Sandicott nicht passen.

»Sie würden es, glaube ich, verstehen«, schwindelte er. Aber Mrs. Sandicott ließ sich nicht mit verständnisvollen Nachbarn abspeisen. »Ich muß an meinen Ruf denken«, erklärte sie. »Ich wäre niemals damit einverstanden, allein mit einem Mann in einem Haus zu wohnen, ohne daß mein Aufenthalt auf eine juristische Basis gestellt würde.«

»Juristische Basis, Ma'am?« sagte Mr. Flawse und genehmigte sich einen Schluck Brandy, um seine Nerven zu beruhigen. Die verfluchte Frau machte ihm einen Antrag.

»Ich glaube, Sie wissen, was ich meine«, sagte Mrs. Sandicott.

Mr. Flawse schwieg. Das Ultimatum ließ an Klarheit nichts zu wünschen übrig.

»Falls das junge Paar also heiratet«, fuhr sie erbarmungslos fort, »und ich wiederhole: ›falls‹, sollten wir auch über unsere Zukunft nachdenken.«

Dies tat Mr. Flawse und hielt sie für ungewiß. Mrs. Sandicott war keine ganz unattraktive Frau. In seinen Schlummerphantasien hatte er sie bereits entkleidet und entdeckt, daß ihr draller Körper ganz nach seinem Geschmack war. Andererseits hatten Ehefrauen Nachteile. Sie neigten zur Dominanz, konnten im Gegensatz zu einer dominanten Haushälterin nicht gefeuert werden, und Mrs. Sandicott schien bei aller Ehrerbietung eine willensstarke Person zu sein. Er hatte nicht damit gerechnet, den Rest seines Lebens mit einer willensstarken Person zu verbringen, aber wenn es bedeutete, daß er diesen Bastard Lockhart los war, könnte es das Risiko wert sein. Außerdem half die isolierte Lage von Flawse Hall, auch die willensstärkste Frau zu zähmen, und in Mr. Dodd besaß er einen Verbündeten. Jawohl, Mr. Dodd war unbedingt ein Verbündeter, und zwar einer, der immer Abhilfe wußte. Mr. Flawse nickte lächelnd in seinen Brandy.

»Mrs. Sandicott«, sagte er ungewohnt vertraulich, »gehe ich recht in der Annahme, daß es Ihnen nicht ungelegen käme, Ihren Namen in Mrs. Flawse zu ändern?«

Mrs. Sandicott strahlte ihre Zustimmung. »Es würde mich überglücklich machen, Mr. Flawse«, sagte sie und ergriff seine fleckige Hand.

»Dann erlauben Sie mir, Sie glücklich zu machen, Ma'am«, sagte der alte Mann, mit dem Hintergedanken, daß sie so oder so ihr gerüttelt Maß Glück kriegen würde, wenn sie erstmal in Flawse Hall war. Wie um die bevorstehende Vereinigung der beiden Familien zu feiern, stimmte die Schiffskapelle einen Foxtrott an. Als der verklungen war, wendete sich Mr. Flawse praktischeren Dingen zu.

»Ich muß Sie warnen, daß Lockhart eine Beschäftigung braucht«, sagte er. »Es war immer meine Absicht, ihn das Gut verwalten zu lassen, das er eines Tages erben wird, aber wenn Ihre Tochter zwölf Häuser hat...«

Mrs. Sandicott kam ihm zur Hilfe. »Die Häuser sind alle langfristig vermietet und die Renten von der Mietpreisstelle festgesetzt, aber der gute Lockhart könnte jederzeit in die Firma meines verstorbenen Mannes eintreten. Wenn ich mich nicht irre, versteht er was von Zahlen.«

»Er hat hervorragende arithmetische Kenntnisse, das kann ich ihm ohne Zögern bescheinigen.«

»Dann müßte er bei Sandicott & Partner, konzessionierte Buchprüfer und Steuerberater, ausgezeichnet zurechtkommen«, sagte Mrs. Sandicott.

Mr. Flawse beglückwünschte sich zu seiner Weitsicht. »Damit wäre das geregelt«, sagte er. »Nun bleibt nur noch die Frage der Hochzeit.«

»Hochzeiten«, entgegnete Mrs. Sandicott mit Betonung auf dem Plural. »Ich hatte immer gehofft, Jessica würde kirchlich heiraten.«

Mr. Flawse schüttelte den Kopf. »In meinem Alter, Ma'am, hätte eine Hochzeit in der Kirche, so rasch gefolgt von einem Begräbnis, etwas Unpassendes. Ich würde eine fröhlichere Örtlichkeit vorziehen. Sie müssen wissen, daß ich Standesämter ablehne.«

»Das geht mir genauso«, pflichtete ihm Mrs. Sandicott bei, »sie sind so unromantisch.«

Die Weigerung des Alten, Lockhart in einem Standesamt zu verheiraten, hatte allerdings wenig mit Romantik zu tun. Ihm war aufgegangen, daß es ohne eine Geburtsurkunde unmöglich sein würde, den Schweinehund unter die Haube zu bringen. Zudem war da immer noch seine uneheliche Geburt zu verheimlichen.

»Ich sehe keinen Grund, warum uns nicht der Kapitän trauen sollte«, sagte er schließlich. Diese Vorstellung entzückte Mrs. Sandicott. Das Verfahren vereinte Schnelligkeit und fehlende Gelegenheit für reifliche Überlegungen mit einer beinahe aristokratischen Exzentrik. Damit konnte sie vor ihren Freundinnen angeben.

»Dann werde ich mit dem Kapitän morgen früh darüber sprechen«, sagte Mr. Flawse, und es war an Mrs. Sandicott, dem jungen Paar die Neuigkeit zu überbringen.

Sie fand die beiden bei zärtlichem Geflüster auf dem Bootsdeck vor. Sie blieb kurz stehen und horchte. Da die zwei so selten in ihrer Gegenwart redeten, war sie neugierig, was sie sich in ihrer Abwesenheit zu sagen hatten. Was sie hörte, war sowohl beruhigend als auch beunruhigend.

»O Lockhart.«

»O Jessica.«

»Du bist so wundervoll.«

»Du auch.«

»Meinst du das im Ernst?«

»Aber natürlich.«

»O Lockhart.«

»O Jessica.«

Unter dem leuchtenden Mond und dem glitzernden Auge Mrs. Sandicotts nahmen sie sich in die Arme, und Lockhart überlegte, was nun zu tun sei. Die Antwort lieferte Jessica.

»Küß mich, Liebster.«

»Wohin?« fragte Lockhart.

»Hierhin?« sagte Jessica und bot ihm ihre Lippen dar.

»Dorthin?« sagte Lockhart. »Bist du sicher?«

Im Schatten des Rettungsboots erstarrte Mrs. Sandicott. Was sie gerade gehört hatte, aber nicht sehen konnte, war ohne Zweifel ekelhaft. Entweder war ihr künftiger Schwiegersohn geistig minderbemittelt oder ihre Tochter in sexuellen Dingen raffinierter – und in Mrs. Sandicotts Augen eindeutig pervers –, als sie sich je hatte träumen lassen. Mrs. Sandicott verfluchte die verdammten Nonnen. Lockharts nächste Bemerkung bestätigte ihre Ängste.

»Ist das nicht ein wenig glitschig?«

»O Liebster, wie romantisch du bist«, sagte Jessica, »ungeheuer romantisch.«

Das ließ sich von Mrs. Sandicott nicht behaupten. Sie tauchte aus dem Schatten auf und näherte sich ihnen. »Das reicht vorerst«, erklärte sie, als die beiden sich voneinander lösten. »Wenn du verheiratet bist, kannst du tun und lassen, was du willst, aber meine Tochter wird auf dem Bootsdeck eines Kreuzfahrtschiffes keine Obszönitäten begehen. Außerdem könnte euch jemand sehen.«

Jessica und Lockhart starrten sie verblüfft an. Jessica ergriff als erste das Wort.

»Wenn wir verheiratet sind? Hast du das wirklich gesagt, Mami?«

»Genau das sagte ich«, sagte Mrs. Sandicott. »Lockharts Großvater und ich haben beschlossen, daß ihr ...«

Sie wurde von Lockhart unterbrochen, der – eine der ritterlichen Gesten, dank derer er sich Jessicas Herz erobert hatte – vor seiner zukünftigen Schwiegermutter auf die Knie sank und die Hände nach ihr ausstreckte. Mrs. Sandicott machte eine abrupte Ausweichbewegung. Lockharts Pose war zusammen mit Jessicas kürzlichem Vorschlag mehr, als sie verkraften konnte.

»Faß mich ja nicht an«, kreischte sie auf und wich zurück. Lockhart beeilte sich aufzustehen.

»Ich wollte damit nur ...«, setzte er an, aber Mrs. Sandicott wollte nichts davon hören.

»Vergiß es. Es wird Zeit, daß ihr beide schlafen geht«, sagte sie bestimmt. »Die Hochzeitsvorbereitungen können wir morgen besprechen.«

»O Mami ...«

»Und nenn mich nicht ›Mami‹«, sagte Mrs. Sandicott. »Nach dem, was ich gerade gehört habe, bin ich mir nicht mehr so sicher, daß ich wirklich deine Mutter bin.«

Sie und Jessica ließen einen verwirrten Lockhart auf dem Bootsdeck zurück. Er würde das schönste Mädchen der Welt heiraten. Einen Moment lang suchte er nach einem Gewehr, das er abfeuern konnte, um sein Glück zu verkünden, fand aber keins. Schließlich löste er eine Schwimmweste von der Reling, schleuderte sie weit ins Meer hinaus und stieß ein Freudengeheul aus. Sodann begab er sich ebenfalls in seine Kabine, ohne zu ahnen, daß er auf der Brücke soeben das Signal »Mann über Bord« ausgelöst hatte und die Schwimmweste im Kielwasser des Schiffes mit leuchtendem Warnsignal wild auf und ab tanzte.

Als die Maschinen volle Kraft zurück liefen und ein Boot

zu Wasser gelassen wurde, saß Lockhart auf dem Rand seiner Koje und hörte sich die Anweisungen seines Großvaters an. Er würde Jessica Sandicott heiraten, in Sandicott Crescent, East Pursley, wohnen und eine Arbeit bei Sandicott und Partner annehmen.

»Das ist herrlich«, sagte er, als Mr. Flawse geendet hatte. »Etwas Besseres hätte ich mir nicht träumen lassen.«

»Ich schon«, erwiderte Mr. Flawse und zwängte sich in sein Nachthemd. »Ich muß das Miststück heiraten, um dich loszuwerden.«

»Das Miststück?« sagte Lockhart. »Aber ich dachte …«

»Die Mutter, du Dämlack«, sagte Mr. Flawse und kniete auf dem Boden nieder. »Oh Herr, Du weißt, daß ich seit neunzig Jahren von der Fleischeslust der Frauen heimgesucht werde«, rief er. »Segne Du diese meine letzten Jahre mit dem Frieden, der jedes Verstehen übersteigt, und führe mich in Deiner großen Gnade auf den Wegen der Rechtschaffenheit zu dem Vater dieses meines Bastardenkels, damit ich das Schwein bis auf einen Zoll an sein Leben peitschen kann. Amen.«

Mit diesen aufmunternden Worten stieg er ins Bett und überließ es Lockhart, sich im Dunkeln zu entkleiden und zu überlegen, was wohl die Fleischeslust der Frauen sein mochte.

Am nächsten Morgen sah sich der Kapitän der *Ludlow Castle*, der die halbe Nacht mit der Suche nach dem Mann über Bord verbracht hatte und die andere Hälfte damit, die Mannschaft zu beauftragen, die Bewohner sämtlicher Kabinen zu überprüfen, um festzustellen, ob tatsächlich jemand über Bord gegangen war, dem in einen Konferenzanzug samt grauem Zylinder gekleideten Mr. Flawse gegenüber.

»Heiraten? Sie wollen, daß ich Sie heirate?« sagte der Kapitän, als Mr. Flawse nuschelnd seine Forderung vorgetragen hatte.

»Verheirate«, korrigierte ihn Mr. Flawse. »Ich möchte, daß Sie die Trauung durchführen, nicht Sie heiraten oder von Ihnen geheiratet werden. Um die Wahrheit zu sagen, das verdammte Weib will ich auch nicht heiraten, aber wenn man dem Teufel den kleinen Finger gibt, will er bekanntlich die ganze Hand.«

Der Kapitän beäugte ihn mißtrauisch. Mr. Flawses Sprache, sein Aufzug, von seinem fortgeschrittenen Alter ganz zu schweigen, deuteten auf eine Senilität hin, die eher nach den Diensten des Schiffsarztes als seinen eigenen verlangten.

»Wissen Sie auch genau, was Sie da wollen?« fragte er, als Mr. Flawse des weiteren erklärt hatte, daß nicht nur er und Mrs. Sandicott, sondern auch sein Enkel und Mrs. Sandicotts Tochter getraut werden sollten. Mr. Flawse wurde wütend. »Ich weiß ganz genau was ich will, Sir, offenbar besser, als Sie über Ihre Pflichten Bescheid wissen. Als Herr über diesen Dampfer sind Sie gesetzlich befugt, Eheschließungen und Begräbnisse durchzuführen. Korrekt?«

Der Kapitän gab dies zu, wobei er im stillen ergänzte, daß in Mr. Flawses Fall Hochzeit und Seebestattung wahrscheinlich rascher aufeinander folgen würden, als diesem lieb sein konnte.

»Aber möchten Sie nicht warten, bis wir in Kapstadt anlegen?« fragte er. »Meiner Erfahrung nach sind Kreuzfahrtromanzen in der Regel eher kurzfristige Affären.«

»Ihrer Erfahrung nach«, sagte Mr. Flawse, »mag das durchaus der Fall sein. Meiner Erfahrung nach sind sie es nicht. Wenn man bis auf zehn Jahre ein Jahrhundert durchlebt hat, muß jede Romanze zwangsläufig eine kurzfristige Affäre sein.«

»Das leuchtet mir ein«, sagte der Kapitän. »Und wie sieht Mrs. Sandicott die Sache?«

»Sie möchte, daß ich sie auf Händen trage. Meiner Meinung nach ein Ding der Unmöglichkeit, aber wenn es denn sein muß«, antwortete Mr. Flawse. »Sie will es so, und sie kann es haben.«

Weitere Einwände hatten lediglich zur Folge, daß Mr. Flawse wütend wurde und der Kapitän nachgab. »Wenn der alte Narr eine Hochzeit haben will«, sagte er später dem Schatzmeister, »kann ich ihn verflucht nochmal nicht davon abhalten. Ich könnte mir vorstellen, daß er ein Seerechtsverfahren einleitet, falls ich mich weigere.«

Und so kam es, als das Schiff sich dem Kap der Guten Hoffnung näherte, daß aus Lockhart Flawse und Jessica Sandicott Mr. und Mrs. Flawse wurden, während Mrs. Sandicott ihr lange gehegtes Ziel verwirklichte und einen steinreichen alten Mann ehelichte, der nicht mehr lange zu leben hatte. Mr. Flawse hingegen tröstete sich mit dem Gedanken, daß er sich – welche Nachteile die ehemalige Mrs. Sandicott als Ehefrau auch aufweisen mochte – nicht nur ein für allemal seinen Bastardenkel vom Hals geschafft, sondern auch eine Haushälterin besorgt hatte, die nie bezahlt werden mußte und nie kündigen konnte. Wie um diesen letzten Punkt zu betonen, weigerte er sich, das in Kapstadt vor Anker liegende Schiff zu verlassen, und so war es an Jessica und Lockhart, keusch den Tafelberg zu besteigen und sich auf seinem Gipfel wechselseitig anzuhimmeln. Als sich das Schiff auf den Rückweg machte, hatten sich nur ihre Namen und Kabinen geändert. Mrs. Sandicott war plötzlich mit dem alten Mr. Flawse zusammengesperrt und sexuellen Ausschweifungen ausgeliefert, die früher für seine ehemaligen Haushälterinnen und in letzter Zeit für seine Phantasie reserviert gewesen waren. In ihrer ehemaligen Kabine lagen sich Jessica und Lockhart in den Armen, von einem anderen Zweck ihrer Ehe so wenig ahnend, wie sie in ihrer Erziehung erfahren hatten. Weitere elf Tage lang fuhr das Schiff gen Norden, und als die beiden Ehepaare in Southampton von Bord gingen, konnte man behaupten, daß sie alle – von Mr. Flawse abgesehen, dessen Ausschweifungen seine Kräfte so überstrapaziert hatten, daß er in einem Rollstuhl die Gangway hinuntergetragen werden mußte – in ein neues Leben traten.

4

Wenn die Welt von Flawse Hall auf der Flawse-Hochebene unterhalb der Flawse-Hügel entschieden dazu beigetragen hatte, Jessica klarzumachen, daß Lockhart der Held war, den sie heiraten wollte, so hatte die Welt von Sandicott Crescent in East Pursley, Grafschaft Surrey, für Lockharts Wahl überhaupt keine Rolle gespielt. Für einen wie ihn, der die moorigen Hochflächen an der englisch-schottischen Grenze gewohnt war, wo die Brachvögel riefen, ehe er sie abknallte, war Sandicott Crescent eine Sackgasse, an der zwölf gediegene Häuser in gediegenen Gärten standen und von gediegenen Mietern mit gediegenen Einkommen bewohnt wurden, eine eigenartige Welt, anders als alles, was er kannte. Der in den dreißiger Jahren von dem vorausschauenden, wenn auch mittlerweile verblichenen Mr. Sandicott als Kapitalanlage erbaute Komplex, wurde im Süden durch einen Golfplatz und im Norden durch ein Vogelschutzgebiet begrenzt, einem mit Ginster und Birke bestandenen Landstrich, der eigentlich weniger dem Schutz von Vögeln als der Erhaltung des Grundstückswertes von Mr. Sandicotts Kapitalanlage diente. Kurz gesagt: Es war eine Enklave von großen Häusern mit sorgfältig angelegten Gärten. Alle Häuser waren vom Baustil her so unterschiedlich und vom Komfort her so ähnlich, wie es der Erfindungsreichtum von Architekten nur bewerkstelligen konnte. Pseudo-Tudor herrschte vor, mit einer Prise spanischem Kolonialstil Marke Börsenmakler – Markenzeichen: grüne Kacheln – und einem Britisch-Bauhaus mit Flachdach, kleinen quadratischen Fenstern und dem einen oder anderen Bullauge für den maritimen Touch. Und überall waren die Bäume und Büsche, Rasen und Steingärten, Buschrosen und Heckenrosen sorgfältig beschnitten und gestutzt, um auf die Kultiviertheit ihrer Besitzer und die Exklusivität der Gegend hinzuweisen. Alles in allem stellte Sandicott Crescent den Vorort in Reinkultur dar, den Gipfel jenes architektonischen Dreiecks, das den höchsten Punkt auf der topographischen Karte des Mittelstandsehrgeizes markierte. Daraus ergab sich, daß die Kommunalsteuern exorbitant hoch und die Mieten festgelegt waren. Bei aller Umsicht hatte Mr. Sandicott weder das Mietgesetz noch die Veräußerungsgewinnsteuer vorhersehen können. Ersteres legte fest, daß man weder Mieter an die Luft setzen noch die von ihnen gezahlte Miete auf eine profitable Summe erhöhen durfte, letztere bewirkte, daß der Verkauf eines Hauses für den Finanzminister lohnender war als für den Eigentümer; gemeinsam machten Mietgesetz und die Steuer Mr. Sandicotts gesamte Vorsorge für die Zukunft seiner Tochter zunichte. Schließlich, und dies war in Mrs. Sandicotts Augen am allerärgerlichsten, hielten sich die Bewohner der Siedlung körperlich fit, achteten auf eine ausgewogene Ernährung und weigerten sich durchweg, ihr den Gefallen zu tun und zu sterben.

Hauptsächlich der Umstand, zwölf unverkäufliche Häuser am Hals zu haben, deren gesamte Mieten kaum die Instandhaltungskosten deckten, überzeugte Mrs. Sandicott davon, daß Jessica inzwischen das Alter der Reife erreicht hatte, das von ihrer Mutter bisher so gründlich hinausgezögert worden war. Während Mr. Flawse sich der Belastung durch Lockhart entledigt hatte, war Mrs. Sandicott mit Jessica ebenso verfahren, und zwar ohne nähere Erkundigungen über Mr. Flawses Vermögen einzuholen. Daß er zweitausend Hektar Land, ein Herrenhaus und nur noch ein paar Jahre zu leben hatte, schien genug zu sein.

Beim Verlassen des Schiffes waren ihr die ersten Zweifel gekommen. Mr. Flawse hatte darauf bestanden, sofort den Zug nach London zu nehmen, dort nach Newcastle umzusteigen, und sich standhaft geweigert, Mrs. Flawse zuerst ihre Habseligkeiten mitnehmen oder sich von ihr in ihrem großen Rover gen Norden fahren zu lassen.

»Ma'am«, sagte er, »ich habe kein Vertrauen in den gräßlichen Verbrennungsmotor. Ich bin vor ihm auf die Welt gekommen und habe nicht vor, hinter ihm zu sterben.« Mrs. Flawses Einwände konterte er mit dem Befehl an den Träger, ihr Gepäck in den Zug zu bringen. Mr. Flawse folgte dem Gepäck, und Mrs. Flawse folgte ihm. Lockhart und Jessica blieb nichts anderes übrig, als direkt in das Haus Nummer 12 Sandicott Crescent zu ziehen und zu versprechen, Mrs. Flawses Sachen zu verpacken und mit dem Möbelwagen so schnell wie möglich nach Flawse Hall schikken zu lassen.

Und so begann das junge Paar sein unorthodoxes Eheleben in einem Haus mit fünf Schlafzimmern, einer Doppelgarage und einer Werkstatt, wo der handwerklich begabte, verblichene Mr. Sandicott gebastelt hatte. Jeden Morgen verließ Lockhart das Haus, ging zum Bahnhof und nahm den Zug nach London. Dort trat er in den Büroräumen von Sandicott & Partner seine Lehre unter Mr. Treyer an. Von Anfang an gab es Schwierigkeiten. Diese beruhten weniger auf Lockharts Rechenkünsten – seine eingleisige Erziehung hatte ihn mathematisch hervorragend gerüstet – als auf seiner direkten

Behandlung des Problems Steuerumgehung oder auch, wie Mr. Treyer es lieber nannte, Einkommenssicherung.

»Einkommens- und Vermögenssicherung«, erklärte er Lockhart, »klingt positiver als Steuerumgehung. Und wir müssen unbedingt positiv sein.«

Lockhart nahm seinen Rat zu Herzen und kombinierte ihn mit der positiven Einfachheit, die er in Einkommensteuerfragen von seinem Großvater kannte. Da der alte Mann, der sämtliche Geschäfte, wenn irgend möglich, auf Bargeldbasis abwickelte, sich angewöhnt hatte, jeden Brief des Finanzamtes ungelesen ins Feuer zu werfen, und zudem Mr. Bullstrode anwies, das Bürokratenschwein davon in Kenntnis zu setzen, daß er Geld verlor und nicht einnahm, war Lockharts Übernahme dieser Methoden bei Sandicott & Partner zwar anfänglich erfolgreich, auf lange Sicht jedoch katastrophal. Mr. Treyer hatte zunächst begeistert registriert, wie leer sein EINGÄNGE-Korb war, und erst als er bei einem frühmorgendlichen Eintreffen bemerkte, wie Lockhart die Toilette als Verbrennungsanlage für sämtliche amtlichen Umschläge benutzte, ging ihm der Grund für das plötzliche Ausbleiben von Steuerforderungen auf. Schlimmer noch, Mr. Treyer hatte seit langem den von ihm so genannten Nichtexistierender-Brief-Trick verwandt, um Finanzbeamte so zu verstören, daß sie durchdrehten oder um Versetzung baten. Mr. Treyer war stolz auf seinen Nichtexistierender-Brief-Trick. Er bestand aus Pseudo-Antwortschreiben, die mit der Formulierung »Ihr Brief vom 5. d. M. nimmt Bezug auf...« begannen, obwohl überhaupt kein Brief vom 5. eingegangen war. Das sich anschließende immer erbittertere Leugnen der Finanzbehörde sowie Mr. Treyers fortgesetztes Beharren waren zwar vorteilhaft für seine Klienten gewesen, nicht jedoch für die Nerven der

Beamten. Lockharts Brandstiftung beraubte ihn der Möglichkeit, Briefe mit der Floskel »Ihr Brief vom 5. d.M. nimmt Bezug auf...« zu beginnen und sicher zu wissen, daß es kein solches Schreiben gab.

»Gut möglich, daß ein halbes Dutzend verfluchte Briefe vom 5. existieren, die alle auf irgendeine ungeheuer wichtige Information Bezug nehmen, von der ich nicht das mindeste weiß«, brüllte er Lockhart an, der prompt vorschlug, er möge es doch mal mit dem 6. versuchen. Mr. Treyer glotzte ihn aus hervorquellenden Augen an.

»Ein verflucht überflüssiger Vorschlag, schließlich haben Sie die auch verbrannt«, schrie er.

»Nun, Sie haben mir gesagt, unsere Aufgabe sei es, die Interessen unserer Klienten wahrzunehmen und positiv zu sein«, sagte Lockhart, »und daran habe ich mich gehalten.«

»Wie zum Teufel sollen wir die Interessen unserer Klienten wahrnehmen, wenn wir sie nicht kennen?« wollte Mr. Treyer wissen.

»Aber das tun wir doch«, entgegnete Lockhart. »Es steht alles in ihren Akten. Nehmen wir beispielsweise Mr. Gypsum, den Architekten. Ich habe neulich in seinen Akten nachgelesen; er hat im vorvorigen Jahr 80000 Pfund verdient, aber lediglich 1758 Pfund Einkommensteuer bezahlt. Der Rest waren Unkosten. Moment mal: Im Mai hat er 16000 Pfund auf den Bahamas ausgegeben und...«

»Aufhören«, schrie Mr. Treyer, der kurz vor einem Schlaganfall stand. »Ich will nicht wissen, was er ausgegeben hat...Herrgott nochmal!«

»Aber das hat er doch selbst gesagt«, wandte Lockhart ein. »Es steht in seinem Brief an Sie. 16000 Pfund in vier Tagen. Was hat er eigentlich Ihrer Meinung nach in nur vier Tagen mit dem vielen Geld gemacht?«

Mr. Treyer sank in sich zusammen und stützte seinen Kopf in eine Hand. Mit einem geistig minderbemittelten Wesen geschlagen zu sein, das ein photographisches Gedächtnis besaß und mit einer an Irrsinn grenzenden Ignoranz durch die Gegend lief und amtliche Schreiben verbrannte, das verkürzte seine Lebenserwartung.

»Hören Sie«, sagte er, sichtlich bemüht, Geduld zu demonstrieren, »ich will, daß Sie von jetzt an nicht mehr in die Nähe dieser Akten kommen, weder Sie noch sonst irgendwer, ist das klar?«

»Ja«, sagte Lockhart. »Ich verstehe nur nicht, daß man um so weniger Steuern zahlt, je reicher man ist. Gypsum verdient mordsmäßige 80 000 Pfund und zahlt 1 758 Pfund und 40 Pence, wohingegen Mrs. Ponsonby, die nur ein Einkommen von 6 315 Pfund und 32 Pence aufzuweisen hat, 2 472 Pfund berappen muß. Soll heißen ...«

»Halten Sie den Mund«, kreischte Mr. Treyer, »ich will von Ihnen keine Fragen mehr hören, und wehe, wenn Sie sich einem Aktenschrank auf weniger als zehn Meter Entfernung nähern. Ist das klar?«

»Wenn Sie's so wollen«, sagte Lockhart.

»Ich will es so«, sagte Mr. Treyer. »Wenn ich auch nur sehe, daß Sie einen Blick in Richtung Akten werfen ... Ach, verschwinden Sie.«

Lockhart verschwand, und Mr. Treyer versuchte, seine zerrütteten Nerven zu beruhigen, indem er mit einem Pappbecher Whisky eine rosa Pille hinunterspülte. Zwei Tage später hatte er allen Grund, seine Anweisungen zu bereuen. Eine Salve grauenhafter Schreie aus dem Raum mit den Mehrwertsteuerunterlagen ließen ihn dorthin hasten, wo er einen Beamten der Mehrwertsteuerabteilung des Zoll- und Verbrauchssteueramtes bei dem Versuch vorfand, seine Finger aus der Schublade eines Aktenschranks zu ziehen, die Lockhart just in dem Moment zugeschlagen hatte, als der Mann nach einer Akte griff.

»Sie haben mir doch gesagt, ich soll keinen in die Nähe der Akten lassen«, erklärte Lockhart, als man den Steuerfahnder fortschaffte, damit sich ein Arzt seiner vier gebrochenen Finger annahm. Mr. Treyer starrte ihn wutentbrannt an und suchte krampfhaft nach der angemessenen Formulierung, um seine Abscheu auszudrücken.

»Ich meine«, fuhr Lockhart fort, »wenn er Mr. Fixsteins Mehrwertsteuerunterlagen in die Hände bekommen hätte...«

»In die Hände bekommen!« brüllte Mr. Treyer beinahe so laut wie der Steuerfahnder. »Nach allem, was Sie ihm gerade angetan haben, hat der arme Kerl bald eine Hand weniger! Und was noch schlimmer ist, heute abend werden hundert Steuerfahnder bei uns einfallen und unsere Bücher genauestens unter die Lupe nehmen.« Er hielt inne und suchte nach einem Ausweg aus diesem furchtbaren Schlamassel. »Sie gehen jetzt zu ihm, entschuldigen sich, sagen es war ein Unfall, und vielleicht...«

»Kommt nicht in Frage«, sagte Lockhart. »Es war keiner.«

»Das weiß ich selber, verdammt nochmal«, tobte Mr. Treyer. »Wenn er seinen beschissenen Kopf reingesteckt hätte, hätten Sie es bestimmt genauso gemacht.«

»Das bezweifle ich«, sagte Lockhart.

»Ich nicht. Immerhin ist es ein Trost, zu wissen...«, setzte Mr. Treyer an, aber Lockhart zerstörte dieses Quentchen Trost schon im Ansatz.

»Ich hätte die Türe zugeschlagen«, sagte er.

»Guter Gott«, sagte Mr. Treyer, »als hätte man einen Mörder im Haus.«

An diesem Abend arbeitete die Belegschaft von Sandicott & Partner bis spät in die Nacht daran, um Akten in einen Mietlastwagen zu laden, damit sie in eine Scheune auf dem Land ausgelagert werden konnten, bis der Mehrwertsteuersturm vorüber war. Am nächsten Tag wurde Lockhart aller buchhalterischen Pflichten entbunden und erhielt ein eigenes Büro.

»Ab jetzt werden Sie hier drin bleiben, und wenn etwas anfällt, das Sie bestimmt nicht verpfuschen können, wende ich mich an Sie«, sagte Mr. Treyer. Lockhart saß an seinem Schreibtisch und wartete, doch erst nach vier Tagen fiel Mr. Treyer etwas ein, womit er ihn betrauen konnte.

»Ich muß nach Hatfield«, sagte er, »und um halb eins kommt ein Mr. Stoppard. Um zwei bin ich wieder zurück, daher möchte ich, daß Sie ihn auf Geschäftskosten zum Essen einladen. Das dürfte doch nicht allzu schwer sein. Laden Sie ihn zum Essen ein. Klar?«

»Ihn zum Essen einladen?« wiederholte Lockhart. »Wer zahlt?«

»Die Firma zahlt, Sie Trottel. Ich sagte doch ausdrücklich ›auf Geschäftskosten‹, oder?« Er entfernte sich zwar niedergeschlagen, aber in dem Bewußtsein, daß Lockhart schwerlich ein Essen mit einem der ältesten Klienten der Firma vermasseln konnte. Mr. Stoppard war, wenn es hochkam, ein schweigsamer Mensch, und als Gourmet sagte er während einer Mahlzeit kaum etwas. Als Mr. Treyer zurückkam, fand er einen überaus redseligen Mr. Stoppard vor. Mr. Treyer versuchte, ihn zu besänftigen, und ließ Lockhart kommen, als er den Mann endlich losgeworden war.

»Warum um alles in der Welt haben Sie den verfluchten Mann in einen Schnellimbiß geschleppt?« fragte er, bemüht, seinen Blutdruck unter Kontrolle zu bringen.

»Sie sagten, das Essen gehe auf Geschäftskosten, und da habe ich gedacht, warum sollten wir Geld zum Fenster rauswerfen und ...«

»Gedacht?« brüllte Mr. Treyer und ließ Blutdruck Blutdruck sein. »Gedacht? Und Geld zum Fenster rauswerfen? Wofür ist Ihrer Meinung nach ein Geschäftsessen denn sonst da, wenn nicht, um Geld zum Fenster rauszuwerfen? Das Essen läßt sich von der Steuer absetzen!«

»Wollen Sie damit sagen, je mehr es kostet, desto weniger zahlen wir?« fragte Lockhart.

»Jawohl«, seufzte Mr. Treyer, »genau das will ich damit sagen. Das nächste Mal ...«

Das nächste Mal lud Lockhart einen Schuhfabrikanten aus Leicester zu einer fürstlichen Speisung für insgesamt hundertfünfzig Pfund in den Savoy Grill ein, weigerte sich jedoch anschließend, mehr als fünf Pfund zu zahlen. Es bedurfte der vereinten Bemühungen des Schuhfabrikanten und Mr. Treyers, den man trotz seiner Grippe eilig herbeigeholt hatte, Lockhart zu überzeugen, daß er die hundertfünfundvierzig Pfund Differenz begleichen sowie den Schaden ersetzen mußte, den er in der vorausgegangenen heftigen Auseinandersetzung an drei Tischen und vier Kellnern angerichtet hatte. Anschließend drohte Mr. Treyer in einem Brief an Mrs. Flawse mit seiner Kündigung, falls Lockhart nicht aus der Firma entfernt würde, und während er auf eine Antwort wartete, untersagte er diesem, außer um auszutreten sein Büro zu verlassen.

Doch wenngleich Lockhart, um es so dezent auszudrücken, wie es der moderne Sprachgebrauch erlaubt, in der Wheedle Street unter beruflichen Anpassungsschwierigkeiten litt, verlief seine Ehe weiterhin so harmonisch, wie sie begonnen hatte; und ebenso keusch. Was fehlte, war nicht Liebe – Lockhart und Jessica waren leidenschaftslos verliebt –, sondern Sex. Die anatomischen Unterschiede zwischen Männchen und Weibchen, die Lockhart beim Zerlegen von Kaninchen entdeckt hatte, galten augenscheinlich auch für Menschen. Er hatte Eier und Jessica nicht. Jessica hatte Brüste, und zwar große, er aber nicht – oder höchstens in sehr rudimentärer Form. Was die Angelegenheit zusätzlich komplizierte, war die Tatsache, daß er, wenn sie nachts zu Bett gingen und sich in den Armen hielten, eine Erektion bekam, Jessica aber nicht. Er war zu tapfer und zu sehr Gentleman, um zu erwähnen, daß er das bekam, was man ordinärerweise »dicke Eier« nannte, und einen Teil der Nacht Qualen litt. Sie hielten sich einfach in den Armen und küßten sich. Von dem, was danach kam, hatte er genausowenig Ahnung wie Jessica. Die Bemühungen ihrer Mutter, ihre Reife zu unterdrücken, waren ebenso erfolgreich verlaufen wie Mr. Flawses Bemühungen, seinen Enkel vor den sexuellen Lastern seiner Mutter zu bewahren. Lockharts Bildung, die auf den ältesten der klassischen Tugenden ruhte, verstärkte diese Unwissenheit noch und rundete Jessicas Vorliebe für die seichtesten historischen Liebesromane ab, in denen Sex nicht einmal erwähnt wurde. Und so führte diese trostlose Kombination zu einer derartigen gegenseitigen Idealisierung der beiden, daß Lockhart sich unmöglich vorstellen konnte, etwas Konkreteres zu tun, als Jessica zu verehren, so daß es Jessica unmöglich war, zu empfangen. Kurzum, ihre Ehe wurde nie vollzogen, und als Jessica nach sechs Wochen weniger heimlich als zuvor ihre Tage bekam, wollte Lockhart spontan den Notarzt rufen. Mit Mühe gelang es Jessica, ihn davon abzuhalten.

»Das passiert einmal im Monat«, sagte sie, mit einer Hand

eine Binde festhaltend, mit der anderen den Telefonhörer auf die Gabel drückend.

»Gar nicht wahr«, widersprach Lockhart, »so hab' ich in meinem ganzen Leben noch nicht geblutet.«

»Bei Mädchen«, sagte Jessica, »nicht bei Jungen.«

»Ich finde trotzdem, du solltest zum Arzt gehen«, beharrte Lockhart.

»Aber das geht doch schon eine ganze Weile so.«

»Um so mehr Veranlassung, einen Arzt aufzusuchen. Wir haben es hier offenbar mit einem chronischen Leiden zu tun.«

»Wenn du darauf bestehst«, sagte Jessica. Lockhart bestand darauf. Und so suchte Jessica eines Morgens, als Lockhart verschwunden war, um im Büro seine einsame Wacht zu halten, einen Arzt auf.

»Mein Mann macht sich solche Sorgen wegen meiner Blutungen«, erklärte sie. »Ich sagte, er solle nicht albern sein, aber er ließ nicht locker.«

»Ihr Mann?« sagte der Doktor fünf Minuten später, als er entdeckt hatte, daß Mrs. Flawse noch Jungfrau war. »Sie sagten doch: ›Mein Mann‹?«

»Ja«, bestätigte Jessica stolz, »er heißt Lockhart. Ein schöner Name, finden Sie nicht auch?«

Dr. Mannet stellte im Stillen Betrachtungen über den Namen, Jessicas augenfällige Attraktivität und die Möglichkeit an, daß Mr. Flawse bei dieser verlockenden Gattin einen rechten Schlappschwanz haben mußte, um angesichts solch einer wunderschönen Frau nicht sexuell Amok zu laufen. Nachdem er diesen Gedankengang abgeschlossen hatte, umgab er sich mit der Aura eines Eheberaters und stützte sich auf den Schreibtisch, um seine eigene physische Reaktion zu verbergen.

»Verraten Sie mir eins, Mrs. Flawse«, sagte er mit einer

Dringlichkeit, die darauf zurückzuführen war, daß er erwartete, jeden Moment einen spontanen Samenerguß zu bekommen, »hat Ihr Mann noch nie...« Er brach ab und zitterte wie Espenlaub. Dr. Mannet hatte. »Ich meine«, setzte er erneut an, als die Zuckungen verebbt waren, »tja...lassen Sie es mich so formulieren, haben Sie sich geweigert, sich von ihm... ähem... berühren zu lassen?«

»Natürlich nicht«, erwiderte Jessica, die des Doktors Qualen einigermaßen beunruhigt hatten, »wir küssen und kuscheln andauernd.«

»Küssen und kuscheln«, wimmerte Dr. Mannet. »Bloß küssen und... nun ja... kuscheln? Mehr nicht?«

»Mehr?« wiederholte Jessica. »Was denn noch?«

Dr. Mannet blickte verzweifelt in ihr Engelsgesicht. In seiner langen Laufbahn als praktischer Arzt hatte er noch nie einer so schönen Frau gegenübergesessen, die nicht wußte, daß zu einer Ehe mehr gehörte als küssen und kuscheln.

»Sonst machen Sie nichts im Bett?«

»Natürlich schlafen wir auch«, sagte Jessica.

»Guter Gott«, murmelte der Arzt, »Sie schlafen auch! Davon abgesehen tun Sie überhaupt nichts?«

»Lockhart schnarcht«, sagte Jessica nach reiflicher Überlegung, »aber sonst fällt mir eigentlich nichts ein.«

Auf der anderen Seite des Schreibtisches fiel Dr. Mannet sehr wohl etwas ein, und er gab sich alle Mühe, nicht daran zu denken.

»Hat Ihnen denn nie jemand erklärt, wo die kleinen Kinder herkommen?« sagte er, in die Kindersprache verfallend, was an Mrs. Flawses liegen mußte.

»Störche«, antwortete Jessica knapp.

»Stöcke?« wiederholte der Doktor, dessen eigener Stock sich wieder rührte.

»Oder Reiher, ich weiß nicht mehr genau. Die bringen sie in ihren Schnäbeln.«

»Schnäbel?« gurgelte der Doktor, inzwischen endgültig wieder im Kindergarten gelandet.

»In kleinen Wiegen aus Stoff«, fuhr Jessica fort, ohne zu merken, was sie da anrichtete. »Sie haben kleine Stoffschlingen im Schnabel, und da liegen die Kinderchen drin. Sie haben doch bestimmt schon Bilder davon gesehen. Und ihre Muttis freuen sich gaaanz doll. Stimmt etwas nicht?«

Aber Dr. Mannet hatte den Kopf in beide Hände gestützt und glotzte auf seinen Rezeptblock. Ihm war wieder einer abgegangen.

»Mrs. Flawse, liebe Mrs. Flawse«, winselte er, als die Krise vorüber war, »wenn Sie bitte Ihre Telefonnummer dalassen würden... Oder noch besser, hätten Sie was dagegen, wenn ich mich mit Ihrem Mann, Lockschlapp...«

»Hart«, sagte Jessica, »Lockhart. Soll er zu Ihnen in die Sprechstunde kommen?«

Dr. Mannet nickte schwach. Bis dahin war er immer gegen Freizügigkeit gewesen, doch in diesem Augenblick mußte er zugeben, daß auch einiges dafür sprach.

»Richten Sie ihm bitte aus, er möge mich aufsuchen, ja? Verzeihen Sie, wenn ich nicht aufstehe. Sie finden selbst hinaus.«

Jessica verließ den Raum und vereinbarte einen Termin für Lockhart. Im Sprechzimmer beschäftige sich Dr. Mannet fieberhaft mit seiner Hose und zog sich einen weißen Laborkittel über, um den von Jessica angerichteten Schaden zu verdecken.

War Mrs. Flawse eine zwar irritierende aber angenehme Patientin, so war ihr Gatte ein weitaus irritierenderer Patient, wenn auch alles andere als angenehm. Von Anfang an hatte er den Arzt gefährlich argwöhnisch beäugt, was auf Jessicas Bericht über Dr. Mannets Aushorchen, Nachbohren und seine generelle gynäkologische Neugier zurückzuführen war. Als Dr. Mannet fünf Minuten lang gesprochen hatte, hatte sich der Argwohn gelegt, die Gefahr jedoch verdoppelt.

»Wollen Sie damit andeuten«, sagte Lockhart mit einer Härte, gegen die der unerbittlichste Aztekengott geradezu liebenswürdig wirkte, »daß ich das, was Sie meinen Penis zu nennen belieben, in den Körper meiner Frau einführen soll, und daß dieses Eindringen durch die zwischen ihren Beinen befindliche Öffnung stattzufinden habe?«

Dr. Mannet nickte. »Mehr oder weniger«, murmelte er, »auch wenn ich es nicht ganz so formulieren würde.«

»Woraufhin selbige Öffnung«, fuhr Lockhart noch aufgebrachter fort, »da sie zu klein ist, sich vergrößern wird und ihr Schmerz und Leid und ...«

»Nur vorübergehend«, sagte Dr. Mannet, »und wenn es Ihnen nicht recht ist, kann ich persönlich immer noch einen leichten Einschnitt vornehmen.«

»Nicht recht ist?« fauchte Lockhart und packte den Arzt am Schlips. »Wenn Sie auch nur einen Moment lang glauben, ich lasse zu, daß Sie meine Frau mit Ihrem widerlichen Pillermann berühren ...«

»Nicht mit meinem Pillermann, Mr. Flawse«, röchelte der um Luft ringende Doktor, »mit einem Skalpell.«

Das war kein sehr kluger Vorschlag. Während Lockhart immer fester zupackte, veränderte sich Dr. Mannets Gesichtsfarbe von rotbraun zu purpur und ging gerade in Schwarz über, als Lockhart seinen Griff lockerte und den Arzt auf seinen Stuhl zurückschleuderte.

»Wagen Sie sich mit einem Skalpell auch nur in die Nähe meiner Frau«, sagte Lockhart, »und ich nehme Sie aus wie ein totes Karnickel und verspeise Ihre Klöten zum Frühstück.«

Dr. Mannet bemühte sich, seine Stimme zurückzugewinnen, während er über dieses entsetzliche Schicksal nachdachte. »Mr. Flawse«, flüsterte er schließlich, »wenn Sie mir bitte einen Moment zuhören würden. Was ich Ihren Penis nenne, während Sie es lieber für Ihren Pillermann halten, dient nicht allein dem Zweck, Wasser zu lassen. Ich hoffe, ich drücke mich unmißverständlich aus.«

»Allerdings«, bestätigte Lockhart. »Reichlich unmißverständlich, um nicht zu sagen ausgesprochen ekelerregend.«

»Nennen Sie es wie Sie wollen«, fuhr der Doktor fort. »Aber im Verlauf Ihrer Pubertät müssen Sie doch irgendwann einmal bemerkt haben, daß Ihr Pen... Pillermann Ihnen angenehme Gefühle bescherte.«

»Das könnte man möglicherweise so sagen«, gab Lockhart widerwillig zu. »Nachts.«

»Ganz genau«, sagte der Doktor. »Nachts hatten Sie feuchte Träume.«

Lockhart gab zu, daß er Träume gehabt hatte, die manchmal mit Feuchtigkeit verbunden gewesen waren.

»Gut«, sagte der Doktor, »nun kommen wir der Sache schon näher. Und war Ihnen nicht bewußt, daß Sie in diesen Träumen von einer ungeheuren Begierde nach Frauen erfüllt wurden?«

»Nein«, sagte Lockhart, »das wurde ich ganz gewiß nicht.«

Dr. Mannet schüttelte sorgfältig den Kopf, um sich von der Vorstellung zu befreien, daß er es mit einem gewalttätigen und sich seiner Veranlagung nicht bewußten Homosexuellen zu tun hatte, der einmal unangenehm geworden war und beim zweiten Mal durchaus mordgierig werden könnte. Er versuchte eine behutsame Annäherung.

»Würden Sie mir eventuell erzählen, wovon Sie träumten?«

Lockhart befragte kurz sein Gedächtnis. »Schafe«, antwortete er schließlich.

»Schafe?« sagte Dr. Mannet mit schwacher Stimme. »Ihre feuchten Träume drehten sich um Schafe?«

»Ob sie feucht waren, weiß ich nicht genau«, sagte Lockhart, »jedenfalls kamen in meinen Träumen sehr oft Schafe vor.«

»Und haben Sie mit den Schafen, von denen Sie träumten, irgend etwas gemacht?«

»Sie erschossen«, gab Lockhart freimütig zu.

Dr. Mannets Gefühl von Unwirklichkeit nahm alarmierende Formen an. »Sie schossen das Schaf im Schlaf«, stellte er ungewollt stabreimend fest. »Wollen Sie das damit schlagen... sagen?«

»Jedenfalls hab' ich auf sie geschossen«, bestätigte Lockhart. »Viel mehr zum Schießen war ja nicht da, daher hab' ich mir angewöhnt, sie auf dreizehnhundert Meter Entfernung umzulegen.«

»Umzulegen?« hakte der Doktor nach. »Auf dreizehnhundert Meter Entfernung Schafe umlegen? Ist das nicht ziemlich schwierig?«

»Nun ja, man muß ein bißchen versetzt zielen, aber auf diese Distanz haben sie eine Chance zu entkommen.«

»Das kann ich mir denken«, sagte der Doktor, der wünschte, er könnte dasselbe von sich behaupten. »Und nachdem Sie sie umgelegt hatten, bekamen Sie nächtliche Samenergüsse wegen der Tiere?«

Lockhart musterte ihn mittlerweile nicht nur besorgt,

sondern auch angeekelt. »Ich weiß verdammt nochmal wirklich nicht, wovon Sie reden«, sagte er. »Erst fummeln Sie an meiner Frau rum, und dann bestellen Sie mich her und fragen mich nach irgendwelchen verfickten Schafen aus ...«

Dr. Mannet klammerte sich an diesem Ausdruck fest. »Aha«, sagte er, auf Sodomie zusteuernd, »zuerst haben Sie also die Schafe geschossen, dann gefickt?«

»Hab' ich das?« fragte Lockhart, der das Schimpfwort von Mr. Treyer aufgeschnappt hatte, der es häufig benutzte, wenn er zu oder über Lockhart redete, normalerweise gefolgt von dem Begriff Trottel.

»Na, das müssen Sie doch wissen«, sagte Dr. Mannet.

»Vielleicht hab' ich es getan«, sagte Lockhart, der es nicht getan hatte. »Jedenfalls gab es sie hinterher zum Abendessen.«

Dr. Mannet schüttelte sich. Noch ein paar solche ekelhaften Enthüllungen, und er selbst würde reif für eine Therapie sein.

»Mr. Flawse«, setzte er mit der festen Absicht an, das Thema zu wechseln, »was Sie mit den Schafen taten oder nicht, braucht uns nicht zu interessieren. Ihre Frau suchte mich auf, weil Sie, wie sie sagte, sich wegen ihres Menstruationsflusses Sorgen machten ...«

»Ich machte mir wegen ihrer Blutungen Sorgen«, korrigierte Lockhart.

»Ganz recht, wegen ihrer monatlichen Periode. Wir nennen das Menstruation.«

»Ich nenne es verflucht scheußlich«, sagte Lockhart. »Und besorgniserregend.«

Das fand Dr. Mannet auch, bemühte sich aber, es nicht zu sagen. »Die Fakten sehen einfach so aus: Jede Frau ...«

»Dame«, meinte Lockhart gereizt.

»Welche Dame?«

»Nennen Sie meine Gattin nicht ›Frau‹. Sie ist eine Dame, eine strahlende, wunderschöne, engelsgleiche ...«

Dr. Mannet vergaß sich. Genauer gesagt, er vergaß Lockharts Hang zu Gewalttätigkeiten. »Vergessen Sie das alles«, fuhr er ihn an. »Jede Frau, die es schafft, mit einem Mann zusammenzuleben, der offen bekennt, daß er am liebsten Schafe fickt, muß ein Engel sein, ganz egal, ob sie strahlend oder wunderschön ist ...«

»Mir ist es nicht egal«, sagte Lockhart, womit er den Ausbruch abrupt unterband.

Dr. Mannet fiel es wieder ein. »Na schön, auch wenn man davon ausgeht, daß Mrs. Flawse eine Dame ist, so erzeugt sie dennoch eine Eizelle im Monat, die in ihre Eileiter wandert und, falls sie nicht befruchtet wird, den Körper in Form von ...«

Er brach ab. Lockhart war wieder zum Azteken mutiert.

»Was meinen Sie mit befruchtet?« zischte er.

Dr. Mannet überlegte krampfhaft, wie er den Befruchtungsvorgang erklären sollte, ohne noch mehr Anstoß zu erregen. »Sie machen folgendes«, sagte er unnatürlich ruhig, »Sie stecken Ihren Pen...du lieber Himmel ... den Pillermann in ihre Vagina und ... Guter Gott.« Er gab verzweifelt auf und erhob sich.

Lockhart stand ebenfalls auf. »Es geht schon wieder los«, rief er. »Zuerst erzählen Sie, meine Gattin solle gedüngt werden, und jetzt fangen Sie an, meinen Pillermann ...«

»Gedüngt?« kreischte der Doktor und zog sich in eine Ecke zurück. »Wer hat irgendwas von Düngen gesagt?«

»Früchte werden gedüngt«, brüllte Lockhart. »Umgraben und düngen, das machen wir in unserem Küchengarten, und wenn Sie denken ...«

Aber Dr. Mannet konnte keinen klaren Gedanken mehr fassen. Er wollte nur noch seinen Instinkten gehorchen und im Eiltempo das Sprechzimmer verlassen, bevor dieser schafsbesessene Irre wieder Hand an ihn legen konnte. »Schwester, Schwester«, schrie er, als Lockhart sich ihm näherte. »Um Gottes willen ...« Doch Lockharts Wut hatte sich gelegt.

»Sie brauchen einen Arzt«, fuhr er ihn an und verließ die Praxis. Dr. Mannet ließ sich auf seinen Stuhl fallen und seinen Kollegen kommen. Als er sich selbst dreißig Milligramm Valium verschrieben, diese mit Wodka hinuntergespült hatte und seine Worte verständlich formulieren konnte, war er fest entschlossen, Mr. und Mrs. Flawse auf immer und ewig aus seiner Kartei zu streichen.

»Lassen Sie keinen von beiden je wieder mein Wartezimmer betreten«, wies er die Schwester an. »Bei Todesstrafe.«

»Aber können wir denn für die arme Mrs. Flawse gar nichts tun?« fragte die Schwester. »Sie war so ein nettes Mädel.«

»Ich würde ihr raten, sich so schnell wie möglich scheiden zu lassen«, sagte Dr. Mannet entschieden. »Falls das nicht klappen sollte, bliebe nur noch eine operative Entfernung der Gebärmutter. Nicht auszudenken, daß dieser Mann Nachwuchs zeugt ...«

Auf der Straße lockerte Lockhart langsam seinen Unterkiefer und öffnete die Fäuste. Nach einem Tag, den er in einem ansonsten leeren Büro eingesperrt gewesen war, ohne irgendeine Beschäftigung zu haben, hatte der Rat des Arztes das Faß zum Überlaufen gebracht. Er haßte London, Mr. Treyer, Dr. Mannet, East Pursley und alles an dieser verrückten verdorbenen Welt, in die er durch seine Heirat geraten war. Alles, was er hier vorfand, widersprach völlig dem, was zu glauben er erzogen worden war. Statt Sparsamkeit gab es Geschäftsessen und derart inflationäre Zinssätze, daß der Begriff Wucher angebracht wäre; statt Mut und Schönheit traf er bei Männern ausgesprochene Feigheit an – durch sein Gewinsel um Hilfe war der Doktor seiner Fäuste nicht mehr würdig –, bei jedem Gebäude sah er nichts als Häßlichkeit und eine niederträchtige Verbeugung vor Nützlichkeitserwägungen; und als Krönung des Ganzen gab es die allgegenwärtige Beschäftigung mit etwas namens Sex, mit dem schmierige kleine Feiglinge wie Dr. Mannet die Liebe ersetzen wollten. Lockhart ging durch die Straße und dachte über seine Liebe zu Jessica nach. Sie war rein, heilig und wunderbar. Er sah sich als Jessicas Beschützer, und die Vorstellung, sie zu verletzen, um seinen ehelichen Pflichten nachzukommen, fand er zutiefst abstoßend. Er kam an einem Kiosk vorbei, in dem Zeitschriften mit weitgehend nackten Mädchen auf den Titelblättern auslagen, die die allerkürzesten Slips oder Plastikregenmäntel trugen, und angesichts ihres angeblichen Reizes schwoll ihm der Kamm. Die Welt war verkommen und korrupt, und er sehnte sich zurück auf die Flawse-Hochebene, in der Hand seine Flinte und irgendein erkennbares Ziel vor Augen, während seine geliebte Jessica neben dem schwarzen eisernen Herd in der gefliesten Küche saß und wartete, daß er ihr Abendessen nach Hause brachte. Und mit dieser Sehnsucht bemächtigte sich seiner der Vorsatz, sie zu verwirklichen.

Eines Tages würde er es mit der ganzen verkommenen Welt aufnehmen und ihr seinen Willen aufzwingen, komme, was da wolle, und dann würden die Leute erfahren, was es hieß, Lockhart Flawse zu verärgern. Doch zunächst mußte er nach Hause. Einen Moment lang spielte er mit dem Gedanken, den Bus zu nehmen, doch nach Sandicott Crescent waren es nur zehn Kilometer, und Lockhart war es gewohnt, in der grasbedeckten Hügellandschaft des Nordens fünfzig Kilometer am Tag zurückzulegen. Wütend auf jeden außer Jessica, seinen Großvater und Mr. Dodd, trabte Lockhart die Straße entlang.

5

Im Flawseschen Herrenhaus teilte die ehemalige Mrs. Sandicott keine der Gefühle Lockharts. Sie hätte alles gegeben, alles, insbesondere dem alten Flawse Strychnin, um sich wieder in den gemütlichen Grenzen von Sandicott Crescent in der Gesellschaft ihrer Bekannten aufzuhalten. Statt dessen war sie in einem großen kalten Haus gefangen, das auf einer wüsten Einöde stand, wo der Schnee tief war und der Wind pausenlos heulte, mit einem ekelhaften alten Mann und Mr. Dodd, einer noch ekelhafteren Mischung aus Wildhüter und Faktotum. Die Ekelhaftigkeit ihres Gatten war fast sofort offenbar geworden, als sie in dem Zug aus Southampton Platz genommen hatten, und mit jedem Kilometer Richtung Norden deutlicher zu Tage getreten, während Mrs. Flawses Überzeugung, einen schrecklichen Fehler begangen zu haben, zur Gewißheit wurde.

Zu Lande fehlte dem alten Mr. Flawse jener altmodische Charme, der sie auf See so angesprochen hatte. Aus dem exzentrischen und freimütigen, ein wenig kindischen alten Mann war wieder ein exzentrischer und freimütiger alter Mann geworden, dem mehr Fähigkeiten zur Verfügung standen, als sein Alter vermuten ließ. Träger sputeten sich mit ihrem Gepäck, Fahrkartenkontrolleure katzbuckelten, und sogar abgebrühte Taxifahrer, berüchtigt für ihre Grobheit, wenn sie kein angemessenes Trinkgeld erhielten, hüteten ihre Zunge, während Mr. Flawse den Fahrpreis in Zweifel zog und widerwillig mit einem Extrapenny herausrückte. Mrs. Flawse verschlug es die Sprache angesichts seiner Autorität, die eine Mißachtung sämtlicher Dogmen ihres Vorortglaubens darstellte und sich alle erdenklichen Freiheiten herausnahm.

Da er sich bei Mrs. Flawse bereits die Freiheit herausgenommen hatte, sie in ihrer Hochzeitsnacht tüchtig herzunehmen, hätte sie das nicht überraschen dürfen. Die Entdeckung ihrer ersten gemeinsamen Nacht, daß Mr. Flawse ein rotes Flanellnachthemd mit intensivem Eigengeruch trug und es dreimal versäumte, zwischen Handwaschbecken und Toilette zu unterscheiden, war schon schlimm genug gewesen. Mrs. Flawse hatte diese Schwächen auf sein Alter, mangelnde Sehkraft und nachlassendes Geruchsvermögen zurückgeführt. Ähnlich unangenehm berührt war sie gewesen, als er neben dem Bett niederkniete und den Herrgott im voraus um Vergebung für die fleischlichen Ausschweifungen bat, mit denen er anschließend »den Körper dieser mir ehelich verbundenen Frau« behelligen werde. Da sie nicht so recht wußte, was er sich darunter vorstellte, fand Mrs. Flawse das Gebet recht schmeichelhaft. Es bestätigte ihren Eindruck, daß sie mit sechsundfünfzig immer noch eine attraktive Frau und daß ihr Mann ein tiefreligiöser Mensch war. Zehn Minuten später wußte sie es besser. Ganz gleich, welche Einstellung der Herrgott zum Thema Vergebung haben mochte, Mrs. Flawses war unversöhnlich eingestellt. Die Exzesse des alten Mannes würde sie weder vergeben noch vergessen, und die Vorstellung, es mit einem tiefreligiösen Menschen zu tun zu haben, war zunichte geworden. Mr. Flawse hatte sich, stinkend wie ein alter Fuchs, wie ein junger benommen, sich ihres Körpers bemächtigt und dabei zwischen den verschiedenen Stellen des Eindringens – oder, wie sie es taktvoller nannte, »Körperöffnungen« – so geringe Unterschiede gemacht wie zwischen Waschbecken und Toilette, und zwar mit weitgehend gleichen Intentionen. Mrs. Flawse hatte sich wie die Kreuzung eines sexuellen Siebs mit einer Jauchegrube gefühlt und mit dem Trost über das Martyrium hinweggeholfen, solches Treiben – und der alte Mann hatte es immer und immer wieder getrieben – müßte dadurch ein jähes Ende finden, daß er entweder einen Herzinfarkt oder einen Leistenbruch bekam. Mr. Flawse tat ihr weder den einen noch den anderen Gefallen, und als sie am nächsten Morgen aufwachte, saß er eine übelriechende Pfeife paffend da und musterte sie mit unverhohlenem Behagen. Den Rest der Reise war Mrs. Flawse tags übers Deck gewatschelt und hatte nachts im Bett die Beine gespreizt, in der Hoffnung, der Sold seiner Sünden würde sie bald zu einer reichen, aller Sorgen ledigen Witwe machen.

Und so reiste sie mit ihm gen Norden, wild entschlossen, diese Tortur bis zum bitteren Ende durchzuhalten und sich nicht von seinem Benehmen ins Bockshorn jagen zu lassen. Als sie in Hexham ankamen, ließ ihre Entschlossenheit bereits nach. Sie fand die graue steinerne Stadt deprimierend und ließ sich nur kurz durch das Schauspiel aufmuntern, daß vor dem Bahnhof eine tadellos erhaltene, von zwei Rappen gezogene, zweisitzige Kutsche vorfuhr und ihr der in Gamaschen und Uniformrock gewandete Mr. Dodd die Tür aufhielt. Mrs. Flawse stieg ein und fühlte sich besser. So etwas nannte sie stilvoll ausgefahren werden, es roch nach einer Welt, die so ganz anders war als alles, was sie bisher gekannt hatte, nach einer aristokratischen Welt mit uniformierten Dienern und eleganten Equipagen. Doch als die Kutsche durch die Straßen des Marktfleckens fuhr, überlegte Mrs.

Flawse es sich noch einmal reiflich. Der Pferdewagen hüpfte, wackelte und ruckelte, und als sie nach Überqueren des Tyne-Flusses die Straße nach Wark via Chollerford einschlugen, war sie in ihren Überlegungen betreffs der Bequemlichkeit zweisitziger Kutschen schon weiter gediehen. Gelegentlich bewegten sie sich auf baumbestandenen Alleen vorwärts, dann wieder erklommen sie kahle Hänge, auf denen noch Schneewehen an Bruchsteinmauern lagen. Die ganze Zeit über schwankte und holperte die Kutsche fürchterlich, während sich Mr. Flawse neben Mrs. Flawse an ihrem Unbehagen weidete.

»Herrliche Aussicht«, behauptete er, als sie ein besonders unangenehmes Stück offenes Land ohne einen Baum weit und breit überquerten. Mrs. Flawse behielt ihre Gedanken für sich. Sollte sich der Alte an ihrem Leiden weiden, solange er noch atmen konnte, aber wenn sie sich erst einmal fest in Flawse Hall etabliert hatte, würde er schon merken, wie ungemütlich sie die ihm verbleibende Zeit machen konnte. Zunächst einmal würde es keinen Geschlechtsverkehr mehr geben. Mrs. Flawse hatte sich das fest vorgenommen, und als energische Frau konnte sie genausogut austeilen wie einstekken. So saßen die beiden Seite an Seite und sannen über die Unterwerfung des anderen nach. Den ersten Schock bekam Mrs. Flawse. Kurz nach Wark bogen sie in einen halb mit Schotter bedeckten Weg ein, der durch ein schön bewaldetes Tal zu einem großen, ansehnlichen, von einem großzügigen Garten umgebenen Haus führte. Mrs. Flawses Hoffnungen waren verfrüht.

»Ist dies das Herrenhaus?« fragte sie, als sie auf das Tor zuratterten.

»Keineswegs«, sagte Mr. Flawse. »Hier wohnen die Cleydons.«

Einen Moment lang schien seine gute Laune nachzulassen. Der junge Cleydon war anfänglich ein Kandidat für Lockharts Vaterschaft gewesen, und nur die Gewißheit, daß er während der Monate, die für Lockharts Zeugung in Frage kamen, in Australien gewesen war, hatte verhindert, daß er bis auf einen Zoll an sein Leben gepeitscht worden war.

»Scheint ein hübsches Haus zu sein«, sagte Mrs. Flawse, als ihr der Stimmungswandel ihres Gatten auffiel.

»Aye, 's ist besser als seine Bewohner, möge Gott ihre Seelen verrotten lassen«, sagte der Alte. Mrs. Flawse setzte die Cleydons auf die imaginäre Liste von Nachbarn, die er nicht leiden konnte und mit denen sie Umgang pflegen würde. Daß diese Liste voraussichtlich imaginär bleiben würde, dämmerte ihr wenig später. Hinter dem Haus schlängelte sich die Straße aus dem Wald und die steile Flanke eines kahlen Hügels hinauf; anderthalb Kilometer hinter der höchsten Stelle kamen sie an das erste zahlreicher Tore in Bruchsteinmauern. Mr. Dodd kletterte vom Kutschbock und öffnete das Tor. Dann führte er die Kutsche hindurch und schloß es wieder. Mrs. Flawse suchte den Horizont nach einer Spur ihres neuen Zuhauses ab, doch kein Haus kam in Sicht. Hier und da hoben sich ein paar schmutzige Schafe gegen den Schnee ab, doch der Rest war Leere. Mrs. Flawse zitterte.

»Wir haben noch über fünfzehn Kilometer vor uns«, verkündete Mr. Flawse vergnügt. Die nächste Stunde holperten sie über die schlechte Straße, ohne etwas Erfreulicheres zu sehen als ein verlassenes Bauernhaus, umgeben von einer Gartenmauer, Weidenröschen und Brennesseln. Endlich erreichten sie noch ein Tor, hinter dem Mrs. Flawse auf einem Hügel eine von mehreren Häusern umgebene Kirche entdeckte.

»Das ist Black Pockrington«, sagte Mr. Flawse. »Dort wirst du deine Einkäufe tätigen.«

»Dort?« wiederholte Mrs. Flawse schroff. »Bestimmt nicht. Es sieht nicht groß genug aus, um Geschäfte zu beherbergen.«

»Es gibt einen winzigen Laden, und seine Größe verdankt der Ort der Cholera.«

»Cholera?« wiederholte Mrs. Flawse leicht beunruhigt.

»Die Epidemie von 1842 oder um die Zeit herum«, sagte der Alte, »löschte neun Zehntel der Bevölkerung aus. Du findest sie auf dem Friedhof. Schreckliche Sache, die Cholera, aber ohne sie wären wir Flawses schwerlich da, wo wir heute sind.«

Sein unangenehmes Kichern fand bei seiner Frau kein Echo. Sie hatte nicht das geringste Bedürfnis, dort zu sein, wo sie heute war.

»Wir kauften das umliegende Land für 'n Appel und 'n Ei«, fuhr Mr. Flawse fort. »Heute heißt es Moor des Toten Mannes.«

Von fern erklang das dumpfe Wummern einer Explosion.

»Da wirft die Artillerie wieder auf dem Schießplatz das gute Geld des Steuerzahlers zum Fenster raus. Du wirst dich an den Lärm gewöhnen. Entweder das, oder sie sprengen drüben in den Steinbrüchen von Tombstone Law.«

Mrs. Flawse zog ihre Reisedecke enger um sich. Bereits die Namen flößten ihr Furcht ein.

»Und wann erreichen wir Flawse Hall?« fragte sie, um ihre Angst zu verscheuchen. Der Alte konsultierte eine große goldene Sprungdeckeluhr.

»In etwa einer halben Stunde«, sagte er, »gegen halb vier.«

Mrs. Flawse starrte aus dem Fenster, immer aufmerksamer nach den Häusern von Nachbarn Ausschau haltend, doch es waren keine zu sehen, nur die unveränderte Weite des offenen Hochlandes und gelegentlich ein Fels auf den Gipfeln der Hügel. Während sie ihren Weg fortsetzten, frischte der Wind auf. Schließlich kamen sie zu der nächsten Mauer mit Tor, und Mr. Dodd stieg wieder ab.

»Das Herrenhaus liegt dort drüben. Einen besseren Blick bekommst du nicht«, sagte der Alte, als sie durch das Tor fuhren. Mrs. Flawse wischte über das beschlagene Fenster und spähte hinaus. Was sie von dem Haus sehen konnte, auf das sie so großen Wert gelegt hatte, wirkte nun alles andere als einladend. Flawse Hall auf der Flawse-Hochebene unterhalb der Flawse-Hügel wirkte alles andere als erheiternd: Das große, graue, granitene Gebäude mit einem Turm an der einen Seite erinnerte sie an eine Miniaturausgabe des berüchtigten Dartmoor-Gefängnisses. Die das Haus an drei Seiten umgebende Steinmauer wirkte ähnlich abwehrend, der überwölbte Torweg war groß und bedrohlich. Neben der Mauer kauerten ein paar verkrüppelte windgebeugte Bäume, und weit im Westen erblickte sie einen düsteren Kiefernwald.

»Das da drüben ist der Stausee«, sagte Mr. Flawse. »Den Damm unten wirst du noch sehen.«

Mrs. Flawse sah den Damm. Man hatte ihn aus den im Tal herumliegenden Granitblöcken erbaut, und von seinem Fundament folgte ein in Stein gefaßtes Flüßchen dem Talverlauf, floß unter einer mit Toren versehenen Brücke durch und schlängelte sich noch einen halben Kilometer weiter, ehe es durch ein finsteres Loch im Hügel verschwand. Alles in allem bot sich ihnen eine so trostlose Aussicht, wie es die Natur und Wasserwerker des neunzehnten Jahrhunderts nur irgend bewerkstelligen konnten. Sogar das eiserne Tor auf der Brücke war mit Eisenspitzen versehen und verschlossen. Wieder mußte Mr. Dodd vom Bock steigen und es öffnen, damit die Kutsche durchfahren konnte. Mr. Flawse betrachtete stolz den Hügel und rieb sich frohgemut die Hände. »Ein gutes Gefühl, wieder zu Hause zu sein«, behauptete er, als die Pferde sich gemächlich an den Anstieg zum Haus machten.

Mrs. Flawse konnte nichts Gutes daran finden. »Was ist das an dem einen Ende für ein Turm?« fragte sie.

»Das ist der alte Wehrturm. Wurde von meinem Großvater weitgehend restauriert, doch das Haus ist in seiner Struktur noch fast genauso wie ihm sechzehnten Jahrhundert.«

Das glaubte ihm Mrs. Flawse unbesehen. »Ein Wehrturm?« murmelte sie.

»Eine Zuflucht für Mensch und Tier bei Überfällen der Schotten. Die Mauern sind drei Meter dick, und eine Gruppe brandschatzender Schotten oder Moosräuber schaffte es nicht, dort einzudringen, wo sie nicht erwünscht waren.«

»Und was sind Moosräuber?« erkundigte sich Mrs. Flawse.

»Heute gibt es keine mehr, Ma'am«, erklärte der Alte, »aber früher gab es welche. Wegelagerer und Viehdiebe aus Redesdale und North Tynedale. Das Gesetz des Königs galt in den Grenzmarken erst im späten siebzehnten Jahrhundert, oder wie manche sagen, noch später. Nur ein wirklich tapferer Vertreter des Gesetzes hätte sich lange vor 1700 in diese wilde Gegend getraut.«

»Aber warum hießen sie Moosräuber?« fuhr Mrs. Flawse in dem Bestreben fort, ihre Gedanken von dem drohend aufragenden Granitgebäude abzulenken.

»Weil sie übers Moos ritten, ihre Bollwerke aus dicken Eichenstämmen erbauten und zur Tarnung mit Moos bedeckten, damit man sie nicht unter Beschuß nahm. Es war bestimmt nicht einfach, sie zwischen den Torfmooren und

Sümpfen aufzuspüren. Aye, und es brauchte einen mutigen Mann ohne Todesangst im Herzen.«

»Ich hätte gedacht, daß jeder, der freiwillig in diese Gegend zog, von Todessehnsucht befallen sein mußte«, sagte Mrs. Flawse.

Doch der Alte ließ sich durch den Großen Schnitter nicht von der großen Vergangenheit ablenken. »Wohl wahr, Ma'am, doch wir Flawses leben weiß Gott wie lange hier, schon in der so gern besungenen Schlacht bei Otterburn kämpften Flawses an der Seite von Percy.«

Wie um diese Feststellung zu untermauern, explodierte auf dem Schießplatz im Westen wieder eine Granate, und als der Krach verebbte, ertönte ein noch schauerlicherer Lärm: Hundegebell.

»Du liebe Güte, was um alles in der Welt ist das?« fragte die nunmehr gründlich verschreckte Mrs. Flawse.

Mr. Flawse strahlte. »Die Flawse-Meute, Ma'am«, antwortete er und klopfte mit dem silbernen Knauf seines Stokkes an das Fenster. Mr. Dodd spähte zwischen seinen Beinen hindurch, und zum erstenmal bemerkte Mrs. Flawse, daß er auf einem Auge schielte. Aus dieser Perspektive verlieh dies seinem Gesicht etwas schauderhaft Lüsternes. »Dodd, wir fahren in den Garten. Mrs. Flawse möchte die Jagdhunde sehen.«

Mr. Dodds auf den Kopf gestelltes Grinsen war furchtbar anzusehen. Das gleiche galt für die Hunde, die in einer wimmelnden Horde ausschwärmten, und die Kutsche umringten als er vom Bock stieg und die schweren hölzernen Flügel unter dem Torbogen öffnete. Mrs. Flawse starrte verschreckt auf sie hinab. »Was ist das für eine Rasse? Fuchshunde sind es ganz bestimmt nicht«, sagte sie zum Vergnügen des alten Mannes.

»Es sind Flawsehunde«, antwortete er, als ein riesiges Monstrum hochsprang und mit heraushängender Zunge das Fenster vollsabberte. »Von mir persönlich aus bester Rasse gezüchtet. Des Frühlings Hunde sind dem Winter auf der Spur, wie es der große Swinburne formulierte, und man wird schwerlich Jagdhunde finden, die jeder Spur frühlings wie winters so folgen wie diese Bestien. Zwei Drittel Pyrenäenhund wegen seiner Wildheit und Größe, ein Drittel Labrador wegen seines Geruchssinns und der Fähigkeit, zu schwimmen und zu apportieren. Und schließlich ein Drittel Greyhound wegen seiner Schnelligkeit. Was ergibt das, Ma'am?«

»Vier Drittel«, sagte Mrs. Flawse, »was absurd ist. Es gibt keine vier Drittel von irgendwas.«

»Ach ja?« sagte Mr. Flawse, dessen Augen angesichts des Widerspruchs nun nicht mehr stolz, sondern irritiert glitzerten. »Dann lassen wir doch einen hereinkommen, damit du ihn dir ansehen kannst.«

Er öffnete die Tür, und sofort sprang einer der großen Mischlinge in die Kutsche und schlabberte sein Gesicht ab, bevor er seine orale Aufmerksamkeit dem neuen Frauchen schenkte.

»Nimm das widerliche Biest weg. Verschwinde, du Mistviech«, schrie Mrs. Flawse, »hör sofort damit auf. Oh mein Gott...«

Zufrieden, daß er sich verständlich gemacht hatte, schickte Mr. Flawse den Hund mit einem Klaps aus der Kutsche und schmiß die Tür zu. Dann wandte er sich seiner Frau zu. »Du wirst mir doch bestimmt zustimmen, daß er mehr als drei hündische Drittel Wildheit enthält, meine Liebe«, sagte er grimmig, »oder möchtest du noch einen aus der Nähe betrachten?«

Mrs. Flawse sah ihn sich sehr genau an und verneinte.

»Dann widersprecht mir nicht, was eugenische Fragen anbelangt, Ma'am«, sagte er und rief Mr. Dodd zu, er solle weiterfahren. »Ich habe genaue Studien zu diesem Thema angestellt und lasse mir nicht nachsagen, ich hätte unrecht.«

Mrs. Flawse behielt ihre Gedanken für sich. Es waren keine angenehmen Gedanken, aber sie würde sie behalten. Die Kutsche fuhr zur Hintertür und hielt an. Durch ein Meer von Hunden bahnte sich Mr. Dodd einen Weg.

»Schaff sie aus dem Weg, Mann«, schrie Mr. Flawse durch das Gebell. »Die Gattin hat Angst vor den Biestern.«

Im nächsten Moment hatte Mr. Dodd die Jagdhunde dank des Einsatzes seiner Pferdepeitsche soweit eingeschüchtert, daß sie sich auf die andere Seite des Hofs verzogen. Mr. Flawse stieg aus und bot Mrs. Flawse seine Hand an. »Von einem Mann meines Alters kannst du nicht erwarten, daß er dich über die Türschwelle trägt«, sagte er galant, »aber Dodd wird für mich einspringen. Dodd, tragen Sie Ihre Herrin.«

»Es besteht absolut keine Veranlassung...«, hub Mrs. Flawse an, aber Mr. Dodd war dem Befehl nachgekommen, und so starrte sie aus geringer Entfernung, als ihrem Seelenfrieden zuträglich war, in sein lüstern grinsendes Gesicht, während er sie an sich gedrückt ins Haus trug.

»Danke, Dodd«, sagte Mr. Flawse, der ihnen folgte. »Der Brauch wurde befolgt. Setz sie ab.«

Einen entsetzlichen Moment lang wurde Mrs. Flawse noch enger umfaßt, und Dodds Gesicht näherte sich dem ihren, doch dann ließ er los und stellte sie in der Küche auf die Füße. Mrs. Flawse rückte ihr Kleid zurecht, ehe sie sich umsah.

»Ich hoffe, es behagt dir hier, meine Liebe.«

Dem war nicht so, doch Mrs. Flawse schwieg. Hatte Flawse Hall schon von außen trostlos, kahl und unendlich abstoßend ausgesehen, so war die mit großen Steinfliesen ausgelegte Küche reinstes Mittelalter. Zwar hing über dem steinernen Spülbecken ein Hahn, der auf fließendes, wenn auch kaltes Wasser hindeutete, und der eiserne Herd stammte aus einer späteren Phase der industriellen Revolution; doch kaum etwas anderes war auch nur andeutungsweise modern. In der Zimmermitte stand ein kahler, von zwei Bänken flankierter Holztisch, und neben dem Herd gab es zwei Sitzgelegenheiten mit hohen Rückenlehnen.

»Ruhebänke«, erklärte Mr. Flawse, als Mrs. Flawse sie fragend musterte. »Dodd und der Bastard benutzen sie abends.«

»Der Bastard?« sagte Mrs. Flawse. »Welcher Bastard?« Doch diesmal war es an Mr. Flawse, zu schweigen.

»Ich zeige dir das übrige Haus«, sagte er und führte sie durch einen Flur.

»Wenn es auch nur im entferntesten der Küche ähnelt...«, setzte Mrs. Flawse an, doch da irrte sie sich. So trostlos und kahl die Küche auch war, so entsprach doch das übrige Herrenhaus ihren Erwartungen: vollgestopft mit edlen Möbeln, Wandteppichen, großen Porträtgemälden und den Habseligkeiten zahlreicher Generationen und ebenso vieler Ehen. Als sie unter der geschwungenen Treppe stand und sich umsah, seufzte Mrs. Flawse erleichtert auf. Mit Mr. Flawse hatte sie nicht nur einen senilen Mann, sondern auch ein Vermögen an antiken Möbeln und edlem Silber geheiratet. Und von jeder Wand blickte aus alten Porträts ein Flawsesches Gesicht auf sie herab, perückentragende Flawses, uniformierte Flawses und Flawses in prachtvollen Westen, doch das Flawsesche Gesicht blieb immer gleich. Nur in einer Ecke entdeckte sie ein kleines düsteres Porträt eines Mannes, der sich nicht eindeutig als ein Flawse identifizieren ließ.

»Murkett Flawse, wurde leider posthum gemalt«, sagte der Alte.

Mrs. Flawse musterte das Porträt genauer. »Seinem Aussehen nach muß er aber eines merkwürdigen Todes gestorben sein.«

Mr. Flawse nickte. »Enthauptet, Ma'am, und ich kann mir denken, daß dem Scharfrichter an jenem Morgen vom Saufen der Schädel brummte und er öfter zuschlug, als von rechts wegen erforderlich gewesen wäre.«

Mrs. Flawse zog sich von dem schaurigen Porträt Murkett Flawses zurück, und gemeinsam schritt das Paar die Zimmer ab. In jedem gab es etwas zu bewundern und, was Mrs. Flawse betraf, zu taxieren. Als sie schließlich wieder im Hausflur ankamen, war sie überzeugt, daß es doch kein Fehler gewesen war, den alten Trottel zu nehmen.

»Und dies ist mein Allerheiligstes«, sagte Mr. Flawse und öffnete eine Tür links vom Eingang. Mrs. Flawse ging hinein. Im Kamin brannte ein riesiges Kohlenfeuer, und im Gegensatz zum übrigen Haus, das ausgesprochen feucht und muffig gewirkt hatte, war das Arbeitszimmer warm und roch nach ledernen Bucheinbänden und Tabak. Auf dem Teppich vor dem Kamin räkelte sich eine alte Katze, und an jeder Wand glänzten Bücher im Feuerschein. In der Mitte des Raums stand ein Schreibtisch mit einer Kuhle für die Knie, darauf eine grünbeschirmte Lampe und ein silbernes Tintenfaß. Mrs. Flawse ging zu der Lampe, um sie einzuschalten, und fand einen Griff.

»Du brauchst ein Streichholz«, sagte Mr. Flawse, »wir sind nicht ans Elektrizitätsnetz angeschlossen.«

»Ihr seid nicht...«, setzte Mrs. Flawse an und brach ab, als ihr die volle Bedeutung dieser Bemerkung aufging. Welche Schätze aus altem Silber und edlen Möbeln Flawse Hall auch immer beherbergen mochte, ohne Strom barg das Herrenhaus für Mrs. Flawse keine bleibenden Attraktionen. Kein Strom bedeutete vermutlich keine Zentralheizung, und der eine Hahn über der steinernen Spüle hieß lediglich kaltes Wasser. Vor den Jagdhunden geschützt und im Allerheiligsten ihres Gatten, beschloß Mrs. Flawse, die Zeit zum Zuschlagen sei gekommen. Sie ließ sich in den großen Ledersessel mit hoher Rückenlehne neben dem Kamin fallen und funkelte ihren Mann an.

»Allein der Gedanke, mich hierherzuschleppen und zu erwarten, daß ich in einem Haus ohne Strom, heißes Wasser und jeglichen Komfort...«, begann sie schrill, während sich der alte Mann beugte, um im Kamin einen Fidibus zu entzünden. Mr. Flawse drehte ihr sein unverkennbar zorngerötetes Gesicht zu. Der Fidibus in seiner Hand brannte nieder, was Mr. Flawse ignorierte.

»Weib«, sagte er leise und mit stählernem Klang, »du wirst lernen, mich nie wieder in diesem Ton anzusprechen.« Er richtete sich auf, doch Mrs. Flawse ließ sich nicht einschüchtern.

»Und du wirst lernen, mich nie wieder ›Weib‹ zu nennen«, sagte sie trotzig, »und glaub ja nicht, du kannst mich herumschubsen, das dulde ich nämlich nicht. Ich bin sehr wohl in der Lage...«

Sie wurden von Mr. Dodd unterbrochen, der mit einem silbernen Tablett eintrat, auf dem eine Teekanne unter einer Haube stand. Mr. Flawse bedeutete ihm, er möge es auf dem niedrigen Tisch neben ihrem Stuhl absetzen, und erst als Mr. Dodd das Zimmer verlassen und die Tür leise hinter sich geschlossen hatte, brach der Sturm erneut los, und zwar gleichzeitig.

»Ich sagte, daß ich...«, fing Mrs. Flawse an.

»Weib«, brüllte Mr. Flawse, »ich werde nicht...«

Doch ihr Gleichklang brachte sie beide zum Schweigen, und so saßen sie am Feuer und starrten einander grimmig an. Mrs. Flawse beendete die Pause als erste, und zwar mit einer List.

»Es ist ganz einfach«, sagte sie, »wir brauchen uns überhaupt nicht zu streiten. Wir installieren eben einen Stromgenerator. Du wirst merken, daß er dir das Leben ungeheuer erleichtert.«

Doch Mr. Flawse schüttelte den Kopf. »Ich habe neunzig Jahre ohne so ein Ding gelebt und werde auch ohne eins sterben.«

»Das sollte mich kein bißchen wundern«, bemerkte Mrs. Flawse, »aber ich wüßte nicht, weshalb du mich mit ins Grab nehmen solltest. Ich bin heißes Wasser und einen gewissen Komfort gewöhnt und...«

»Ma'am«, sagte Mr. Flawse, »ich wasche mich mit kaltem Wasser...«

»Selten«, sagte Mrs. Flawse.

»Wie ich soeben sagte...«

»Wir können Butangas nehmen, wenn du gegen Strom bist.«

»Ich lasse keine neumodischen Apparate...«

So stritten sie sich, bis es Zeit zum Abendessen war, und in der Küche spitzte der im Hammeleintopf rührende Mr. Dodd die Ohren.

»Der olle Düvel hat 'n bißken mehr abgebissen, als er Zähne zum Kauen im Maul hat«, dachte er bei sich und warf seinem alten Collie neben der Tür einen Knochen hin. »Und wenn die Modder so unbeugsam ist, wie mag dann erst die Dochter sin?« Mit solchen und ähnlichen Überlegungen machte er sich in der Küche nützlich, die so viele Jahrhunderte Flawsesche Frauen hatte kommen und gehen sehen und in der sich immer noch der Geruch jener Jahrhunderte hielt, nach denen Lockhart sich sehnte. Mr. Dodd hatte für so etwas keine Nase, für diesen Moschusgeruch nach ungewaschenen Menschen, alten Stiefeln und schmutzigen Socken, nassen Hunden und räudigen Katzen, nach Seife und Politur, frischer Milch und warmem Blut, gebackenem Brot und abgehangenem Fasan, all diesen Notwendigkeiten des herben Lebens, das die Flawses seit Erbauung des Hauses geführt hatten. Er selbst gehörte zu diesem Moschusgeruch und hatte die gleichen Vorfahren. Doch nun hatte das Haus eine neue Zutat bekommen, die er gar nicht riechen mochte.

Das galt auch für Mr. Flawse, als er und Mrs. Flawse sich nach einem trübseligen Abendessen in ihr eisiges Schlafzimmer und unter ein nach feuchten und vor zu kurzer Zeit gerupften Hühnern riechendes Federbett zurückzogen. Draußen pfiff der Wind in den Schornsteinen, und aus der Küche drang das leise Wimmern von Mr. Dodds northumbrischem Dudelsack, als er »Edward, Edward« spielte. Für diese triste Stunde schien es die angemessene Ballade zu sein. Im ersten Stock kniete Mr. Flawse neben dem Bett.

»Oh Herr...«, setzte er an, als ihm seine Frau das Wort abschnitt.

»Es ist zwecklos, um Vergebung zu bitten«, sagte sie. »Du kommst nicht in meine Nähe, bevor wir ein Einvernehmen erzielt haben.«

Vom Fußboden aus betrachtete der Alte sie böse. »Einvernehmen? Was für ein Einvernehmen, Ma'am?«

»Ein glasklares Einvernehmen, daß du dieses Haus so

schnell wie möglich modernisieren läßt, und daß ich bis dahin in mein eigenes Heim zu dem gewohnten Komfort zurückkehre. Ich habe dich nicht geheiratet, um an einer Lungenentzündung zu sterben.«

Mr. Flawse rappelte sich auf. »Und ich habe dich nicht geheiratet«, donnerte er, »um mir meine häuslichen Angelegenheiten von einem blutjungen Ding vorschreiben zu lassen.«

Mrs. Flawse zog sich trotzig das Laken um den Hals. »Und ich lasse mich nicht anschreien«, gab sie zurück. »Ich bin kein blödes junges Ding. Zufällig bin ich eine anständige...«

Ein erneutes Windheulen aus dem Kamin sowie der Umstand, daß sich Mr. Flawse einen Schürhaken vom Rost gegriffen hatte, brachten sie zum Schweigen.

»Anständig willst du sein? Und welche anständige Frau heiratet einen alten Mann um seines Geldes willen?«

»Geld?« sagte Mrs. Flawse, beunruhigt ob dieses neuen Beweises, daß der alte Narr doch nicht so närrisch war. »Wer hat was von Geld gesagt?«

»Ich«, tobte Mr. Flawse. »Du hast mir einen Antrag gemacht, aber ich habe im stillen gelacht, und wenn du auch nur eine Sekunde lang geglaubt hast, ich wüßte nicht, worauf du aus bist, hast du dich gewaltig geirrt.«

Mrs. Flawse griff auf den Tränentrick zurück. »Ich habe gedacht, du wärst wenigstens ein Gentleman«, schluchzte sie.

»Aye, hast du das. Das zeigt, wie dämlich du bist«, sagte der alte Mann, mittlerweile so rot wie sein Flanellnachthemd. »Tränen bringen dich auch nicht weiter. Damit der Bastard deine bescheuerte Tochter kriegen konnte, hast du die Bedingung gestellt, daß du meine Frau wirst. So, du hast dir die Suppe selbst eingebrockt, jetzt mußt du sie auch auslöffeln.«

»Aber nicht mit dir in einem Bett«, sagte Mrs. Flawse. »Lieber sterbe ich.«

»Was durchaus geschehen könnte, Ma'am, durchaus. Ist das Euer letztes Wort?«

Mrs. Flawse zögerte und wog rasch zwischen der Drohung, dem Schürhaken, und ihrem letzten Wort ab. Doch ihre Sandicottsche Seele war immer noch halsstarrig.

»Jawohl«, sagte sie trotzig.

Mr. Flawse schleuderte den Schürhaken auf den Rost und ging zur Tür. »Ihr werdet den Tag noch bereuen, an dem Ihr dies sagtet, Ma'am«, murmelte er böse und ging.

Mrs. Flawse ließ sich von ihrem Eigensinn erschöpft aufs Bett sinken, ehe sie sich mit letzter Kraft noch einmal aufrappelte und die Tür verriegelte.

6

Als Mrs. Flawse am nächsten Morgen nach einer unruhigen Nacht nach unten kam, hatte sich der alte Mann in seinem Allerheiligsten vergraben und einen Zettel auf dem Küchentisch hinterlassen, auf dem stand, sie solle sich ihr Frühstück selber machen. Ein großer Topf Haferschleim blubberte zäh auf dem Herd; nachdem sie seinen Inhalt gekostet hatte, begnügte sie sich mit einer Kanne Tee und etwas Brot mit Marmelade. Von Mr. Dodd war nichts zu sehen. Im Hof lümmelten sich die grauen Ergebnisse von Mr. Flawses Eugenikexperimenten in der Wintersonne. Mrs. Flawse ging ihnen aus dem Weg, indem sie die Küchentür benutzte, und machte einen Rundgang durch den Garten. Er war durch eine hohe Mauer vor Wind und Wetter geschützt und nicht ohne Reiz. Irgendein früherer Flawse hatte Gewächshäuser sowie einen Küchengarten angelegt, und Capability Flawse, dessen Porträt auf dem Treppenabsatz hing, hatte in dem Viertelhektar, der nicht für Gemüse bestimmt war, eine südliche Landschaft *en miniature* entstehen lassen. Verkrüppelte Bäume und mit Sand bestreute Wege wanden sich durch Steingärten, in einem Fischteich sprudelte ein Springbrunnen. In einer Ecke stand ein Häuschen, ein Gartenhäuschen mit Panoramablick, in dessen Beton Feuersteine und Muscheln steckten und dessen winziges gotisches Fenster mit Buntglasscheiben versehen war. Mrs. Flawse stieg die Treppe zur unverschlossenen Tür hinauf, trat ein und entdeckte die ersten Anzeichen von Komfort auf dem Anwesen. Der eichenholzgetäfelte, mit verblichenen samtbezogenen Sitzgelegenheiten möblierte Raum hatte eine prunkvoll geschnitzte Decke und bot eine Aussicht über die Hochebene bis zum Stausee.

Mrs. Flawse nahm Platz und dachte wieder einmal darüber nach, in was für eine eigenartige Familie sie törichterweise eingeheiratet hatte. Daß diese Sippe bis in graue Vorzeit zurückreichte, hatte sie sich schon zusammengereimt, und daß sie Geld besaß, vermutete sie immer noch. Flawse Hall war zwar nicht unbedingt ein reizvolles Gebäude, aber immerhin mit Kostbarkeiten aus längst verlorenen Kolonien angefüllt, geklaut von jenen kühnen jüngeren Söhnen, die Malaria, Skorbut und Gelbfieber nicht gescheut hatten, um ihr Glück zu machen oder in abgelegenen Ecken des Empires verfrüht zu sterben. Mrs. Flawse beneidete und begriff ihren Unternehmungsgeist. Sie waren gen Süden und Osten (und oft genug gen Westen) gereist, um der heimischen Trostlosigkeit und Langeweile zu entkommen. Mrs. Flawse sehnte sich danach, ihrem Beispiel zu folgen. Alles war der unerträglichen Isolation des Flawseschen Anwesens vorzuziehen, und sie dachte gerade darüber nach, wie sie am besten ihre eigene Flucht in die Wege leiten könnte, als sie die hagere Gestalt ihres Gatten aus dem Küchengarten auftauchen und durch die Steingärten und Zwergbäume auf das Gartenhäuschen zukommen sah. Mrs. Flawse wappnete sich für die Konfrontation. Das hätte sie sich sparen können. Der Alte war offenkundig gut gelaunt. Er kam die Stufen hoch und klopfte an die Tür. »Darf ich eintreten?«

»Ich denke schon«, sagte Mrs. Flawse.

Mr. Flawse blieb auf der Schwelle stehen. »Wie ich sehe,

hast du Perkins Pavillon gefunden«, sagte er. »Eine charmante Konstruktion, 1774 von Perkins Flawse erbaut, dem Dichter der Familie. Hier schrieb er seine berühmte ›Ode an die Kohle‹, zweifellos von jenem Bergwerksstollen inspiriert, den du dort drüben siehst.«

Er deutete durch das Fensterchen auf einen Erdwall auf dem gegenüberliegenden Hügel. Neben dem Wall sah man ein dunkles Loch und ein paar verrostete Maschinenteile.

»›Von der Natur geformt, von der Natur gefällt
Doch nicht die Natur hat's uns heute erhellt.
Sondern des Menschen Wissensdrang, was andres kaum
Enthüllt schwarze Reste von so manchem Baum
Und daher mit Wäldern, lang schon tot
Kochen wir unsre Eier, backen wir unser Brot.‹

Erstklassiger Dichter, Ma'am, leider viel zu wenig gewürdigt«, fuhr der Alte nach Beendigung seiner Rezitation fort, »aber schließlich haben wir Flawses ungeahnte Talente.«

»Wie ich bereits herausfand«, sagte Mrs. Flawse einigermaßen verbittert.

Der alte Mann neigte den Kopf. Auch er hatte eine schlaflose Nacht verbracht, mit seinem Gewissen gerungen und klar verloren.

»Ich bin gekommen, um dich um Vergebung zu bitten«, sagte er schließlich. »Mein Verhalten als Ehemann war unverzeihlich. Ich hoffe, daß du meine ergebensten Entschuldigungen annimmst.«

Mrs. Sandicott zögerte. Ihre erste Ehe hatte sie nicht gelehrt, ihr Recht auf Groll zu schnell aufzugeben. Daraus ließen sich Vorteile ableiten, Macht beispielsweise. »Du hast mich ein blödes junges Ding genannt«, gab sie zu bedenken.

»Ein blutjunges Ding, Ma'am, blutjunges«, sagte Mr. Flawse. »Das heißt ein sehr junges Mädchen.«

»Wo ich herkomme, verstehen wir darunter etwas ganz anderes«, sagte Mrs. Flawse.

»Ich versichere dir, daß ich jung gemeint habe und keineswegs beabsichtigte, deine Intelligenz in Frage zu stellen.«

Das bezweifelte Mrs. Flawse eher. Sein Verhalten in der Hochzeitsnacht hatte sie Vorsicht gelehrt, was seine Absichten betraf. »Egal, was du beabsichtigt hast, auf jeden Fall hast du mich beschuldigt, ich hätte dich wegen deines Geldes geheiratet. Das lasse ich mir von keinem vorwerfen.«

»Ganz recht, Ma'am. Der Satz fiel in der Hitze des Gefechts und im bescheidenen Bewußtsein, daß es einen einleuchtenderen Grund als meine armselige Person geben müsse. Ich ziehe die Bemerkung zurück.«

»Das freut mich. Ich habe dich geheiratet, weil du alt und einsam warst und jemanden brauchtest, der sich um dich kümmerte. An Geld zu denken, wäre mir nicht im Traum eingefallen.«

»Ganz recht«, sagte Mr. Flawse, der diese beleidigenden persönlichen Attribute mit einigen Schwierigkeiten schluckte, »wie du sagst, bin ich alt und einsam und brauche jemanden, der sich um mich kümmert.«

»Und man kann von mir nicht erwarten, daß ich mich bei dem gegenwärtigen Mangel an Komfort um jemanden kümmere. Wenn ich hier bleiben soll, will ich Strom, heiße Bäder, Fernsehen und Zentralheizung.«

Mr. Flawse nickte traurig. Daß es soweit kommen mußte! »Das sollt Ihr haben, Ma'am«, sagte er, »das sollt Ihr haben.«

»Ich bin nicht hier, um an einer Lungenentzündung zu sterben. Ich will, daß all das umgehend installiert wird.«

»Ich werde die Angelegenheit sofort in Angriff nehmen«, sagte Mr. Flawse, »und nun sollten wir uns zum warmen Kamin in meinem Arbeitszimmer begeben und die Frage meines Testaments erörtern.«

»Dein Testament?« wiederholte Mrs. Flawse. »Sagtest du ›mein Testament‹?«

»Allerdings, Ma'am«, bestätigte der Alte und geleitete sie die Stufen des Gartenhäuschens hinunter und durch den mit verkrüppelten Bäumen bestandenen Garten ins Haus. Dort saßen sie sich in den großen Ledersesseln gegenüber, während sich vor dem Kohlenfeuer eine räudige Katze räkelte, und setzten ihr Gespräch fort.

»Ich werde offen mit dir reden«, behauptete Mr. Flawse. »Lockhart, mein Enkel, dein Schwiegersohn, ist ein Bastard.«

»Wirklich?« sagte Mrs. Flawse, unsicher, ob sie das Wort in seiner wörtlichen Bedeutung nehmen sollte. Der Alte beantwortete die Frage.

»Das Ergebnis einer unerlaubten Vereinigung meiner verstorbenen Tochter mit einer unbekannten Person oder unbekannten Personen, und ich habe mir das Lebensziel gesetzt, erstens seine väterliche Herkunft festzustellen und zweitens jene Neigungen auszumerzen, auf die ich, aufgrund der Tatsache, daß er teilweise ein Flawse ist, einwirken kann. Hoffentlich kannst du meinen Darlegungen folgen.«

Mrs. Flawse konnte zwar nicht, nickte aber folgsam.

»Ich bin, wie du nach einer Durchsicht meiner Bibliothek wohl schon vermutet hast, ein eiserner Anhänger der Theorie, daß sowohl physische wie psychische Eigenschaften von den Vorfahren vererbt werden. Um den großen William zu variieren: Daß die Vorväter unsre Zwecke formen, wie wir sie auch entwerfen. Vorväter, Ma'am, nicht Vormütter. Die

Begattung von Hunden, bei der ich beträchtliche Erfahrung sammeln konnte, deutet darauf hin.«

Mrs. Flawse schüttelte sich und starrte ihn wild an. Wenn ihre Ohren sie nicht trogen, hatte sie einen Mann geheiratet, der unglaublichen Perversionen frönte.

Mr. Flawse beachtete ihre Verblüffung nicht und fuhr fort: »Die läufige Hündin«, ergänzte: »Hoffentlich erregt dieses etwas heikle Thema bei dir keinen Anstoß?« und wiederholte, da er ihren zitternden Kopf als Bestätigung verstand, daß dem nicht so sei: »Die läufige Hündin lenkt die Aufmerksamkeit eines Rudels Rüden auf sich, die ihr über Berg und Tal folgen und untereinander um das dem bissigsten und stärksten Rüden gewährte Vorrecht kämpfen, sie *prima nocte* zu begatten. Daher wird sie zuerst von dem besten Exemplar geschwängert, doch um die Zeugung zu gewährleisten, wird sie anschließend von allen anderen Hunden im Rudel besprungen, bis hinunter zum kleinsten und schwächsten. Daraus resultiert das Überleben der Art, Ma'am, und des Tüchtigsten. Das stammt von Darwin, Ma'am, und Darwin hatte recht. Nun bin ich der Meinung, daß auch menschliches Verhalten in erster Linie erblich bedingt ist. Die Flawsesche Nase und das Flawsesche Kinn beweisen, wie physische Eigenheiten, die von unseren Flawseschen Ahnen herrühren, im Laufe der Jahrhunderte weiterverebt wurden, und ich bin der festen Überzeugung, daß wir nicht nur körperliche Eigenheiten von unseren Vorvätern erben, sondern auch geistige. Anders ausgedrückt, der Hund ist Vater des Menschen, und das Temperament eines Hundes wird durch seine Ahnen bestimmt. Aber wie ich sehe, glaubt Ihr mir nicht.«

Er hielt inne und musterte Mrs. Flawse genau; die Zweifel standen ihr ins Gesicht geschrieben. Doch die Zweifel galten der Zurechnungsfähigkeit ihres Ehemannes, nicht dem intellektuellen Gehalt seiner Rede.

»Ihr wendet ein«, fuhr der alte Mann fort, »was Euer gutes Recht ist, wenn die Vererbung das Temperament bestimmt, wie wirkt sich dann die Erziehung auf unser Wesen aus? Das denkt Ihr doch, hab' ich recht?«

Wieder nickte Mrs. Flawse unfreiwillig. Ihre eigene Erziehung war von toleranten Eltern und progressiven Lehrern so verwässert worden, daß sie seinem Gedankengang unmöglich folgen konnte. Davon abgesehen, daß er sich offensichtlich zwanghaft intensiv mit dem Liebesleben und den Fortpflanzungsgewohnheiten von Hunden beschäftigte und offen zugegeben hatte, daß in der Familie Flawse ein Hund anscheinend Vater des Menschen gewesen war, hatte sie keine Ahnung, wovon er redete.

»Die Antwort lautet, Ma'am, und auch hier dient der Hund als unser Bezugspunkt, daß der Hund nicht von Natur aus Haustier war, sondern dies erst durch soziale Symbiose geworden ist. Hund und Mensch, Ma'am, leben aufgrund gegenseitiger Bedürfnisse zusammen. Wir jagen zusammen, wir essen zusammen, wir wohnen zusammen und wir schlafen zusammen, doch vor allem erziehen wir einander. Durch den ständigen Umgang mit Hunden habe ich mehr gelernt als durch Menschen oder aus Büchern. Eine Ausnahme bildet Carlyle, doch auf ihn komme ich später zu sprechen. Vorher möchte ich sagen, daß ein Hund abgerichtet werden kann. Bis zu einem gewissen Punkt, Ma'am, nur bis zu einem gewissen Punkt. Ich weiß genau, daß selbst der beste Schäfer der Welt aus einem Terrier keinen Schäferhund machen kann. Das ist unmöglich. Ein Terrier ist ein Erdhund, wie Eure Lateinkenntnisse Euch verraten werden. Terra – Erde, Terrier – Erdhund. Den kann man hüten lassen soviel man will, sein Hang zu graben läßt sich nicht austreiben. Soviel man ihn auch abrichtet, im Grunde seines Herzens wird er ein Wühler von Löchern bleiben. Auch wenn er nicht buddelt, der Instinkt ist da, und genauso ist es beim Menschen, Ma'am. Nach diesen Ausführungen bleibt mir nur noch die Feststellung, daß ich mir bei Lockhart die größte Mühe gegeben habe, jene Instinkte auszumerzen, die uns Flawses, wie unsere bitteren Erfahrungen zeigen, zu eigen sind.«

»Freut mich zu hören«, murmelte Mrs. Flawse, die aus eigener bitterer Erfahrung die Instinkte kannte, die den Flawses zu eigen waren. Der alte Mann erhob warnend einen Zeigefinger. »Aber, Ma'am, da ich nichts über die Vorfahren seines Vaters weiß, war ich im Nachteil. Aye, schwer im Nachteil. Die von Lockharts väterlicher Seite herrührenden Laster kenne ich nicht, und da ich sie nicht kenne, kann ich lediglich Vermutungen anstellen. Auch unter Aufbietung größter Phantasie konnte man meine Tochter wohl kaum ein wählerisches Mädchen nennen. Die Umstände ihres Todes beweisen das. Sie starb in einem Graben, Ma'am, als sie ihren Sohn gebar. Und sie weigerte sich, den Vater zu nennen.«

Mr. Flawse hielt inne, um seine Verbitterung auszukosten und die bohrenden Zweifel zu verdrängen, daß die Starrköpfigkeit seiner Tochter hinsichtlich Lockharts Vater eine letzte Geste töchterlicher Großzügigkeit darstellte, um ihm die Schmach des Inzestes zu ersparen. Während er in die Tiefen des Kaminfeuers starrte, als wäre es die Hölle selbst, gab sich Mrs. Flawse mit der Erkenntnis zufrieden, daß Lockharts uneheliche Geburt einen weiteren Pfeil auf dem Bogen ihrer ehelichen Macht darstellte. Für dieses Eingeständnis würde der alte Trottel büßen. Mrs. Flawse hatte einen neuen Grund zu grollen gefunden.

»Wenn ich daran denke, daß meine Jessica mit einem unehelichen Mann verheiratet ist, muß ich ehrlich sagen, daß ich dein Benehmen unentschuldbar und unehrenhaft finde, also wirklich«, sagte sie, Mr. Flawses demütige Stimmung ausnutzend. »Hätte ich das gewußt, hätte ich nie und nimmer meine Einwilligung zu der Heirat erteilt.«

Mr. Flawse nickte ergeben. »Du mußt mir verzeihen«, sagte er, »aber Not kennt schließlich kein Gebot, und das fromme Wesen deiner Tochter wird das Lockhart väterlicherseits vererbte Böse mildern.«

»Das hoffe ich inständig«, sagte Mrs. Flawse. »Und da wir gerade beim Vererben sind: Wenn ich mich recht entsinne, erwähntest du, daß du dein Testament ändern willst.« Damit wandten sie sich von der Theorie den praktischen Dingen zu.

»Ich werde meinen Anwalt, Mr. Bullstrode, herbestellen und ihn ein neues Testament aufsetzen lassen. Ihr werdet die Begünstigtste sein, Ma'am, das versichere ich Euch. Natürlich innerhalb der Grenzen, die mir meine Verpflichtungen gegenüber meinen Angestellten auferlegen, und mit der Maßgabe, daß das Erbe mit Eurem Ableben Lockhart und seinen Nachkommen zufällt.«

Mrs. Flawse lächelte zufrieden. Sie sah eine sorgenfreie Zukunft vor sich. »Und in der Zwischenzeit sorgst du dafür, daß das Herrenhaus modernisiert wird?« fragte sie. Wieder nickte Mr. Flawse.

»Wenn das so ist, werde ich bleiben«, erklärte Mrs. Flawse gnädig. Diesmal zeichnete sich auf Mr. Flawses Gesicht ein kurzes Lächeln ab, das aber sofort wieder erstarb. Es war überflüssig, sich zu verraten. Er würde Unterwürfigkeit heucheln und dadurch Zeit schinden.

Am selben Nachmittag schrieb Mrs. Flawse an Jessica. Es handelte sich weniger um einen Brief als um eine Liste ihrer Habseligkeiten, die mit dem Möbelwagen nach Flawse Hall gebracht werden sollten. Als sie fertig war, gab sie den Brief Mr. Dodd, damit dieser ihn in Black Pockrington aufgab. Doch als sie an diesem Abend zu Bett ging, war der Brief immer noch nicht unterwegs. In der Küche stellte Mr. Flawse einen Wasserkessel auf den Herd, öffnete über dem Dampf den Umschlag und las den Inhalt.

»Du kannst ihn einwerfen«, teilte er Mr. Dodd mit, als er den Umschlag wieder zuklebte. »Die olle Forelle hat den Köder geschluckt. Jetzt muß ich nur noch mit ihr spielen.«

Und das tat er die nächsten Monate. Flawse Hall wurde nicht modernisiert. Die Klempnerfirma sollte immer nächste Woche kommen, was sie jedoch nie tat. Die Elektrizität blieb in der Schwebe, und die Post weigerte sich, das Telefon anzuschließen, außer zu Kosten, die sogar Mrs. Flawse exorbitant hoch fand. Überall gab es Schwierigkeiten. Das Eintreffen ihrer Habseligkeiten verzögerte sich, weil der Möbelwagen die Brücke in der Talsohle nicht bewältigen konnte und die Möbelpacker sich weigerten, Kartons und Kisten einen Kilometer bergauf zu schleppen. Schließlich entluden sie den Lastwagen, verschwanden und überließen es Mrs. Flawse und Mr. Dodd, ein Teil nach dem anderen bergauf zu schaffen, ein langwieriger Prozeß, zusätzlich verlangsamt durch Mr. Dodds vielfältige andere Aufgaben. Der Frühling neigte sich seinem Ende, als der gesamte Tand und Tinneff aus Sandicott Crescent Nummer 12 endlich im Salon verstaut war, wo er vergeblich mit dem antiken Plunder aus Empirezeiten konkurrierte. Das Schlimmste war, daß Mrs. Flawses Rover mit der Bahn geschickt, nach Mr. Dodds

Intervention beim Stationsvorsteher, wobei Geld den Besitzer wechselte, über Glasgow nach East Pursley zurückgeschickt und Lockhart und Jessica in unbenutzbarem Zustand und mit einem Schildchen mit der Aufschrift »Empfänger unbekannt« zugestellt wurde. Ohne ihr Auto war Mrs. Flawse verloren. Sie konnte Mr. Dodd im Einspänner bis Black Pockrington begleiten, doch in Pockrington besaß niemand ein Telefon, und weiter zu fahren, weigerte er sich.

Nach drei Monaten Unsicherheit und Unbequemlichkeit ihrerseits sowie Hinhaltetaktik ihres Gatten, was das Testament betraf, hatte sie genug. Mrs. Flawse stellte ihr Ultimatum.

»Entweder hältst du deine Versprechungen, oder ich gehe«, sagte sie.

»Aber Ma'am, ich habe mir allergrößte Mühe gegeben«, sagte Mr. Flawse. »Die Sache ist im Gange und ...«

»Es wäre besser, wenn sie schon hier eingetroffen wäre«, entgegnete Mrs. Flawse, die ihre Redeweise der ihres Mannes angepaßt hatte. »Ich meine es ernst. Mr. Bullstrode, der Anwalt, muß ein Testament zu meinen Gunsten aufsetzen, oder ich breche meine Zelte hier ab und kehre dorthin zurück, wo man meine Anwesenheit zu schätzen weiß.«

»Wo ein Wille ist, da ist auch ein Weg«, sagte der Alte, wobei er über die möglichen Interpretationen dieser Sentenz nachsann und an Schopenhauer dachte. »Wie der große Carlyle sagte ...«

»Das ist auch so ein Punkt. Keine Predigten mehr. Ich habe soviel von Mr. Carlyle gehört, daß es mir bis ans Lebensende reicht. Möglich, daß er so bedeutend war, wie du sagst, aber genug ist genug, und ich habe von Helden und Heldenverehrung die Nase gestrichen voll.«

»Ist das dein letztes Wort?« erkundigte sich Mr. Flawse hoffnungsvoll.

»Ja«, sagte Mrs. Flawse, sich dadurch Lügen strafend. »Ich habe deine Gesellschaft und die Unannehmlichkeiten dieses Hauses lange genug ertragen. Entweder läßt sich Mr. Bullstrode innerhalb einer Woche blicken, oder ich werde mich entfernen.«

»Mr. Bullstrode ist morgen hier«, sagte Mr. Flawse. »Ich gebe dir mein Wort.«

»Das möchte ich hoffen«, sagte Mrs. Flawse, stürmte aus dem Zimmer und ließ den Alten zurück, der bedauerte, ihr je Samuel Smiles Buch über Selbsthilfe empfohlen zu haben.

*

An demselben Abend wurde Mr. Dodd mit einem versiegelten Umschlag losgeschickt, der das Flawsesche Wappen trug, einen in Wachs auf die Umschlagrückseite gedruckten Moosräuberwimpel. Er enthielt genaue Anweisungen über den Inhalt von Mr. Flawses neuem Testament, und als Mrs. Flawse am nächsten Morgen zum Frühstück nach unten kam, erfuhr sie, daß ihr Mann endlich einmal Wort gehalten hatte.

»Seht selbst, Ma'am«, sagte Mr. Flawse und reichte ihr Mr. Bullstrodes Antwortschreiben, »er kommt heute nachmittag her, um das Testament aufzusetzen.«

»Das ist auch besser so«, sagte Mrs. Flawse. »Es war mir bitterernst.«

»Und ich meine jedes Wort ernst, das ich sage, Ma'am. Das Testament wird aufgesetzt, und ich habe Lockhart herbestellt, der bei der Verlesung anwesend sein soll.«

»Ich wüßte nicht, warum er vor deinem Tod anwesend

sein sollte«, wandte Mrs. Flawse ein. »Normalerweise wird ein Testament erst danach verlesen.«

»Dieses Testament nicht, Ma'am«, sagte Mr. Flawse. »Gewarnt sein heißt gewappnet sein, wie es in dem alten Sprichwort heißt. Außerdem muß der Junge die Sporen spüren.«

Er zog sich in sein Allerheiligstes zurück, so daß Mrs. Flawse mit dieser rätselhaften Bemerkung allein blieb; nachmittags traf Mr. Bullstrode an der Brücke über der Schlucht ein und wurde von Mr. Dodd eingelassen. Die nächsten drei Stunden drang Stimmengemurmel aus dem Arbeitszimmer, doch obwohl sie am Schlüsselloch lauschte, bekam Mrs. Flawse von der Unterredung nichts mit. Sie hielt sich wieder im Salon auf, als der Anwalt seine Aufwartung machte, bevor er ging.

»Eine Frage noch, bevor Sie gehen, Mr. Bullstrode«, sagte sie. »Ich hätte gern Ihre Zusicherung, daß ich die Hauptnutznießerin des Testaments meines Mannes bin.«

»Dessen können Sie versichert sein, Mrs. Flawse. Sie sind wirklich die Hauptnutznießerin. Ich möchte sogar weitergehen, gemäß den Klauseln in Mr. Flawses neuem Testament fällt Ihnen bis zu Ihrem Tode sein gesamtes Erbe zu.«

Mrs. Flawse seufzte erleichtert auf. Es war eine anstrengende Schlacht gewesen, aber die erste Runde war an sie gegangen. Jetzt mußte sie nur noch darauf bestehen, daß moderne sanitäre Anlagen im Haus installiert wurden. Sie konnte es auf den Tod nicht mehr ertragen, das Plumpsklo zu benutzen.

7

Lockhart und Jessica waren krank, punktum. Der Fluch – diese Bezeichnung hatte man der jungen Jessica beigebracht – durchtrennte das zwischen ihnen bestehende zarte körperliche Band. Lockhart weigerte sich hartnäckig, seinen unwürdigen Körper seinem blutenden Engel aufzudrängen, und wenn sie einmal nicht blutete, weigerte sich sein Engel, auf ihr Recht als seine Frau zu bestehen und ihn aufgedrängt zu bekommen. Doch auch wenn sie in einer Art sexuellem Waffenstillstand lebten, so wuchs im fruchtbaren Boden ihrer Frustration dennoch die Liebe. Kurz gesagt, sie beteten einander an und verabscheuten die Welt, in der sie lebten. Lockhart verbrachte seine Tage nicht mehr in der Wheedle Street bei Sandicott & Partner. Mr. Treyer, der sich entscheiden mußte, seine Rücktrittsdrohung wahrzumachen, da Lockhart nicht verschwand, eine Entscheidung, die er Mr. Dodd verdankte, der Mr. Treyers Brief nicht an Mrs. Flawse weitergeleitet hatte, griff schließlich auf eine subtilere Taktik zurück und zahlte Lockhart seinen vollen Lohn sowie eine Prämie, damit er dem Büro fernbliebe, bevor er einen Steuerfahnder umbrachte oder sämtliche Klienten vergraulte und so das Geschäft in den Ruin trieb. Lockhart akzeptierte dieses Arrangement ohne Bedauern. Was er von Mr. Treyer, Mehrwertsteuerexperten, den Widersprüchen zwischen Einkommen und Einkommenssteuer und den Tricks und Schlichen von Steuereintreibern wie Steuerhinterziehern mitbekommen hatte, bestätigte ihn nur in seiner Auffassung, daß die moderne Welt verkommen und korrupt war. Da er von seinem Großvater erzogen worden war, zu glauben, was man ihm sagte, und das zu sagen, was er glaubte, hatte der Wechsel in eine Welt, in der das Gegenteil galt, einen traumatischen Effekt.

Bei vollem Lohn sich selbst überlassen, war Lockhart zu Hause geblieben und hatte Fahrstunden genommen.

»Das hilft, die Zeit totzuschlagen«, hatte er Jessica erklärt, und sich anschließend große Mühe gegeben, zwei Fahrlehrer und jede Menge andere Verkehrsteilnehmer totzufahren. Da er mehr an die Fortbewegung von Pferden und Kutschen gewöhnt war als an das plötzliche Beschleunigen und Abbremsen von Automobilen, sah Lockharts Fahrstil so aus, daß er das Gaspedal durchdrückte, ehe er die Kupplung kommen ließ, und unvermittelt auf die Bremse trat, ehe er in alles raste, was ihm gerade im Weg stand. Diese sich wiederholende Prozedur hatte zur Folge, daß seine Fahrlehrer, starr vor Angst, nicht mehr in der Lage waren, ihrem Schüler eine andere Variante nahezulegen. Nachdem er die Frontpartien von drei Fahrschulwagen und die Heckpartien von zwei abgestellten Wagen sowie einen Laternenpfahl zerstört hatte, war es Lockhart schwergefallen, überhaupt noch jemanden zu finden, der ihm das Fahren beibrachte.

»Ich versteh's einfach nicht«, teilte er Jessica mit. »Bei einem Pferd steigt man in den Sattel und los geht's. Da stößt man nicht dauernd gegen irgendwas. Ein Pferd ist vernünftiger.«

»Vielleicht kämst du besser zurecht, wenn du den Fahrlehrern zuhören würdest, Liebling. Die müssen doch schließlich wissen, was du zu tun hast.«

»Der letzte«, sagte Lockhart, »hat vorgeschlagen, ich solle meinen Matschkopf untersuchen lassen, dabei fehlte mir überhaupt nichts. Den Schädelbruch hatte er.«

»Schon richtig, Liebster, aber du hattest gerade den Laternenpfahl umgefahren. Das weißt du doch.«

»Gar nicht wahr«, sagte Lockhart entrüstet. »Das Auto hat ihn umgefahren. Ich habe lediglich den Fuß von der Kupplung genommen. Es war doch nicht meine Schuld, daß der Wagen wie eine verbrühte Katze von der Straße gesaust ist.«

Als er einem der Fahrlehrer Gefahrenzulage zahlte und ihm erlaubte, mit einem Sturzhelm und zwei Sicherheitsgurten auf der Rückbank Platz zu nehmen, bekam Lockhart schließlich den Dreh raus. Da der Fahrlehrer darauf bestand, Lockhart müsse sein eigenes Fahrzeug stellen, hatte er sich einen Land-Rover zugelegt. Der Fahrlehrer baute eine Drehzahlsperre ein, und gemeinsam hatten sie auf einem stillgelegten Flugplatz geübt, wo es kaum Hindernisse gab und keine anderen Autos verkehrten. Sogar unter diesen behinderungsfreien Bedingungen hatte Lockhart es geschafft, zwei Hangars an zehn Stellen zu perforieren, als er mit über sechzig Stundenkilometern durch ihre verrosteten Wände brauste, und es sprach für den Land-Rover, daß er die Fahrt so gut überstand.

Was auf den Fahrlehrer nicht zutraf. Er hatte sie äußerst schlecht überstanden und sich nur durch noch mehr Geld und eine Flasche Scotch überreden lassen, wieder auf dem Rücksitz Platz zu nehmen. Nach sechs Wochen hatte Lockhart seinen ausgeprägten Drang überwunden, auf Hindernisse zu- statt um sie herumzufahren, und wurde auf Nebenstraßen und schließlich auf Hauptstraßen losgelassen. Damit erklärte der Fahrlehrer, er könne jetzt die Fahrprüfung ablegen. Der Prüfer war anderer Meinung und forderte auf halber Strecke, man möge ihn aussteigen lassen. Doch beim dritten Anlauf bekam Lockhart seinen Führerschein, vor allem, weil der Fahrprüfer die Aussicht nicht ertragen konnte, ein viertes Mal neben ihm sitzen zu müssen. Mittlerweile litt der Land-Rover unter Materialermüdung, und zur Feier des Ereignisses tauschte Lockhart die Überreste des Wagens gegen einen Range Rover, der auf offener Straße hundertsechzig und im Gelände hundert Stundenkilometer schaffte. Letzteres bewies Lockhart zu seiner Zufriedenheit und zur völligen Verstörung des Klubsekretärs, indem er das Ding mit hoher Geschwindigkeit über alle achtzehn Bahnen des Golfplatzes von Pursley fuhr, ehe er am Rand von Sandicott Crescent die Hecke durchbrach und in die Garage brauste.

»Er hat Vierradantrieb«, berichtete er Jessica, »bewältigt Sandhindernisse wie nichts und fährt prima auf Gras. Wenn wir in Northumberland sind, können wir einfach über das Hochland fahren.«

Er fuhr zum Autosalon, um den Range Rover zu bezahlen, so daß es Jessica überlassen blieb, einem partiell unzurechnungsfähigen Klubsekretär gegenüberzutreten, der wissen wollte, was zum Teufel ihr Mann sich eigentlich dabei gedacht habe, einen verflucht großen Lkw über alle achtzehn Grüns zu fahren und deren makellose und minutiös gepflegten Oberflächen zu zerstören.

Jessica leugnete, daß ihr Mann irgend etwas Derartiges getan habe. »Er hält große Stücke auf Gartenbau«, informierte sie den Mann, »und er würde nicht im Traum daran denken, Ihr Grünzeug zu zerstören. Ich wußte übrigens gar nicht, daß Sie auf dem Golfplatz Gemüse anbauen. Gesehen habe ich jedenfalls noch keins.«

Angesichts solch strahlender und entwaffnender Naivität hatte sich der Sekretär mit den gemurmelten Worten zurückgezogen, irgendein Irrer habe jedenfalls die Ausrichtung der Offenen Damenmeisterschaften unmöglich gemacht, von dem Turnier für gemischte Doppel ganz zu schweigen.

Daher kam Mr. Flawses Brief gerade recht, in dem er das Paar nach Flawse Hall zur Verlesung des Testaments bestellte.

»O Liebling«, sagte Jessica, »ich konnte es kaum erwarten, dein Zuhause zu sehen. Wie herrlich.«

»Klingt ganz so, als würde Großvater sowieso nicht mehr lange leben«, sagte Lockhart nach Lektüre des Briefs. »Warum will er jetzt sein Testament verlesen?«

»Wahrscheinlich sollst du nur erfahren, wie großzügig er sein wird«, sagte Jessica, die auch den niederträchtigsten Taten noch eine nette Interpretation abgewann.

Ganz anders Lockhart. »Du kennst Opa nicht«, sagte er.

Doch am nächsten Morgen brachen sie mit dem Range Rover sehr früh auf und schafften es, den morgendlichen Berufsverkehr nach London zu vermeiden. Weniger Glück hatten sie an der Ampel zur Autobahnauffahrt, die zufällig gerade auf Rot stand. Bei dieser Gelegenheit fuhr Lockhart einem Mini hintendrauf, ehe er den Rückwärtsgang einlegte und sich aus dem Staub machte.

»Solltest du nicht besser zurückfahren und dich entschuldigen?« fragte Jessica.

Doch davon wollte Lockhart nichts wissen. »Er hätte nicht so abrupt anhalten dürfen«, sagte er.

»Aber die Ampel zeigte Rot, Liebling. Sie sprang gerade um, als wir hinter ihm waren.«

»Jedenfalls steckt in diesem System keine erkennbare

Logik«, erklärte Lockhart. »Auf der anderen Straße kam überhaupt nichts. Ich hab' nachgesehen.«

»Aber jetzt kommt was«, sagte Jessica und warf einen Blick aus dem Heckfenster, »und es hat ein blaues Blinklicht auf dem Dach. Ich glaube, das ist die Polizei.«

Lockhart drückte das Gaspedal durch, und in Null Komma nichts fuhren sie hundertsechzig. Im Polizeiauto hinter ihnen wurde die Sirene eingeschaltet und auf hundertachtzig beschleunigt.

»Sie kommen immer näher, Liebling«, sagte Jessica, »wir können ihnen unmöglich entkommen.«

»O doch, das können wir«, sagte Lockhart und warf einen Blick in den Rückspiegel. Der Polizeiwagen war vierhundert Meter hinter ihnen und kam rasch näher. Lockhart nahm eine Überführung zu einer Nebenstraße, bog mit quietschenden Reifen in eine Landstraße ein, attackierte mit Unterstützung seines Jagdinstinkts ein aus fünf Latten bestehendes Tor und holperte über ein gepflügtes Feld. Hinter ihnen hielt der Polizeiwagen am Tor an, und Männer stiegen aus. Doch mittlerweile hatte Lockhart schon die nächste Hecke überwunden und war über alle Berge. Dreißig Kilometer und vierzig Hecken später überquerte er die Autobahn und fuhr auf östlicher gelegenen Landstraßen weiter.

»O Lockhart, du bist so männlich«, sagte Jessica, »du denkst aber auch an alles. Wirklich. Aber glaubst du nicht, daß sie dein Kennzeichen aufgeschrieben haben?«

»Wenn ja, wird's ihnen auch nicht viel nützen«, sagte Lockhart. »Mein altes hat mir nicht gefallen, darum hab' ich es geändert.«

»Es hat dir nicht gefallen? Warum nicht?«

»Auf dem Nummernschild stand PIS 453, darum ließ ich ein neues machen, ein viel schöneres. Es heißt FLA 123.«

»Aber dann suchen sie eben nach einem Range Rover mit dem Kennzeichen FLA 123«, gab Jessica zu bedenken, »und sie haben Funkgeräte und all sowas.«

Lockhart hielt in einer Parkbucht. »Dich stört es wirklich nicht, wenn wir PIS 453 sind?« fragte er.

Jessica schüttelte den Kopf. »Natürlich nicht«, sagte sie, »Dummerchen.«

»Wenn du darauf bestehst«, sagte Lockhart zweifelnd, stieg aber schließlich doch aus und wechselte die Nummernschilder aus. Als er wieder in den Wagen stieg, umarmte ihn Jessica.

»O Liebling«, sagte sie. »Ich fühle mich mit dir so sicher. Ich weiß nicht, warum, aber irgendwie schaffst du es immer, daß alles so einfach aussieht.«

»Wenn du es nur richtig angehst«, sagte Lockhart, »ist das meiste einfach. Das Problem ist, daß die Menschen nie das Naheliegende tun.«

»Das wird es wohl sein«, sagte Jessica und verfiel wieder in ihre romantischen Träumereien von Flawse Hall auf der Flawse-Hochebene unterhalb der Flawse-Hügel. Mit jedem Kilometer Richtung Norden wurden ihre Gefühle, anders als die ihrer Mutter, nebliger und verschwommener von Legenden und der wilden Schönheit, nach der sie sich sehnte.

Auch die Gefühle des neben ihr sitzenden Lockhart änderten sich. Er entfernte sich von London und dem Tiefland, das er so verabscheute, und kehrte, wenn auch nur kurz, in das offene hügelige Hochland seiner Jugend zurück, zu der Musik von in der Ferne oder in der Nähe abgefeuerten Gewehren. Der Geschmack von Wildnis und ein seltsam gewalttätiges Gefühl bemächtigten sich seiner, und in seinem Kopf nahm Mr. Treyer eine neue monströse Form an, ein gigantisches Fragezeichen, auf das es nie eine Antwort geben würde. Man stellte Mr. Treyer eine Frage und bekam eine Antwort, die keine Antwort war, sondern eine Bilanz. Auf der einen Seite stand das Soll, auf der anderen das Haben. Man zahlte sein Geld und ging ein Risiko ein, und Lockhart war hinterher nicht klüger als vorher. Die Welt, in der er sich auskannte, hatte keinen Platz für Doppelzüngigkeiten oder Grauzonen, in denen alles verdreht wurde und man sich gegen sämtliche Eventualitäten absicherte. Wenn man auf ein Moorhuhn zielte, traf man oder man traf nicht, und knapp daneben geschossen war auch vorbei. Und wenn man eine Bruchsteinmauer baute, blieb sie stehen oder fiel um, und wenn sie umfiel, bewies das, daß man einen Fehler gemacht hatte. Doch im Süden war alles Schluderei und Vertuschung. Ihn bezahlte man, damit er nicht arbeitete, und andere, die nicht arbeiteten, machten Vermögen durch den Kauf und Verkauf von Optionen auf noch zu erntenden Kakao oder noch nicht gefördertes Kupfer. Und wenn sie durch den Austausch von Papierchen ihr Geld verdient hatten, wurde es ihnen vom Finanzamt wieder abgenommen, oder sie mußten lügen, um es zu behalten. Schließlich war da noch die Regierung, von der er in seiner Naivität immer angenommen hatte, sie werde gewählt, um zu regieren und den Geldwert stabil zu halten. Statt dessen gab sie mehr aus, als in der Staatskasse war, und lieh sich Geld, um das Defizit auszugleichen. Täte das ein einzelner Mann, würde er Pleite machen, und zwar zu Recht. Aber Regierungen liehen, bettelten, stahlen oder druckten einfach mehr Geld, und da war niemand, der dem einen Riegel vorschieben könnte. In Lockharts arithmetischem Denken hatte er eine Welt des Wahnsinns vorgefunden, in der zwei und zwei fünf oder sogar elf machten und nichts zum korrekten Ergebnis führte. Das war keine Welt für ihn, dieses heuchlerische

Lügengebilde. »Besser ein Dieb als ein Bettler«, dachte er und fuhr weiter.

Als sie hinter Wark die Hauptstraße verließen und auf den Schotterweg nach Black Pockrington einbogen, war es fast dunkel. Über ihnen war der Himmel von ein paar Sternen gesprenkelt, und die Scheinwerfer beleuchteten Tore und manchmal die Augen eines Nachttieres, doch alles andere zeichnete sich dunkel, kahl und umrißhaft vor dem Horizont ab. Jessica geriet in Verzückung.

»O Lockhart, es ist wie eine andere Welt.«

»Es ist eine andere Welt«, sagte Lockhart.

Als sie schließlich die Anhöhe Tombstone Law erreicht hatten, schauten sie über das Tal zum Herrenhaus hinüber, dessen sämtliche Fenster hell erleuchtet waren.

»O wie himmlisch!« rief Jessica aus. »Laß uns hier für einen Augenblick anhalten. Ich möchte es unbedingt genießen.«

Sie stieg aus und starrte hingerissen das Gebäude an. Von seinem Wehrturm bis zu den rauchenden Schornsteinen und dem aus den Fenstern fallenden Lichtschein war es genauso, wie sie es sich erhofft hatte. Wie um diese Erfüllung zu feiern, kam im selben Moment der Mond hinter einer Wolke hervor und glitzerte auf der Oberfläche des Stausees, und aus der Ferne hörte man das Bellen der Flawseschen Jagdmeute. Die Lektüre aus Jessicas hinausgezögerter Pubertät wurde Wirklichkeit.

8

Man könnte sagen, daß Mr. Flawses Lektüre am nächsten Morgen im Saal des Wehrturms Wirklichkeit wurde, den sein Großvater so restauriert hatte, daß sogar die ursprüngliche luxuriöse Eleganz übertroffen wurde. Der Zeitgenosse Sir Walter Scotts hatte dessen Bücher geradezu verschlungen und den ehemaligen befestigten Kuhstall zu einem Bankettsaal mit Stuck und Zierwappen ausbauen lassen, von dessen Sparren die zerschlissenen und völlig imaginären Schlachtenfahnen eines halben Dutzends fiktiver Regimenter hingen. Zeit und Motten hatten diesen Standarten eine gazeartige Authentizität beigebracht, während der Rost den Rüstungen und Wappen das Flair von Handarbeit verliehen hatte, das ihnen fehlte, als er sie erwarb. Und Rüstungen und Wappen fanden sich überall. Behelmte Figuren lehnten an den Wänden und darüber, zwischen den ausgestopften Köpfen von Hirschen, Elch, Antilope, Bär und sogar dem eines Tigers hingen die Schwerter und Hellebarden längst vergangener Schlachten.

In dieser kriegerischen Umgebung, mit einem mächtigen Feuer im Kamin und zwischen den Fahnen aufsteigendem Rauch, wollte Mr. Flawse sein Testament verlesen lassen. Vor ihm an einem langen Eichentisch saßen die theoretisch seinem Herzen am nächsten stehenden Personen: Lockhart, Mrs. Flawse, die in ein romantisches Koma versunkene Jessica, der Anwalt Mr. Bullstrode, der das Testament verlesen sollte, zwei Pächter, um das Dokument als Zeugen zu unterschreiben, sowie Dr. Magrew, um zu bestätigen, daß Mr. Flawse, wie dieser behauptete, geistig gesund war.

»Die Zeremonie ist unter striktester Beachtung juristischer und rechtswissenschaftlicher Vorschriften durchzuführen«, hatte Mr. Flawse angeordnet, und so geschah es. Er hätte genausogut ergänzen können, der große Thomas Carlyle würde dem Verfahren das Gewicht seiner rhetorischen Autorität verleihen, denn in der einleitenden Ansprache des Alten waren deutliche Anleihen bei dem Weisen von Ecchilfeccan unüberhörbar. Seine Worte hallten durch die Dachsparren, und da das Testament aus juristischen Gründen kaum Punkte enthielt, hatte Mr. Flawse dieses Manko dadurch wettgemacht, daß er seine Rede mit Semikolons spickte.

»Ihr seid heute hier versammelt«, verkündete er und hielt seine Rockschöße über das Feuer, »um das Testament von Edward Tyndale Flawse zu hören; einmal verwitwet und zweimal verheiratet; Vater der verstorbenen und teils betrauerten Clarissa Richardson Flawse; Großvater ihres unehelichen Nachkommen Lockhart Flawse, den ich, da sein Vater unbekannt ist, nicht aus Herzensgüte, sondern aus jener angeborenen und unbestreitbaren praktischen Geisteshaltung heraus, welche eine der besonders zuverlässig weitervererbten Eigenheiten der Familie Flawse darstellt, zu meinem Erben in der männlichen Rangfolge eingesetzt habe. Doch zu den Folgen dieser Tatsache später mehr; nicht von solch niedrigen gemeinen Dingen möchte ich sprechen; von erhabeneren Themen will ich singen, wenn es denn ein Gesang ist, den alte Männer aus ihren verschwommenen Erinnerungen an die Vergangenheit anstimmen; alt bin ich sehr wohl, und dem Tode nahe.«

Er hielt inne, um Atem zu schöpfen, und Mrs. Flawse rutschte erwartungsfroh auf ihrem Stuhl herum. Mr. Flawse musterte sie mit funkelndem Raubtierblick. »Aye, Ma'am, zu recht windet Ihr Euch; auch Ihr werdet noch in Senilität verfallen; des Todes knöcherner Finger winkt, und wir müssen gehorchen; finsteres Vergessen ist uns gewiß. Gewiß und über alle anderen Gewißheiten erhaben; der einzige Fixstern im Firmament menschlicher Erfahrung; da alles andere zufällig, nebensächlich und unkoordiniert ist, können wir unseren Sextanten lediglich nach dem Stern der Nichtexistenz, dem Tod, ausrichten, um zu ergründen, was und wo wir sind. Den ich nun, mit neunzig Jahren, greller und bedrohlicher als je zuvor strahlen sehe. Und so nähern wir uns dem Grabe, entlang den Leitprinzipien unserer Gedanken und Taten, jenen Charakterzügen, denen wir, da wir mit ihnen geboren wurden, sehr zu Dank verpflichtet sind, doch die uns dank ihrer winzigen Sprünge unabsichtlich erlauben, das bißchen Freiheit auszuüben, das den Menschen ausmacht. Aye, den Menschen ausmacht; kein Tier kennt Freiheit; nur der Mensch; und das aufgrund genetischer Defekte und fehlerhafter chemischer Verwandtschaft. Der Rest wird uns in die Wiege gelegt. Wie sehr der Mensch auch einer Maschine ähnelt, in der sich Dampf, Feuer und Druck aufbauen, muß er doch auf vorgegebenen Pfaden auf das Ende zusteuern, das uns alle erwartet. Vor euch steht ein halbes Gerippe, nichts als Haut und Knochen, und nur ein wenig Geist, um dieses ganze Gerümpel zusammenzuhalten. In Bälde wird das Pergament meines Leibes zerbröseln; der Geist wird entfleuchen; und wird meine Seele weiterleben? Weder weiß ich dies, noch kann ich es je erfahren, bis der Tod beschließt, mit ja oder nein zu antworten. Womit ich mich nicht herabsetzen will. Noch stehe ich hier vor euch in diesem Saal, und ihr habt euch versammelt, um meinen letzten Willen zu hören. Meinen Willen? Ein seltsamer Begriff, auf den die Toten Anspruch erheben; ihr Wille; wenn die Entscheidungen ihren Hinterbliebenen aus der Hand genommen wurden; ihr Wille; nur die Mutmaßung eines Wunsches. Doch ich beraube euch dieser Möglichkeit, indem ich euch diesen meinen letzten Willen vorlege; und ich will, daß es so sei, im wahrsten Sinne des Wortes. Denn ich habe Bedingungen abgefaßt, die ihr alsbald hören und erfüllen werdet oder des Vermögens, das ich euch hinterlasse, verlustig gehen sollt.«

Der Alte hielt inne und sah in ihre Gesichter, ehe er fortfuhr. »Ihr fragt euch, warum ich euch mustere?« fragte er. »Um einen Funken von Widerstand in euren Augen zu erblicken. Einen Funken, mehr nicht, einen Funken nur, der diesem halben Gerippe dennoch sagen würde, es soll zur Hölle fahren. Was, wie zumindest ein ironischer Schluß gewesen wäre, tatsächlich meine Absicht war. Doch wie ich sehe, ist dies nicht der Fall; die Habgier bläst die Kerze eures Mutes aus. Ihr, Ma'am«, dabei zeigte er mit dem Finger auf Mrs. Flawse, »ein auf einem Upasbaum sitzender unterernährter Geier hat mehr Geduld als Ihr, die Ihr mit Eurem Hintern auf jener Bank da hockt.«

Er machte eine Pause, aber Mrs. Flawse schwieg. Ihre kleinen Augen verengten sich vor berechnendem Haß.

»Kann Euch denn gar nichts aus der Reserve locken? Nein, doch Eure Gedanken sind mir bekannt; die Zeit verrinnt; das Metronom von Herzschlägen tickt langsamer, und bald wird mein Trauergesang aufhören, vielleicht ein wenig vor der Zeit; das Grab, in dem ich liege, wird Euch Genugtuung verschaffen. Laßt mich das an Eurer statt vorwegnehmen, Ma'am. Und jetzt zum Bastard Flawse. Regt sich

Widerstand in Euch, Sir, oder hat Euch den Eure Erziehung ausgetrieben?«

»Fahr zur Hölle«, schlug Lockhart vor.

Der Alte lächelte. »Besser, besser, aber eben nur nachgeplappert. Ich trug dir auf, was du sagen solltest, und du hast gehorcht. Doch hier folgt eine bessere Prüfung.« Mr. Flawse drehte sich um, nahm eine Streitaxt von der Wand und hielt sie ihm hin.

»Nimm sie, Bastard«, sagte er. »Nimm die Axt.«

Lockhart erhob sich und nahm sie.

»Wenn ein Mann alt wurde, war es unter den Normannen Sitte, ihm mit einer Axt den Kopf vom Rumpf zu trennen«, fuhr Mr. Flawse fort. »Es war die Pflicht des ältesten Sohnes. Da ich niemanden habe außer dir, einen im Graben geborenen Bankert von einem Enkel, fordere ich dich auf, diese Pflicht zu erfüllen und ...«

»Nein«, sagte Jessica, stand auf und entriß Lockhart die Axt. »Sie haben kein Recht, ihn in Versuchung zu führen.«

Der Alte klatschte in die Hände. »Bravo. Schon besser. Das Weibchen hat mehr Schneid als der Rüde. Nur ein kurz aufflackernder Schneid, doch nichtsdestotrotz Schneid; vor dem ich den Hut ziehe. Mr. Bullstrode, verlesen Sie das Testament.« Von seiner Ansprache erschöpft, nahm der alte Mr. Flawse Platz. Mr. Bullstrode erhob sich theatralisch und öffnete das Testament.

»Ich, Edwin von Tyndale Flawse, bei klarem Verstand und schwächlichem, doch ausreichend stabilem Körper als Hülle meines Geistes, hinterlasse, vermache und vererbe hiermit alle meine weltlichen Güter, Mobilien, Gebäude und Grundbesitz meiner Frau, Mrs. Cynthia Flawse, damit diese sie solange treuhänderisch verwaltet und nutzt, bis sie selbst durch Tod, Ableben, Weggang von diesem Ort scheidet, welcher genauer durch den Umkreis von einer Meile von Flawse Hall bestimmt wird, und unter der Bedingung, daß sie nicht eines oder mehrere der ihr somit hinterlassenen, vermachten und vererbten Besitztümer verkauft, mit einer Hypothek belastet, vermietet, verpfändet oder beleiht und nirgendwie die Gegebenheiten der erwähnten Besitztümer, Güter, Mobilien und des Hauses verbessert, verändert, ergänzt oder korrigiert, sondern allein gemäß den bestehenden Verhältnissen lebt, welches sie hiermit in Anerkennung dieses Testaments als bindenden Vertrag unterzeichnet, in dessen Fesseln sie sich fügen wird.«

Mr. Bullstrode legte das Testament aus den Händen und schaute Mrs. Flawse an. »Unterschreiben Sie?« fragte er, doch Mrs. Flawse war hin- und hergerissen. Der Alte hatte also doch Wort gehalten und ihr sein gesamtes Erbe hinterlassen. Daß diese großzügige Geste so kurz nach dem Vergleich mit einem Geier erfolgte, hatte den Kompaß ihrer Berechnung durcheinandergebracht. Sie brauchte Zeit zum Überlegen; diese wurde ihr verwehrt.

»Unterschreibt, Ma'am«, sagte Mr. Flawse, »sonst wird das Testament, insoweit es Euch betrifft, null und nichtig.«

Mrs. Flawse nahm den Federhalter, unterschrieb, und die zwei anwesenden Pächter bezeugten ihre Unterschrift.

»Fahren Sie fort, Mr. Bullstrode«, sagte der Alte vergnügt, woraufhin Mr. Bullstrode das Testament erneut ergriff.

»Meinem Enkel Lockhart hinterlasse ich nichts außer meinem Namen, bis und falls er nicht seinen natürlichen Vater *in persona* beigebracht hat, der zu der Zufriedenheit meines Testamentsvollstreckers Mr. Bullstrode oder seines Nachfolgers erwiesenermaßen der tatsächliche und zugegebene und zweifelsfrei feststehende Vater besagten Lockharts ist, und der eine schriftliche beeidete Erklärung dieses Inhalts abgegeben hat und den nach Unterschrift eben dieser Erklärung von besagtem Lockhart bis auf einen Zoll an sein Leben gepeitscht werden soll. Falls diese obengenannten Bedingungen hinsichtlich seiner Vaterschaft erfüllt werden, soll und wird der meine Frau Cynthia Flawse betreffende Teil des Testaments, wie er oberhalb ihrer freiwillig getätigten Unterschrift aufgeführt ist, automatisch null und nichtig und das Erbe, Anwesen, die Mobilien, Land und Besitztümer *in toto* meinem Enkel Lockhart Flawse zu seiner freien Verfügung zufallen. Meinem Diener Donald Robson Dodd hinterlasse ich die Nutznießung meines Hauses mitsamt Futter, Fleisch, Getränke, Hunde und Pferd, solange er lebt und letztere am Leben bleiben.«

Mr. Bullstrode schwieg, und der alte Mr. Flawse trat an den Tisch und griff zum Füller. »Bin ich bei geistiger Gesundheit?« fragte er Dr. Magrew.

»Ja«, sagte der Doktor, »ich bestätige, daß Sie bei geistiger Gesundheit sind.«

»Hört dies«, sagte Mr. Flawse zu den beiden Pächtern, die durch ein Kopfnicken ihre Bestätigung kundtaten. »Ihr werdet bezeugen, daß ich bei Unterzeichnung dieses Testamentes bei geistiger Gesundheit bin.«

Plötzlich schrie Mrs. Flawse auf. »Geistig gesund? Du bist völlig meschugge. Betrogen hast du mich. Du hast gesagt, du würdest mir alles hinterlassen, und jetzt hast du in einer Zusatzklausel festgelegt, daß ich jedes Recht auf mein Erbe verwirke, falls ... falls ... falls diese uneheliche Kreatur ihren Vater findet.«

Aber Mr. Flawse schenkte ihrem Ausbruch keinerlei Beachtung und unterzeichnete das Testament. »Hebe dich hinweg, Weib«, sagte er und reichte den Füller einem der

Pächter. »Ich habe mein Wort gehalten, und du wirst mein Wort einhalten oder jeden Penny verlieren, den ich dir hinterlassen habe.«

Mrs. Flawse beäugte die auf dem Tisch liegende Axt und gab sich vorerst geschlagen. Man hatte sie übers Ohr gehauen. »Nirgendwo steht, daß ich hierbleiben muß, solange du noch lebst. Ich werde sofort morgen früh abreisen.«

Mr. Flawse lachte. »Ma'am«, sagte er, »Ihr habt einen Vertrag unterzeichnet, laut dem Ihr für den Rest Eures Lebens hierbleiben oder mir für den Verlust Eurer Anwesenheit im Jahr fünftausend Pfund Kompensation zahlen werdet.«

»Ich habe nichts dergleichen getan«, schrie Mrs. Flawse, »ich habe unterschrieben ...«

Doch Mr. Bullstrode reichte ihr das Testament. »Sie finden den entsprechenden Passus auf Seite eins.«

Mrs. Flawse stierte ihn ungläubig an, ehe sie seinem Finger mit dem Blick folgte. »Aber das haben Sie nicht vorgelesen«, sagte sie, als die Wörter vor ihren Augen verschwammen. »Sie haben nicht gelesen: ›Falls mich meine Frau Cynthia Flawse verlassen sollte...‹ Oh mein Gott!« Dann sank sie auf ihren Stuhl. Da stand die Klausel schwarz auf weiß.

»Und nun, da das Ding ordnungsgemäß unterschrieben und ausgefertigt ist«, erklärte Mr. Flawse, als Bullstrode das bemerkenswerte Dokument faltete und in seine Aktentasche steckte, »laßt uns auf den Tod anstoßen.«

»Auf den Tod?« sagte Jessica, immer noch wie betäubt von der bizarren Romantik der Szenerie.

Mr. Flawse tätschelte liebevoll ihre rosige Wange. »Auf den Tod, meine Liebe, das einzige, was uns gemeinsam ist, der große Gleichmacher! Mr. Dodd, die Karaffe mit northumbrischen Whisky.«

Mr. Dodd verschwand durch die Tür.

»Ich wußte gar nicht, daß man in Northumbrien Whisky brennt«, sagte Jessica, der der alte Mann immer sympathischer wurde. »Ich dachte, er käme aus Schottland.«

»Du weißt vieles nicht, so auch, daß es northumbrischen Whisky gibt. Früher wurde er in dieser Gegend gallonenweise destilliert, aber heute ist Dodd der einzige, der noch einen Destillierapparat besitzt. Siehst du diese Mauern? Drei Meter dick. Früher gab es bei uns ein Sprichwort: ›Zwei für die Schotten und einen für den Zollfahnder.‹ Und nur ein sehr gewitzter Mann würde den Eingang finden, doch Dodd kennt ihn.«

Zum Beweis dieser Behauptung tauchte Mr. Dodd mit einer Karaffe Whisky und einem Tablett Gläser auf. Als die Gläser gefüllt waren, erhob sich Mr. Flawse, und die anderen folgten seinem Beispiel. Nur Mrs. Flawse blieb sitzen.

»Ich weigere mich, auf das Wohl des Todes zu trinken«, murmelte sie stur. »Das ist ein gottloser Trinkspruch.«

»Aye, Ma'am, und die Welt ist ebenfalls gottlos«, entgegnete Mr. Flawse, »und doch werdet Ihr trinken. Es ist Eure einzige Hoffnung.«

Mrs. Flawse rappelte sich unsicher auf und musterte ihn mit Abscheu.

»Auf den Großen Schnitter«, sagte Mr. Flawse, und seine Stimme hallte zwischen den Streitäxten und Rüstungen wider.

Nach einer im Speisesaal eingenommenen Mahlzeit machten Lockhart und Jessica einen Spaziergang über die Flawse-Hochebene. Die Nachmittagssonne schien auf das struppige Gras hinab, und ein paar Schafe regten sich, als die beiden die Flawse-Hügel erklommen.

»O Lockhart, nicht um alles in der Welt hätte ich den

heutigen Tag missen mögen«, sagte Jessica, als sie oben angekommen waren. »Dein Großvater ist der reizendste alte Mann, den man sich denken kann.«

Dieser Superlativ wäre Lockhart für seinen Großvater nicht eingefallen, und Mrs. Flawse, die bleichgesichtig auf ihrem Zimmer saß, hätte das genaue Gegenteil verwendet. Doch beide behielten ihre Ansichten für sich. Lockhart, weil Jessica sein geliebter Engel war und ihre Meinung nicht in Frage gestellt werden durfte, und Mrs. Flawse, weil ihr niemand zuhörte. Unterdessen saßen Mr. Bullstrode und Dr. Magrew porttrinkenderweise mit Mr. Flawse um den Mahagonitisch und führten die Sorte philosophischer Gespräche, für die sie ihr gemeinsamer Hintergrund prädestinierte.

»Daß Sie einen Trinkspruch auf den Tod ausbrachten, kann ich nicht gutheißen«, ließ Dr. Magrew verlauten. »Das steht im Widerspruch zu meinem hippokratischen Eid, außerdem ist es ein Widerspruch in sich, auf das Wohl und die Gesundheit von etwas zu trinken, das *per se* eben nicht der Gesundheit förderlich ist.«

»Verwechseln Sie nicht Gesundheit mit Leben?« sagte Mr. Bullstrode. »Und mit Leben meine ich die Lebenskraft. Nun besagt das Naturgesetz, daß jedes Lebewesen sterben muß. Dieser Tatsache können Sie schwerlich widersprechen, Sir.«

»Das kann ich nicht«, sagte Dr. Magrew, »es ist die Wahrheit. Andererseits möchte ich Ihre Befugnis anzweifeln, einen Sterbenden gesund zu nennen. Ich kann mich nicht daran erinnern, in meiner gesamten Laufbahn als Mediziner je am Totenbett eines Gesunden gesessen zu haben.«

Mr. Flawse klopfte an sein Glas, um die Aufmerksamkeit der anderen und die Karaffe zu bekommen. »Meiner Ansicht nach lassen wir den Faktor unnatürlicher Tod unter den

Tisch fallen«, sagte er und schenkte sich neu ein. »Sie kennen doch zweifellos das Rätsel mit der Fliege und der Lokomotive. Eine völlig gesunde Fliege fliegt mit dreißig Stundenkilometern Geschwindigkeit in genau die entgegengesetzte Richtung wie eine Lokomotive, die mit neunzig unterwegs ist. Die Lok stößt mit der Fliege zusammen, wobei letztere sofort verstirbt, doch als sie stirbt, fliegt sie nicht mehr mit dreißig Stundenkilometern Geschwindigkeit vorwärts, sondern bewegt sich mit neunzig in die andere Richtung. Wohlan, Sir, als die Fliege stirbt und die Bewegungsrichtung ändert, muß da nicht für nur eine Millionstelsekunde auch die Lokomotive durch den Aufprall der Fliege anhalten, und trifft es nicht zu, was in einem direkteren Zusammenhang mit unserem Thema steht, daß die Fliege bei bester Gesundheit dahinscheidet?«

Mr. Bullstrode schenkte sich Portwein nach und sann über das Problem nach, doch der Doktor zog vom Leder. »Wenn die Lokomotive auch nur den millionsten Teil einer Sekunde anhielt, worüber ich mich, da ich kein Ingenieur bin, nicht äußern kann, also mit Ihrem Wort vorlieb nehmen muß, dann trifft andererseits zu, daß die Fliege eine Millionstelsekunde lang alles andere als gesund war. Um zu erkennen, daß dem so ist, müssen wir lediglich die Zeit in Relation zu der Lebenserwartung einer Fliege setzen. Das normale Leben einer Fliege beschränkt sich meines Wissens auf einen einzigen Tag, während das Leben des Menschen siebenzig Jahr währet, Anwesende ausgenommen. Kurz gesagt, eine Fliege kann sich auf ungefähr sechsundachtzigtausendvierhundert Sekunden bewußter Existenz freuen, während der Mensch mit zwei Milliarden einhundertsiebzig Millionen fünfhundertzwanzig Sekunden zwischen Geburt und Tod rechnen kann. Ich überlasse es Ihnen, den Unterschied der Lebensdauer von einer Millionstelsekunde für die Fliege und deren Äquivalent für den Menschen zu bestimmen. Über den Daumen gepeilt würde ich für letztere die Größenordnung von fünfeinhalb Minuten errechnen. Zweifellos Zeit genug, um einen Patienten als nicht gesund zu diagnostizieren.«

Nachdem er das Fliegenargument und den restlichen Inhalt seines Glases weggeputzt hatte, lehnte Dr. Magrew sich in seinem Sessel zurück.

Nun war Mr. Bullstrode an der Reihe, das Problem mit juristischen Methoden anzugehen. »Nehmen wir die Frage der Todesstrafe«, sagte er. »Die Justiz hielt sich einiges darauf zugute, daß niemand an den Galgen kam, der nicht zum Hängen tauglich war. Nun ist ein tauglicher Mensch ein gesunder Mensch, und da der Tod durch Erhängen sofort eintritt, starb ein Mörder gesund.«

Aber Dr. Magrew ließ sich nicht so leicht ins Bockshorn jagen. »Wortklauberei, Sir, reine Semantik. Sie sagen, ein dem Galgen überantworteter Mörder sei zum Hängen tauglich gewesen. Ich hingegen bin der Ansicht, niemand, der mordet, ist lebenstauglich. Wir können die Dinge auch auf den Kopf stellen. Das hängt alles vom jeweiligen Standpunkt ab.«

»Aye, das ist der springende Punkt«, sagte Mr. Flawse. »Von welchem Standpunkt aus sollte man die Dinge betrachten? Nun also, da ich einer festeren Grundlage als der von meiner eigenen Erfahrung bereitgestellten entbehre, die sich weitgehend auf Hunde und ihre Gewohnheiten beschränkt, würde ich sagen, daß wir auf der Evolutionsskala ein wenig tiefer als bei den Primaten ansetzen sollten. Bei uns hört man gelegentlich das Sprichwort ›Ein Hund frißt den anderen‹. Wer sich das ausgedacht hat, hat keine Ahnung von Hunden. Hunde fressen keine Hunde. Sie jagen in Rudeln, und ein Rudeltier ist kein Kannibale. Es ist auf seine Artgenossen angewiesen, wenn es gilt, ein Beutetier zur Strecke zu bringen, und daher hat es die Moral eines sozialen Wesens; eine instinktive Moral zwar, aber immerhin eine Moral. Der Mensch dagegen kennt keine natürliche oder instinktive Moral. Dies beweist uns der geschichtliche Prozeß, und die Geschichte der Religion ebenfalls. Gäbe es eine natürliche Moral im Menschen, wären Religion oder sogar Gesetze überflüssig. Und doch hätte der Mensch ohne Moral nicht überlebt. Ein weiteres Rätsel, meine Herren: Die Wissenschaft zerstörte den Glauben an Gott, auf dem die Moral gründete; zudem lieferte die Wissenschaft dem Menschen die Möglichkeit, sich selbst zu vernichten; kurzum, uns fehlt der Sinn für Moral, der uns in der Vergangenheit vor dem Aussterben bewahrt hat, dafür haben wir die Möglichkeit, uns in Zukunft zu vernichten. Eine trostlose Zukunft, meine Herren, die ich hoffentlich nicht mehr erleben muß.«

»Und welchen Rat würden Sie künftigen Generationen geben, Sir?« erkundigte sich Mr. Bullstrode.

»Denselben, den Cromwell seinen Rundköpfen gab«, sagte Mr. Flawse. »Auf Gott vertrauen und das Pulver trokken halten.«

»Wobei man davon ausgeht, daß Gott existiert«, sagte Dr. Magrew.

»Wobei man keineswegs von so etwas ausgeht«, widersprach Mr. Flawse. »Glaube ist eine Sache, Wissen eine andere. Sonst machte man es sich zu einfach.«

»Dann greifen Sie auf die Tradition zurück, Sir«, stellte Mr. Bullstrode beifällig fest. »Ich als Anwalt bin der Meinung, daß Ihre Einstellung vieles für sich hat.«

»Ich greife auf meine Familie zurück«, sagte Mr. Flawse. »Die Vererbung charakteristischer Merkmale ist naturbedingt. Schon Sokrates sagte: ›Erkenne dich selbst.‹ Ich würde sogar weitergehen und behaupten, um sich selbst zu erkennen, muß man erst seine Ahnen kennenlernen. Dies ist der Grund meiner Anweisungen an den Bastard. Soll er herausfinden, wer sein Vater und sein Großvater und sogar die vor ihnen waren, dann wird er sich selbst finden.«

»Und wenn er sich selbst gefunden hat, was dann?« fragte Mr. Bullstrode.

»Dann soll er er selbst sein«, antwortete Mr. Flawse und nickte ein.

9

Oben, in der Einsamkeit ihres Schlafzimmers, war Mrs. Flawse völlig aufgelöst. Zum zweiten Mal in ihrem Leben hatte ein Ehemann sie hereingelegt, und dieser Umstand verlangte dringend nach Heulen und Zähneklappern. Doch da sie eine methodische Frau war, die wußte, was ein neues Gebiß kostete, nahm Mrs. Flawse ihre Zähne heraus und legte sie in ein Glas Wasser, bevor sie mit den Kiefern klapperte. Und heulen tat sie auch nicht. Dies wäre eine zu große Genugtuung für ihren Mann gewesen, und Mrs. Flawse war fest entschlossen, ihn für seine Sünden büßen zu lassen. Statt dessen setzte sie sich zahnlos hin und sann über ihre Rache nach. Diese bestand, wie ihr klar wurde, aus Lockhart. Mr. Flawse hatte ihr zwar den ständigen Aufenthalt im komfortlosen Herrenhaus auferlegt, zugleich jedoch seinem Enkel die Aufgabe, seinen Vater zu finden. Erst dann konnte er sie ihres Erbes berauben, und falls seine Suche erfolglos blieb, würde sie das Haus nach dem Tod des Alten so ummodeln, wie es ihr paßte. Sogar die Einkünfte aus dem Anwesen würden ihr zur freien Verfügung gehören. Sie könnte sie Jahr für Jahr akkumulieren und zu ihren Ersparnissen tun, und eines schönen Tages hätte sie genug gespart, um zu verschwinden und nie mehr wiederzukehren. Doch dies alles galt nur für den Fall, daß Lockhart seinen Vater nicht fand. Wenn man Lockhart die für die Suche nötigen Mittel vorenthielt – und hier dachte Mrs. Flawse sofort an Geld –, könnte ihr nichts passieren. Sie würde dafür sorgen, daß Lockhart mittellos war.

Sie griff nach ihrer Schreibmappe, entnahm ihr Füller und Papier und verfaßte einen kurzen und bündigen Brief an Mr. Treyer, in dem sie ihn anwies, Lockhart bei Sandicott & Partner fristlos zu entlassen. Nachdem sie den Umschlag verschlossen hatte, legte sie ihn weg, um ihn Jessica zu geben, damit diese ihn in den Briefkasten steckte, oder was den ironischen Aspekt betonen würde, um ihn Lockhart auszuhändigen, damit der ihn persönlich überbrachte. Mrs. Flawse lächelte zahnlos und überlegte sich andere Möglichkeiten der Rache, und als der Nachmittag zu Ende ging, war sie vergnügter gestimmt. Der Alte hatte in seinem Testament verfügt, daß keine Verbesserungen am Herrenhaus vorgenommen werden durften. Sie beabsichtigte, seine Anweisungen buchstabengetreu auszuführen. Es würde keine Verbesserungen, sondern für den Rest seines unnatürlichen Lebens nur das Gegenteil davon geben. Fenster würden geöffnet, Türen aufgesperrt, Essen kalt und Betten noch feuchter werden, bis sich die Altersgebrechen dank ihrer Unterstützung bis zu seinem Ableben häuften. Und der Alte hatte einen Trinkspruch auf das Wohl des Todes ausgebracht. Das war angemessen. Der Tod würde schneller kommen, als er sich träumen ließ. Genau, das war es, Lockhart um jeden Preis aufhalten, den Tod ihres Gatten beschleunigen, und dann würde sie das Testament anfechten, oder vielleicht besser noch, Mr. Bullstrode bestechen, damit er die Auflagen änderte. Sie würde Erkundigungen über den Mann einholen. Mittlerweile mußte sie gute Miene zum bösen Spiel machen.

Nicht nur Mrs. Flawse, auch Lockhart hatte die Testamentsverlesung mißfallen. Wie er mit Jessica auf den Flawse-Hügeln saß, teilte er ihre romantische Interpretation seiner Existenz als Bastard keineswegs.

»Daß es bedeutete, ich habe keinen Vater, wußte ich ja nicht«, erzählte er ihr. »Ich dachte, es sei einfach eins der Schimpfwörter, die er mir an den Kopf warf. Er nennt dauernd irgendwelche Leute Bastard.«

»Aber siehst du denn nicht, wie aufregend das alles ist«, sagte Jessica. »Es ist wie eine Schnitzeljagd, man könnte es ›Auf der Jagd nach dem verlorenen Vater‹ nennen. Und wenn du ihn findest, erbst du das gesamte Anwesen, und wir können hierherziehen.«

»Es wird kein Kinderspiel sein, einen Vater ausfindig zu machen, der bis auf einen Zoll an sein Leben gepeitscht wird, sobald er sich verrät«, sagte Lockhart sachlich, »außerdem hab ich keine Ahnung, wo ich anfangen soll.«

»Nun, wenigstens weißt du, wann du geboren wurdest, und mußt jetzt nur noch herausfinden, in wen deine Mutter damals verliebt war.«

»Und wie finde ich mein Geburtsdatum heraus?«

»Indem du einen Blick auf deine Geburtsurkunde wirfst, Dummerchen«, sagte Jessica.

»Ich habe keine«, sagte Lockhart; »Opa wollte mich nicht registrieren lassen. Das ist furchtbar lästig, und Mr. Treyer konnte meine Sozialversicherung und all so was nicht bezahlen. Das ist einer der Gründe, weshalb er mich nicht arbeiten läßt. Er sagt, daß es mich praktisch gesehen nicht gibt und er es praktischer fände, wenn er mich nicht mehr sehen müßte. Ich kann weder wählen noch als Schöffe bei Gericht amtieren, und einen Paß bekomme ich auch nicht.«

»O Liebling, du mußt doch einfach irgend etwas unternehmen können«, sagte Jessica. »Wenn du erstmal deinen Vater gefunden hast, wird er dafür sorgen, daß du eine Geburtsurkunde bekommst. Warum sprichst du nicht einmal mit Mr. Bullstrode? Er scheint mir ein ausgesprochen netter alter Herr zu sein.«

»Scheint«, sagte Lockhart finster, »der Schein trügt.«

Doch als die Sonne langsam hinter dem Schießplatz versank und sie Hand in Hand zum Haus zurückgingen, stießen sie auf Mr. Bullstrode, der mit Juristenblick das Vorderteil des Range Rovers musterte.

»Es scheint, als wärt ihr in einen Zusammenstoß verwikkelt worden«, sagte er.

»Stimmt«, sagte Jessica, »wir sind auf einen Kleinwagen aufgefahren.«

»Tatsächlich?« sagte Mr. Bullstrode. »Ein Kleinwagen. Ich hoffe, ihr habt den Unfall der Polizei gemeldet.«

Lockhart schüttelte den Kopf. »Darum hab ich mich nicht gekümmert.«

»Tatsächlich?« wiederholte Mr. Bullstrode in noch juristischerem Tonfall. »Ihr habt einfach einen Kleinwagen gerammt und dann eure Fahrt fortgesetzt. Und der Besitzer des anderen Wagens, hat er sich dazu geäußert?«

»So lange habe ich nicht gewartet«, sagte Lockhart.

»Und dann hat uns die Polizei verfolgt«, sagte Jessica, »und Lockhart hat das ganz geschickt gemacht und ist durch Hecken und über Felder gefahren, wohin sie uns nicht folgen konnten.«

»Hecken?« wiederholte Mr. Bullstrode. »Habe ich recht verstanden, daß ihr in einen Unfall verwickelt wart, weder angehalten noch der Polizei Meldung erstattet habt, anschließend von der Polizei verfolgt wurdet und euch eines weiteren Verbrechens schuldig machtet, indem ihr dieses bemerkenswerte Fahrzeug durch Hecken und über, den Reifen nach zu urteilen, zweifellos gepflügte und bestellte Felder fuhrt, wobei Privateigentum beschädigt wurde, und nunmehr wegen unbefugten Betretens belangt werden könnt?«

»Genau«, sagte Lockhart, »so könnte man das Ganze zusammenfassen.«

»Herr im Himmel«, sagte Mr. Bullstrode und kratzte sich auf der Glatze. »Ist euch denn nie der Gedanke gekommen, daß die Polizei euer Kennzeichen notiert hat und euch damit aufspüren kann?«

»Tja, es war aber nicht das richtige Kennzeichen«, sagte Lockhart und erklärte, warum er es ausgetauscht hatte. Als er geendet hatte, war Mr. Bullstrodes juristisches Feingefühl schwer lädiert.

»Ich zögere, den im Testament deines Großvaters festgelegten Bestimmungen neue hinzuzufügen, indem ich deine Vorgehensweise schlicht kriminell und jenseits von Recht und Ordnung nenne, muß aber sagen ...« Hier brach er ab, unfähig, seine Gefühle in Worte zu fassen.

»Was?« fragte Lockhart.

Mr. Bullstrode zog den gesunden Menschenverstand zu Rate. »Ich würde empfehlen, das Fahrzeug hier stehenzulassen«, sagte er schließlich, »und mit der Bahn nach Hause zu fahren.«

»Und wie soll ich meinen Vater finden?« wollte Lockhart wissen. »Fällt Ihnen dazu etwas ein?«

»Ich erfuhr erst von dem Tode deiner Mutter und deiner Geburt, als schon etliche Monate vergangen waren«, sagte Mr. Bullstrode. »Ich kann dir nur raten, dich bei Dr. Magrew zu erkundigen. Was natürlich nicht heißt, daß ich seiner Besorgnis bezüglich des Zustandes deiner Mutter zum

Zeitpunkt ihres Ablebens ein anderes als rein berufliches Interesse unterstelle, doch womöglich könnte er dir bei der Festlegung des Zeitpunktes deiner Empfängnis helfen.«

Doch als sie Dr. Magrew im Arbeitszimmer fanden, wo er seine Füße am Kaminfeuer wärmte, konnte der nur wenig Neues berichten.

»Meiner Erinnerung nach«, sagte er, »warst du, gelinde gesagt, eine Frühgeburt und hast dich hauptsächlich dadurch hervorgehoben, daß du scheinbar mit Masern auf die Welt kamst. Eine Fehldiagnose, wie ich zugeben muß, die aber dadurch verständlich wird, daß ich mich selten oder nie einem Baby gegenübergesehen hatte, das in einem Brennesselfeld das Licht der Welt erblickte. Aber eindeutig als Frühgeburt, deshalb würde ich deine Empfängnis nicht früher als Februar und nicht später als März 1956 ansetzen. Daraus muß ich schließen, daß sich dein Vater während dieser Zeit ganz in der Nähe dieser Gegend und deiner Mutter aufhielt. Ich bin froh, sagen zu können, daß ich als Kandidat für deine Vaterschaft ausscheide, da ich zu dieser Zeit glücklicherweise außer Landes weilte.«

»Sah er bei seiner Geburt denn nicht wie irgendwer aus, den sie kannten?« fragte Jessica.

»Meine Liebe«, sagte Dr. Magrew, »eine Frühgeburt, die, weil seine Mutter vom Pferd fiel, aus deren Schoß in ein Brennesselfeld geschleudert wurde, sieht zweifellos wie nichts anderes auf dieser Welt aus. Ich hätte Bedenken, irgendeinen Mann mit der Behauptung zu verleumden, Lockhart habe bei der Geburt wie er ausgesehen. Möglicherweise wie ein Orang-Utan, aber ein häßlicher. Nein, du mußt dich bei deiner Suche wohl an andere Kriterien als Familienähnlichkeit halten.«

»Und wie steht's mit meiner Mutter?« sagte Lockhart. »Sie hatte doch bestimmt Freunde, die mir irgendwelche Anhaltspunkte geben können.«

Dr. Magrew nickte. »Deine heutige Anwesenheit hier scheint ein überzeugender Beweis ersterer Vermutung zu sein«, sagte er. »Bedauerlicherweise wird letztere durch die Anwesenheit deines Großvaters überaus unwahrscheinlich.«

»Können Sie uns sagen, was für ein Mensch Lockharts Mutter war?« fragte Jessica.

Dr. Magrew machte ein ernstes Gesicht. »Belassen wir es bei der Auskunft, daß sie ein wildes Ding war und zu unüberlegten Handlungen neigte«, sagte er. »Aye, und zu ihrer Zeit war sie auch eine Schönheit.«

Viel mehr vermochten sie ihm nicht zu entlocken. Am nächsten Morgen ließen sie sich von Mr. Bullstrode mitnehmen, der über Nacht geblieben war, und verließen das Herrenhaus mit Mrs. Flawses Brief an Mr. Treyer im Gepäck.

»Meine Liebe«, sagte der alte Mr. Flawse und tätschelte Jessicas Hand ein Ideechen lüsterner, als ihre Beziehung verlangte, »du hast zwar einen Trottel geheiratet, wirst aber einen Mann aus ihm machen. Besuch mich noch einmal, bevor ich sterbe. Ich mag Frauen mit Charakter.«

Eine traurige Jessica stieg in das Auto. »Sie müssen mich für schrecklich sentimental halten«, sagte sie.

»Natürlich biste das, mein Muli«, sagte der alte Mann, »und genau das bewundere ich an dir. Wo Gefühlsduselei ist, findet sich auch Mumm. Das mußt du von deinem Vater haben. Mit dem Rückgrat deiner Mutter ist es nicht weit her, es ist so weich wie eine Nacktschnecke.«

Mit diesen Abschiedsworten ließen sie das Herrenhaus

hinter sich. Im Hintergrund setzte die ältere Mrs. Flawse Nacktschnecken auf ihre Rachespeisenkarte.

Zwei Tage später fand Lockhart sich zum letztenmal bei Sandicott & Partner ein, wo er Mr. Treyer den Umschlag mit Mrs. Flawses Anweisungen überreichte. Eine halbe Stunde später ging er wieder, während hinter ihm Mr. Treyer sämtlichen Göttern, die es in der Umgebung der Wheedle Street geben mochte, insbesondere Janus, dafür dankte, daß man ihn endlich angewiesen hatte, die schauderhafte Belastung für die Firma Sandicott & Partner, die sich hinter dem Namen Lockhart Flawse verbarg, zu feuern, rauszuschmeißen, zu entlassen und ganz allgemein seine Sachen packen zu schicken. Der Brief von Lockharts Schwiegermutter war in ganz ähnlichen Worten gehalten wie das Testament des alten Herrn, und diesmal hatte Mr. Treyer nichts verdrehen müssen. Lockhart brummte der Kopf von Mr. Treyers Ansichten, als er das Büro verließ und nach Hause kam, um Jessica die seltsame Entwicklung zu schildern.

»Aber weshalb sollte Mami so etwas Scheußliches tun?« fragte sie.

Lockhart fiel keine Antwort ein. »Vielleicht kann sie mich nicht leiden«, schlug er vor.

»Natürlich mag sie dich, Liebling. Hätte sie dich nicht leiden können, hätte sie nie zugelassen, daß ich dich heiratete.«

»Na, wenn du gesehen hättest, was in ihrem Brief über mich steht, wärst du dir nicht mehr so sicher«, sagte Lockhart.

Aber für Jessica stand die Antwort bereits fest. »Wenn du mich fragst, ist sie einfach eine gemeine Hexe und sauer wegen des Testaments. Das ist meine Meinung. Was willst du jetzt unternehmen?«

»Eine andere Arbeit suchen, nehme ich an«, sagte Lockhart, doch das war leichter gesagt als getan. Auf dem Arbeitsamt in East Pursley stapelten sich schon die Bewerbungen von ehemaligen Börsenmaklern, und Mr. Treyers Weigerung, zu bescheinigen, daß er je bei Sandicott angestellt gewesen war, machte Lockharts Lage, im Verein mit dem Fehlen jeglicher Ausweispapiere, hoffnungslos. Genauso war es im Sozialversicherungsamt. Daß er in bürokratischer Hinsicht nicht existierte, wurde überdeutlich, als er zugab, noch nie Sozialversicherung gezahlt zu haben.

»Was uns betrifft, gibt es Sie statistisch betrachtet überhaupt nicht«, teilte ihm der Sachbearbeiter mit.

»Aber es gibt mich«, ließ Lockhart nicht locker, »ich bin hier. Sie können mich sehen. Sie können mich sogar anfassen, wenn Sie wollen.«

Der Beamte wollte nicht. »Hören Sie«, sagte er mit der geballten Höflichkeit eines Mitarbeiters des öffentlichen Dienstes, der sich mit der Öffentlichkeit unterhielt, »Sie haben zugegeben, daß Sie nicht im Wählerverzeichnis stehen, Sie wurden bei keiner Volkszählung erfaßt, Sie können keinerlei Paß oder Geburtsurkunde vorlegen, gearbeitet haben Sie auch noch nie...Schon gut, ich weiß, was Sie sagen wollen, aber mir liegt ein Brief von Mr. Treyer vor, der unmißverständlich erklärt, Sie hätten nie bei Sandicott & Partner gearbeitet, Sie haben keinen Penny Sozialversicherung gezahlt, und einen Krankenschein besitzen Sie auch nicht. Also, wollen Sie auf ihre nichtexistente Art weiterexistieren, oder muß ich die Polizei rufen?« Wie Lockhart zu erkennen gab, wollte er nicht, daß man die Polizei rief.

»Na schön«, sagte der Beamte, »dann lassen Sie mich mit anderen Antragstellern weitermachen, die einen berechtigteren Anspruch an den Wohlfahrtsstaat haben.«

Lockhart ließ ihn allein mit einem arbeitslosen Moralphilosophen fertigwerden, der seit Monaten verlangte, besser gestellt zu werden als ein Rentner, und gleichzeitig jede Arbeit ablehnte, die nicht seiner Qualifikation entsprach.

Als Lockhart zu Hause ankam, war er völlig niedergeschlagen.

»Es ist zwecklos«, sagte er, »ich kann keinen bewegen, mir eine Arbeit zu geben, und irgendwelche Unterstützung bekomme ich auch nicht, weil man nicht zugibt, daß ich existiere.«

»Ach du lieber Himmel«, sagte Jessica. »Könnten wir doch nur all die Häuser verkaufen, die Daddy mir vermacht hat, das Geld anlegen und von den Zinsen leben.«

»Das geht eben nicht. Du hast doch gehört, was der Grundstücksmakler gesagt hat. Sie sind bewohnt, nicht möbliert, langfristig vermietet, und wir können nicht mal die Mieten erhöhen, geschweige denn die Häuser verkaufen.«

»Ich finde das ganz schön ungerecht. Warum können wir den Mietern nicht einfach sagen, sie sollen verschwinden?«

»Weil im Gesetz steht, daß sie nicht ausziehen müssen.«

»Wen interessiert, was im Gesetz steht?« sagte Jessica. »Es gibt ein Gesetz, in dem steht, daß Arbeitslose Geld bekommen, aber wenn es ans Bezahlen geht, tun sie's nicht, dabei ist es nicht einmal so, daß du nicht arbeiten willst. Ich sehe nicht ein, warum wir ein Gesetz einhalten sollen, das uns schadet, wenn die Regierung ein Gesetz nicht einhält, daß uns nützt.«

»Was dem einen recht ist, ist dem anderen billig«, pflichtete Lockhart ihr bei, und so entstand die Idee, die, ausgebrütet in Lockhart Flawses Kopf, den ruhigen Straßenzug Sandicott Crescent in einen Abgrund von Mißverständnissen verwandeln sollte.

An diesem Abend verließ Lockhart, während Jessica sich das Hirn nach irgendeiner Methode zermarterte, ihr Einkommen aufzubessern, das Haus und stahl sich so heimlich, wie er es bei der Verfolgung des Wildes auf der Flawse-Hochebene gelernt hatte, mit einem Fernglas bewaffnet durch die Stechginsterbüsche im Vogelschutzgebiet. Genaugenommen beobachtete er keine Vögel, doch als er um Mitternacht wieder nach Hause kam, hatte die meisten Bewohner der Häuser observiert und einige kleine Erkenntnisse über ihre Angewohnheiten gewonnen.

Er blieb noch eine Weile auf und schrieb etwas in ein Notizbuch. Das Buch enthielt ein genaues Verzeichnis, und unter P notierte er: »Pettigrew, Mann und Frau um die fünfzig. Führt Dackel Little Willie um elf aus und mixt Milchgetränk. Gehen um halb zwölf zu Bett.« Unter G fand sich die Information, daß die Grabbles fernsahen und um Viertel vor elf zu Bett gingen. Mr. und Mrs. Raceme in Nummer 8 taten etwas Seltsames, wobei Mr. Raceme um Viertel nach neun an sein Bett gefesselt und um zehn wieder losgebunden wurde. In Nummer 4 hatten die beiden Fräulein Musgrove vor dem Abendessen den Pfarrer zu Gast gehabt und anschließend das Kirchenblättchen gelesen und gestrickt. Schließlich hatte Colonel Finch-Potter im neben dem der Flawses gelegenen Haus Nummer 10 allein zu Abend gespeist, laut über die politische Sendung der Labour Partei im Fernsehen gewettert und anschließend seinen Bullterrier rasch Gassi geführt, bevor er sich zurückzog.

Lockhart notierte sich all diese Angewohnheiten und ging dann selbst zu Bett. Etwas Heimliches und Verschlagenes machte sich in seinen Gedanken breit. Was es genau war, konnte er nicht sagen, doch langsam schob sich der Jagdinstinkt in sein Bewußtsein, und mit ihm eine Rohheit und Wut, die keine Gesetze oder gesellschaftlichen Konventionen der Zivilisation kannten.

Am nächsten Morgen verkündete Jessica, sie wolle sich eine Arbeit suchen.

»Ich kann tippen und stenographieren, und es gibt jede Menge Firmen, die Sekretärinnen brauchen. Ich stelle mich bei einem Vermittlungsbüro vor, das Aushilfskräfte für Maschineschreiben sucht.«

»Das gefällt mir nicht«, sagte Lockhart. »Ein Mann sollte für seine Frau sorgen, und nicht umgekehrt.«

»Ich werde nicht für dich sorgen. Es ist für uns beide, und vielleicht finde ich auch für dich Arbeit. Allen, für die ich arbeite, werde ich sagen, wie geschickt du bist.«

Gegen Lockharts Widerstand bestieg sie den Bus. Alleingelassen, verbrachte er den Tag damit, mißmutig grübelnd durchs Haus zu streifen und sich an Stellen umzusehen, die er noch nicht kannte. Dazu gehörte der Speicher, wo er in einer alten Blechkiste die Unterlagen des verblichenen Mr. Sandicott fand. Unter anderem die Baupläne sämtlicher Häuser der Siedlung mit Einzelheiten über sanitäre Installationen und elektrische Leitungen. Lockhart nahm sie mit nach unten und sah sie gründlich durch. Sie waren überaus informativ, und als Jessica mit der Neuigkeit nach Hause kam, sie würde am nächsten Tag bei einer Zementfirma anfangen, deren Schreibkraft mit Grippe ausfiel, hatte Lockhart die genaue Lage sämtlicher Installationen, derer sich Sandicott Crescent rühmte, in seinem Kopf verzeichnet. Er begrüßte Jessicas Neuigkeit ohne Begeisterung.

»Wenn jemand was Komisches versucht«, sagte er eingedenk Mr. Treyers Verhalten gegenüber Aushilfsschreibkräften, »sagst du mir Bescheid, dann bringe ich ihn um.«

»O Lockhart, Liebling, du bist so ritterlich«, sagte Jessica stolz. »Laß uns heute abend küssen und knuddeln.«

Aber Lockhart hatte andere Pläne für den Abend, so daß Jessica allein zu Bett ging. Lockhart kroch durch das Unterholz des Vogelschutzgebietes bis zum Garten der Racemes, kletterte über den Zaun und ließ sich in einem Kirschbaum nieder, von dem aus man in das Schlafzimmer der Racemes sehen konnte. Er war zu dem Schluß gekommen, daß Mr. Racemes seltsame Angewohnheit, seiner Frau zu gestatten, ihn eine Dreiviertelstunde lang an ihr Doppelbett zu fesseln, ihm nützliche Informationen für später liefern könnte. Doch er wurde enttäuscht. Mr. und Mrs. Raceme aßen zu Abend und sahen fern, ehe sie sich früh und ungefesselt schlafen legten. Um elf löschten sie das Licht, und Lockhart stieg vom Kirschbaum herunter und machte sich gerade über den Zaun auf den Nachhauseweg, als die Pettigrews in Nummer 6 Little Willie ins Freie ließen und sich ein Glas Ovomaltine machten. Angezogen von Lockharts Marsch durch den Stechginster, sprintete der Dackel kläffend durch den Garten und blieb bellend im Dunkeln stehen. Lockhart zog sich zurück, doch der Hund ließ nicht von ihm ab, und schon kam Mr. Pettigrew über den Rasen, um nach dem Rechten zu sehen.

»Nun hör schon mit dem Lärm auf, Willie«, sagte er. »Braver Hund. Da ist doch gar nichts.«

Doch Willie wußte es besser und unternahm, ermutigt durch die Anwesenheit seines Herrchens, weitere Ausfälle in Lockharts Richtung. Schließlich nahm Mr. Pettigrew den Hund auf den Arm, trug ihn ins Haus zurück und ließ Lockhart mit dem Vorsatz allein, so bald wie möglich etwas wegen Willie zu unternehmen. Bellende Hunde waren ein Risiko, auf das er verzichten konnte.

Durch den Garten der Misses Musgrove – deren Licht um Punkt zehn ausgegangen war – begab er sich auf das Grundstück der Grabbles, bei denen im Erdgeschoß noch Licht brannte und deren Wohnzimmervorhänge nur teilweise zugezogen waren. Lockhart nahm neben dem Gewächshaus Aufstellung, richtete sein Fernglas auf die Lücke zwischen den Vorhängen und stellte erstaunt fest, daß Mrs. Grabble auf dem Sofa in den Armen eines Menschen lag, bei dem es sich eindeutig nicht um den ihm bekannten Mr. Grabble handelte. Als das Paar sich in Ekstase wand, machte Lockharts Fernglas das Gesicht von Mr. Simplon aus, der in Nummer 5 wohnte. Mrs. Grabble und Mr. Simplon? Wo war dann Mrs. Simplon, und was machte Mr. Grabble? Lockhart verließ das Gewächshaus und huschte über die Straße zum Golfplatz, vorbei an den Rickenshaws in Nummer 1 und den Ogilvies in Nummer 3 zu dem pseudogeorgianischen Haus Sandicott Crescent Nummer 5 der Simplons. Im ersten Stock brannte Licht, und da die Vorhänge vorgezogen waren, die Simplons keinen Hund hatten und im Garten reichlich Sträucher standen, schlich sich Lockhart über ein Blumenbeet, bis er unter dem Fenster stand. Dort stand er so regungslos wie weiland auf der Flawse-Hochebene, nachdem ihn ein Kaninchen entdeckt hatte, und er bewegte sich immer noch nicht, als eine Stunde später Scheinwerfer die Vorderseite des Hauses beschienen und Mr. Simplon seinen Wagen in die Garage fuhr. Im Haus wurde Licht gemacht, und gleich darauf drangen Stimmen aus dem Schlafzimmer, die verbitterte Stimme Mrs. Simplons und die beschwichtigende ihres Mannes.

»Noch bis spät im Büro zu tun gehabt – alles Lüge«, sagte Mrs. Simplon. »Wie oft soll ich mir das noch anhören? Also, ich habe heute abend zweimal im Büro angerufen, und niemand war da.«

»Ich war mit dem Architekten Jerry Blond außer Haus«, sagte Mr. Simplon. »Er wollte mich einem Kunden aus Zypern vorstellen, der sich mit dem Gedanken trägt, ein Hotel zu bauen. Wenn du mir nicht glaubst, ruf doch Blond an und finde raus, ob er meine Angaben bestätigt.«

Aber Mrs. Simplon wollte nichts davon wissen. »Ich werde doch nicht aller Welt verkünden, was du meiner Meinung nach treibst«, sagte sie. »Schließlich habe ich auch meinen Stolz.«

Unten in den Sträuchern bewunderte Lockhart ihren Stolz und fühlte sich durch ihren Widerstand inspiriert. Wenn sie nicht aller Welt verkünden wollte, was, oder besser gesagt: mit wem Mr. Simplon es trieb, mit Mrs. Grabble nämlich, könnte es unter Umständen zu seinem eigenen Vorteil gereichen, es selbst zu tun. Und wo steckte eigentlich Mr. Grabble? Lockhart beschloß, die Aktionen dieses Herrn näher zu untersuchen, ehe er etwas unternahm. Offensichtlich gab es Abende, an denen Mr. Grabble sich nicht zu Hause aufhielt. Wann das war, mußte er noch herausfinden. In der Zwischenzeit ließen sich die Simplons nicht weiter verwenden, daher überließ er sie ihrem Streit und kehrte zum Golfplatz zurück; nachdem er die in Nummer 7 wohnenden Lowrys und Mr. O'Brain, den Gynäkologen, der den Bauhausverschnitt in Nummer 9 bewohnte und schon schlafen gegangen war, passiert hatte, befand er sich am Fuße des Wilsonsschen Gartens in Nummer 11. In dem Wohnzimmer brannte noch, wenn auch spärlich, Licht, und die Terrassentüren standen offen. Lockhart hockte sich ans siebzehnte Loch und hob sein Fernglas. In dem Zimmer saßen drei Personen, deren Finger sich berührten, um einen kleinen Tisch, und während er zusah, bewegte sich der Tisch. Lockhart schaute mit glänzenden Augen zu, und sein scharfes Ohr vernahm Klopfgeräusche. Die Wilsons und ihr Freund beschäftigten sich mit einer eigenartigen Zeremonie. Hin und wieder stellte Mrs. Wilson eine Frage, woraufhin der Tisch wackelte und klopfte. Also waren die Wilsons abergläubisch.

Lockhart kroch weiter und hielt bald darauf dieses Ereignis sowie die restliche Ausbeute seines nächtlichen Streifzugs in dem Notizbuch fest. Als er endlich ins Bett kam, schlief Jessica fest.

Und so verbrachte Lockhart die nächsten zwei Wochen über seine Abende damit, seine Runde durch das Vogelschutzgebiet und über den Golfplatz zu drehen, und trug Dossiers über die Angewohnheiten, Launen, Schwächen und Indiskretionen sämtlicher Mieter der Siedlung zusammen. Tagsüber werkelte er im Haus herum und verbrachte zahlreiche Stunden mit jeder Menge Kabel, Transistoren und einem *Handbuch für Radiobastler* in der Werkstatt seines verblichenen Schwiegervaters.

»Ich weiß wirklich nicht, was du den lieben langen Tag treibst, Liebling«, sagte Jessica, die inzwischen nicht mehr in einer Zementfabrik, sondern in einer Anwaltskanzlei arbeitete, die sich auf Beleidigungsklagen spezialisiert hatte.

»Ich sorge für unsere Zukunft vor«, antwortete Lockhart.

»Mit Lautsprechern? Was haben denn Lautsprecher mit unserer Zukunft zu tun?«

»Mehr als du ahnst.«

»Und dieses Sendeding, hat das auch etwas mit unserer Zukunft zu tun?«

»Mit unserer Zukunft und der der Wilsons von nebenan«, sagte Lockhart. »Wo hat deine Mutter die Schlüssel für die Häuser aufbewahrt?«

»Meinst du die Häuser, die Daddy mir vermacht hat?«

Lockhart nickte, woraufhin Jessica in einer Küchenschublade kramte. »Hier sind sie«, sagte sie. »Du willst doch nicht etwa irgendwas stehlen, oder?«

»Aber nicht doch«, sagte Lockhart bestimmt, »wenn überhaupt, will ich ihren Besitzstand erweitern.«

»Ach so, dagegen ist ja nichts einzuwenden«, befand Jessica und reichte ihm den Schlüsselbund. »Bei der Vorstellung, daß du etwas Unrechtmäßiges tust, hätte ich kein gutes Gefühl. Durch meine Arbeit bei Gibling und Gibling habe ich gelernt, wie leicht man sich in furchtbare Schwierigkeiten bringen kann. Wußtest du, daß man um Tausende von Pfund verklagt werden kann, wenn man ein Buch schreibt und darin gemeine Dinge über jemanden behauptet? Das nennt man Beleidigung.«

»Dann wünschte ich, jemand würde gemeine Dinge über uns schreiben«, sagte Lockhart. »Wir brauchen Tausende von Pfund, wenn ich jemals nach meinem Vater suchen soll.«

»Ja, eine Beleidigungsklage, das wäre was, nicht wahr?« sagte Jessica verträumt. »Aber du versprichst doch, daß du nichts unternimmst, was uns in Schwierigkeiten bringen kann, oder?«

Lockhart versprach es. Aus vollem Herzen. Was er vorhatte, würde andere in Schwierigkeiten bringen.

In der Zwischenzeit hieß es abwarten. Drei Tage verstrichen, bis die Wilsons abends ausgingen und Lockhart sich über den Zaun in ihren Garten schleichen und in das Haus Nummer 11 eindringen konnte. Unter dem Arm trug er eine Schachtel. Er verbrachte eine Stunde auf dem Dachboden, ehe er mit leeren Händen nach Hause kam.

»Jessica, mein Schatz«, sagte er, »ich möchte, daß du in die Werkstatt gehst und fünf Minuten wartest. Dann sagst du ›Testing, Testing, Testing‹ in den kleinen Sender. Vorher drückst du auf den roten Knopf.«

Lockhart schlich sich wieder in das Haus der Wilsons, kletterte auf den Dachboden und wartete. Bald darauf hallte Jessicas Stimme schaurig aus den unter der Glasfaserisolierung verborgenen und mit dem in einer Ecke versteckten Empfänger verbundenen Lautsprechern wider. Ein Lautsprecher war über dem Hauptschlafzimmer der Wilsons angebracht, ein zweiter über dem Bad und ein dritter über dem Gästezimmer. Lockhart lauschte, dann ging er nach unten und nach Hause.

»Du kannst schon ins Bett gehen«, teilte er Jessica mit, »ich bleibe bestimmt nicht lange.« Dann nahm er am Vorderfenster Aufstellung und wartete, daß die Wilsons zurückkamen. Sie hatten einen angenehmen Abend verbracht und waren höchst metaphysisch gestimmt. Lockhart beobachtete, wie in ihrem Schlafzimmer das Licht anging, ehe er seinen Beitrag zu ihrem Glauben an das Übernatürliche leistete. Er hielt sich mit Daumen und Zeigefinger die Nase zu und flüsterte mit einer Stimme, als hätte er Polypen: »Ich spreche von jenseits des Grabes. Höret meine Worte. Es wird einen Todesfall in eurem Hause geben, und ihr werdet euch zu mir gesellen.« Dann schaltete er den Sender ab und begab sich in die Nacht hinaus, um die Wirkung seiner Rede besser beobachten zu können.

Sie war, gelinde gesagt, umwerfend. In jedem Zimmer des

Nachbarhauses gingen die Lichter an, und man konnte die an die sanfteren Botschaften der Alphabettafel gewöhnte Mrs. Wilson ob dieser authentischen Stimme der Verdammnis hysterisch schreien hören. Der in einem Azaleenbusch neben der Auffahrt hockende Lockhart vernahm, wie Mr. Wilson seine Frau zu beruhigen versuchte, was dadurch erschwert wurde, daß er selbst offensichtlich ängstlich war und unmöglich abstreiten konnte, gehört zu haben, es würde einen Todesfall im Haus geben.

»Leugnen ist zwecklos«, zeterte Mrs. Wilson, »du hast es genauso deutlich gehört wie ich, dabei warst du im Bad, und sieh dir bloß mal an, was für eine Schweinerei du auf dem Fußboden angerichtet hast!«

Mr. Wilson mußte zugeben, daß er daneben gezielt hatte und die Schweinerei – gemäß Mrs. Wilsons unfehlbarer Logik – darauf zurückzuführen war, daß er von dem kurz bevorstehenden Todesfall gehört hatte.

»Ich hab dir immer gesagt, wir hätten mit diesem verfluchten Tischerücken gar nicht anfangen sollen!« schrie er. »Nun schau dir doch an, was du gerufen und auf uns losgelassen hast.«

»Recht so, gib nur mir die Schuld«, brüllte Mrs. Wilson, »wie du es sowieso immer tust. Ich habe lediglich Mrs. Saphegie eingeladen, um herauszufinden, ob sie wirklich medial begabt ist und unsere verstorbenen Verwandten ihr antworten.«

»Na, jetzt weißt du's jedenfalls, verdammt noch mal«, tobte Wilson. »Und die Stimme eines verstorbenen Verwandten von mir war das nicht, soviel steht fest. In unserer Familie hatte niemand so ein Nasenleiden. Damit du's weißt, ich glaube nicht, daß es gut gegen Nebenhöhlenentzündung ist, wenn man in seinem Sarg liegt und zerfällt.«

»Da haben wir's wieder«, jammerte Mrs. Wilson. »Einer von uns beiden wird sterben, und du redest ständig von Särgen. Und kipp dir nicht den ganzen Brandy hinter die Binde. Ich will auch welchen.«

»Ich wußte gar nicht, daß du trinkst«, sagte Mr. Wilson.

»Ab jetzt tu ich es«, entgegnete seine Frau und genehmigte sich offenbar einen kräftigen Schluck. Lockhart verließ die zwei, als sie sich gerade nicht sehr erfolgreich damit trösteten, daß es wenigstens ein Leben nach dem Tode gäbe. Es schien Mrs. Wilson kein sehr großer Trost zu sein.

Doch während die Wilsons noch Mutmaßungen über die aktuelle Frage anstellten, ob es ein Leben nach dem Tode gab, ging Little Willie, der Dackel der Pettigrews, einen Schritt weiter und fand es heraus. Mr. Pettigrew ließ ihn ins Freie, und pünktlich zog der im Vogelschutzgebiet lauernde Lockhart an der unter dem Zaun über den Rasen verlaufenden Angelschnur. Das am Schnurende hängende, morgens beim Fleischer erstandene Stück Leber huschte im Zickzackkurs über das Gras. Verfolgt wurde es, diesmal törichterweise geräuschlos, von Little Willie. Er kam nicht weit. Als die Leber an der Falle vorbeirutschte, die Lockhart am Ende des Rasens aufgestellt hatte, hielt Willie an und gab nach kurzem Kampf nicht nur die Verfolgung auf, sondern hauchte auch sein Leben aus. Lockhart begrub ihn unter einem Rosenstrauch in einer Ecke seines eigenen Gartens, wo er höchst willkommen war, und ging quietschfidel schlafen, da er nicht nur seine ersten beiden Aufgaben erledigt hatte, sondern auch in allen Zimmern des Wilsonschen Hauses noch Licht brannte, als er sich um drei Uhr morgens auf die andere Seite drehte, und man aus dem Haus das Schluchzen Betrunkener hörte.

10

Während Lockhart anfing, den in den Häusern seiner Frau wohnenden Mietern die Hölle heiß zu machen, gab sich deren Mutter die allergrößte Mühe, Mr. Flawse das Leben zur Hölle zu machen. Das Wetter war nicht auf ihrer Seite. Auf einen lauen Frühling folgte ein heißer Sommer, und Flawse Hall zeigte sich von seiner besten Seite. Die dicken Mauern des Herrenhauses waren zu mehr nütze, als die Schotten draußen und den Whisky drinnen zu halten; sie hielten auch die Sommerhitze ab. Draußen mochten die Jagdhundhybriden im knochentrockenen Staub des Hofes sabbern und hecheln; drinnen konnte Mr. Flawse zufrieden an seinem Schreibtisch sitzen und über den Kirchenbüchern und uralten Landurkunden brüten, die in letzter Zeit sein ein und alles geworden waren. Wohlwissend, daß er zu gegebener Zeit zu seinen Ahnen versammelt werden würde, hielt er es für eine gute Idee, sich mit den Irrtümern und Verfehlungen seiner Familie zu befassen.

Daß er sich nur mit den unangenehmen Seiten dieser Geschichte befaßte, rührte von dem ihm eigenen Pessimismus, gepaart mit Selbsterkenntnis her. Daher erstaunte ihn die Erkenntnis, daß nicht sämtliche Flawses skrupellos und schlecht gewesen waren. Es gab heilige wie sündige Flawses, und wenn auch letztere, wie von ihm nicht anders erwartet, überwogen, so zeichnete ihre Handlungen doch ein Hauch von Großzügigkeit aus, den er bewundern mußte, ob er wollte oder nicht. Ein gewisser Quentin Flawse, der einen gewissen Thomas Tidley ermordet, oder, wie es damals höflicher formuliert worden war, im Duell vom Leben zum Tode befördert hatte, alldieweil letzterer bei der Schafschur in Otterburn angedeutet hatte, der Name Flawse leite sich von den Faas ab, einer besonders für ihre Diebereien berühmt-berüchtigten Zigeunersippe, war immerhin so großzügig gewesen, dessen Witwe zu ehelichen und für die Kinder zu sorgen. Bischof Flawse wiederum, der während der Herrschaft von Maria der Blutigen wegen seines Abfalls von Rom auf dem Scheiterhaufen verbrannt worden war, hatte sich mit der vernünftigen Begründung geweigert, sich einen von seinem Bruder mitgebrachten Beutel Schießpulver um den Hals binden zu lassen, dies sei Verschwendung, und man solle es besser zu gegebener Zeit dazu verwenden, Musketen in die Körper verfluchter Papisten zu feuern. Diese praktische Ader bewunderte Mr. Flawse an seinen Ahnen am meisten, da sie bewies, daß diese, wie auch immer sie endeten, keine Zeit mit Selbstmitleid vergeudet, sondern einen unbeugsamen Willen an den Tag gelegt hatten, sich nichts bieten zu lassen. So hatte Henker Flawse, im vierzehnten Jahrhundert persönlicher Scharfrichter des Herzogs von Durham, als die Zeit gekommen war und er seinen eigenen Kopf auf den Block legen sollte, sich zuvorkommend erboten, seinem Nachfolger das Beil zu schärfen, eine so großzügige Geste, daß man es ihm nicht verwehren konnte; was zum Tode des neuen Henkers sowie von fünfzehn Mann Leibwache, fünfundzwanzig Umstehenden und des Herzogs persönlich geführt hatte, die sämtlich kopflos dalagen, während Henker Flawse sein berufliches Können zu privatem Nutzen einsetzte und auf dem herzoglichen Roß enteilte, um den Rest seiner Tage als Gesetzloser unter den Moosräubern von Redesdale zu verbringen.

Den alten Mr. Flawse entzückte dieser Bericht ebenso, wie ihn die Verse entzückten, die den Flawseschen Bänkelsängern im Blut gelegen hatten. Sänger Flawse war für seine Lieder weithin bekannt gewesen, und Mr. Flawse ertappte sich dabei, wie er halb unbewußt die erste Strophe der »Ballade ohne Schwanz« aufsagte, die der Sänger, wie einige Experten behaupteten, unter dem Galgen von Edson anläßlich seiner Hinrichtung durch Hängen, Rädern und Vierteilen komponiert hatte, weil er sich hatte verleiten lassen, zu Lady Fleur, Sir Oswald Capheughtons Frau, ins Bett zu steigen, als der edle Herr nicht nur in selbigem Bett, sondern gleichzeitig auch in ihr weilte. Daß der Sänger Flawse in Sir Oswald eindrang, hatte zu der als Verknotung aller Beteiligten bekannten Reaktion geführt, und es hatte der vereinten Bemühungen von zwölf Dienern bedurft, um Sir Oswald aus Lady Fleur zu wuchten, während die Fähigkeiten des örtlichen Barbiers und Chirurgen ausgereicht hatten, um die Verbindung zwischen Sir Oswald und seinem Sänger zu durchtrennen. Zu seiner anschließenden Vierteilung hatte sich der Eunuch Flawse relativ frohgelaunt und mit einem Lied auf den Lippen begeben.

Ich weiß nicht wo meine Organe sind
  Wenn ich im Bett lieg ich Tropf
Also hängt mich lieber verkehrt auf geschwind
  Statt an meinem leeren Kopf.

Hätt wissen müssen es konnt Fleur nicht sein
  Die so nach Schweiße roch

Denn sie war immer hold und rein
Und immer feucht ihr Loch.

Doch Oswald stank nicht nur dann und wann
Nach Pferd und Dung und Hund
Und als ich das Aroma zu durchdringen begann
Bot sein Loch sich meinem Spund.

Nun hängt mich denn von Elsdons Tann'
Und reißt die Gedärme mir raus
Damit alle Welt es sehen kann
Ohne was ich mußt kommen aus.

Doch eh' ihr mir's Herz aus dem Leibe nehmt
Wartet bis die Zeit ein wenig verrinnt
Zuerst ihr Oswalds Arsch aufstemmt
Dann mir meinen Schwanz zurückbringt.

Drum Schwänze hin und Schwänze her
Mir ist all das kein Genuß
Ich kann's kaum erwarten: sterben soll er
Bevor ich pissen muß.

Mr. Flawse fand das Poem zwar plump, aber ermutigend. Er wußte genau, wie sich der Bänkelsänger gefühlt hatte; er selbst litt in letzter Zeit an der Prostata. Am meisten Vergnügen bereitete ihm der grantige Frohsinn dieser Strophen. Die Flawses mochten Diebe und Wegelagerer, Mörder und Moosräuber gewesen sein – woran kein Zweifel bestand –, sogar Heilige und Bischöfe, doch welchen Beruf auch immer sie ausgeübt hatten, sie hatten den Teufel verlacht und das Schicksal verhöhnt; weniger das Christentum war ihre Religion gewesen als die eigene Ehre. Einen Flawse einen Lügner zu nennen, bedeutete sterben oder sich auf einen Kampf auf Leben und Tod einlassen, und ein Flawse, der vor einer Widrigkeit zurückschreckte, wurde von der Familie verstoßen, war ein Namen- und Samenloser, wie es früher hieß.

Doch hinter Mr. Flawses Ahnenforschung steckte mehr als bloßes Interesse an seiner Sippe. Immer noch spukte das große Fragezeichen durch seine Nächte: Wer war Lockharts Vater? Und dahinter verbarg sich die furchtbare Ahnung, daß Lockhart ebenso sein Sohn wie sein Enkel war. Mit diesem Hintergedanken nahm er die Peitschen-Klausel in sein Testament auf, da er sich teilweise eingestand, daß er es verdiente, bis auf einen Zoll an sein Leben oder besser noch: bis in den Tod gepeitscht zu werden, falls seine Vermutung zutraf. Die Frage mußte beantwortet werden, wenn schon nicht zu seinen Lebzeiten, dann zu denen Lockharts, und während er alte Urkunden und Dokumente durchforstete, zog Mr. Flawse weiter mögliche Kandidaten in Betracht. Sie alle hatten eins gemeinsam: Zur Zeit von Lockharts Zeugung, die Mr. Flawse auf acht Monate vor dessen Geburt ansetzte, hatten sie in Reitentfernung des Herrenhauses gewohnt und waren zwischen sechzehn und sechzig Jahre alt gewesen. Er weigerte sich zu glauben, daß seine Tochter, welchen Lastern sie auch immer gefrönt haben mochte, es freiwillig mit einem alten Mann getrieben hätte. Viel wahrscheinlicher war Lockharts Vater zwischen zwanzig und dreißig gewesen. Neben jedem Namen hielt Mr. Flawse das Alter des Kandidaten, seine Augen- und Haarfarbe, seinen Körperbau, die Größe und, wenn möglich, seinen Schädelindex fest. Da der Verdächtige für letzteren seinen Kopf von Mr. Flawse mit einem unnötig spitzen Greifzirkel der Länge und Breite nach abmessen lassen mußte, waren manche nicht dazu bereit, und diese erhielten hinter ihren Namen den

Vermerk »SV«, was für SEHR VERDÄCHTIG stand. Im Laufe der Jahre hatte der Alte eine ungeheure Menge anthropologisch interessanter Informationen zusammengetragen, die jedoch alle nicht zu Lockharts Aussehen passen wollten. Dieses war bis in die kleinste Einzelheit Flawsisch, angefangen bei der römischen Nase über die eisblauen Augen bis hin zu dem flachsblonden Haar, was die Schuldgefühle des alten Mannes sowie seine Entschlossenheit noch verstärkten, sich von der Schuld zu befreien, auch auf die Gefahr hin, es nicht zu schaffen und als Inzest Flawse in die Familiengeschichte einzugehen. So gründlich vertiefte er sich in seine Studien, daß ihm die Veränderung nicht auffiel, die mit seiner Frau vorgegangen war.

Mrs. Flawse hatte zur Beschleunigung seines von ihr geplanten Ablebens beschlossen, die Rolle der pflichtbewußten Ehefrau zu spielen. Statt sich seiner Avancen zu erwehren, ermunterte sie ihn sogar noch dazu, sein Herz durch Beischlaf zu strapazieren. Mr. Flawses Prostata stellte das Gleichgewicht wieder her und verhinderte, daß er sich den zahlreichen Gelegenheiten gewachsen zeigte. Mrs. Flawse machte es sich zur Angewohnheit, ihm den Frühstückstee ans Bett zu bringen, nachdem sie ihn mit pulverisierten Paracetamol-Tabletten versetzt hatte, die, wie sie einmal gelesen hatte, einen negativen Einfluß auf die Nieren ausübten. Mr. Flawse trank keinen Tee im Bett, doch um sie nicht zu kränken, goß er seine Tasse in den Nachttopf, was dazu führte, daß Mrs. Flawses sich erhebliche Hoffnungen machte, als ihr beim Ausleeren die Farbe des Inhalts auffiel. Daß die Flüssigkeit Teeblätter enthielt und sie zu heikel war, diese näher zu untersuchen, weckte die trügerische Hoffnung in ihr, er müsse ein schweres Blasenleiden haben. Schließlich erhöhte sie seine ohnehin beträchtliche Cholesterinzufuhr immens.

Mr. Flawse nahm zum Frühstück Eier zu sich, aß mittags Spiegeleier mit Lammkoteletts, abends Schweinefleisch, Zabaglione zum Nachtisch und einen Eierflip vor dem Schlafengehen. Mr. Flawse gedieh prächtig bei dieser Eierdiät.

Professor Yudkins Rat konsequent ins Gegenteil verkehrend, ergänzte Mrs. Flawse ihre Liste der Nahrungsgifte durch Zucker und tischte, nachdem sie Mr. Flawse noch das eine oder andere Ei oder etwas Schweinebratenkruste aufgedrängt hatte, Süßigkeiten auf, Kuchen und Kekse, die fast zur Gänze aus Zucker bestanden. Mr. Flawses Energie stieg beträchtlich, und wenn er nicht in seinem Arbeitszimmer saß, marschierte er mit neuer Kraft über das Hochland. Mrs. Flawse registrierte seine Fortschritte verzweifelt und ihre eigene Gewichtszunahme voller Beunruhigung. Nichts gegen den Versuch, einen alten Mann durch Völlerei in den Tod zu treiben, aber sie nahm die gleichen Speisen zu sich, was ihr überhaupt nicht bekam. Schließlich machte sie einen letzten verzweifelten Versuch und ermutigte ihn, sich an die Portweinflasche zu halten. Fröhlich folgte Mr. Flawse ihrem Rat, was ihm sehr gut bekam. Mrs. Flawse mischte den Port mit Brandy, und Mr. Flawse, der eine präzise Nase für Wein hatte, erkannte die Zutat und gratulierte ihr zu ihrem Erfindungsreichtum. »Bekommt dadurch einen volleren Geschmack«, erklärte er. »Frage mich, wieso ich nicht selbst drauf gekommen bin. Deutlich voller.«

Im stillen fluchte Mrs. Flawse, mußte ihm aber recht geben. Portwein mit mehr Brandy als üblich hatte einen volleren Geschmack. Andererseits wurde auch ihre Figur immer voller, und ihre Kleider sahen aus, als gehörten sie einer anderen. Für Mr. Flawse war ihr größerer Umfang eine Quelle des Vergnügens, und er machte gegenüber Mr. Dodd unpassende Bemerkungen über Brüste, Hintern und daß breite Weibchen am besten im Bett seien. Und die ganze Zeit über spürte Mrs. Flawse, wie Mr. Dodd seinen schiefen Blick nicht von ihr wandte. Das störte sie, und Mr. Dodds Collie auch, der die unangenehme Eigenheit hatte, immer dann zu knurren, wenn sie ihm zu nahe kam.

»Ich wünschte, Sie würden dieses Biest aus der Küche entfernen«, sagte sie gereizt zu Mr. Dodd.

»Aye, und mich am besten gleich mit«, entgegnete Mr. Dodd. »Wenn ich nicht mehr zum Stollen runterginge, um Kohle zu holen, könnten Sie sich schwerlich warmhalten. Wenn Sie mich nicht mehr in der Küche haben wollen, hol'n Sie sich Ihre Kohle gefälligst selber.«

Mrs. Flawse hatte nicht die Absicht, im Stollen nach Kohle zu graben, und sagte dies auch.

»Dann bleibt der Hund«, sagte Mr. Dodd.

Mrs. Flawse nahm sich fest vor, dafür zu sorgen, daß der Hund verschwand, aber Mr. Dodds Angewohnheit, das Biest selbst zu füttern, verhinderte, daß sie ihm gemahlenes Glas in sein Futter mischte. Alles in allem war es für Mrs. Flawse ein nervenaufreibender Sommer, und sie ertappte sich dabei, daß sie sich, wie es sonst nicht ihre Art war, nach dem kommenden trostlosen Winter sehnte. Dann würde sie mehr Gelegenheit haben, es im Herrenhaus ungemütlich zu machen.

Dies war Lockhart in Sandicott Crescent bereits gelungen. Nachdem er Little Willie, den Dackel der Pettigrews, in ein Leben nach dem Tode befördert hatte, an dessen Existenz die Wilsons nun nicht mehr zweifelten, konnte er sich auf seinen einsamen Expeditionen ungestörter durch die Gärten und das Vogelschutzgebiet bewegen. Mr. Grabble, dessen Frau er in Mr. Simplons Armen hatte liegen sehen, war der

Europamanager einer Elektronikingenieurfirma und weilte oft im Ausland. Während seiner Abwesenheit hielten Mrs. Grabble und Mr. Simplon das ab, was Lockhart ihre Schäferstündchen nannte. Mr. Simplon ließ sein Auto zwei Straßen weiter stehen und ging zum Haus der Grabbles; nach dem Schäferstündchen ging er zum Wagen zurück und fuhr nach Hause zu Mrs. Simplon in Nummer 5. Weitere Erkundungen ergaben, daß Mr. Grabble für Notfälle eine Adresse in Amsterdam hinterlassen hatte, unter der er immer erreichbar war. Dies entdeckte Lockhart einfach dadurch, daß er die Haustür von Nummer 2 mit dem Schlüssel des verstorbenen Mr. Sandicott öffnete und das Arbeitszimmer samt Telefonverzeichnis der Grabbles durchsah. Folglich unterzog er sich an einem heißen Juninachmittag der Mühe, Mr. Grabble in Amsterdam ein Telegramm zu schikken, in dem er diesem empfahl, umgehend nach Hause zurückzukehren, da seine Frau schwer erkrankt sei, und zwar so schwer, daß sie nicht außer Haus gebracht werden könne. Als er mit dem Namen eines fiktiven Arztes unterzeichnet hatte, erkletterte Lockhart in aller Ruhe einen Telefonmast im Vogelschutzgebiet und durchtrennte fein säuberlich die Leitung zum Haus der Grabbles. Anschließend ging er nach Hause und trank ein Täßchen Tee, bevor er bei Einbruch der Dunkelheit hinausging und sich an die Straßenecke begab, wo Mr. Simplon sein Auto abzustellen pflegte. Dort stand das Auto.

Es stand nicht mehr da, als Mr. Grabble fünfundzwanzig Minuten später, aus Sorge um seine Frau in einem verwegeneren Fahrstil, als ihr Verhalten rechtfertigte und die anderen Verkehrsteilnehmer verdienten, durch East Pursley raste und in Sandicott Crescent einfiel. Es stand nicht mehr da, als Mr. Simplon, nackt und seine ehemals intimen Körperteile mit den Händen bedeckend, den Fahrweg der Grabbles hinunterhastete und hektisch um die Ecke bog. Es stand in der Simplonschen Garage, wo Lockhart es mit einem fröhlichen Hupen abgestellt hatte, um Mrs. Simplon das Eintreffen ihres Mannes anzukündigen, bevor er zum Golfplatz hinüber und gemächlich weiter zu Jessica in Nummer 12 ging. Hinter ihm ging der Haussegen in den Nummern 5 und 2 zu Bruch. Daß seine Frau alles andere als schwer krank war, sondern vielmehr hingebungsvoll mit einem Nachbarn kopulierte, den er ohnehin nie so richtig hatte leiden können, und daß man ihn verängstigt aus Amsterdam hatte herkommen lassen, um ihm diese unangenehme Überraschung unter die nichtsahnende Nase zu reiben, war zuviel für Mr. Grabbles Temperament. Sein Gebrüll und Mrs. Grabbles Schreie, als er zunächst seinen Regenschirm und dann, nachdem dieser zerbrochen war, eine Nachttischlampe benutzte, um seinen Gefühlen Ausdruck zu verleihen, konnte man in der ganzen Straße hören. Besonders gut nebenan, wo die Misses Musgrove gerade den Pfarrer und seine Frau zu Besuch hatten. Auch Mrs. Simplon konnte sie hören. Daß ihr Mann, der gerade in die Garage gefahren war, in Mr. Grabbles Tiraden eine so herausragende Rolle spielte, brachte sie dazu, Nachforschungen anzustellen, wie er wohl an zwei Orten gleichzeitig sein konnte. Mr. Grabbles Kommentar hielt auch eine dritte Person in Trab, nämlich Mrs. Grabble. Mrs. Simplon tauchte in dem Moment in der Haustür auf, als der Pfarrer, ebensosehr von der Neugier der Misses Musgrove wie von dem Bedürfnis getrieben, sich in ein häusliches Drama einzumischen, aus Nummer 4 trat. Sein Zusammenstoß mit dem nackten Mr. Simplon, der sich ein Herz gefaßt hatte und in sein eigenes Haus zurückhastete, diente wenigstens der genauen Aufklärung dessen, was Mrs. Simplons Gatte im Haus der Grabbles getrieben hatte, und mit wem. Nicht daß man ihr viel erzählen mußte. Mr. Grabble hatte sich überdeutlich zu dem Thema ausgelassen. Reverend Truster war weniger gut informiert. Er war Mr. Grabble persönlich nie begegnet und nahm natürlich an, der auf dem Boden zu seinen Füßen kauernde Nackte sei ein reuiger Sünder und Ehefrauenverprügler.

»Guter Mann«, sagte der Pfarrer, »so führt man kein Eheleben.«

Das war Mr. Simplon voll und ganz bewußt. Sein Skrotum umklammernd, starrte er verzweifelt zu Reverend Truster hoch. Auf der anderen Straßenseite ging seine Frau ins Haus zurück und warf die Tür ins Schloß.

»Auch wenn Ihre Frau all das getan haben mag, was Sie ihr vorwerfen, gehört es sich nicht, sie zu schlagen.«

Mr. Simplon war ganz seiner Meinung, brauchte aber nicht mehr zu erklären, daß er Mrs. Simplon nie auch nur ein Haar gekrümmt habe, weil mit lautem Krachen ein Terrassenfenster zersplitterte, durch das eine große und sehr schwere Waterford-Glasvase geflogen kam. In ihrer Todesangst wehrte sich Mrs. Grabble mit einigem Erfolg. Mr. Simplon nutzte die Gelegenheit, rappelte sich auf, überquerte die Straße und eilte zum Haus Nummer 5, vorbei an den Ogilvies, den Misses Musgrove und den Pettigrews, die ihm zwar alle nicht näher bekannt waren, ihn aber von nun an nicht nur am Schnitt seines Mantels identifizieren konnten. Als er unter dem pseudogeorgianischen Portikus vor seiner Haustür stand und mit einer Hand den Türklopfer in Form eines Amorkopfes betätigte, während er gleichzeitig mit dem Ellbogen auf den Klingelknopf drückte, wußte Mr. Simplon, daß es mit seinem Ruf als Ingenieurberater nun nicht mehr weit her war. Das gleiche galt für Mrs. Simplons

Toleranz. Die ständige Abwesenheit und die lahmen Ausreden ihres Mannes samt ihrer eigenen sexuellen Frustration hatten sie zu einer verbitterten Frau gemacht. Sie hatte sich zwar vorgenommen, von ihrer Ehe zu retten, was zu retten war, doch als sie ihren Mann nackt vor einem Geistlichen kauern sah, wollte sie dieser Ehe nur noch den Garaus machen. Und zwar keineswegs heimlich, still und leise.

»Du kannst so lange da draußen bleiben, bis die Hölle zufriert«, schrie sie durch den nächsten Briefschlitz, »aber wenn du glaubst, ich lasse dich je wieder in mein Haus, bist du schief gewickelt.«

Mr. Simplons Lage war auch so schon verwickelt genug, doch am allerwenigsten hatte ihm ihre Verwendung des Possessivpronomens gefallen. »Was meinst du mit ›mein Haus‹?« brüllte er, kurzfristig seine anderen verlorenen Besitztümer vergessend. »Ich hab genausoviel Recht...«

»Das war einmal«, kreischte Mrs. Simplon und sprühte, um ihrer Feststellung noch etwas Pfeffer zu verleihen, den Inhalt einer Dose Enteisungsflüssigkeit, die Mr. Simplon zu ganz anderen Zwecken im Flur aufbewahrte, durch den Briefschlitz auf jene eingeschrumpelten Organe, die Mrs. Grabble noch vor kurzem so attraktiv gefunden hatte. Die dieser bemerkenswerten Initiative folgenden Schreie waren Musik in ihren Ohren. Musik waren sie auch für Lockhart, der etwas Ähnliches zum letztenmal bei einer Schweineschlachtung gehört hatte, bei der man ohne ein modernes Bolzenschußgerät ausgekommen war. Er saß mit Jessica in der Küche über seiner Ovomaltine und lächelte.

»Ich frage mich, was da vorgehen mag«, sagte Jessica besorgt. »Es klingt, als stürbe jemand. Solltest du nicht mal nachsehen? Vielleicht könntest du etwas unternehmen.«

Lockhart schüttelte den Kopf. »Stabile Zäune erhalten die

gute Nachbarschaft«, sagte er, eine Maxime, die am anderen Ende der Siedlung heftig umstritten war. Dort hatte sich die Sirene eines Streifenwagens unter Mr. Simplons Geschrei, Mr. Grabbles Anschuldigungen und Mrs. Grabbles unsinniges Leugnen gemischt. Die Pettigrews, von denen die Polizei bereits wegen Little Willies Verschwinden alarmiert worden war, hatten wieder angerufen. Diesmal nahm die Polizei ihre Beschwerde ernster und hatte, mit feinem Blick für alles auch nur andeutungsweise Homosexuelle, sowohl Reverend Truster als auch Mr. Simplon festgenommen, ersteren wegen Aufforderung zur Unzucht und letzteren wegen Erregung öffentlichen Ärgernisses durch unsittliches Entblößen, ein Vorwurf, für dessen Entkräftung Mr. Simplon, der bei ihrem Eintreffen seinen stark geröteten Penis ziemlich hektisch mit Hilfe des Rasensprengers bearbeitet hatte, die Worte fehlten. So blieb es Reverend Truster überlassen, so gut es ging zu erklären, daß er Mr. Simplon keineswegs zu sexuellen Handlungen habe überreden wollen, soweit diese überhaupt noch möglich gewesen wären, sondern lediglich bemüht gewesen sei, dessen Selbstkastration mit dem rotierenden Sprenkler zu verhindern. Dem diensthabenden Sergeant klang das keineswegs nach einer plausiblen Erklärung, und daß sich Mr. Simplon außerstande sah, einigermaßen präzise zu beschreiben, womit seine Geschlechtsteile in Berührung gekommen waren, um ihn zu diesem eigenartigen Verhalten zu bewegen, sprach auch nicht gerade für ihn.

»Steckt die Typen in getrennte Zellen«, sagte der diensthabende Sergeant, und man zerrte Reverend Truster und Mr. Simplon fort.

Nach ihrem Abtransport ging in Sandicott Crescent wieder alles seinen ununterbrochenen gewohnten Gang. Mrs. Simplon ging ohne Bedauern allein zu Bett. Mr. und Mrs.

Grabble legten sich getrennt schlafen, wobei sie sich gegenseitig Beleidigungen an den Kopf warfen. Die Misses Musgrove gaben sich alle erdenkliche Mühe, Mrs. Truster zu trösten, die immer wieder hysterisch erklärte, ihr Gatte sei kein warmer Bruder.

»Natürlich nicht, meine Liebe«, sagten sie einstimmig und ohne die leiseste Ahnung zu haben, was Mrs. Truster damit meinte. »Als die Polizisten ihn mitnahmen, war ihm bestimmt nicht warm ums Herz, dabei wissen wir, daß er ein großer Freund der Polizei ist.«

Mrs. Trusters Erklärungsversuch, schwul sei er auch nicht, brachte die beiden kein Stückchen weiter.

Doch die abendlichen Ereignisse zeitigten auch weniger unschuldige Reaktionen. Die Prügelgeräusche hatten Mr. und Mrs. Raceme animiert, und da sie diesmal vergaßen, ihre Vorhänge zuzuziehen, konnte Lockhart ihre perversen Praktiken hervorragend beobachten. Interessiert hatte er zugesehen, wie zuerst Mr. Raceme seine Frau ans Bett fesselte und sie mit einem Stock leicht züchtigte, ehe er ihr gestattete, diese Prozedur an ihm zu wiederholen. Lockhart ging nach Hause, hielt die neuen Erkenntnisse in seinem Dossier fest und begab sich schließlich zur Abrundung des Abends in die Garage, um den Wilsons mit baldigem Tod zu drohen, was zur Folge hatte, daß nebenan die ganze Nacht über Licht brannte. Alles in allem, dachte er, als er sich neben seinen strahlenden Engel Jessica ins Bett legte, war es ein überaus lohnender und informativer Tag gewesen, und wenn er den Schwung seines Feldzugs weiterhin beibehalten konnte, würden im Sandicott Crescent bald die ersten »Zu verkaufen«-Schilder auftauchen. Er kuschelte sich an Jessica, und gleich darauf gaben sie sich dem für ihre Ehe charakteristischen keuschen Liebesspiel hin.

11

Jessica blieb es vorbehalten, eine neue Entwicklung in die Wege zu leiten, als sie am nächsten Tag von ihrer Arbeit als Aushilfsschreibkraft nach Hause kam.

»Du wirst nie erraten, wer in Green End wohnt«, sagte sie aufgeregt.

»So ist es«, bestätigte Lockhart, der so tat, als nähme er die Bemerkung scheinbar wörtlich, um seine gedanklichen Abgründe zu tarnen. Green End kümmerte ihn nicht; es lag anderthalb Kilometer vom Golfplatz entfernt in West Pursley und war ein noch wohlhabenderer Vorort mit größeren Häusern und Gärten und älteren Bäumen.

»Genevieve Goldring«, sagte Jessica.

»Noch nie gehört«, sagte Lockhart und ließ eine Reitpeitsche durch die Luft sausen, die er aus einem Stück bindfadenumwickeltem Gartenschlauch hergestellt hatte, an dessen Ende einige Lederstreifen baumelten.

»Mußt du aber«, widersprach Jessica, »sie ist die phantastischste Schriftstellerin, die es je gegeben hat. Ich habe Dutzende ihrer Bücher, und die sind rasend interessant.«

Doch Lockhart dachte an andere Dinge, etwa ob er die Lederriemen mit Bleischrot verstärken sollte.

»Ein Mädchen im Büro hat für sie gearbeitet und sagt, sie sei eine wirklich eigenartige Person«, fuhr Jessica fort. »Sie geht im Zimmer auf und ab und redet, und Patsy muß einfach an der Schreibmaschine sitzen und alles aufschreiben, was sie sagt.«

»Klingt nach einer langweiligen Arbeit«, sagte Lockhart, der entschieden hatte, Bleischrot wäre des Guten ein wenig zuviel.

»Und weißt du was? Patsy läßt mich morgen dort arbeiten. Sie hätte gern einen freien Tag, und für mich haben sie noch nichts zu tun. Ist das nicht phantastisch?«

»Schon möglich«, sagte Lockhart.

»Fabelhaft ist es. Ich wollte schon immer eine richtige lebendige Schriftstellerin kennenlernen.«

»Wird diese Goldring nicht wissen wollen, warum Patsy nicht kommt?« fragte Lockhart.

»Sie hat sich nicht mal Patsys Namen gemerkt. Sie geht so in ihrer Schriftstellerei auf, daß sie losredet, sobald Patsy kommt, und sie arbeiten in einer Gartenlaube, die rotiert, um die Sonnenstrahlen aufzufangen. Ich bin so aufgeregt, ich kann's kaum erwarten.«

Das ging Mr. Simplon und Reverend Truster genauso. Sie waren dem Richter nur kurz vorgeführt worden, ehe man sie bis zur Verhandlung auf Kaution freigelassen hatte. Mr. Simplon kehrte in Kleidung nach Hause zurück, die von einem in der Woche verstorbenen Penner stammte. Man erkannte ihn kaum wieder, ganz sicher nicht Mrs. Simplon, die ihn nicht nur nicht ins Haus ließ, sondern auch die Garage abgeschlossen hatte. Als Mr. Simplon anschließend ein Hinterfenster einschlug und in sein eigenes Haus einbrach, warteten der Inhalt einer Flasche Salmiakgeist und anschließend ein erneuter Besuch des Polizeireviers, verbunden mit einer Anzeige wegen Erregung öffentlichen Ärgernisses, auf ihn. Reverend Truster war sanfter und verständnisvoller empfangen worden, da Mrs. Truster annahm, ihr Mann sei homosexuell, und Homosexualität sei alles andere als ein Verbrechen, nur ein Irrtum der Natur. Diese Unterstellung wies der Reverend zurück, was er auch sagte. Mrs. Truster gab zu bedenken, sie wiederhole lediglich seine eigenen Worte aus einer Predigt zu diesem Thema. Reverend Truster erwiderte, er wünsche bei Gott, er hätte diese Predigt nie gehalten. Wenn er unter seinem Schwulsein so sehr leide, fragte daraufhin Mrs. Truster, warum habe er dann … Reverend Truster forderte sie auf, den Mund zu halten. Mrs. Truster kam diesem Wunsch nicht nach. Kurzum, es herrschte fast ebenso brutale Uneinigkeit wie im Grabbleschen Haushalt, wo Mrs. Grabble schließlich ihre Koffer packte, ein Taxi zum Bahnhof nahm und zu ihrer Mutter fuhr. Nebenan schüttelten die Misses Musgrove traurig die Köpfe und sprachen leise darüber, wie bösartig die Welt von heute sei, während sie, jede für sich, über Größe, Farbe und aufeinanderfolgende Farbveränderungen von Mr. Simplons Genitalien nachsannen. Sie hatten noch nie zuvor einen Blick auf einen nackten Mann und jene Körperteile werfen können, die, wie sie gehört hatten, für das eheliche Glück eine herausragende Rolle spielten. Diese Darbietung hatte ihnen Appetit gemacht, wenn auch zu spät im Leben, als daß sie hoffen durften, ihn stillen zu können. Pessimismus war jedoch fehl am Platz. Ihr Appetit sollte bald genug Nahrung finden.

Fasziniert von dem, was sich im Schlafzimmer der Racemes abgespielt hatte, beschloß Lockhart, sich gründlicher mit den kleinen Sünden der Gattung Mensch vertraut zu machen, und während Jessica am nächsten Tag fröhlich zu ihrer Verabredung mit literarischem Ruhm in der Gartenlaube Genevieve Goldrings aufbrach, nahm Lockhart den Zug nach London, wo er in Soho etliche Stunden mit dem Durchblättern einschlägiger Magazine verbrachte, und kehrte mit dem Katalog eines Sexshops zurück, in dem lauter höchst beunruhigende Geräte angepriesen wurden, die *ad nauseam* surrten, vibrierten, hüpften oder ejakulierten. Lockhart begann das Wesen der Sexualität und seine eigene Unwissenheit besser zu begreifen. Er brachte die Magazine und den Katalog auf den Dachboden, wo er sie zwecks späteren Nachschlagens versteckte. Die Wilsons von nebenan waren ein unmittelbareres Ziel seines Räumungsfeldzugs, und ihm war die Idee gekommen, daß etwas mehr als die Stimme von jenseits des Grabes ihren Auszug beschleunigen könnte. Er entschied sich für Geruch, griff sich einen Spaten und grub den verwesenden Kadaver Little Willies aus, zerstückelte ihn in der Garage und verteilte ihn portiönchenweise im Kohlenkeller der Wilsons, die in der Eckkneipe gerade ihre Erinnerung an die vergangene Nacht ertränkten. Als sie später in ein Haus zurückkehrten, wo ihnen nicht nur der Tod prophezeit worden war, sondern in dem es nun auch intensiver nach selbigem stank, als Worte es auszudrücken vermochten, zeitigte dies eine rasche Wirkung. Mrs. Wilson bekam einen hysterischen Anfall und übergab sich, und Mr. Wilson, des Fluches der Alphabettafel und des Tischerückens eingedenk, drohte, die Prophezeiung, im Haus würde es bald einen Todesfall geben, wahrzumachen und sie zu erwürgen, wenn sie nicht Ruhe gab. Doch auch ihm war der Gestank zu penetrant, und statt eine weitere Nacht in diesem Haus des Todes zu verbringen, fuhren sie lieber in ein Motel.

Sogar Jessica bemerkte den Mief und sprach mit Lockhart darüber.

»Das ist die Wilsonsche Kanalisation«, sagte er aufs Geratewohl und fragte sich sofort, ob er sich nicht der Kanalisation, insbesondere der Abwasserrohre bedienen könnte, um schädliche Substanzen in die Häuser anderer unerwünschter Mieter zu leiten. Es war eine Überlegung wert. Zwischenzeitlich hatte er alle Hände voll damit zu tun, Jessica zu trösten. Ihre Erlebnisse als Schreibkraft der Heldin ihrer Jugend, Miss Genevieve Goldring, waren für sie eine einzige schreckliche Desillusionierung gewesen.

»Sie ist einfach nur die scheußlichste Person, die mir je begegnet ist«, sagte sie schluchzend, »sie ist zynisch, widerlich und denkt nur ans Geld. Sie hat mich nicht einmal begrüßt oder mir eine Tasse Tee angeboten. Sie geht einfach bloß auf und ab und diktiert, was sie die ›verbale Scheiße, nach der sich mein Publikum die Lefzen leckt‹, nennt. Und zu diesem Publikum gehöre ich auch, und du weißt doch, daß ich nie ...«

»Natürlich weiß ich das, Liebling«, tröstete sie Lockhart.

»Ich hätte sie umbringen können, als sie das sagte«, schluchzte Jessica, »wirklich wahr. Und sie schreibt im Jahr fünf Bücher unter verschiedenen Namen.«

»Wie meinst du das, unter verschiedenen Namen?«

»Beispielsweise heißt sie nicht mal Genevieve Goldring. Sie heißt Miss Magster, und sie trinkt. Nach dem Essen hat sie sich hingesetzt und Pfefferminzlikör getrunken, und Daddy sagte immer, Leute, die Crème de menthe trinken, seien gewöhnlich, und er hatte recht. Und dann gab's Probleme mit dem Kugelkopf, und sie hat mir die Schuld gegeben.«

»Kugelkopf?« sagte Lockhart. »Wo zum Teufel hatte sie denn einen Kugelkopf?«

»Das ist eine Schreibmaschine, eine Kugelkopfschreibmaschine«, erklärte Jessica. »Statt einzelner Buchstaben auf Stangen, die man aufs Papier schlägt, hat sie eben einen Kugelkopf mit dem Alphabet drauf, der rotiert, übers Papier läuft und dabei die Buchstaben aufdruckt. Das ist furchtbar modern, und wenn was schief läuft, kann ich doch nichts dafür.«

»Ganz bestimmt nicht«, sagte Lockhart, den dieser Mechanismus faszinierte, »aber welche Vorteile hat so ein Kugelkopf?«

»Na, du kannst einfach den Kugelkopf mit dem Alphabet drauf abnehmen und einen anderen draufsetzen, wenn du einen anderen Schrifttyp willst.«

»Ach ja? Interessant. Angenommen, du nähmst den Kugelkopf von ihrer Schreibmaschine mit nach Hause und bautest ihn an deine eigene Schreibmaschine, dann würde es doch genauso aussehen, ich meine die Sachen, die du damit tippen würdest?«

»Mit einer gewöhnlichen Schreibmaschine ginge das nicht«, antwortete Jessica, »aber wenn du genauso eine wie sie hättest, könnte keiner den Unterschied feststellen. Jedenfalls ist sie ekelhaft, und ich hasse sie.«

»Liebling«, sagte Lockhart, »weißt du noch, wie du für die Anwaltsfirma Gibling und Gibling gearbeitet und mir über abscheuliche Dinge erzählt hast, die in Büchern über Leute geschrieben werden, und Beleidigung und all so was?«

»Ja«, sagte Jessica, »am liebsten wäre mir, diese scheußliche Frau würde Abscheuliches über uns schreiben ...«

Das Glitzern in Lockharts Augen ließ sie innehalten und ihn fragend ansehen.

»O Lockhart«, sagte sie. »Du bist ja ein ganz Raffinierter.«

Am folgenden Tag fuhr Lockhart erneut nach London

und kam mit einer Kugelkopfschreibmaschine derselben Marke zurück, die auch Miss Genevieve Goldring benutzte. Es war ein teurer Kauf gewesen, doch was er plante, würde ihn vergleichsweise günstig werden lassen. Miss Goldring machte sich anscheinend nie die Mühe, ihre Druckfahnen korrekturzulesen. Das hatte Jessica von Patsy erfahren. »Manchmal hat sie drei Bücher gleichzeitig in der Mache«, sagte die unschuldige Patsy. »Sie knallt sie einfach hin und vergißt sie völlig.«

Ein weiterer Vorteil war, daß Miss Goldrings täglicher Ausstoß in einer Schublade ihres Schreibtisches liegenblieb, der in der Laube am Rande ihres Gartens stand, und da sie um sechs Uhr nachmittags von Crème de menthe auf Gin umstieg, war sie um sieben selten nüchtern und um acht fast immer sturzbetrunken.

»Liebling«, sagte Lockhart, als Jessica mit dieser Neuigkeit nach Hause kam, »ich möchte, daß du nicht mehr als Aushilfsschreibkraft arbeiten gehst. Ich möchte, daß du zu Hause bleibst und nachts arbeitest.«

»Jawohl, Lockhart«, sagte Jessica gehorsam, und als sich die Dunkelheit über den Golfplatz, Ost Pursley und West Pursley senkte, brach Lockhart nach Green End zu der Laube am Rande des Gartens der großen Schriftstellerin auf. Er kehrte mit den ersten drei Kapiteln ihres neuesten Romans, *Lied des Herzens*, und dem Kugelkopf aus ihrer Schreibmaschine zurück; und Jessica schrieb bis spät in die Nacht hinein die Kapitel um. Die Heldin, ehemals Sally mit Namen, hieß nun Jessica, und aus dem entsprechenden Helden, David, wurde Lockhart. Schließlich spielte der Name Flawse eine große Rolle in der revidierten Fassung, die Lockhart um drei Uhr morgens in die Schublade in der Laube legte. Es gab auch noch andere Änderungen, von denen keine zugunsten von Miss Goldrings Figuren ausfiel. In der neuen Fassung fand Lockhart Flawse Gefallen daran, von Jessica ans Bett gefesselt und ausgepeitscht zu werden, und wurde er mal nicht ausgepeitscht, stahl er aus Banken Geld. Alles in allem enthielt *Lied des Herzens* schlimm beleidigende neue Inhalte, deren Funktion darin bestand, Miss Goldrings Portemonnaie beträchtlich zu plündern und ihr Herz mit Wehmut zu erfüllen. Da sie ihre Romane in Höchstgeschwindigkeit verfaßte, war Lockhart so damit beschäftigt, ihren täglichen Ausstoß zu holen und durch Jessicas nächtliche Korrekturen zu ersetzen, daß sein Räumungsfeldzug gegen die Mieter von Sandicott Crescent zeitweilig unterbrochen werden mußte. Erst als der Roman vierzehn Tage später beendet war, konnte Lockhart zurückschalten und mit Phase zwei beginnen. Diese erforderte zusätzliche Kosten und zielte gleichzeitig auf die geistige Instabilität der beiden Misses Musgrove sowie die körperliche Versehrtheit von entweder Mr. oder Mrs. Raceme oder beider, je nach dem Ausmaß der Aggressivität. Als erstes machte er sich erneut Jessicas Schreibmaschine zunutze, indem er einen neuen Kugelkopf mit einem anderen Schriftbild erstand und einen Brief an die Hersteller der Produkte zur sexuellen Stimulation verfaßte, die ihn in dem Katalog neugierig gemacht und angewidert hatten. Als Absender war Sandicott Crescent Nummer 4 angegeben, es lagen Geldanweisungen im Wert von neunundachtzig Pfund bei, und die Unterschrift bestand aus einem Schnörkel über dem maschinengeschriebenen Namen Mrs. Musgrove. In dem Brief bestellte Mrs. Musgrove einen ejakulationsfähigen, vibrierenden und in der Größe verstellbaren Gummipenis, die untere Hälfte eines Plastikmannes inklusive dazugehöriger Organe, und schließlich ein genopptes Gummipolster mit angeschlossener Batterie, das sich klitoraler Stimulator nannte. Um nicht am falschen Ende zu sparen, abonnierte Lockhart außerdem die drei Magazine *Lesbische Lust*, *Nur für Frauen* und *Muschikuß*, die bereits ihn so angewidert hatten, daß ihre monatliche Lieferung auf die Misses Musgrove verheerende Auswirkungen haben dürfte. Nachdem er den Brief abgeschickt hatte, mußte er allerdings mit einer gewissen postalischen Verzögerung rechnen, ehe sich Ergebnisse zeigen würden.

Was die Racemes betraf, zeigten sich Ergebnisse schon frühzeitiger. Lockharts methodisch, in einem Dossier festgehaltenen Beobachtungen ergaben, daß sich das Paar besonders gern am Mittwochabend seinen Späßen hingab und Mr. Raceme normalerweise zuerst an der Reihe war. Mit der gleichen Ritterlichkeit, die dem alten Flawse an seinen Vorfahren aufgefallen war, entschied Lockhart, eine Frau zu schlagen, wäre eines Gentlemans unwürdig. Außerdem war ihm aufgefallen, daß Mrs. Raceme mit einer gewissen Mrs. Artoux befreundet war, die ein Appartement im Zentrum von East Pursley bewohnte. Mrs. Artoux stand nicht im Telefonbuch und hatte somit wahrscheinlich kein Telefon. Also wartete Lockhart Mittwochabend mit einer Stoppuhr im Vogelschutzgebiet und gab Mrs. Raceme zehn Minuten, um ihren Gatten mit den Lederschnüren, die den beiden offenbar am meisten zusagten, ans Bett zu fesseln, bevor er in die Telefonzelle an der Ecke ging und die Nummer der Racemes wählte. Mrs. Raceme war am Apparat.

»Können Sie sofort kommen?« sagte Lockhart durch ein Taschentuch, »Mrs. Artoux hatte einen Schlaganfall und fragt nach Ihnen.«

Er verließ die Telefonzelle noch rechtzeitig, um den Saab der Racemes aus der Auffahrt rasen zu sehen, und konsultierte seine Stoppuhr. Zwei Minuten waren seit seinem Anruf vergangen, nicht genug Zeit für Mrs. Raceme, um ihren Mann loszubinden. Lockhart schlenderte die Straße hinunter zu ihrem Haus, schloß die Tür auf und ging leise hinein. Er machte im Flur Licht, stieg die Treppe hinauf und blieb auf dem Treppenabsatz stehen. Dann warf er einen Blick ins Schlafzimmer. Nackt, mit einer Kapuze über dem Kopf, gefesselt und geknebelt, gab Mr. Raceme sich dem Taumel jener dunklen masochistischen Gefühle hin, die ihm solch eigenartige Befriedigung verschafften. Er wand sich ekstatisch auf dem Bett. Eine Sekunde später wand er sich zwar immer noch, doch ohne Ekstase. Den delikaten Schmerz von Mrs. Racemes dünner Birkenrute gewöhnt, löste der machtvolle Einsatz von Lockharts patentierter Pferdepeitsche einen Reflex bei ihm aus, der drohte, seinen Körper vom Bett und das Bett vom Fußboden zu heben. Mr. Raceme spuckte den Knebel aus und versuchte, seinen Empfindungen stimmlich Ausdruck zu verleihen. Lockhart unterband den Schrei, indem er Mr. Racemes Kopf in das Kissen drückte, und setzte ausgiebigst seine Pferdepeitsche ein. Als er schließlich fertig war, hatte Mr. Raceme den Übergang vom Masochismus zum Sadismus nahtlos vollzogen.

»Ich bring' dich um, du verfluchte Sau«, brüllte er, als Lockhart die Schlafzimmertür schloß und nach unten ging, »so wahr mir Gott helfe, ich mach dich kalt, und wenn es das letzte ist, was ich tu.«

Lockhart verließ das Haus durch die Vordertür und ging nach hinten in den Garten. Inzwischen wurden Mr. Racemes Schreie und Drohungen von Gewimmer unterbrochen. Lockhart bezog in den Sträuchern Stellung und wartete Mrs. Racemes Rückkehr ab. Wenn ihr Mann auch nur die Hälfte seiner Drohungen wahrmachte, müßte er womöglich noch einmal eingreifen, um ihr Leben zu retten. Er dachte darüber nach, kam aber zu dem Schluß, daß Mr. Raceme sagen mochte, was er wollte, der Zustand seines Hinterteils würde ihn daran hindern, irgend etwas davon in die Praxis umzusetzen. Gerade wollte er gehen, als die Scheinwerfer des Saabs die Auffahrt beleuchteten und Mrs. Raceme die Haustür öffnete.

Die nun folgende Lärmorgie übertraf sogar alles, was am Abend des Grabbleschen Ehekrachs Sandicott Crescent belebt hatte. Mrs. Racemes Erklärung, abgegeben, noch ehe sie das Schlafzimmer betrat und Mr. Racemes Zustand bemerkte, daß Mrs. Artoux überhaupt nichts fehle und sie ganz bestimmt keinen Schlaganfall erlitten habe, wurde mit einem Wutgeheul beantwortet, das die Vorhänge zum Zittern brachte, gefolgt von einem zweiten Schrei ähnlichen Kalibers aus dem Mund Mrs. Racemes. Da sie im Gegensatz zu Lockhart nicht wußte, was er ihr anzutun gedroht hatte, sobald er frei war, beging sie den Fehler, seine Beine loszubinden. Eine Sekunde später widerlegte er Lockharts Vermutung, daß er nicht in der Lage sei, die Theorie in die Praxis umzusetzen. Mr. Raceme war auf den Beinen und konnte es offensichtlich kaum erwarten, bis es losging. Leider waren seine Hände immer noch ans Doppelbett gefesselt, und da Mrs. Raceme ihren Fehler beinahe augenblicklich erkannte, weigerte sie sich, ihm die Hände loszubinden.

»Was soll das heißen, ich hätte dir das angetan?« kreischte sie, als das eng mit Mr. Racemes Händen verbundene Doppelbett auf sie zu hoppelte. »Mir hat jemand telefonisch mitgeteilt, Mrs. Artoux habe der Schlag getroffen.«

Das Wort war zuviel für Mr. Raceme. »Schlag?« brüllte er gedämpft durch Kissen und Matratze, die sein Gesichtsfeld einengten. »Was zum Teufel meinst du mit Schlag?«

Das wußte Lockhart draußen genau. Seine patentierte

Pferdepeitsche war auch ohne Bleigewichte an den Lederriemen schlagkräftig genug.

»Eins laß dir gesagt sein«, kreischte Mrs. Raceme, »wenn du glaubst, ich hätte dir das angetan, dann bist du übergeschnappt.«

Das war Mr. Raceme. Gehemmt durch das Bett und wahnsinnig vor Schmerzen, warf er sich quer durchs Zimmer in Richtung ihrer Stimme, wobei er die Frisierkommode umriß, hinter der Mrs. Raceme sich verbarg, schoß, alles vor sich herschiebend, Frisierkommode, Bett, Nachttischlampe und Teetischchen, von Mrs. Raceme ganz zu schweigen, durch die Vorhänge des Verandafensters, zerschmetterte die Doppelfenster und stürzte unten auf das Blumenbeet. Dort mischten sich seine Schreie mit denen von Mrs. Raceme, die von den Doppelfenstern und einem Rosenstrauch in ziemlich dem gleichen Körperteil wie er zerschnitten worden war.

Lockhart zögerte, begab sich dann aber doch in das Vogelschutzgebiet, und als er sich leise auf Nummer 12 zubewegte, übertönten bereits Polizeisirenen das Geschrei und Gebrüll der Racemes. Die Pettigrews hatten wieder einmal ihr soziales Gewissen sprechen lassen und die Polizei verständigt.

»Was um alles in der Welt war das für ein Lärm?« erkundigte sich Jessica, als er aus der Garage kam, wo er seine Pferdepeitsche deponiert hatte. »Das klang ja, als wäre jemand durch ein Gewächshausdach gefallen.«

»Wir haben wirklich merkwürdige Mieter«, sagte Lockhart, »offenbar geraten sie sich ständig in die Haare.«

Jedenfalls waren sich Mr. und Mrs. Raceme in die Haare geraten, und die Polizisten fanden ihre mißliche Lage höchst eigenartig. Mr. Racemes schwer gezeichnetes Hinterteil und die Kapuze erleichterten eine rasche Identifizierung nicht gerade, doch am meisten faszinierte sie, daß er immer noch ans Bett gefesselt war.

»Verraten Sie mir eins, Sir«, sagte der Sergeant, der sofort nach seinem Eintreffen einen Krankenwagen anforderte, »ziehen Sie sich vor dem Einschlafen immer Kapuzen über den Kopf?«

»Kümmern Sie sich verflucht nochmal um Ihre eigenen Angelegenheiten«, schlug ihm Mr. Raceme törichterweise vor. »Ich frage Sie nicht, was Sie in Ihren eigenen vier Wänden treiben, und Sie haben kein Recht, mich auszufragen.«

»Nun, Sir, wenn das Ihre Einstellung ist, wird unsere Einstellung die sein, daß Sie einen Polizeibeamten in Ausübung seiner Pflichten beschimpft und Drohungen gegen die Person Ihrer Frau ausgestoßen haben.«

»Und was ist mit meiner Person?« schrie Mr. Raceme. »Sie scheinen zu übersehen, daß sie mich verdroschen hat.«

»Das haben wir keineswegs übersehen, Sir«, entgegnete der Sergeant, »die Lady hat offensichtlich hervorragende Arbeit geleistet.«

Daß ein Wachtmeister nach einer Untersuchung des Racemeschen Schlafzimmers nun einen Haufen Ruten, Peitschen, Knüppel und neunschwänziger Katzen anschleppte, bestätigte nur den Verdacht der Polizei, Mr. Raceme habe lediglich das bekommen, was er verdiente. Ihre ganze Sympathie galt seiner Frau, und als Mr. Raceme sie erneut anzugreifen versuchte, verzichteten sie auf Handschellen und trugen ihn samt Bett und Bettzeug in die Grüne Minna. Mrs. Raceme wurde in einem Krankenwagen weggefahren. Der in einem Streifenwagen folgende Sergeant war ehrlich verdutzt.

»In dieser Gegend gehen mächtig seltsame Dinge vor«, sagte er zu dem Fahrer. »Wir sollten den Sandicott Crescent von nun an besser im Auge behalten.«

Seit dieser Nacht war am unteren Ende des Straßenzugs ein Polizeiauto postiert, dessen Anwesenheit Lockhart zwang, eine neue Taktik zu entwickeln. Er hatte bereits über die Verwendung der Kanalisation nachgedacht, und die Polizei verschaffte ihm den nötigen Anreiz. Zwei Tage später kaufte er einen Neoprenanzug und eine Sauerstoffmaske, hob, wobei er sich der detaillierten Pläne des verstorbenen Mr. Sandicott vom Wasser- und Kanalisationsnetz des Straßenzugs bediente, den Gullydeckel gegenüber von seinem Haus hoch, stieg die Leiter hinab und schloß den Deckel wieder. Im Dunkeln knipste er seine Taschenlampe an und ging los, unterwegs auf die Einleitungen von jedem einzelnen Haus achtend. Es war ein großer Abwasserkanal, der ihm ganz neue Einblicke in die Gewohnheiten seiner Nachbarn verschaffte. Gegenüber von Oberst Finch-Potters Einleitung trieben eine Anzahl weißer Gummiobjekte, die nicht zu seinem angeblichen Junggesellenstatus passen wollten, wohingegen sich Mr. O'Brains Knauserigkeit darin zeigte, daß er statt Toilettenpapier sein Telefonbuch benutzte. Lockhart kehrte mit dem Vorsatz von seinen Höhlenforschungen zurück, seine Aufmerksamkeit auf diese beiden Junggesellen zu konzentrieren. Allerdings durfte er den Bullterrier des Obersten nicht außer acht lassen. Es war zwar ein harmloses Viech, doch tendenziell genauso gefährlich wie sein Herrchen. Die Gewohnheiten des Obersten kannte Lockhart bereits, auch wenn die Entdeckung so vieler Präservative in der Nähe seines Abflusses doch eine gewisse Überraschung darstellte. Der Oberst schien es faustdick hinter den Ohren zu haben. Er mußte ihn gründlicher observieren. Mr. O'Brain bereitete ihm weniger Kopfzerbrechen. Als Ire war er ein relativ leichtes Ziel, und als Lockhart sich seines Neoprenanzugs entledigt und selbigen gewaschen hatte, griff er wieder einmal zum Telefon.

»Hier spricht das Kommando Pursley der Provisorischen IRA«, sagte er mit irisch klingender Stimme. »Wir erwarten in den nächsten Tagen Ihren Beitrag. Das Codewort lautet Killarney.«

Mr. O'Brains Antwort blieb ungehört. Der Gynäkologe im Ruhestand war anglisiert und wohlhabend genug, um auf diese Beanspruchung seiner Zeit und seines Geldbeutels gereizt zu reagieren. Er verständigte umgehend die Polizei und bat um Schutz. Von seinem Fenster aus sah Lockhart, wie das Polizeiauto seinen Standort am Ende der Straße verließ und vor Mr. O'Brains Haus hielt. Es wäre wohl besser, das Telefon nicht mehr zu benutzen, entschied er, und legte sich beim Zubettgehen einen anderen Plan zurecht. Dieser machte die Benutzung der Kanalisation erforderlich und würde wahrscheinlich Mr. O'Brains Behauptung widerlegen, er habe keinerlei Verbindung zu irgendeiner Organisation, die ihre Ziele mit Gewalt zu erreichen trachtete.

Am nächsten Morgen war er früh auf den Beinen und wollte gerade zu einem Verbrauchermarkt aufbrechen, als die Paketpost eintraf und den Misses Musgrove mehrere Pakete zustellte. Lockhart hörte, wie sie ihrem Erstaunen und der Hoffnung Ausdruck gaben, es werde sich um Spenden für die Kirchentombola handeln. Lockhart bezweifelte, daß der Inhalt sich für irgendeine kirchliche Veranstaltung eignete, eine Ansicht, die von den Misses Musgrove kurz darauf geteilt wurde, denen, da sie einen Blick auf Mr. Simplons Penis hatten werfen können, eine schreckliche Ähnlichkeit zwischen diesem Organ und den monströsen Objekten auffiel, die sie in den Paketen vorfanden.

»Das muß ein Irrtum sein«, sagte Miss Mary und prüfte die Adresse. »Wir haben diese entsetzlichen Dinger nie bestellt.«

Maud, ihre ältere Schwester, musterte sie mißtrauisch. »Ich war's jedenfalls nicht, das kann ich dir versichern«, sagte sie kühl.

»Du glaubst doch wohl selber nicht, daß ich es war, oder?« fragte Mary. Mauds Schweigen war beredt.

»Wie ausgesprochen abscheulich von dir, so einen Verdacht zu hegen«, fuhr die verbitterte Maud fort. »Was weiß ich, vielleicht warst du es und versuchst es jetzt mir in die Schuhe zu schieben.«

Die folgende Stunde fuhren sie fort, sich gegenseitig die Schuld in die Schuhe zu schieben, doch schließlich obsiegte ihre Neugier.

»Hier steht«, verkündete Maud bei der Lektüre der Bedienungsanleitung für den ejakulationsfähigen, vibrierenden und in der Größe verstellbaren Gummipenis, »daß man die Hoden zu gleichen Teilen mit Eiweiß und süßer Sahne füllen kann, um den Effekt einer naturgetreuen Ejakulation zu erzielen. Was sind deiner Meinung nach die Hoden?«

Miss Mary machte sie ausfindig, und im Handumdrehen mischten die beiden Jungfern emsig die nötigen Zutaten, wobei sich der vibrierende Kunstpenis als hervorragender Rührstab bewährte. Nachdem sie sich davon überzeugt hatten, daß die Konsistenz so war wie in der Anleitung empfohlen, hatten sie die Hoden soeben randvoll gefüllt und stritten sich anhand ihrer kurzen Beobachtung des unauffälligen Organs von Mr. Simplon gerade darüber, auf welche Größe sie den Kunstpenis einstellen sollten, als es klingelte.

»Ich mache auf«, sagte Mary und ging. An der Haustür stand Mrs. Truster.

»Ich wollte nur mal kurz vorbeischauen, um Ihnen mitzuteilen, daß Henrys Anwalt, Mr. Watts, glaubt, die Anklage werde wohl fallengelassen«, sagte sie und rauschte wie gewohnt über den Flur in die Küche, »ich dachte, es würde Sie interessieren ...«

Ganz gleich, was die Misses Musgrove interessiert hätte, Mrs. Truster war entsetzt über das sich ihr bietende Schauspiel. Maud Musgrove hielt in der einen Hand einen überdimensionalen, anatomisch korrekt gestalteten Penis, in der anderen etwas, das wie eine Spritztüte für Kuchenguß aussah. Mrs. Truster glotzte das Ding mit weit aufgerissenen Augen an. Schlimm genug, daß ihr Mann vermutlich homosexuell war; aber mit absoluter Gewißheit herauszufinden, daß ausgerechnet die Misses Musgrove Lesben waren, die kleine kulinarische Leckereien mit riesigen sexuellen kombinierten, war mehr, als ihr armer Verstand verkraften konnte. Einen Moment lang drehte sich das Zimmer, dann sackte sie auf einen in der Nähe stehenden Stuhl.

»Lieber Gott, Herr im Himmel«, jammerte sie und öffnete die Augen. Das schauderhafte Ding war immer noch da, und aus seiner ... wie auch immer man die Öffnung eines Gummipenis nennen mochte ... troff ... »Herrgott«, sagte sie, den Namen des Allmächtigen noch einmal mißbrauchend, bevor sie sich einer angemesseneren Ausdrucksweise befleißigte, »was zum Teufel geht hier vor?«

Diese Frage machte den Misses Musgrove klar, in welch katastrophaler gesellschaftlicher Situation sie sich befanden.

»Wir wollten bloß ...«, setzten sie im Chor an, als der Gummipenis ihnen die Antwort abnahm. Da Miss Maud sich auf den Bedienungsmechanismus gesetzt hatte, schwoll der Kunstpenis an, vibrierte, schwang auf und ab und erfüllte haargenau die Versprechungen seines Herstellers. Mrs. Truster starrte das scheußliche Ding an und mußte mitansehen, wie es rotierte, wuchs und die künstlichen Adern an seinem Schaft hervortraten.

»Anhalten, verflucht noch mal, halten Sie das abgefuckte Ding an«, schrie sie, durch das Ausmaß ihres Schreckens ihre gesellschaftliche Position vergessend. Miss Maud gab sich alle Mühe. Sie rang mit dem Monstrum und versuchte verzweifelt, sein Zucken zu beenden. Das gelang ihr nur allzugut. Der Gummipenis hielt, was er versprach, und spie wie ein erstklassiger Feuerlöscher einen Viertelliter Eiweiß mit Schlagsahne durch die Küche. Nach dieser bemerkenswerten Leistung erschlaffte er allmählich. Das gleiche galt auch für Mrs. Truster. Sie rutschte von ihrem Stuhl auf den Boden, wo sie sich zu dem ehemaligen Inhalt des Gummischwengels gesellte.

»Ojemine, was machen wir nun?« wollte Miss Mary wissen. »Sie hat doch hoffentlich keinen Herzanfall, oder?«

Sie kniete neben Mrs. Truster und fühlte ihren Puls. Er ging sehr schwach.

»Sie stirbt«, jammerte Miss Mary, »wir haben sie umgebracht!«

»Quatsch«, widersprach Miss Maud nüchtern und legte den schlaffen Gummipenis auf die Ablage neben der Spüle. Doch neben Mrs. Truster kniend, mußte sie zugeben, daß deren Puls gefährlich schwach war.

»Dann müssen wir es eben mit Mund-zu-Mund-Beatmung versuchen«, sagte sie, und gemeinsam hoben sie die Pfarrersfrau auf den Küchentisch.

»Wie?« fragte Mary.

»So«, sagte Maud, die an einem Erste-Hilfe-Kurs teilgenommen hatte, und widmete ihr Wissen und ihren Mund Mrs. Trusters Wiederbelebung. Damit hatte sie sofort Erfolg. Als Mrs. Truster aus ihrer Ohnmacht erwachte, war Miss Maud Musgrove gerade dabei, sie leidenschaftlich zu küssen, was von der sexuellen Richtung her nur zu gut zu den bereits von ihr beobachteten widernatürlichen Neigungen der beiden Jungfern paßte. Mit aus den Höhlen tretenden Augen befreite sich Mrs. Truster und schrie mit dank Miss Mauds Aktivitäten gekräftigtem Atem aus voller Kehle. Und wieder einmal hallte Sandicott Crescent vom Gekreisch einer hysterischen Frau wider.

Diesmal brauchten die Pettigrews die Polizei nicht zu verständigen. In Windeseile stand der Streifenwagen vor der Haustür, die Polizisten öffneten diese, nachdem sie die Scheibe in dem Fenster daneben zerdeppert hatten, und schwärmten durch den Flur in die Küche aus. Mrs. Truster kreischte immer noch, zusammengekauert auf der anderen Seite des Raums liegend, während auf dem Abtropfbrett neben ihr, ein zweites Mal durch Miss Maud motiviert, die sich wieder auf den Bedienungsmechanismus gesetzt hatte, langsam anschwellend und tröpfelnd der gräßliche Gummipenis lag.

»Lassen Sie nicht zu, daß sie mit diesem Ding in meine Nähe kommen«, schrie Mrs. Truster, als man sie aus dem Haus geleitete, »sie haben versucht ... oh Gott ... und geküßt hat sie mich und ...«

»Wenn Sie mich bitte dorthinaus begleiten würden«, forderte in der Küche der Sergeant die Misses Musgrove auf.

»Dürfen wir denn nicht das ...«

»Der Wachtmeister wird dieses Ding und andere Beweisstücke, die er findet, in Verwahrung nehmen«, sagte der Sergeant. »Ziehen Sie einfach nur Ihre Mäntel über und kommen Sie friedlich mit. Eine Polizistin wird später Ihre Nachthemden etc. abholen.«

Und so wurden die Misses Musgrove wie vor ihnen Mr. Simplon, der Reverend Truster und Mr. und Mrs. Raceme in den Streifenwagen verfrachtet und mit hoher Geschwindigkeit zur Wache gefahren.

»Weswegen?« fragte Lockhart, als er an dem diensthabenden Wachtmeister vor dem Haus vorbeikam.

»Suchen Sie sich's aus, Sir, Sie liegen immer richtig. Die werden nach allen Regeln der Kunst verdonnert, und dabei kann man sich wahrhaftig keine zwei netteren alten Damen vorstellen.«

»Erstaunlich«, sagte Lockhart und setzte lächelnd seinen Weg fort. Die Sache entwickelte sich ausnehmend gut.

Zu Hause hatte Jessica das Essen fertig.

»Pritchetts, die Haushaltwarenhandlung, hat angerufen«, sagte sie, als er Platz genommen hatte. »Ich soll dir ausrichten, daß sie irgendwann am späten Nachmittag den zweihundert Meter langen Plastikschlauch vorbeibringen, den du bestellt hast.«

»Ausgezeichnet«, sagte Lockhart. »Kommt wie gerufen.«

»Aber Liebling, der Garten ist doch nur fünfzig Meter lang. Was willst du um Himmels willen mit einem zweihundert Meter langen Schlauch anfangen?«

»Würde mich gar nicht überraschen, wenn ich den Garten der Misses Musgrove in Nummer 4 wässern müßte. Die beiden werden wohl eine ganze Weile weg sein.«

»Die Misses Musgrove?« sagte Jessica. »Aber die verreisen doch nie.«

»Diesmal schon«, sagte Lockhart. »In einem Polizeiauto.«

12

An diesem Nachmittag begab sich Jessica auf Lockharts Anregung hin zu den Wilsons und fragte, ob sie als Vermieterin irgend etwas tun könne, um die Kanalisation wieder auf Vordermann zu bringen.

»Es riecht hier wirklich übel«, teilte sie der wild dreinblickenden Mrs. Wilson mit. »Äußerst unangenehm, das muß ich schon sagen.«

»Geruch? Kanalisation?« stammelte Mrs. Wilson, die sich über die praktischen Gründe für Leichengeruch in einem Haus noch keine Gedanken gemacht hatte.

»Sie riechen es doch bestimmt auch?« sagte Jessica, während Little Willie aus dem Kohlenkeller heraufmiefte.

»Das Grab«, sagte Mrs. Wilson, die an ihren Prinzipien festhielt. »Das ist der Geruch des Lebens nach dem Tode.«

»Riecht mehr nach dem Tod an sich«, befand Jessica. »Wissen Sie auch genau, daß nicht irgendwas eingegangen ist? Das kommt doch vor, nicht wahr? Hinter unserem Kühlschrank ist mal eine Ratte verendet, und das hat genauso gestunken.«

Doch obwohl sie hinter dem Kühlschrank, unter dem Herd und sogar im Wäschetrockner der Wilsons nachsahen, fanden sie keine Spur von einer Ratte.

»Ich werde meinen Mann bitten, rüberzukommen«, versprach Jessica, »damit er nachsieht, ob es nicht an der Kanalisation liegt. Er ist handwerklich sehr begabt.«

Mrs. Wilson dankte ihr zwar, bezweifelte jedoch, daß Mr. Flawse mit seinen handwerklichen Fähigkeiten irgend etwas ausrichten könne. Sie irrte sich. Zehn Minuten später tauchte Lockhart mit einem zweihundert Meter langen Plastikschlauch auf und machte sich daran, die Abwasserrohre mit beruhigender Gründlichkeit zu überprüfen. Auf seine Wortbeiträge traf das ganz und gar nicht zu. In seinen breitesten northumbrischen Dialekt verfallend, sprach er bei der Arbeit von Geistern, Gespenstern und unheimlichen nächtlichen Geräuschen.

»Das zweite Gesicht ist meine Gabe«, sagte er der stammelnden Mrs. Wilson, »die ich seit meiner Geburt schon habe. Den Doud riech ich, nich Kanalisation, nich einen, tween sind es jetzt schon.«

»Tween? Meinen Sie nicht eher zwei?« wollte Mrs. Wilson erschaudernd wissen.

Lockhart nickte grimmig. »Aye, tween werden ihr Leben geben, 's wird immer besser, mit blutroten Kehlen und blut'geren Messer, so lautet meines Herzens Antwort: Mord ist's zunächst, dann Selbstmord.«

»Zuerst Mord? Dann Selbstmord?« sagte Mrs. Wilson, von einer furchtbaren Neugier befallen.

Lockhart warf einen vielsagenden Blick auf ein Tranchiermesser, das an einem magnetischen Wandbrett baumelte. »Ohne Zunge schreit eine Frau, am Dachsparren hängt ein Mann, der is schon ganz blau. Der Fluch, er lastet auf dem Haus, euern Doud ich riech, doch der reicht noch nich aus.«

Seine Augen verloren ihren stieren Glanz, und er machte sich wieder an der Kanalisation zu schaffen. Oben packte Mrs. Wilson hektisch ihre Sachen, und als Mr. Wilson nach Hause kam, war sie schon verschwunden. Auf dem Küchentisch lag ein beinahe unleserlicher Zettel in ihrer zittrigen

Handschrift des Inhalts, sie sei zu ihrer Schwester gefahren, und wenn er klug sei, würde er ebenfalls sofort abreisen. Mr. Wilson verfluchte seine Frau, die Alphabettafel und den Gestank, wollte sich aber als robustere Natur nicht einschüchtern lassen.

»Verflucht will ich sein, wenn ich mich aus meinem eigenen Haus jagen lasse«, murmelte er, »Geist hin, Geist her.« Als er dann nach oben ging, um ein Bad zu nehmen, hing von dem Sparren des im Peusotudorstil erbauten Schlafzimmers ein Strick samt Schlinge. Mr. Wilson starrte ihn entsetzt an und mußte an die Mitteilung seiner Frau denken. Ebenso beunruhigend war der Gestank im Schlafzimmer. Lockhart hatte Teile des verwesenden Willie im Kleiderschrank verteilt, und als Mr. Wilson angeekelt neben dem Bett stand, hörte er wieder die bereits bekannte Stimme, aber diesmal näher und noch überzeugender: »Am Stricke baumelnd bis der Tod tritt ein, heut nacht wird das Grab deine Bettstatt sein.«

»Das wird es verdammt noch mal nicht«, verkündete Mr. Wilson mit zitternder Stimme, packte ebenfalls seine Sachen und verließ das Haus, hielt aber kurz vor Nummer 12, um Jessica die Schlüssel zu überreichen und zu kündigen. »Wir verschwinden auf Nimmerwiedersehn«, sagte er, »in diesem verfluchten Haus spukt es.«

»Das kann ich mir nicht denken, Mr. Wilson«, widersprach Jessica, »es riecht nur unangenehm, aber wenn Sie wirklich ausziehen, würden Sie mir das bitte schriftlich geben?«

»Morgen«, versprach Mr. Wilson, der nicht länger als nötig bleiben wollte.

»Sofort«, sagte Lockhart und tauchte mit einem Formular in der Hand aus dem Flur auf.

Mr. Wilson stellte seinen Koffer ab und unterschrieb ein Dokument, das besagte, daß er seine Rechte als Mieter des Hauses Nummer 11 Sandicott Crescent umgehend und bedingungslos abtrete.

»Das ist ja phantastisch«, sagte Jessica, als er verschwunden war. »Jetzt können wir das Haus verkaufen und kriegen Geld.«

Doch Lockhart schüttelte den Kopf. »Noch nicht«, sagte er. »Wenn wir verkaufen, dann alle Häuser. Schließlich gibt es da ja noch die Kapitalgewinnsteuer.«

»Ach du meine Güte, warum muß immer alles so kompliziert sein«, sagte Jessica, »warum geht es nicht einfacher?«

»Es geht, Liebling, es geht«, sagte Lockhart. »Zerbrich dir bloß über solche Dinge nicht dein hübsches Köpfchen.« Dann ging er ins Wilsonsche Haus und machte sich wieder an die Arbeit. Dabei spielten der Plastikschlauch, die Kanalisation sowie die Gasleitung eine Rolle, und als er in dieser Nacht in seinem Neoprenanzug mit einem großen Klumpen Kitt in der einen und seiner Taschenlampe in der anderen Hand durch die Schachtluke in die Kanalisation schlüpfte, führte Lockhart nichts Gutes im Schilde. Mr. O'Brain würde noch den Tag verwünschen, an dem er die Drohung des Kommandos Pursley der IRA ignoriert hatte. Den Schlauch hinter sich her ziehend, kroch er durch den zu Mr. O'Brains Toiletten führenden Abwasserschacht. Eine befand sich im Erdgeschoß, die andere im Bad im ersten Stock. Rasch schob Lockhart den Schlauch durch das Abflußrohr nach oben und kittete ihn fest. Anschließend kroch er zurück, kletterte aus dem Kanalschacht, schob den Kanaldekkel wieder an seinen Platz und betrat das leere Haus der Wilsons. Dort drehte er den Hahn der Hauptgasleitung auf, an der er den Schlauch befestigt hatte, und wartete. Draußen war alles ruhig. Aus dem an der Straßenmündung stehenden Polizeiauto drangen gelegentlich irgendwelche Funksprüche, doch in East Pursley gab es keine kriminellen Aktivitäten, die die Aufmerksamkeit der Polizei erfordert hätten. Zu hören war lediglich ein leise gluckerndes, brodelndes Geräusch aus dem Knie unter Mr. O'Brains Toilette im Erdgeschoß. Oben schlief Mr. O'Brain tief und fest in dem Bewußtsein, unter Polizeischutz zu stehen. Nachts stand er einmal auf, um zu pinkeln, und bildete sich ein, Gas zu riechen, doch da er selbst nicht an das Gas-, sondern das Stromnetz angeschlossen war, glaubte er an einen Irrtum und ging wieder ins Bett. Mr. O'Brain schlief noch tiefer, doch als er morgens aufwachte und nach unten ging, war der Geruch überdeutlich. Mr. O'Brain griff zum Telefon sowie, was weniger klug war, nach einer Zigarette und zündete, während er die Nummer des Notrufs wählte, ein Streichholz an.

Die nun folgende Explosion ließ alle bisherigen Katastrophen im Sandicott Crescent verblassen. Ein Feuerball umhüllte Mr. O'Brain, wogte durch die Küche, zerschmetterte Vorder- wie Hintertür und sämtliche Fenster im Erdgeschoß, zerstörte den Wintergarten, riß Putz von der Decke und verwandelte das dicke emaillierte Porzellan der Toilettenschüssel im Erdgeschoß in Schrapnell, das durch die Klotür schoß und sich in die gegenüberliegende Flurwand bohrte. In Sekundenschnelle hatte sich Nummer 9 von Britisch-Bauhaus in einen Berliner Bunker verwandelt, woran eine ganze Serie aufeinanderfolgender Explosionen schuld war, die Schränke von Wänden rissen, Mr. O'Brain vom Telefon, das Telefon aus seiner Anschlußbuchse, Gynäkologiebücher aus ihren Regalen und schließlich, als sich der Druck nach oben ausbreitete, das Flachdach aus seiner Verankerung hoben und Betonteile vorne auf der Straße und hinten im Garten verstreuten. Durch ein unbegreifliches Wunder hatte Mr. O'Brain die Detonation überlebt und war, immer noch den Telefonhörer umklammernd, durch das Salonfenster auf den Schotter seiner Auffahrt katapultiert worden, so nackt wie weiland Mr. Simplon, aber zur Unkenntlichkeit geschwärzt und mit bis auf klägliche Reste verschmortem Schnurrbart samt Haupthaar. Dort wurde er von Oberst Finch-Potter und seinem Bullterrier gefunden, wie er über die IRA und die Unfähigkeit der britischen Polizei herzog.

Es war ein unglückliches Zusammentreffen. Oberst Finch-Potter hegte äußerst rigide Ansichten über die Iren, und Mr. O'Brain hielt er wegen dessen Berufs schon immer für einen irischen Mösenfummler. Da er, mit einer gewissen minimalen Berechtigung, annahm, Mr. O'Brain habe dieses Inferno selbst beim Bombenbasteln verursacht, übte er das jedem Bürger zustehende Recht auf Festnahme durch Zivilpersonen aus, und daß der verstörte Mr. O'Brain Widerstand leistete, verschlimmerte die Lage nur noch. Der Bullterrier, nicht einverstanden mit diesem Widerstand, besonders nicht mit dem Schlag, den Oberst Finch-Potter gerade auf die Nase bekommen hatte, verwandelte sich von einem liebenswürdigen Haustier in ein bissiges und schlug seine makellosen Beißer in Mr. O'Brains Unterschenkel. Als der Polizeiwagen nach zwei Minuten eintraf, war Mr. O'Brain den Klauen des Obersten entronnen und erklomm für einen Mann seines Alters und seiner sitzenden Tätigkeit erstaunlich behende das Spalier seiner Magnolien, was sich jedoch durch den in seinem Hintern verbissenen Bullterrier erklärte. O'Brains Schreie waren wie die von Mr. Raceme, Mrs. Truster und Mrs. Grabble noch über das Vogelschutzgebiet hinaus und unter der Straßenoberfläche zu hören, wo

Lockhart in aller Eile den Kitt aus dem Abflußrohr klaubte und den Schlauch zurück ins Wilsonsche Haus schleppte. Zehn Minuten später, als weitere Polizeiwagen die Einfahrt zum Sandicott Crescent abriegelten und nur den Krankenwagen durchließen, tauchte Lockhart aus der Kanalisation auf, überquerte den Garten hinter dem Haus der Wilsons und ging nach Hause, um ein Bad zu nehmen. Jessica empfing ihn im Morgenmantel.

»Was war das für ein gräßlicher Knall?« fragte sie.

»Keine Ahnung«, sagte Lockhart, »ich dachte, es wäre vielleicht die Kanalisation der Wilsons.« Nachdem er somit seinen ekligen Gestank erklärt hatte, schloß er die Badezimmertür und zog sich aus. Zwanzig Minuten später begleitete er Jessica die Straße hinunter, um sein Werk zu begutachten. Mr. O'Brain mußte immer noch aus dem Spalier befreit werden, was die Mitarbeit des Bullterriers erforderte, die dieser jedoch, da er endlich die Zähne in etwas Saftiges hatte schlagen können, offenbar lieber verweigerte. Oberst Finch-Potter war ähnlich unkooperativ. Seine Abneigung gegen Mr. O'Brain und seine Bewunderung für die britische Hartnäkkigkeit seines Bullterriers im Verein mit dem Schlag, den er auf die Nase erhalten hatte, verstärkten allesamt seine Auffassung, der verfluchte Ire habe bekommen, was er verdiente, und daß es einem bombenbastelnden Schwein wie ihm recht geschehe, in die eigene Falle zu tappen. Schließlich war es das Spalier, das nachgab. Mr. O'Brain und der Bullterrier fielen von der Mauer und auf die Auffahrt, wo die Polizisten versuchten, die beiden zu trennen. Es gelang ihnen nicht. Der Bullterrier litt offenbar an Maulsperre und Mr. O'Brain an Tollwut. Er hatte Schaum vor dem Mund und brüllte unausgesetzt derart spezielle Schimpfwörter, daß diese wohl nur seinem beruflichen Interesse an der weiblichen Anatomie entstammen konnten. Als er schließlich alle zehn Polizisten, die ihn an den Schultern beziehungsweise den Hund an den Hinterbeinen festhielten, unflätigst beschimpft hatte, war ihnen die Lust vergangen, ihre berühmte Nachsicht walten zu lassen.

»Bringt sie beide in den Krankenwagen«, befahl der Sergeant, ohne den Oberst zu beachten, der nach seinem Haustier verlangte, und so wurde Mr. O'Brain samt dem Bullterrier in den Krankenwagen verfrachtet und in aller Eile fortgeschafft. Inzwischen sahen sich forensische Experten in den Trümmern des Hauses vorsichtig nach der Explosionsursache um.

»Die IRA hat ihn bedroht«, teilte ihnen der Sergeant mit. »Sieht aus, als hätte sie ihn erwischt.« Doch als sich die Experten schließlich entfernten, waren sie immer noch verwirrt. Es gab keinerlei Anzeichen für einen Sprengstoffeinsatz, und doch war das Haus nur noch eine Ruine.

»Muß was völlig Neues gewesen sein«, erzählten sie auf dem Polizeirevier den Beamten des Staatsschutzes. »Seht mal zu, ob ihr aus dem Mann was rauskriegt.«

Doch Mr. O'Brain war alles andere als kooperativ. Die Arbeit des Tierarztes, den man geholt hatte, damit er den Bullterrier soweit betäubte, daß der seinen Biß lockerte, war dadurch erschwert worden, daß Mr. O'Brain sich weigerte, still zu liegen, und nachdem er zweimal versucht hatte, dem Hund eine Injektion zu verpassen, hatte der kurzsichtige Tierarzt schließlich die Geduld verloren und Mr. O'Brain eine Spritze verpaßt, die ausreichte, um ein Nashorn zu sedieren. In diesem Fall entspannte sich der Gynäkologe als erster und verfiel in ein Koma. In der Überzeugung, sein Opfer sei tot, ließ der Bullterrier los und wurde mit einem selbstzufriedenen Ausdruck ums Maul fortgeführt.

In Sandicott Crescent Nummer 12 trug Lockhart einen ganz ähnlichen Gesichtsausdruck zur Schau.

»Ist schon in Ordnung«, sagte er zu Jessica, die sich darüber grämte, daß eines ihrer Häuser weitgehend zerstört worden war, »im Mietvertrag steht, daß der Bewohner jeden während seiner Mietzeit entstandenen Schaden ersetzen muß.«

»Aber was kann denn so eine Explosion verursacht haben? Es sieht schließlich aus, als hätte eine Bombe eingeschlagen.«

Lockhart trug Oberst Finch-Potters Auffassung vor, daß Mr. O'Brain Bomben gebastelt habe, und ließ es dabei bewenden.

Für eine Weile ließ er auch seine Aktionen ruhen. Im Viertel tummelten sich Polizisten, die auf der Suche nach versteckten IRA-Grüppchen sogar in das Vogelschutzgebiet eingefallen waren, und zudem gingen ihm andere Dinge durch den Kopf. Ein Telegramm von Mr. Dodd war eingetroffen. In der dem Manne eigenen sparsamen Wortwahl enthielt es lediglich die Worte »KOMM DODD«. Lockhart ging, und mit Tränen in den Augen blieb Jessica zurück, der er versprach, bald wiederzukommen. Er nahm den Zug nach Newcastle, von dort weiter nach Hexham, wo er in den Bus nach Wark umstieg. Von da ab bewältigte er zu Fuß mit den raumgreifenden Schritten eines Schäfers den direkten Weg über das Hochland nach Flawse Hall, setzte leichtfüßig über die Bruchsteinmauern und überwand die sumpfigen Stellen, indem er von einem trockenen Grasballen zum nächsten sprang. Und die ganze Zeit über zerbrach er sich den Kopf, weshalb Mr. Dodd eine so dringende Nachricht schickte, war aber gleichzeitig froh, einen Grund zu haben, wieder in dem Land zu sein, an dem sein Herz hing. Dies war keine bloße Floskel. Die Abgeschiedenheit seiner Jugendjahre hatte Lockhart mit dem Bedürfnis nach Weite und mit Liebe zu der leeren Moorlandschaft seiner erfolgreichen Jagden erfüllt. Daß er im Sandicott Crescent so verheerende Schäden anrichtete, war ebensosehr Ausdruck seines Hasses auf die dortige Enge, den dezenten Snobismus und die bedrükkende gesellschaftliche Atmosphäre wie der Versuch, Jessicas Recht auf den Verkauf ihres Privateigentums durchzusetzen. Im Süden herrschte überall nur Heuchelei, und jedes Lächeln tarnte Spott und Hohn. Lockhart und die Flawses lächelten selten, und wenn, gab es einen besonderen Grund, etwa über einen heimlichen Scherz oder die Absurdität von Mensch und Natur. Alles andere betrachteten sie mit langem Gesicht und durchdringendem Blick, der einen Menschen oder die Entfernung eines Ziels mit unfehlbarer Präzision erfaßte. Und wenn sie sprachen – womit keine Reden oder Streitgespräche bei Tisch gemeint waren –, machten sie wenig Worte. Daher war die Kürze von Mr. Dodds Botschaft Beleg ihrer besonderern Dringlichkeit, und Lockhart kam. Er schwang sich über die letzte Mauer, eilte über den Staudamm und den Weg zum Herrenhaus hinunter. Und mit dem gleichen Instinkt, der ihm verriet, daß Mr. Dodd schlechte Nachrichten hatte, hütete er sich, das Haus durch den Haupteingang zu betreten. Er schlich sich nach hinten und durch das Tor in den Garten, wo Dodd sein Werkzeug verwahrte und sich aufhielt, wenn er allein sein wollte. Dort schnitzte Mr. Dodd gerade an einem Stock, leise eine uralte Melodie vor sich hinpfeifend.

»So, Mr. Dodd, hier bin ich«, sagte Lockhart.

Mr. Dodd schaute auf und deutete auf einen dreibeinigen Melkschemel. »Es ist das olle Miststück«, sagte er, ohne sich mit langen Vorreden aufzuhalten, »sie hat sich vorgenommen, den Mann umzubringen.«

»Großvater umbringen?« sagte Lockhart, der die Identität des Mannes kannte. Mr. Dodd nannte Mr. Flawse immer »den Mann«.

»Aye, erst überfüttert sie ihn, dann kippt sie ihm Brandy in seinen Port, und jetzt ist sie dazu übergegangen, sein Bett zu nässen.«

Lockhart sagte nichts; Mr. Dodd würde die Erklärung nachreichen.

»Neulich war ich abends in der Whiskywand«, sagte Mr. Dodd, »da kimmt das olle Miststück mit einem Krug Wasser und sprenkelt es auf sin Laken, bevor er ins Bett gout.«

»Sind Sie sicher, daß es Wasser war?« fragte Lockhart, der über den Hohlraum im Schlafzimmer Bescheid wußte, den Mr. Dodd die Whiskywand nannte. Er lag hinter der Holztäfelung, und Mr. Dodd bewahrte dort seinen heimlich gebrannten Whisky auf.

»Es roch wie Wasser. Es fühlte sich an wie Wasser, und es schmeckte wie Wasser. Es war Wasser.«

»Aber warum sollte sie ihn umbringen wollen?« fragte Lockhart.

»Damit sie erbt, bevor du deinen Vater findest«, sagte Mr. Dodd.

»Aber was würde ihr das nützen? Auch nach Großvaters Tod brauche ich nur meinen Vater zu finden, damit sie ihr Erbe verliert.«

»Stimmt«, sagte Mr. Dodd, »aber woher weiß man, ob du ihn findest, und selbst dann gilt, daß das Recht immer auf Seiten der Besitzenden steht. Du wirst eine Mordsarbeit damit haben, sie von hier zu vertreiben, wenn der Mann erstmal tot ist und du keinen Vater vorweisen kannst. Sie wird'n

Prozeß anstrengen, und dir fehlt das Geld, um sie zu bekämpfen.«

»Ich werd's haben«, sagte Lockhart grimmig. »Wenn es soweit ist, hab ich es.«

»Dann isses zu spät, Mann«, sagte Mr. Dodd, »du mußt sofort was unnernehm'.«

Sie saßen schweigend beisammen und dachten über die verschiedenen Möglichkeiten nach. Keine von ihnen war besonders angenehm.

»Ein schlimmer Tag, an dem der Mann sich 'n mörderisches Weib genommen hat«, erklärte Mr. Dodd und spaltete den Stock in zwei Hälften, um seinen Wünschen bildlich Ausdruck zu verleihen.

»Sollten wir nicht Großvater Bescheid sagen?« sagte Lockhart, doch Mr. Dodd schüttelte den Kopf.

»Er ist von Schuldgefühlen zerfressen und bereit zu sterben«, sagte er. »Er würde sie lachend zur Witwe machen, damit sie sich in ihr Schicksal fügt, wie's in den ollen Büchern steht. Er legt kein' Wert darauf, noch lange zu leben.«

»Schuldgefühle?« sagte Lockhart, »was für Schuld?«

Mr. Dodd schaute ihn eigenartig an und schwieg.

»Aber irgend etwas müssen wir doch unternehmen können«, sagte Lockhart nach einer langen Pause. »Wenn sie weiß, daß wir wissen ...«

»Dann wird ihr was anderes einfallen«, erklärte Mr. Dodd. »Sie ist zwar ein raffiniertes altes Miststück, aber ich hab' sie durchschaut.«

»Also was nun?« sagte Lockhart.

»Ich denke immer wieder an Unfälle«, sagte Mr. Dodd. »Sie sollte wirklich nicht im Stausee schwimmen gehen.«

»Wußte gar nicht, daß sie das macht«, sagte Lockhart.

»Was nicht ist, kann noch werden.«

Lockhart schüttelte den Kopf.

»Sie könnte auch abstürzen«, befand Mr. Dodd mit einem Blick auf den alten Wehrturm, »soll schon vorgekommen sein.«

Aber Lockhart war dagegen. »Sie gehört zur Familie«, sagte er. »Ich möchte die Mutter meiner Frau erst töten, wenn es unbedingt nötig ist.«

Mr. Dodd nickte. Diese Einstellung konnte er nachfühlen. Da er selbst so wenig Verwandte hatte, waren ihm die wenigen, die er besaß, besonders teuer.

»Du mußt was unternehm', sonst erlebt er den Frühling nich.«

Lockharts Finger kritzelten einen Galgen in den Staub zu seinen Füßen. »Ich erzähle ihr die Geschichte vom Baum von Elsdon«, sagte er schließlich. »Danach wird sie's sich zweimal überlegen, ob sie Großvater ins Grab bringt.« Er stand auf und ging zur Tür, doch Mr. Dodd hielt ihn zurück.

»Eins hast du vergessen«, sagte er. »Du mußt deinen Vater finden.«

Lockhart wandte sich um. »Noch fehlt mir das Geld, aber wenn ich es erst habe ...«

Das Abendessen war eine trübsinnige Angelegenheit. Mr. Flawse plagten wieder Schuldgefühle, die Lockharts Eintreffen nur noch verstärkte. Mrs. Flawse hieß ihn überschwenglich willkommen, doch ihre Begrüßung erstarb unter Lockharts finsteren Blicken. Erst nach dem Abendessen, als Mr. Flawse sich in sein Arbeitszimmer zurückgezogen hatte, sprach Lockhart mit seiner Schwiegermutter.

»Wir beide werden spazierengehen«, erklärte er, als sie am Spülstein stand und ihre Hände trocknete.

»Spazieren?« sagte Mrs. Flawse und spürte, wie ihr Arm über dem Ellbogen gepackt wurde.

»Aye, spazieren«, sagte Lockhart und schob sie in die Dämmerung und über den Hof bis zum Wehrturm, in dessen Innerem es dunkel und unheimlich war. Lockhart schloß die große Tür und verriegelte sie, ehe er eine Kerze anzündete.

»Was soll das bedeuten?« sagte Mrs. Flawse. »Du hast kein Recht...«

Doch sie wurde von einem unheimlichen Geräusch unterbrochen, das von oben zu kommen schien, ein schrilles, schreckliches Geräusch, das dem Wind glich und doch eine Melodie hatte. Vor ihr hielt Lockhart die Kerze hoch, und seine Augen glühten so unheimlich wie die Musik. Er stellte die Kerze ab, nahm ein langes Schwert von der Wand und sprang auf die dicke Eichentischplatte. Mrs. Flawse wich gegen die Mauer zurück, die flackernde Kerze warf einen großen Schatten auf die zerschlissenen Fahnen, und als sie ängstlich um sich blickte, fing Lockhart zu singen an. Ein Lied wie dieses war ihr noch nie zu Ohren gekommen, doch es paßte zu der von oben ertönenden Melodie.

»Von Wall nach Wark kannst du nicht schrei'n
Auch nicht vom Himmel bis zur Hölle hinab
Doch triffst du in Flawse Hall auf dem Hochland ein
Dann hörst du was ich dir zu erzählen hab'.

Denn die alte Flawse Hall kennt viele Geschichten
Und Wände können manchmal schauen
Das Unheil welches böse Frauen anrichten
Und welche Pläne sie brauen.

Aye, stumme Steine klagen ihr Leid
  Auch ohne ein einziges Wort
Doch wer ihre Tränen lesen kann weiß Bescheid
  Denn was du planst ist Mord.

Ein alter Mann ein bös' Weib geheiratet hat
  In seinem Bett die Mörderin ruht
Sein Leben zu nehmen, das plant sie als Tat
  Will ihn sehen im eigenen Blut.

Wir alle müssen im Grabe enden
  Wenn die Zeit verstrichen ist
Doch solltest du ihn wirklich in selbiges senden
  Wirst du's bereuen gewiß.

Deine Tochter liebe ich innig und heiß
  Drum hüte dich und behalt klaren Kopf
Damit ihre Mutter ins Gras nicht beißt
  Weil ich ihr aufschlitze den Kropf.

Also halt deinem Mann das Bett fein warm, gib acht
  Und trockne die Laken fein
Sonst such ich dich auf in einer Nacht
  Wo auch immer dein Versteck mag sein.

Doch langsam, ganz langsam sollst sterben du
  Falls die Hölle dich übersah
Und selbst der Teufel wird weinen im Nu
  Solche Qualen er nie zuvor sah.

Drum, Flawsesche Frau, erinnre dich fein
  Wenn wieder im Bette du liegst

Witwe Flawse wird die Hölle zusammenschrein
Bevor sie ihr Blut vergießt.

Aye, Weib des Flawse am Flawseschen Moor
Auf dieses Schwert nun schau
Denn die Wahrheit drang soeben an dein Ohr
Und mein Wort es stimmt genau

Und ich selbst würd' sterben um dich sterben zu sehen
Sollt genommen mir werden auf Dauer
Der Flawse, der nach meiner Geburt zugegen
Neben einer Bruchsteinmauer.«

Draußen in der Dunkelheit stand Mr. Flawse, den die von den Zinnen des Wehrturms ertönende Dudelsackmusik aus seinem Arbeitszimmer gelockt hatte, neben der Tür und hörte bis zum Ende der Moritat genau zu. Dann vernahm man nur noch das Blätterrascheln in den windgebeugten Bäumen und ein Schluchzen. Er wartete noch einen Moment, ehe er zurück ins Haus schlurfte, in seinem Kopf jagten sich eine ganze Reihe neuer Gewißheiten. Was er soeben gehört hatte, ließ ihm keinen Raum mehr für Zweifel. Der Bastard war ein echter Flawse, dessen Ahnenreihe lükkenlos bis zum Bänkelsänger Flawse zurückreichte, der unter dem Galgen von Elsdon aus dem Stegreif seine Weisen vorgetragen hatte. Und zu dieser Gewißheit gesellte sich eine zweite: Lockhart war ein aus eugenischen Gründen zur falschen Zeit geborener Atavismus, mit Begabungen, von denen der alte Mann nie etwas geahnt hatte, und die er einfach bewundern mußte. Und schließlich war er kein Bastardenkel. Mr. Flawse ging in sein Arbeitszimmer und schloß die Tür. Dann setzte er sich ans Kaminfeuer und ließ im stillen seiner Trauer und seinem Stolz freien Lauf. Die Trauer galt ihm selbst; der Stolz seinem Sohn. Einen Augenblick kam ihm der Gedanke, Selbstmord zu begehen, den er umgehend wieder verwarf. Er mußte sich bis zum bitteren Ende in sein Schicksal fügen. Alles Weitere war Sache der Vorsehung.

13

Allerdings irrte der Alte in mindestens zwei Punkten. Lockhart überließ nichts der Vorsehung. Während sich Mrs. Flawse, im Dunkeln des Festsaals kauernd, über Lockharts erstaunliche Kenntnis ihrer Gedankengänge und Handlungen wunderte, stieg dieser in den ersten Stock des steinernen Turms und dann über hölzerne Leitern auf die Zinnen. Dort ertappte er Mr. Dodd dabei, wie der sein eines gutes Auge mit einer gewissen Zuneigung über die trostlose, unnahbare, ihm irgendwie wesensverwandte Landschaft blicken ließ. Mr. Dodd, ein rauher Mann in einer finsteren und rauhen Welt, war ein Diener ohne eine Spur von Servilität. Mit Unterwürfigkeit oder der Vorstellung, daß die Welt ihm seinen Lebensunterhalt schuldig sei, hatte er nichts im Sinn. Er verdiente sich sein Brot durch harte Arbeit und eine erworbene Gerissenheit, die mit Mrs. Flawses Berechnung so viel zu tun hatte wie Sandicott Crescent mit der Flawse-Hochebene. Und hätte es jemand gewagt, ihm als Diener verächtlich zu begegnen, hätte er demjenigen ins Gesicht gesagt, daß in seinem Fall der Diener der Herr im Haus sei, und ihm mit seinen Fäusten die einfache Wahrheit eingehämmert, daß er es mit jedem aufnehmen konnte, ob Herr, Diener oder betrunkener Aufschneider. Kurzum, Mr. Dodd war sein eigener Herr und ging seine eigenen Wege. Daß sein Weg der des alten Mr. Flawse war, beruhte auf gegenseitiger Respektlosigkeit. Wenn Mr. Dodd dem Alten gestattete, ihn einfach

Dodd zu nennen, dann nur, weil er wußte, daß Mr. Flawse auf ihn angewiesen war und trotz all seiner Autorität und Gelehrsamkeit weit weniger über die real existierende Welt und deren Tücken Bescheid wußte als Mr. Dodd, der deshalb mit einer gewissen Herablassung im Stollen auf der Seite lag und Kohle aus einem Flöz schlug, die er in Flachkörben ins Arbeitszimmer des Alten trug, damit der es warm hatte. In dem gleichen Bewußtsein seiner Bedeutung und seiner generellen Überlegenheit hüteten er und sein Hund auf den Hochebenen die Schafe und beaufsichtigten im Schnee die Geburten von Lämmern. Seine Aufgabe war es, sie zu beschützen, wie es auch seine Aufgabe war, Mr. Flawse zu beschützen, und während er den einen das Fell über die Ohren zog, aß und wohnte er auf Kosten des anderen, alle miteinander beschützend.

»Hast dem Weib bestimmt eine Heidenangst eingejagt«, sagte er, als Lockhart auf das Dach kletterte, »aber die hält nicht vor. Wenn du nicht rasch handelst, schnappt sie dir dein Erbe weg.«

»Darüber wollte ich mit Ihnen reden, Mr. Dodd«, sagte Lockhart. »Mr. Bullstrode und Dr. Magrew konnten sich an keine Freunde meiner Mutter erinnern. Sie muß doch welche gehabt haben.«

»Aye, die hatte sie,« sagte Mr. Dodd und trat von einem Bein aufs andere.

»Können Sie mir nicht welche nennen? Irgendwo muß ich auf der Suche nach meinem Vater anfangen.«

Eine Zeitlang schwieg Mr. Dodd. »Kannst dich ja mal bei Miss Deyntry drüben in Farspring umhören«, sagte er endlich. »War eine gute Freundin deiner Mutter. Du findest sie in Divet Hall. Vielleicht kannse dir etwas erzählen, was dir weiterhilft. Wer anders fällt mir nich ein.«

Lockhart stieg die Leiter hinunter und verließ den Wehrturm. Er wollte sich von seinem Großvater verabschieden, doch als er am Arbeitszimmerfenster vorbeikam, blieb er stehen. Der alte Mann saß mit tränenüberstömten Wangen am Feuer. Traurig schüttelte Lockhart den Kopf. Es war nicht die Zeit, Abschied zu nehmen. Statt dessen öffnete er das Tor und beschritt den zum Staudamm führenden Weg. Als er den Damm überquerte, warf er einen Blick zurück auf das Haus. Im Arbeitszimmer brannte immer noch Licht, und auch im Zimmer seiner Schwiegermutter war es noch hell, doch davon abgesehen lag Flawse Hall im Dunkeln. Er betrat den Kiefernwald und bog auf einen Seitenweg ab, der am felsigen Ufer des Sees entlangführte. Ein leichter Wind war aufgekommen, und das Wasser des Stausees schwappte gegen die Steine zu seinen Füßen. Lockhart hob einen Kiesel auf und schleuderte ihn ins Dunkel. Er fiel mit einem Plopp ins Wasser und verschwand ebenso vollständig wie sein eigener Vater verschwunden war, und seine Chancen, einen von beiden wiederzufinden, waren gleich groß. Doch er würde es versuchen, und als er der Straße weitere drei Kilometer gefolgt war, stieß er auf die gen Norden führende alte römische Heeresstraße. Nach Überqueren derselben gelangte er in eine offenere Landschaft und ließ die den Stausee umgebenden dunklen Wälder hinter sich. Vor ihm lagen Britherton Law und dreißig Kilometer Leere. Er würde unterwegs übernachten müssen, doch er kam an einem seit langem leerstehenden Bauernhaus mit Heu im Kuhstall vorbei. Dort würde er die Nacht verbringen, um am Morgen in das Farspring-Tal hinunterzugehen und Divet Hall aufzusuchen. Und wie er so des Weges schritt, kamen ihm seltsame, aus irgendeinem geheimen Winkel seines Wesens entweichende Worte in den Sinn, die er immer gekannt, aber bis dahin nie beachtet hatte. Sie tauchten in Lieder- und Reimbruchstükken auf und erzählten von Dingen, die er nie erlebt hatte. Lockhart ließ sie gewähren und machte sich nicht die Mühe, das Warum oder Weshalb ihres Auftauchens zu ergründen. Ihm genügte es, nachts allein durch sein Land zu schreiten. Gegen Mitternacht erreichte er den Bauernhof, der Hetchester hieß, trat durch das Loch in der Mauer, wo früher das Tor gehangen hatte, und machte sich im Heu des alten Kuhstalles sein Bett. Das Heu roch modrig und alt, doch er war es zufrieden und schlummerte bald sanft.

Bei Sonnenaufgang war er wieder unterwegs, doch erst nach halb sieben überquerte er den Hügel von Farspring und sah in das bewaldete Tal hinab. In anderthalb Kilometer Entfernung lag Divet Hall, aus einem Schornstein quoll Rauch. Miss Deyntry war auf den Beinen, umgeben von Hunden, Katzen, Pferden, Papageien und einem zahmen Fuchs, den sie eigenhändig mitten aus einer Meute Jagdhunde gerettet hatte, während seine Mutter in Stücke gerissen wurde. In mittleren Jahren verabscheute Miss Deyntry Hetzjagden ebenso inbrünstig, wie sie ihnen in ihrer wilden Jugend gefrönt hatte. Außerdem verabscheute sie die Gattung Mensch und war für ihre Misanthropie bekannt, eine Kehrtwendung um hundertachtzig Grad, die man meist darauf zurückführte, daß sie dreimal sitzengelassen worden war. Aus welchem Grund auch immer, sie galt als Frau mit spitzer Zunge, die von den meisten gemieden wurde. Die einzigen Ausnahmen waren Landstreicher und die wenigen umherziehenden Zigeuner, die noch nach der Art der Vorväter lebten. Früher hatten sie im Winter Kessel und Kannen gefertigt, die sie im Sommer verkauften, heute zogen nur noch wenige Wohnwagen durchs Land, die im Sommer auf der Wiese hinter

Divet Hall abgestellt wurden. Auch diesmal stand ein Wohnwagen dort, als Lockhart den steilen Hang hinuntersprang, und der dazugehörige Hund fing an zu bellen. Nicht lange, und Miss Deyntrys Menagerie stimmte ein. Lockhart öffnete die Tür, begleitet von einem kakophonischen Konzert der Hunde, die er jedoch überhaupt nicht registrierte, so wie er auch sonst fast nichts registrierte, und klopfte an die Tür. Nach einer Weile tauchte Miss Deyntry auf. In einen Kittel gekleidet, den sie ohne Rücksicht auf Anerkennung, sondern lediglich aus Nützlichkeitserwägungen entworfen hatte (er hatte vorne von oben bis unten Taschen), sah sie eher originell als attraktiv aus. Außerdem war sie brüsk.

»Wer sind Sie?« fragte sie, kaum daß sie Lockhart in Augenschein genommen und mit unmerklicher Anerkennung das Heu in seinen Haaren sowie sein unrasiertes Kinn registriert hatte. Miss Deyntry war übertriebene Reinlichkeit zuwider.

»Lockhart Flawse«, antwortete Lockhart ebenso schroff, wie sie gefragt hatte. Miss Deyntry musterte ihn mit gesteigertem Interesse.

»Du bist also Lockhart Flawse«, sagte sie und machte die Tür auf. »Na, steh nicht so rum, Junge. Komm rein. Du siehst aus, als könntest du Frühstück vertragen.«

Lockhart folgte ihr den Gang hinunter in die Küche, in der es nach selbstgeräuchertem Speck roch. Miss Deyntry schnitt einige dicke Speckscheiben ab und legte sie in die Pfanne.

»Draußen übernachtet, wie ich sehe«, sagte sie. »Hab' gehört, du hättest geheiratet. Hast sie wohl sitzenlassen, was?«

»Lieber Himmel, nein«, sagte Lockhart. »Mir war nur danach, gestern nacht mal draußen im Freien zu schlafen. Ich bin hier, um Ihnen eine Frage zu stellen.«

»Frage? Was für eine Frage? Die Fragen der meisten Leute beantworte ich nicht. Kann mir nicht vorstellen, daß ich deine beantworten werde«, sagte Miss Deyntry abgehackt.

»Wer war mein Vater?« fragte Lockhart, der von Mr. Dodd gelernt hatte, keine Zeit mit Vorreden zu verplempern. Das überrumpelte selbst Miss Deyntry.

»Dein Vater? Du willst von *mir* wissen, wer dein Vater war?«

»Ja«, sagte Lockhart.

Miss Deyntry stocherte an einer Speckscheibe herum. »Du weißt es nicht?« fragte sie nach einer Pause.

»Würde nicht fragen, wenn ich's wüßte.«

»Nimmt kein Blatt vor den Mund«, bemerkte sie, wieder anerkennend. »Und wie kommst du auf den Gedanken, ich wüßte, wer dein Vater ist?«

»Mr. Dodd hat es gesagt.«

Miss Deyntry schaute von der Pfanne auf. »Aha, Mr. Dodd hat das also gesagt?«

»Aye, er sagte, Sie seien ihre Freundin gewesen. Wenn sie es wem erzählt hat, dann Ihnen.«

Doch Miss Deyntry schüttelte den Kopf. »Das hätte sie genausogut dem Pfarrer von Chiphunt Castle gebeichtet, obwohl der ein Papist und obendrein Schotte ist, während sie und dein Großvater schrecklich gottlose Unitarier waren; genauso wahrscheinlich wäre es, wenn Spaniel Eier legten«, sagte Miss Deyntry, wobei sie am Rand der Eisenpfanne Eier zerbrach und ins Fett warf.

»Unitarier?« sagte Lockhart. »Wußte gar nicht, daß mein Großvater Unitarier ist.«

»Ich bezweifle, daß er es selber weiß«, sagte Miss Deyntry, »aber er liest nun mal dauernd Emerson und Darwin und die Windbeutel aus Chelsea, und da hat man sämtliche unitarischen Zutaten, man braucht sie nur noch im richtigen Verhältnis zu mischen.«

»Dann wissen Sie also, wer mein Vater ist?« sagte Lockhart, der nicht vorhatte, sich in theologische Erörterungen verwickeln zu lassen, bevor er sich an Speck mit Eiern satt gegessen hatte. Miss Deyntry fügte noch Champignons hinzu.

»Das habe ich nicht gesagt«, entgegnete sie, »ich sagte, sie hat es mir nicht verraten. Ich könnte mir denken, wer es war.«

»Wer?« sagte Lockhart.

»Ich sagte, ich könnte es mir denken, aber nicht, daß ich es verraten würde. Vorsicht ist die Mutter der Porzellankiste, soviel hab ich im Leben gelernt, und ich möchte keinen verleumden.«

Sie stellte zwei mit Eiern, Speck und Champignons beladene Teller auf den Tisch. »Iß und laß mich nachdenken«, sagte sie und griff zu Messer und Gabel. Sie aßen schweigend und tranken geräuschvoll Tee aus großen Bechern. Miss Deyntry goß ihren in eine Untertasse und schlürfte ihn dann. Als sie fertig waren und sich die Münder gewischt hatten, stand sie auf, verließ das Zimmer und kam nach ein paar Minuten mit einer mit Perlmutt ausgelegten Holzschachtel zurück.

»Miss Johnson hast du wohl nicht gekannt«, sagte sie und legte die Schachtel auf den Tisch. Lockhart schüttelte den Kopf. »Sie war Postamtsvorsteherin drüben in Ryal Bank, und wenn ich Postamtsvorsteherin sage, heißt das nicht, daß sie einen eigenen Laden leitete. Sie trug die Post mit einem alten Fahrrad selbst aus und wohnte in einem Häuschen an der Dorfgrenze. Vor ihrem Tod gab sie mir das hier.«

Neugierig betrachtete Lockhart die Schachtel.

»Die Schachtel ist unwichtig«, sagte Miss Deyntry, »auf den Inhalt kommt es an. Die alte Frau war eine sentimentale Person, was man nicht vermutet hätte, wenn man sie reden hörte. Sie hielt sich Katzen, und wenn sie an einem Sommertag ihre Runde beendet hatte, saß sie inmitten von Katzen und Kätzchen neben der Haustür in der Sonne. Eines Tages besuchte sie ein Schäfer mit seinem Hund, und dem Hund gefiel es, eins der Kätzchen zu töten. Miss Johnson zuckte nicht mit der Wimper, sondern sagte: ›Du solltest deinem Köter öfter mal wat zu freten geven.‹ So war Miss Johnson. Große Sentimentalitäten hätte man ihr also nicht zugetraut.«

Lockhart lachte, worauf Miss Deyntry ihn musterte.

»Du schlägst ganz nach deiner Modder. Die hat genauso gegrölt, aber da ist noch was anderes.« Sie schob ihm die Schachtel zu und öffnete den Deckel. Im Inneren lag ein ordentlich von einem Gummiband zusammengehaltener Packen Briefumschläge.

»Nimm sie«, sagte sie, nahm die Hand aber nicht von der Schachtel. »Ich hab der alten Frau versprochen, die Schachtel niemals einem anderen Menschen in die Hände zu geben, aber über den Inhalt hat sie nichts gesagt.«

Lockhart nahm das Bündel heraus und sah die Umschläge durch. Alle waren an Miss C.R. Flawse adressiert, c/o Die Postamtsvorsteherin, Ryal Bank, Northumberland, und noch verschlossen.

»Sie wollte sie nicht öffnen«, erklärte Miss Deyntry. »Sie war eine ehrliche alte Haut, und es wäre mit ihrer Religion unvereinbar gewesen, sich an der Königlichen Post zu vergreifen.«

»Aber warum hat sie meine Mutter nicht nach Black

Pockrington und Flawse Hall schicken lassen?« fragte Lockhart. »Warum zu Händen der Postamtsvorsteherin in Ryal Bank?«

»Damit dein Großvater sie in die Finger kriegte und wußte, was sie tat? Hast du 'ne weiche Birne? Das alte Ekel war so eifersüchtig, daß er sie ohne Zögern zensiert hätte. Nein, deine Mutter war zu pfiffig für den da drüben.«

Lockhart betrachtete den Stempel eines der Briefe und sah, daß er 1961 in Amerika abgestempelt worden war.

»Der hier wurde fünf Jahre nach ihrem Tod aufgegeben. Warum hat Miss Johnson ihn nicht zurückgeschickt?«

»Dann hätte sie ihn öffnen müssen, um eine Absenderadresse zu finden, und das hätte sie nie über sich gebracht«, sagte Miss Deyntry. »Ich sagte dir doch schon, die Königliche Post war ihr heilig. Außerdem wollte sie den einzigen Freund deiner Mutter nicht wissen lassen, daß sie tot war. ›Besser in Hoffnung leben als sich mit Trauer einrichten‹, sagte sie immer, und sie wußte, wovon sie sprach. Ihr Verlobter wurde in Ypres vermißt, aber daß er gefallen war, hat sie nie zugegeben. Sie glaubte an Liebe und ein ewiges Leben, was ihr innere Stärke verlieh. Ich wünschte, ich könnte an beides glauben, aber ich kann's nicht.«

»Ich nehme an, mir steht es zu, sie zu öffnen«, sagte Lockhart. Miss Deyntry nickte.

»Außer deinem Aussehen hat sie dir nicht viel hinterlassen, aber ich glaube kaum, daß du deines Vaters Namen in irgendeinem dieser Briefe finden wirst.«

»Vielleicht finde ich einen Hinweis.«

Doch davon wollte Miss Deyntry nichts wissen. »Bestimmt nicht. Soviel kann ich dir jetzt schon verraten. Du wärst besser beraten, die alte Romafrau im Wohnwagen zu fragen, die behauptet, sie könne weissagen. Dein Vater hat in seinem ganzen Leben nicht einen einzigen Brief geschrieben.«

Lockhart beäugte sie mißtrauisch. »Da sind Sie sich ja offenbar sehr sicher«, sagte er, doch Miss Deyntry hielt dicht. »Sie könnten mir wenigstens verraten, warum Sie ...«

»Hebe dich hinweg«, sagte sie und stand vom Tisch auf. »Erinnert mich zu sehr an Clarissa, wenn du da sitzt und über Briefen aus grauer Vorzeit den Kopf hängen läßt. Geh und frag die weise Frau, wer dein Vater war. Sie verrät es dir eher als ich.«

»Weise Frau?« wiederholte Lockhart.

»Die Wahrsagerin«, sagte Miss Deyntry, »die behauptet, daß sie von der alten Elspeth Faas aus den alten Sagen abstammt.« Sie ging durch den Gang voran zur Haustür, und Lockhart folgte ihr mit dem Briefbündel und dankte ihr.

»Bedank dich nicht«, sagte sie barsch. »Danksagungen sind Worte, davon hatte ich mehr als genug. Wenn du irgendwann mal Hilfe brauchst, komm vorbei und sag's mir. Mit dieser Sorte Dank kann ich etwas anfangen, wenn ich mich nützlich machen kann. Alles andere ist Geschwätz. Und jetzt verschwinde und laß dir von der Alten wahrsagen. Und vergiß nicht, ihre Handfläche zu versilbern.«

Lockhart nickte und ging um das Haus herum auf die Wiese, wo er bald darauf in zwanzig Meter Entfernung vom Wohnwagen in die Hocke ging und nichts sagte, sondern instinktiv uralte Umgangsformen befolgend, darauf wartete, angesprochen zu werden. Der Zigeunerhund bellte und verstummte wieder. Von dem offenen Feuer stieg Rauch in die windstille Morgenluft, und in den Geißblattbüschen an Miss Deyntrys Gartenmauer summten die Bienen. Die Roma gingen ihren Geschäften nach, als gäbe es Lockhart überhaupt nicht, doch nach einer halben Stunde kam eine alte Frau die

Stufen des Wohnwagens hinunter und trat zu ihm. Sie hatte ein braunes, vom scharfen Wind gerötetes Gesicht, und ihre Haut war so zerfurcht wie die Rinde einer alten Eiche. Sie hockte sich vor Lockhart hin und streckte die Hand aus.

»Du wirst mir die Kralle versilbern«, sagte sie. Lockhart griff in seine Hosentasche, der er ein Zehn-Pence-Stück entnahm, das die Frau aber nicht anrührte.

»Da is kein Silber«, stellte sie fest.

»Anderes Kleingeld habe ich nicht«, sagte Lockhart.

»Dann nimm am besten Gold«, sagte die Alte.

Lockhart suchte in Gedanken nach etwas Goldenem, bis ihm schließlich sein Füllfederhalter einfiel. Er holte ihn raus und schraubte die Kappe ab. »Mehr Gold habe ich nicht.«

Die Hand der Zigeunerin, auf der sich die Adern wie Efeuranken abhoben, griff nach dem Füller und hielt ihn fest umklammert. »Du hast die Gabe«, sagte sie, und kaum hatte sie das gesagt, schien der Füller ein eigenes Leben zu bekommen: Er wand sich in ihren Fingern und zuckte wie die Wünschelrute eines Rutengängers oder ein Haselzweig. Lockhart starrte den sich krümmenden Füller an, dessen Schreibfeder direkt auf ihn zeigte. »Du hast die Gabe des Wortes, aye, und eine Zunge zum Singen. Der Füller wird eine Kompaßnadel sein, aber du wirst seine Botschaft falsch verstehen.« Sie hielt den Füller in eine andere Richtung, aber die Feder bog sich um und deutete auf ihn. Dann gab sie ihm das Schreibgerät zurück.

»Sehen Sie sonst noch etwas?« fragte Lockhart. Die Zigeunerin nahm aber nicht seine Hand, sondern starrte auf den Boden zwischen ihnen.

»Ein Tod, zwei Tode, vielleicht noch mehr. Drei offene Gräber, und eins bleibt leer. Ich sehe einen Gehängten am

Baum und noch mehr, die getötet wurden. Mehr nicht. Geh jetzt.«

»Nichts über meinen Vater?« fragte Lockhart.

»Um deinen Vater geht es? Du suchst nach ihm und zwar sehr lang. Dabei könntest du ihn finden im Gesang. Mehr erfährst du von mir nicht.«

Lockhart steckte den Füller wieder fort und zog eine Pfundnote aus der Tasche. Die Alte spuckte aus, als sie den Geldschein nahm. »Papier«, murmelte sie, »es mußte Papier sein, denn Papier ist Holz, doch Papier und Tinte werden dir nicht helfen, eh' du deine Gabe nicht wiederbekommst.« Und damit stand sie auf und verschwand wieder im Wohnwagen, während Lockhart, ohne sich recht bewußt zu sein, wo sie genau gehockt hatte, mit zwei Fingern in der Luft ein Kreuzzeichen machte. Dann wandte er sich ebenfalls zum Gehen und schritt das Tal hinunter in Richtung alte Heeresstraße und die Stadt Hexham. Noch am selben Abend war er wieder im Sandicott Crescent. Er traf eine verängstigte Jessica an.

»Die Polizei war da«, sagte sie, kaum daß er das Haus betreten hatte, »sie wollte wissen, ob wir in letzter Zeit irgend etwas Ungewöhnliches gesehen oder gehört hätten.«

»Was hast du ihnen geantwortet?«

»Die Wahrheit«, sagte Jessica. »Daß wir gehört haben, wie Menschen schrien, Mr. O'Brains Haus explodierte, Fenster zerbrachen und all das.«

»Haben sie nach mir gefragt?« sagte Lockhart.

»Nein«, sagte Jessica, »ich habe nur gesagt, du seist arbeiten.«

»Dann haben sie also das Haus nicht durchsucht?«

Jessica schüttelte den Kopf und musterte ihn ängstlich.

»Was ist nur passiert, Lockhart? Das war einmal so ein ruhiger Straßenzug, und plötzlich scheint alles drunter und drüber zu gehen. Warst du eigentlich informiert, daß jemand die Telefonverbindung zum Haus der Racemes durchtrennt hat?«

»War ich«, sagte Lockhart, womit er gleichzeitig die Frage beantwortete und den Verantwortlichen nannte.

»Das ist alles so eigenartig, und die Misses Musgrove mußten sie in eine Nervenklinik stecken.«

»Na also, ein Haus mehr, das wir verkaufen können«, sagte Lockhart, »und Mr. O'Brain wird wohl auch nicht wiederkommen.«

»Mr. und Mrs. Raceme auch nicht. Heute morgen kam ein Brief von ihm, in dem steht, daß sie ausziehen.«

Lockhart rieb sich vergnügt die Hände. »Damit sind auf dieser Straßenseite nur noch der Oberst und die Pettigrews übrig. Was ist mit den Grabbles und Mrs. Simplon?«

»Mr. Grabble hat seine Frau rausgeworfen, und Mrs. Simplon kam vorbei, um mich zu fragen, ob sie mit der Mietzahlung aussetzen könne, bis ihre Scheidung gelaufen ist.«

»Du hast doch hoffentlich abgelehnt«, sagte Lockhart.

»Ich habe gesagt, ich müsse dich erst fragen.«

»Die Antwort lautet nein. Sie kann mit den anderen verschwinden.«

Jessica sah ihn verunsichert an, beschloß aber, keine Fragen zu stellen. Lockhart war ihr Mann, außerdem lud sein Gesichtsausdruck nicht gerade zum Fragenstellen ein. Jedenfalls ging sie an diesem Abend sorgenerfüllt zu Bett. Lockhart neben ihr schlief tief und fest wie ein Kind. Er hatte bereits beschlossen, sich als nächstes um Oberst Finch-Potter zu kümmern, doch vorher mußte er das Problem Bullterrier lösen. Lockhart mochte Bullterrier. Sein Großvater hielt mehrere auf seinem Gut, die wie der Hund des Obersten gutmütig waren, falls man sie nicht reizte. Lockhart beschloß, den Bullterrier wieder einmal zu reizen, doch vorher durfte er die Nummer 10 nicht aus den Augen lassen. Die unter dem Abwasserrohr des Obersten liegende Menge von Präservativen ließ darauf schließen, daß der alte Junggeselle privaten Leidenschaften frönte, die sich hervorragend verwerten ließen.

Und so saß Lockhart die nächste Woche in einem abgedunkelten Zimmer, von dem aus man die Nummer 10 überblickte, und hielt von sieben Uhr morgens bis zehn Uhr abends Wacht. Freitagabend sah er den uralten Humber des Obersten vorfahren, dem eine Frau entstieg, die mit dem Oberst das Haus betrat. Sie war um etliches jünger als Oberst Finch-Potter und weit auffälliger gekleidet als die meisten Frauen, die in den Sandicott Crescent kamen. Zehn Minuten später ging im Schlafzimmer des Obersten das Licht an, so daß Lockhart sich die Frau genauer ansehen konnte. Sie gehörte in die Kategorie, die sein Großvater Metzen nannte. Dann zog der Oberst die Vorhänge zu. Wenige Minuten später ging die Küchentür auf, und der Bullterrier wurde in den Garten gescheucht; offensichtlich hatte der Oberst etwas dagegen, daß er sich zur selben Zeit wie seine Metze im Haus aufhielt.

Lockhart ging nach unten, trat an den Zaun und pfiff leise, bis der Bullterrier herüberwatschelte. Lockhart griff durch den Zaun und streichelte das Tier, woraufhin der Bullterrier mit seinem winzigen Stummelschwanz wackelte. Und so schloß Lockhart im Garten Freundschaft mit dem Hund, während der Oberst im ersten Stock seine Freundin in die Arme schloß. Um Mitternacht hockte Lockhart noch immer am Zaun und streichelte den Hund, als die Haustür aufging; das Paar kam heraus und setzte sich in den Humber. Lockhart merkte sich die Uhrzeit und richtete seine Pläne danach.

Am folgenden Tag fuhr er nach London und trieb sich in Soho herum. Er setzte sich in Cafés und sogar in Striptease-Shows, die ihn anekelten, bis er schließlich mit einem kränklichen jungen Mann Bekanntschaft schloß, von dem er das bekam, wonach er suchte. Er kam mit etlichen winzigen Tabletten in der Tasche nach Hause, die er in der Garage versteckte. Mit seinem nächsten Schachzug wartete er bis zum folgenden Mittwoch. Mittwochs spielte Oberst Finch-Potter achtzehn Bahnen Golf und war den ganzen Vormittag über abwesend. Lockhart huschte nach nebenan in die Nummer 10, unter dem Arm eine Dose Ofenreiniger. Auf dem Etikett wurde empfohlen, Gummihandschuhe zu tragen. Lockhart trug sie aus zwei Gründen: Erstens hatte er nicht die Absicht, bei so viel Polizei in der Gegend Fingerabdrücke im Haus zu hinterlassen; zweitens hatte er etwas ganz anderes vor, als den Ofen zu putzen. Der Bullterrier begrüßte ihn freudig, und gemeinsam gingen sie in das Schlafzimmer des Obersten und dessen Schubladen durch, bis Lockhart fand, was er suchte. Dann stahl er sich, nachdem er den Kopf des Hundes getätschelt hatte, aus dem Haus und über den Zaun zurück.

An diesem Abend löschte er zum Zeitvertreib sämtliche Lichter bei den Pettigrews. Dabei ging er ganz einfach vor. Am Ende einer Nylonschnur befestigte er ein Stück stabilen Draht von einem Kleiderbügel, das er über die beiden Kabel der vom Strommast in das Haus führenden Leitung warf. Daraufhin gab es einen Blitz, und die Pettigrews verbrachten den Rest der Nacht im Dunkeln. Lockhart verbrachte ihn damit, Jessica von der alten Zigeunerin und Miss Deyntry zu erzählen.

»Hast du dir die Briefe denn noch nicht angesehen?« fragte Jessica.

Das hatte Lockhart nicht. Die Weissagung der Zigeunerin hatte jeden Gedanken daran aus seinem Kopf verdrängt, außerdem hatte ihre letzte Weissagung, daß Papier Holz sei und Papier und Tinte ihm nicht helfen würden, eh' er seine Gabe nicht zurückbekäme, seine abergläubische Ader getroffen und ihn beunruhigt. Was hatte sie damit gemeint, daß er die Gabe des Wortes und eine Zunge zum Singen habe, und mit drei offenen Gräbern und einem, das noch leer bleibe? Und mit dem Gehängten am Baum? Lauter Prophezeiungen einer schrecklichen Zukunft. Lockharts Gedanken drehten sich zu sehr um die Gegenwart, und wenn er eine Gabe vorhersah, dann eine, die vom Verkauf aller zwölf Häuser in Sandicott Crescent herrührte, der, wie er bereits errechnet hatte, Jessica zu heutigen Preisen sechshunderttausend Pfund brutto einbringen würde.

»Aber wir müssen doch Steuern zahlen, oder?« sagte Jessica, als er erklärte, sie würde in Kürze eine reiche Frau sein. »Außerdem wissen wir doch noch gar nicht, ob alle ausziehen werden ...«

Sie ließ die Frage offen, doch Lockhart beantwortete sie nicht. *Er* wußte es.

»Reden ist Silber, Schweigen ist Gold«, sagte er geheimnisvoll und wartete auf den Erfolg seiner Vorbereitungen zu Oberst Finch-Potters Selbsträumung.

»Trotzdem finde ich, daß du nachsehen solltest, was in den Briefen steht«, sagte Jessica, als sie am Abend zu Bett gingen. »Vielleicht enthalten sie Beweise für die Identität deines Vaters.«

»Dafür ist später noch Zeit«, sagte Lockhart. »Was in den Briefen steht, hält sich.«

Was in dem Präserpäckchen war, dessen Inhalt Oberst Finch-Potter sich um halb neun am folgenden Abend über den Penis stülpte, hatte sich zweifellos gehalten. Der Oberst hatte das dumpfe Gefühl, daß sich das Kondom glitschiger als sonst anfühlte, als er es aus der Packung nahm, doch die ganze Wirkung des Ofenreinigers machte sich erst bemerkbar, als er es zu drei Vierteln übergezogen hatte und den Gummiring ganz hinunterschob, um größtmöglichen Schutz vor Syphilis zu erzielen. Im nächsten Augenblick war ihm jede Angst vor der ansteckenden Krankheit vergangen, und statt das Gummi überzuziehen, gab er sich alle erdenkliche Mühe, das Mistding so schnell wie möglich und noch ehe irreparabler Schaden entstanden war, runterzukriegen. Dies mißlang. Das Kondom war nicht nur glitschig, sondern der Ofenreiniger wurde auch den Versprechungen seines Herstellers gerecht, im Inneren eines Backofens eingebranntes Fett blitzschnell entfernen zu können. Mit einem Schmerzensschrei stellte Oberst Finch-Potter seine Bemühungen ein, den Kondom per Hand abzustreifen, ehe das, was sich wie galoppierender Aussatz anfühlte, seinen schrecklichen Tribut forderte, und raste auf der Suche nach einer Schere ins Bad. Die zurückgebliebene Metze schaute mit wachsender Besorgnis zu, und als der noch immer brüllende Oberst, nachdem er den Inhalt des Medizinschränkchens wie rasend auf den Boden geschleudert hatte, seine Nagelschere fand, griff sie ein.

»Nein, nein, das darfst du nicht«, rief sie in dem Irrglauben, seine Schuldgefühle hätten den Oberst eingeholt, und er wolle sich gerade kastrieren, »tu's mir zuliebe nicht.« Damit entriß sie ihm die Schere, während der Oberst, wenn er hätte reden können, ihr erklärt haben würde, daß er es ihr zuliebe tun mußte. Sich wie ein debiler Derwisch im Kreise drehend, zerrte er statt dessen derart manisch an dem Präservativ, als wolle er sich entmannen. Die Pettigrews im übernächsten Haus, inzwischen nächtliche Poltereien einigermaßen gewohnt, ignorierten seine flehenden Rufe, ihm zu helfen, ehe er platze. Daß sie sich mit den Schreien der Metze vermischten, erstaunte sie nicht im mindesten. Nachdem die Racemes ihre ekelhaften Perversionen zur Schau gestellt hatten, waren sie auf alles gefaßt. Dies galt nicht für die am Straßenende wartenden Polizisten. Als ihr Wagen mit quietschenden Reifen vor der Nummer 10 zum Stehen kam und sie zum Ort des nächsten Verbrechens eilten, trafen sie auf den Bullterrier.

Dieser war nicht mehr das ehemals so umgängliche Tier; er war nicht einmal mehr das bissige Tier, das Mr. O'Brain angefallen und sich oben in seinem Blumenspalier an ihn gehängt hatte, sondern eine völlig neue Kreatur, von Lockhart bis unter die Halskrause mit LSD vollgestopft und psychedelische Visionen von mittelalterlicher Wildheit bergend, in denen Polizisten, Panther und selbst Zaunpfähle bedrohlich waren. Jedenfalls traf diese Eigenschaft auf den Bullterrier zu. Zähnefletschend biß er die ersten drei dem Panda entstiegenen Ordnungshüter, ehe sie wieder in ihren Wagen klettern konnten, dann den Zaunpfahl, brach sich am Humbert des Obersten einen Zahn ab und schlug seine Reißzähne in einen Vorderreifen des Polizeiautos, das durch das Zerplatzen des Reifens umgeworfen wurde, was gleichzeitig ein Entkommen seiner Insassen unmöglich machte, ehe er knurrend und auf der Suche nach neuen Opfern in die Nacht entschwand.

Die fand er zuhauf. Nach der Explosion von Mr. O'Brains Bauhaus nebenan, hatten sich Mr. und Mrs. Lowry angewöhnt, im Erdgeschoß zu schlafen, und der erneute Knall des platzenden Reifens ließ sie in den Garten eilen. Dort fand sie Oberst Finch-Potters erleuchteter Bullterrier, der, als er sie beide übelst zugerichtet und ins Haus zurückgescheucht hatte, drei Rosenbüsche am Stock zerteilte, ohne sich im Geringsten um ihre Dornen zu scheren. Wenn überhaupt, fühlte er sich von Lebewesen herausgefordert, die zurückbissen, und war alles andere als gnädig gestimmt, als schließlich der von Jessica angeforderte Krankenwagen eintraf. Der Bullterrier war einmal mit Mr. O'Brain in diesem Krankenwagen gefahren, und in seinem glühenden Kopf flackerten verschüttete Erinnerungen wieder auf. Den Krankenwagen als Verbrechen an der Natur betrachtend, senkte er mit der geballten Triebkraft eines Zwergnashorns den Kopf und stürmte über die Straße. In dem Irrglauben, die Pettigrews in Nummer 6 bräuchten ihre Hilfe, hatten die Sanitäter vor deren Haus angehalten. Lange hielten sie nicht. Das Untier mit rosa Augen, das den ersten Sanitäter umwarf, den zweiten biß und sich auf die Kehle des dritten stürzte, diese glücklicherweise verfehlte und über der Schulter des Mannes abtauchte, veranlaßte sie, in ihrem Fahrzeug Schutz zu suchen, und die mißliche Lage von Mr. und Mrs. Lowry, dreier Polizisten und des Obersten ignorierend, dessen Schreie ein wenig nachgelassen hatten, nachdem er seinen Penis in der Küche mit einem Brotmesser bearbeitet hatte, fuhren sich die Sanitäter so rasch sie konnten selbst ins Krankenhaus.

Sie hätten warten sollen. Mr. Pettigrew hatte kaum die Haustür geöffnet, um den Sanitätern, die geklingelt hatten, zu erklären, diesmal wisse er nicht, wer in der Straße einen solchen Krach mache, als etwas zwischen seinen Beinen hindurch und die Treppe hinaufhetzte. Leider schloß Mr. Pettigrew die Tür, wodurch er diesmal unabsichtlich soziale Verantwortung unter Beweis stellte. In den nächsten zwanzig Minuten verwüstete Oberst Finch-Potters Bullterrier das Haus der Pettigrews. Er allein wußte, was er in troddelbehangenen Lampenschirmen und violetten Vorhängen sah, von Frisierkommoden mit plissiertem Saum und den Mahagoniholzbeinen der Pettigrewschen Eßzimmergarnitur ganz zu schweigen, aber sie hatten für ihn offensichtlich eine ganz neue furchteinflößende Bedeutung angenommen. Mit untadelig gutem Geschmack und unglaublicher Wildheit vorgehend, pflügte er eine Schneise der Verwüstung durch die Möbel und grub auf der Suche nach einem psychedelischen Knochen Löcher in einen Perserteppich, während die Pettigrews in dem Einbauschrank unter der Treppe hockten. Schließlich sprang er sein Spiegelbild in den Terrassenfenstern an, durch die er in die Nacht stürzte. Danach konnte man sein furchtbares Geheul aus dem Vogelschutzgebiet hören. Oberst Finch-Potters Geheul war schon seit langem verstummt. Er lag mit einer Käsereibe auf dem Küchenboden und bearbeitete gewissenhaft und voller Hingabe das Ding, das einmal sein Penis gewesen war. Daß das ätzende Kondom sich unter den Rillen seines Brotmessers schon vor geraumer Zeit aufgelöst hatte, wußte er nicht, und es war ihm auch gleichgültig. Ihm genügte, daß der Gummiring noch da und sein Penis dreimal so groß wie sonst war. So machte er sich in dem aberwitzigen Versuch daran zu schaffen, aus dem phallischen Ungeheuer etwas Übersichtlicheres zu schnitzen. Außerdem verursachte die Käsereibe, verglichen mit dem Ofenreiniger, einen regelrecht homöopathischen Schmerz und brachte Erleichterung, wenn auch nur vorübergehend. Hinter ihm hatte die mit Hüfthalter und BH ausstaffierte Metze auf einem Küchenstuhl einen hysterischen Anfall, und ihr Kreischen brachte schließlich die drei Polizisten im Streifenwagen dazu, ihrer Pflicht nachzukommen. Daß die blutigen und geduckten Beamten es so eilig hatten, die Haustür einzutreten, war mindestens ebensosehr ihrer Angst vor dem Bullterrier wie ihrem Wunsch zuzuschreiben, das Haus zu betreten. Als sie endlich drin waren, konnten sie sich nicht entscheiden, ob sie bleiben oder sofort wieder verschwinden sollten. Der Anblick eines nackt auf dem Küchenfußboden sitzenden alten Herrn mit braunrotem Gesicht, der mit einer Käsereibe etwas bearbeitete, das wie ein unter zu hohem Blutdruck leidender Kürbis aussah, während eine einzig und allein mit einem Hüfthalter bekleidete Frau kreischte, unverständlich brabbelte und sich zwischendurch immer wieder ein paar Schlucke aus einer Brandyflasche genehmigte, gab ihnen keineswegs das Gefühl, es mit zurechnungsfähigen Menschen zu tun zu haben. Als wären Inferno und Chaos nicht groß genug, fiel schließlich auch noch das Licht aus, und das Haus versank in Finsternis. Das gleiche geschah in allen anderen Häusern der Straße. Die Konzentration der Kräfte von Polizei und Sanitätern auf die Nummern 6 und 10 ausnutzend, hatte sich Lockhart auf den Golfplatz geschlichen und seinen patentierten Kurzschlußerzeuger über die Hauptstromleitung geworfen. Als er wieder zu Hause eintraf, war sogar Jessica beunruhigt.

»O Lockhart, Liebling«, jammerte sie, »was um alles in der Welt passiert mit uns?«

»Gar nichts«, sagte Lockhart, »es passiert mit den anderen.« In der stockfinsteren Dunkelheit der Küche zitterte Jessica in seinen Armen.

»Den anderen?« wiederholte sie. »Wer sind die anderen?«

»De annern sin die Welt, in die wir nich gehörn«, sagte er, unwillkürlich in den Dialekt seines heimischen Hochlandes verfallend. »Un auf allen annern ruh der Fluch des Herrn. Un wenn moin Gebet nich wirkt wie geplant, nehm' ich de Sache selbst inne Hant.«

»O Lockhart, du bist großartig«, sagte Jessica, »ich wußte ja gar nicht, daß du Gedichte vortragen kannst.«

14

Das wußte auch sonst niemand im Sandicott Crescent. Wenn man an eins nicht dachte, dann an Gedichte. Oberst Finch-Potter würde nie wieder an etwas denken, und es war zweifelhaft, ob die Metze jemals wieder die alte sein würde. Das Heim der Pettigrews jedenfalls war unwiederbringlich dahin. Das von dem Bullterrier überfallene Haus befand sich in einem Zustand völliger Verwüstung. Als die Pettigrews kurz nach dem Stromausfall aus dem Einbauschrank unter der Treppe auftauchten, nahmen sie an, nur sie persönlich seien angegriffen worden, und erst als Mr. Pettigrew auf dem Weg zu dem im Wohnzimmer stehenden Telefon über das Loch im Perser stolperte und auf einem zerfetzten Lampenschirm landete, ging ihnen langsam das wahre Ausmaß der Schäden auf. Beim Lichte einer Taschenlampe inspizierten sie die Reste ihrer Einrichtung und weinten.

»Auf dieser Straße lastet ein furchtbarer Fluch«, wimmerte Mrs. Pettigrew, Lockharts Worte wiederholend, »hier bleibe ich keinen Augenblick länger.« Mr. Pettigrews vergeblicher Versuch, eine rationalere Betrachtungsweise durchzusetzen, scheiterte unter anderem an dem aus dem Vogelschutzgebiet dringenden wahnsinnigen Geheul des Bullterriers. Außer einem Zahn hatte dieser glücklicherweise auch seinen Orientierungssinn verloren und es aufgegeben, fünf sich im Himmel seiner Phantasie drehende bunte Monde anzuheulen, nachdem er in dem archetypischen Glauben, es handele sich um Mammutbeine, mehrere große Bäume angeknabbert hatte. Mr. und Mrs. Lowry waren mit dem Versuch ausgelastet, sich gegenseitig an Stellen ihrer Anatomie zu verbinden, die für Verbände am wenigsten zugänglich sind, und überlegten gerade, Oberst Finch-Potter wegen des von seinem Hund angerichteten Schadens zu verklagen, als auch sie in Finsternis gehüllt wurden. Nebenan war Mrs. Simplon überzeugt, ihr Mann habe absichtlich die Lichtsicherungen rausgedreht, um leichter einbrechen zu können und seine Habseligkeiten zu entwenden, und sie machte sich daran, das Gewehr zu laden, das er im Schlafzimmerschrank aufbewahrte, und mit dem sie anschließend aus dem Fenster zwei Warnschüsse abgab. Da sie keine besonders gute Schützin war und ihr zudem die imaginären Monde des Bullterriers fehlten, legte sie mit dem ersten Schuß das Gewächshaus der Ogilvies in Nummer 3 in Scherben und vermehrte mit dem zweiten, nach vorne raus abgegebenen die Sorgen der Pettigrews, indem sie diejenigen Fenster durchlöcherte, die der Bullterrier verschont hatte. Erst da merkte sie ihren Irrtum, und daß die ganze Straße verdunkelt war. Davon keineswegs irritiert, sondern vielmehr vom Geschrei und Gebrüll der Metze ermutigt, die man gerade in den Polizeiwagen zerrte, und überzeugt, die IRA habe erneut zugeschlagen, lud sie nach und feuerte zwei weitere Läufe vage in Richtung von Mr. O'Brains ehemaligem Haus. Diesmal verfehlte sie das Gebäude, schoß dafür aber geradewegs in das Schlafzimmer der Lowrys, das zufällig zwischen dem Wohnhaus der Simplons und Mr. O'Brains lag. Vor Oberst Finch-Potters Grundstück ließen die Polizisten schleunigst ihre Last fallen, gingen in Deckung und forderten per Funk bewaffnete Unterstützung an.

Die ließ nicht lange auf sich warten. Sirenen heulten, Streifenwagen fuhren vor, zwölf Mann umstellten unter Feuerschutz Mrs. Simplons pseudogeorgianische Villa und forderten sämtliche Bewohner auf, mit erhobenen Händen ins Freie zu treten. Doch Mrs. Simplon hatte endlich ihren Irrtum erkannt. Die scheinbar aus allen Himmelsrichtungen und in sämtliche Fenster abgefeuerten Salven von Revolverschüssen, die blinkenden Blaulichter, ganz zu schweigen von der Megafonstimme, überzeugten sie davon, daß Flucht in diesem Fall die beste Verteidigung war. Sie kleidete sich in Windeseile an, schnappte sich ihren Schmuck sowie alles verfügbare Geld und lief durch die Verbindungstür in die Garage, wo sie sich in der Ölwechselgrube versteckte, die ihr Mann, der sich so gern an Karosserien von Autos wie an Mrs. Grabble zu schaffen gemacht hatte, klugerweise ausgehoben hatte. Dort wartete sie, das Abdeckbrett über den Kopf gezogen. Durch das Brett und die Garagentür hörte sie das Megafon verkünden, das Haus sei umzingelt und jeder weitere Widerstand zwecklos. Mrs. Simplon hatte keineswegs die Absicht, Widerstand zu leisten. Sie verfluchte ihre Dummheit und versuchte, sich eine Entschuldigung einfallen zu lassen. Mit diesem vergeblichen Versuch war sie immer noch beschäftigt, als endlich der Morgen über dem Sandicott Crescent anbrach und fünfzehn Polizisten ihre Deckung aufgaben, durch Haus- und Hintertür sowie vier Fenster stürmten und ein leeres Haus vorfanden.

»Niemand da«, teilten sie dem Kommissar mit, der den Oberbefehl übernommen hatte. »Haben sogar auf dem Dachboden nachgesehen, aber da ist keine Menschenseele.«

Mr. Pettigrew wandte ein, es müsse jemand da sein. »Ich habe doch selbst das Mündungsfeuer der Schußwaffen gesehen«, sagte er, »und Sie brauchen sich nur mein Haus zu betrachten, um zu sehen, was sie angerichtet haben.«

Der Kommissar kam dieser Aufforderung gern nach, äußerte aber gelinden Zweifel daran, daß Gewehrkugeln Lampenschirme von Lampen, Kissen von Sofas und Vorhänge von Fenstern gerissen, sowie, was wie Reißzähne aussah, in die Mahagonitische geschlagen hatten.

»Das war der Hund«, sagte Mr. Pettigrew, »der Hund, den die Sanitäter mitgebracht haben.«

Der Kommissar wirkte nun noch skeptischer. »Wollen Sie damit andeuten, alle diese Verwüstungen habe ein Hund angerichtet, und besagter Hund sei durch Sanitäter in Ihr Haus gebracht worden?« fragte er.

Mr. Pettigrew zögerte. Die Skepsis des Kommissars wirkte ansteckend.

»Es klingt wenig wahrscheinlich, ich weiß«, gab er zu, »aber es sah aus wie ein Hund.«

»Mir erscheint es jedenfalls kaum glaublich, daß ein Hund Verwüstungen dieses Kalibers anrichten kann«, sagte der Kommissar, »und wenn Sie andeuten wollen, die Sanitäter hätten...« Ein aus dem Vogelschutzgebiet kommendes Geheul unterbrach ihn. »Was in Gottes Namen war das?«

»Das Viech, das mein Haus zerstört hat«, sagte Mr. Pettigrew. »Es kommt aus dem Vogelschutzgebiet.«

»Vogelschutzgebiet – so ein Blödsinn«, sagte der Kommissar. »Klingt eher nach einem Gespensterschutzgebiet.«

»Ich wußte gar nicht, daß Gespenster heulen«, sagte Mr. Pettigrew unlogischerweise. Eine schlaflose, größtenteils in der Besenkammer, ansonsten im Dunkeln eines verwüsteten Hauses verbrachte Nacht, hatte zur Klarheit seiner Gedanken kein bißchen beigetragen, und auch Mrs. Pettigrew heulte. Sie hatte im Schlafzimmer die zerfetzten Reste ihrer Unterwäsche gefunden.

»Ich sage dir, es war kein Hund«, schrie sie, »irgendein Wüstling hat meine Schlüpfer zerkaut.«

Der Kommissar warf Mrs. Pettigrew einen zweifelnden Blick zu. »Wer Ihre Schlüpfer zerkaut, gute Frau, ist entweder ...«, setzte er an, nahm sich aber gerade noch zusammen. Mrs. Pettigrew war nichts geblieben außer ihrer Eitelkeit, und es würde nichts dabei herauskommen, wenn man ihr die auch noch nahm. »Können Sie sich denken, wer Ihnen feindlich gesinnt ist?« fragte er statt dessen. Doch die Pettigrews schüttelten simultan die Köpfe. »Wir haben doch immer ein so ruhiges Leben geführt«, sagten sie. In jedem anderen bewohnten Haus, das der Kommissar aufsuchte, ging es ihm genauso. Es waren nur vier. In Nummer 1 hatten Mr. und Mrs. Rickenshaw nichts Neues hinzuzufügen als ihren Dank, daß der Streifenwagen immer vor ihrem Haus stand. »Das gibt uns ein Gefühl der Sicherheit«, sagten sie.

Die Ogilvies waren anderer Meinung. Das Gewehrfeuer, durch welches jede einzelne Glasscheibe in ihrem Gewächshaus zerschmettert worden war, hatte bei ihnen einen Groll ausgelöst, den sie gegenüber dem Kommissar zum Ausdruck brachten. »Wo kommen wir denn hin, wenn friedliche Bürger nicht in ihren Betten ruhen können, das möchte ich gern wissen«, sagte Mr. Ogilvie entrüstet. »Ich werde mich bei meinem Abgeordneten beschweren, Sir. Das Land geht vor die Hunde.«

»Den Eindruck könnte man gewinnen«, sagte der Kommissar besänftigend, »aber Sie wollen doch nicht etwa andeuten, daß ein Hund Ihr Gewächshaus zerstört hat?«

»Keineswegs«, sagte Mr. Ogilvie, »das war irgendein verfluchtes Schwein mit einem Gewehr.«

Der Kommissar seufzte erleichtert auf. Er hatte es gründlich satt, daß immer Hunde an allem schuld sein sollten. Das hatte Mrs. Simplon nicht. Als sie in der Inspektionsgrube unter ihrem Auto lag, über sich die hölzerne Abdeckung, war ihr Nervenkostüm so zerschlissen, wie Mrs. Pettigrews Unterwäsche. Sie wühlte in ihrer Handtasche nach Zigaretten, fand eine und war gerade dabei, ein Streichholz anzuzünden, als der Kommissar, der den Ogilvies für ihre Unterstützung gedankt hatte und von Mr. Ogilvie wegen des mangelnden Polizeischutzes heruntergeputzt worden war, an der Garagentür vorbeikam.

Genauer gesagt: Die Garagentür kam an ihm vorbei. Mrs. Simplon hatte zu ihrem Pech herausgefunden, daß mit Ölresten und Benzindämpfen gefüllte Inspektionsgruben nicht der geeignete Ort zum Zigarettenanzünden sind. Durch etliche Explosionen, erstens der mit brennbaren Dämpfen gefüllten Grube, zweitens des Benzintanks des Autos über ihr und drittens der halbleeren Öltanks, aus denen das Haus Sandicott Crescent Nummer 5 mit Heißwasser versorgt und beheizt worden war, erfüllte sich Mrs. Simplons Hoffnung, ihre Nerven beruhigen zu können, noch über ihre kühnsten Träume hinaus. Nach der ersten Explosion war sie bewußtlos, und als die Öltanks explodierten, hatte sie bereits die ewigen Jagdgründe betreten. Begleitet wurde sie von Teilen der Garage, dem Auto und den Öltanks. Ein Bestandteile aller drei enthaltender Feuerball wogte an der Stelle ins Freie, wo einmal die Garagentür gewesen war, und wirbelte um den Kopf des Kommissars, bevor er die bereits picklige Fassade des Pettigrewschen Hauses noch pockennarbiger machte. Mitten in diesem Inferno stand der Kommissar und behielt kühlen Kopf. Viel mehr behielt er nicht. Was die Druckwelle seinem kleinen bißchen Autorität nicht entrissen hatte, wurde zum Raub der Flammen. Unter seiner Nase kräuselte sich der verkohlte Schnurrbart. Seine Augenbrauen zischten brennend an dem oberen Teil seiner Ohren vorbei, die so heiß waren, als hätten sie ihm tausend Vorgesetzte gleichzeitig langgezogen, und am Ende stand er nur noch mit Stiefeln und einem Ledergürtel bekleidet da – ein geschwärzter, versengter und vollständig ernüchterter Polyp.

Wieder einmal ertönten Sirenen auf den Zufahrten zum Sandicott Crescent, doch diesmal war es die Feuerwehr. Während die Feuerwehrleute hektisch versuchten, die Flammen zu löschen, die Mrs. Simplon bereits so gründlich ausgelöscht hatten, daß sie auf eine stilvollere Feuerbestattung durchaus verzichten konnte, unternahm der Bullterrier seine letzte Attacke. Die Flammen, die in seinem Hirn gelodert hatten, verloschen gerade, als die Garage der Simplons sie wieder neu belebte. Mit blutunterlaufenen Augen und heraushängender Zunge tapste er aus dem Vogelschutzgebiet durch den Kräutergarten der Misses Musgrove, und nachdem er seinen Appetit an der Wade eines Feuerwehrmannes angeregt hatte, verwickelte er in dem Glauben, es mit einer Anakonda in dem urzeitlichen Wald seiner Träume aufzunehmen, einen der Schläuche des Löschtrupps in einen Kampf auf Leben und Tod. Der Schlauch wehrte sich. An einem Dutzend Stellen durchlöchert, jagte er mit ungeheurem Druck Wasser in die Luft, das den Bullterrier mehrere Meter hochhob, wo er einen Moment heißhungrig knurrend hing. Als der Hund wieder auf den Boden schlug, hielt der Kommissar die Pettigrews für glaubwürdig. Er hatte ihn mit seinen eigenen beiden versengten Augen gesehen, einen Hund, der wie ein an Veitstanz leidendes Krokodil heulte, knurrte, geiferte und schnappte. In der Überzeugung, das Tier leide an Tollwut, blieb der Kommissar vorschriftsmäßig stocksteif stehen. Er hätte sich besser bewegt. Verblüfft durch den feuchten Widerstand des sich windenden Schlauches, schlug der Bullterrier seine Zähne in das Bein des Kommissars, ließ noch einmal kurz los, um sich erneut dem Schlauch zu widmen, was letzteren an etlichen weiteren Stellen durchlöcherte, um sich dann auf die Kehle des Kommissars zu stürzen. Diesmal nahm jener Reißaus, und seinen Untergebenen, zwanzig Feuerwehrleuten, den Ogilvies sowie Mr. und Mrs. Rickenshaw war es vergönnt, mitzuerleben, wie ein nackter (und übel versengter) Polizist in Stiefeln und Ledergürtel aus dem Stand hundert Meter in unter zehn Sekunden zurücklegte. Hinter ihm flog, mit aus den Höhlen tretenden Augen und trommelnden Pfoten, einem Kugelblitz gleich der Bullterrier. Der Kommissar übersprang das Tor der Grabbles, hetzte über ihren Rasen und hinein ins Vogelschutzgebiet. Gleich darauf konnte man ihn im Verein mit dem Hund um Hilfe heulen hören.

»Tja, wenigstens weiß er jetzt, daß wir die Wahrheit gesagt haben«, stellte Mr. Pettigrew fest und befahl seiner Gattin, sie solle aufhören zu jammern wie eine Frau, die hinter ihrem teuflischen Liebhaber herheule, eine Bemerkung, die wohl kaum geeignet war, ihrem ohnehin aus den Fugen geratenen Leben den häuslichen Frieden wiederzugeben.

Aus ihrem Schlafzimmer am Ende der Straße beobachteten Lockhart und Jessica das chaotische Geschehen. Die Garage der Simplons stand immer noch in Flammen, was weitgehend dem Eingreifen des Hundes zu verdanken war, der Schlauch wand sich und spie, einem größenwahnsinnigen Rasensprenger gleich, aus -zig Löchern Wasser hoch in die Luft, Feuerwehrleute kauerten sich in ihre Löschfahrzeuge und Polizisten in ihre Einsatzwagen. Nur die Bewaffneten, die man angefordert hatte, damit sie sich um den oder die

Heckenschützen kümmerten, waren noch unterwegs. In der Überzeugung, die lodernde Garage sei ein Ablenkungsmanöver, um den unentdeckt gebliebenen Verbrechern im Haus im Schutz des Qualms die Flucht zu ermöglichen, lungerten sie in den angrenzenden Gärten und im Blattwerk der den Golfplatz säumenden Büsche herum. Darauf und auf den Rauch, der ihre Sicht und die einer zu früher Stunde spielenden Viererrunde behinderte, deren einer Spieler einen unmöglichen Slice schlug, war es zurückzuführen, daß ein Golfball einen bewaffneten Constable am Kopf traf.

»Sie greifen uns von hinten an«, brüllte der und leerte seinen Revolver in die Rauchschwaden, wobei er den Mann mit dem nunmehr unheilbaren Slice und das Clubhaus traf. Etliche andere Polizisten folgten seinem Beispiel und feuerten in die Richtung, aus der die Schreie kamen. Als die Querschläger über den Golfplatz von East Pursley pfiffen und die Fensterscheiben der Bar durchlöcherten, legte sich der Clubsekretär platt auf den Boden und rief die Polizei an.

»Wir werden angegriffen«, schrie er, »aus allen Richtungen kommen Kugeln.« Dies traf auch auf die Golfspieler zu. Als sie durch den Rauch sprinteten, empfing sie ein Kugelhagel aus dem Garten der Simplons. Vier fielen auf der achtzehnten Bahn, zwei auf der ersten, während sich auf der neunten etliche Frauen in einem Bunker versammelten, dem sie bis dahin krampfhaft ausgewichen waren. Und mit jeder neuen Salve verwickelten sich die Polizisten, die nicht feststellen konnten, wer von wo schoß, untereinander in Gefechte. Selbst die Rickenshaws in Nummer 4, die sich noch eine Stunde vorher zu dem Polizeischutz beglückwünscht hatten, bereuten inzwischen ihre verfrühte Dankbarkeit. Das Polizeikontingent, das sowohl mit Gewehren als auch Revolvern bewaffnet im Clubhaus eintraf und in der Bar, dem Büro des Sekretärs sowie dem Umkleideraum Stellung bezog, beantwortete die vereinzelten Schüsse der Kameraden mit einem regelrechten Sperrfeuer. Ein Kugelhagel schwirrte über die Köpfe der im Sandhindernis am neunten Grün kauernden Frauen und durch den Rauch ins Wohnzimmer der Rickenshaws. Die Frauen im Sandhindernis schrien, die durch den Oberschenkel geschossene Mrs. Rikkenshaw schrie, und der Fahrer des Löschfahrzeugs, der nicht mehr an seine ausgefahrene Leiter dachte, beschloß, sich aus dem Staub zu machen, bevor es zu spät war. Das war es bereits.

»Vergeßt das beschissene Feuer«, brüllte er den hinten hockenden Männern zu, »hier haben wir es mit Gewehrfeuer zu tun.« Sein Kollege oben auf der Leiter war anderer Ansicht. Seinen tropfenden Schlauch umklammernd, merkte er plötzlich, daß sie sich rückwärts bewegten. »Halt«, brüllte er, »halt um Gottes willen an!« Doch das Prasseln des Feuers und die Schießerei übertönten seine Proteste, und im nächsten Moment brauste das Feuerwehrauto mit Höchstgeschwindigkeit den Sandicott Crescent hinunter. Fünfzehn Meter über ihm klammerte sich der Feuerwehrmann an die Leiter. Er klammerte sich immer noch fest, als das Löschfahrzeug, nachdem es mit hundertzwanzig Stundenkilometern eine Schneise durch ein halbes Dutzend Telefonkabel und eine Stromleitung geschlagen hatte, unter die Hauptbahnstrecke nach London raste. Der Mann auf der Leiter kam nicht mit. Er sauste über die Gleise und landete vor einem sich nähernden Tanklastwagen, wobei er den Schnellzug von London nach Brighton um Zentimeter verfehlte. Der bereits von dem inzwischen leiterlosen schwankenden Löschfahrzeug verunsicherte Tankwagenfahrer riß den Laster herum, um dem fliegenden Feuerwehrmann auszuweichen, woraufhin sein Tankwagen sich in den Bahndamm bohrte und gerade rechtzeitig explodierte, um auf die letzten fünf Waggons des oben vorbeifahrenden Schnellzugs brennendes Benzin regnen zu lassen. Der im mittlerweile lichterloh brennenden Dienstwagen sitzende Schaffner waltete seines Amtes. Er zog die Notbremse, und die Räder des Schnellzugs blockierten bei einer Geschwindigkeit von hundertdreißig Stundenkilometern. Das nun folgende Kreischen des gequälten Metalls übertönte sogar die Schußgeräusche und das aus dem Vogelschutzgebiet dringende Geheul des Kommissars. In allen Abteilen wurden die in Fahrtrichtung sitzenden in die Schöße der gegenüber sitzenden Passagiere geschleudert, und im Speisewagen, wo gerade das Frühstück serviert wurde, flog eine bunte Mischung aus Kellnern, Kaffee und Kunden in alle Himmelsrichtungen. In der Zwischenzeit brannten die letzten fünf Waggons vor sich hin.

Auf dem Golfplatz machten sich die Polizisten gegenseitig die Hölle heiß. Der Anblick des lodernden Zugs, der aus etwas auftauchte, das wie eine im Zentrum von East Pursley explodierte Napalmbombe aussah, festigte lediglich ihre Überzeugung, daß sie es mit einem in der britischen Geschichte noch nie dagewesenen Ausbruch von Stadtguerilla- und Golfplatzterrorismus zu tun hatten. Sie forderten über Funk Heeresunterstützung an und erklärten, sie säßen im Clubhaus von East Pursley fest und würden von Vorstadtguerillas aus den Häusern des Sandicott Crescent beschossen, die soeben eine Bombe unter dem Schnellzug London-Brighton gezündet hätten. Fünf Minuten später suchten Kampfhubschrauber den Golfplatz nach dem Feind ab. Doch die Polizisten im Garten der Simplons hatten die Nase voll. Drei lagen verwundet am Boden, einer war tot, und der Rest hatte keine Munition mehr. Ihre Verwundeten mitschleifend, schlichen sie sich über den Rasen seitlich am Haus vorbei und rannten zu ihren Polizeiautos.

»Bloß weg hier«, brüllten sie und quetschten sich in die Wagen, »da draußen treibt sich eine ganze verfluchte Armee rum.« Eine Minute darauf wurden ihre Sirenen immer leiser, die Streifenwagen hatten die Straße verlassen und den Weg zum Polizeirevier eingeschlagen. Sie kamen nicht weit. Als der Tankwagen auf den Schnellzug explodiert war, hatte er die ganze Straße mit Benzin übergossen, und der Tunnel war ein einziges Inferno. Hinter ihnen befand sich Sandicott Crescent in einem nicht viel besseren Zustand. Das Feuer in der Garage der Simplons war zum Zaun vorgedrungen und vom Zaun zum Geräteschuppen der Ogilvies. Der war von Einschußlöchern übersät und trug mit Flammen und Qualm zu der über Jessicas Erbe hängenden Rauchglocke bei, die der Szenerie einen gespenstischen Anstrich verlieh. Im Keller umklammerten die Ogilvies einander und lauschten dem Pfeifen der durch ihre Küche zischenden Kugeln, während Mr. Rickenshaw in Nummer 1, der seiner Frau gerade eine Aderpresse um das Bein legte, ihr versprach, auszuziehen, falls sie dies lebend überständen.

Bei den Pettigrews war es genauso. »Versprich mir, daß wir ausziehen«, winselte Mrs. Pettigrew. »Noch eine Nacht in diesem schrecklichen Haus, und ich werde verrückt.«

Mr. Pettigrew brauchte nicht erst überredet zu werden. Die Abfolge von Ereignissen, die wie die Plagen Ägyptens Sandicott Crescent, und insbesondere ihr Haus, überfallen hatten, ließen ihn seinem Rationalismus abschwören und sich wieder der Religion zuwenden. Sein soziales Gewissen hatte ihn jedenfalls verlassen, und als Mr. Rickenshaw, der dank der sichelmäßigen Aktivitäten der Feuerleiter keine ärztliche Hilfe anfordern konnte, über die Straße gekrochen kam, um bei den Pettigrews zu klingeln und um Hilfe zu bitten, weigerte Mr. Pettigrew sich, die Tür zu öffnen, mit der vernünftigen Begründung, daß beim letztenmal, als jemand um ärztliche Hilfe gebeten hatte, nämlich ausgerechnet die Sanitäter, diese Personen einen tollwütigen Hund in sein Haus geschleust hätten, und wenn es nach ihm ginge, könne Mrs. Rickenshaw verbluten, eher er seine Haustür noch einmal öffnete.

»Sie können von Glück reden«, schrie er, »Ihre verfluchte Frau hat bloß ein Loch im Bein, meine hat eins im Kopf.« Mr. Rickenshaw verfluchte ihn wegen seines schlechtnachbarlichen Verhaltens und versuchte Oberst Finch-Potter aus seinem Haus zu trommeln, ohne zu ahnen, daß dieser, nachdem man ihn seines Penishobels entledigt hatte, auf der Intensivstation des Krankenhauses von Pursley lag. Schließlich kam ihm Jessica zu Hilfe und begleitete ihn, dem nachlassenden Gewehrfeuer aus dem Clubhaus trotzend, zur Nummer 1, wo sie ihre Erste-Hilfe-Kenntnisse an Mrs. Rickenshaws Wunde ausprobierte. Lockhart machte sich ihre Abwesenheit zunutze, um einen letzten Ausfall in die Kanalisation zu unternehmen. Mit angelegtem Neoprenanzug kroch er mit einem Eimer und einer Bügelpumpe aus dem zweiten Weltkrieg, die Mr. Sandicott zum Pflanzenbewässern in seinem Arbeitsraum aufbewahrt hatte, bis zur Einleitung von Mr. Grabbles Haus. Lockhart wollte alles andere als Pflanzen bewässern; nachdem er die Düse in das Abflußrohr gesteckt und mit Kitt befestigt hatte, füllte er den Eimer aus der Kanalisation und fing an zu pumpen. Eine Stunde lang arbeitete er ununterbrochen, dann baute er sein Gerät ab und kroch heimwärts. Inzwischen schwammen in Mr. Grabbles Erdgeschoß bereits die Abwässer aus sämtlichen anderen Häusern der Straße, und alle seine Versuche, die Toilette im

Erdgeschoß dahin zu bringen, daß sie sich normal verhielt und Exkremente aus dem Haus statt in es hinein beförderte, hatten katastrophal versagt. Zum Äußersten gezwungen und mit hochgekrempelten Hosenbeinen durch die Abwässer watend, war Mr. Grabble auf die Idee verfallen, Ätznatron zu benutzen. Das war keine gute Idee. Anstatt durch das Rohr nach unten zu wandern, um das gräßliche Zeug, von dem dieses verstopft wurde, aufzulösen, brach das Ätznatron auf eine äußerst rachsüchtige Art und Weise aus der Kloschüssel hervor. Zu seinem Glück war Mr. Grabble so vernünftig gewesen, diese Möglichkeit in Betracht zu ziehen, und hatte den winzigen Raum verlassen, als es passierte. Weniger vernünftig war, daß er sich eines gewöhnlichen Toilettenreinigers bediente und, als dieser versagte, flüssiges Bleichmittel dazukippte. Die Kombination beider Mittel setzte Chlor frei, ein giftiges Gas, das Mr. Grabble aus seinem Haus vertrieb. Auf dem Rasen hinter seinem Haus sitzend, sah er mit an, wie sein Wohnzimmerteppich die übelriechende Flüssigkeit aufsog und das Ätznatron seinen besten Sessel zerfraß. Nun unternahm Mr. Grabble den unklugen Versuch, die Flut einzudämmen, woran ihn das Ätznatron schließlich doch hinderte. Fluchend saß er am Rand des Fischteichs und badetete seine Füße.

Im Vogelschutzgebiet rief der Kommissar immer noch um Hilfe, wenn auch weniger laut, und am anderen Ende schlief der Bullterrier vor Herrchens Hintertür seinen Drogenrausch aus.

Lockhart entledigte sich seines Neoprenanzugs und lag bald zufrieden in der Badewanne. Alles in allem hatte er sich ganz ordentlich geschlagen, wie er fand. Nun stand außer Zweifel, daß Jessica im vollen Besitz ihres Erbes sein würde, einschließlich des Rechtes, zu verkaufen, wann immer sie wollte. Er lag da und dachte über das Steuerproblem nach. Bei Sandicott & Partner hatte er gelernt, daß auf jedes einzelne zusätzliche Haus, das einer Person gehörte, eine Kapitalgewinnsteuer erhoben wurde. Die mußte man irgendwie umgehen. Bei zwölf Häusern würde eine Unsumme an Steuern fällig. Als er das Bad verließ, war ihm eine ganz einfache Lösung eingefallen.

15

Keinem anderen wollte für das, was in East Pursley passiert war, eine einfache Lösung einfallen. Daß ein Armeehubschrauber den Polizeikommissar im Wipfel einer Schuppentanne hängend vorfand, die sich den Erkletterungsversuchen jedes, außer eines völlig durchgedrehten Menschen widersetzt hätte, trug nicht zur Klärung der Angelegenheit bei. Er schrie immer wieder, in der Gegend liefen tollwütige Hunde frei herum, und seine Behauptung wurde von Mr. Pettigrew und den Lowrys bestätigt, die zum Beweis Wunden vorzeigen konnten.

»Was wohl kaum erklärt, wie sechs Golfspieler und fünf meiner Männer erschossen werden konnten«, sagte der Polizeichef. »Schon möglich, daß sie von Hunden gehetzt wurden, aber die schleppen doch keine Schußwaffen mit sich rum. Und was für eine verfluchte Erklärung geben wir zu dem Löschfahrzeug und dem Tankwagen ab, vom Schnellzug London-Brighton ganz zu schweigen? Wieviele Passagiere sind bei dem Inferno eigentlich über den Jordan gegangen?«

»Zehn«, sagte der Stellvertretende Polizeichef, »obwohl sie genaugenommen über die Themse gegangen sind. Der Schnellzug fährt um ...«

»Halten Sie die Klappe«, fuhr ihn der Polizeichef an, »ich muß das dem Innenminister erklären, und es soll sich gut anhören.«

»Tja, ich schätze, wir könnten die zwei Vorfälle in unterschiedliche Gegenden verlegen«, schlug der Stellvertretende Polizeichef vor, doch sein Vorgesetzter musterte ihn nur noch giftiger.

»Zwei? Zwei?« brüllte er, daß die Fenster seines Büros klirrten. »Erstens haben wir einen komplett ausgerasteten pensionierten Oberst, der in Gegenwart einer Edelnutte seinen Schwanz mit einer Käsereibe traktiert. Zweitens streift ein tollwütiger Hund durch den Bezirk und beißt jeden, der ihm in die Quere kommt. Drittens leert jemand Schußwaffen in mehrere Wohnhäuser, ehe er eine beschissene Garage mit einer unidentifizierbaren Frau in der Inspektionsgrube in die Luft jagt. Muß ich Ihnen denn *alles* vorkauen?«

»Ich verstehe, was Sie meinen«, sagte der Stellvertretende Polizeichef, »und das ist laut Miss Gigi Lamont genau das, was Oberst Finch-Potter ...«

»Halten Sie die Klappe«, fuhr ihn der Polizeichef an und schlug die Beine übereinander. Schweigend dachten sie über eine einleuchtende Erklärung nach.

»Wenigstens waren die Fernsehleute und die Presse nicht anwesend«, sagte der Stellvertretende Polizeichef, was sein Vorgesetzter mit einem dankbaren Nicken quittierte.

»Wie wär's, wenn wir die IRA verantwortlich machten?«

»Damit die noch mehr haben, womit sie angeben können? Sie haben doch eine Meise unter Ihrem fransigen Pony.«

»Na, jedenfalls haben sie Mr. O'Brains Haus in die Luft gejagt«, sagte der Vize.

»Blödsinn. Der Dämlack hat sich selbst in die Luft gejagt. Im ganzen Haus ließ sich keine Spur von Sprengstoff finden«, widersprach der Polizeichef, »der Mann hat am Gasherd rumgefummelt...«

»Der aber nicht an die Hauptgasleitung angeschlossen war...«, setzte sein Vize an.

»Und ich bin bald nicht mehr an meinen Arbeitsplatz angeschlossen, wenn uns nicht vor heute Mittag etwas einfällt«, schrie der Polizeichef. »Zuallererst müssen wir verhindern, daß die Presse sich dort rumtreibt und Fragen stellt. Haben Sie dazu irgendwelche Vorschläge?«

Der Stellvertretende Polizeichef dachte über das Problem nach. »Könnte man nicht behaupten, der durchgedrehte Hund sei tollwütig gewesen?« meinte er schließlich. »Dann ließe sich das Gebiet unter Quarantäne stellen und auf alles schießen ...«

»Wir haben schon die halbe Polizei in dieser Gegend erschossen«, stellte der Polizeichef fest, »und auch wenn ich zu der Ansicht neige, daß sie durchgedreht waren, kann man nicht einfach durch die Gegend laufen und Leute abknallen, die an Tollwut erkrankt sind. Man impft die Biester. Allerdings wäre es hilfreich, Presse und Medien da raus zu halten. Und wie erklären Sie sich die sechs verfluchten Golfer? Bloß weil irgendein Trottel das Grün verpaßt, muß man doch nicht gleich ihm und fünf anderen diverse Einschüsse verpassen. Wir müssen uns unbedingt eine logische Erklärung einfallen lassen.«

»Um bei der Tollwuttheorie zu bleiben«, sagte der Stellvertretende Polizeichef, »falls einer unserer Männer sich die Tollwut eingefangen hätte und Amok gelaufen wäre ...«

»Tollwut holt man sich nicht sofort. Es dauert Wochen, bis sie ausbricht.«

»Aber angenommen, es wäre eine besondere Sorte Tollwut, eine neue Variante wie die Schweinepest«, ließ der Vize nicht locker. »Der Hund beißt den Oberst ...«

»Kommt schon mal nicht in Frage. Es gibt keinen Hinweis darauf, daß Oberst Finch-Dummfick-Potter irgendwen außer sich selbst gebissen hat, und zwar an einer anatomisch betrachtet unmöglichen Stelle, es sei denn, der Mistkerl wäre nicht nur pervers, sondern auch noch ein Schlangenmensch.«

»Aber er ist gesundheitlich außerstande, die Tollwut theorie abzustreiten«, gab der Stellvertretende Polizeichef zu bedenken. »Der Mann hat keine einzige Tasse mehr im Schrank.«

»Nicht das einzige, was ihm fehlt«, murmelte der Polizeichef, »aber erzählen Sie ruhig weiter.«

»Wir fangen an mit galoppierender Tollwut und dem Hund, und schon ergibt sich alles andere wie von selbst. Das Einsatzkommando dreht durch und schießt wie wild um sich ...«

»In der Tagesschau wird das ganz hervorragend klingen. ›Fünf Beamte des Sonderkommandos, das zum Schutz ausländischer Diplomaten aufgestellt wurde, drehten heute morgen durch und erschossen sechs Golfspieler auf dem Golfplatz von East Pursley.‹ Mir ist zwar klar, daß es so etwas wie schlechte Publicity nicht gibt, doch in diesem Fall habe ich meine Zweifel.«

»Aber es muß überhaupt nicht in den Nachrichten auftauchen«, sagte der Stellvertretende Polizeichef. »In so einem Fall ziehen wir das Gesetz zum Schutz von Staatsgeheimnissen heran.«

Der Chef nickte zustimmend. »Dafür brauchen wir die Zustimmung des Kriegsministeriums«, sagte er.

»Nun, die Hubschrauber könnten vom Stützpunkt in Porton Downs gekommen sein, wo sich die Forschungsstation für Biologische Kriegführung befindet.«

»Zufällig kamen sie aber von woanders, und zwar erst, als das Ding schon gelaufen war.«

»Aber das weiß keiner«, sagte der Stellvertretende Polizeichef, »und Sie wissen doch, wie unterbelichtet die Heeresführung ist. Das wichtigste ist, ihnen zu drohen, wir würden ihnen die Schuld in die Schuhe schieben, und ...«

Schließlich kam man in einer Lagebesprechung des Innenministers, des Verteidigungsministers und des Polizeichefs überein, die Ereignisse in Sandicott Crescent geheimzuhalten, und nachdem man sich auf das Notstandsgesetz sowie das Gesetz zum Schutze von Staatsgeheimnissen berufen hatte, wies man die Herausgeber sämtlicher Zeitungen an, kein Wort über die Tragödie zu veröffentlichen. BBC und ITV erhielten ähnliche Anweisungen, und so tauchte in den Abendnachrichten nur die Meldung auf, der Tanklastzug sei explodiert und habe dabei den Schnellzug London-Brighton in Brand gesetzt. Sandicott Crescent wurde abgeriegelt, und als Übung zur Eindämmung der Tollwut schlichen mit Gewehren bewaffnete Scharfschützen des Heeres durch das Vogelschutzgebiet, wo sie alles erschossen, was sich regte. Sie fanden lediglich Vögel, und so verwandelte sich das Wäldchen aus einem Schutzgebiet in einen Friedhof. Zu seinem Glück bewegte sich der Bullterrier nicht. Er lag vor der Küchentür des Obersten und schlief tief und fest. Von Lockhart und Jessica abgesehen, war er so ziemlich das einzige Lebewesen, das sich nicht bewegte. Mr. Grabble, den der Ausbruch der Kanalisation aus seinem Haus vertrieben hatte, brachte am Nachmittag die Kündigung vorbei, seine von Chemikalien verätzten Füße steckten in Schlafzimmerlatschen. Mr. Rickenshaw gelang es endlich, seine Frau ins Krankenhaus zu bringen, und die Pettigrews verbrachten den Nachmittag mit Packen. Sie zogen noch vor Einbruch der Dunkelheit aus. Die Lowrys waren bereits ausgezogen und wurden mitsamt mehreren Feuerwehrleuten, dem Polizeikommissar und etlichen seiner Männer in der örtlichen Seuchenklinik gegen Tollwut geimpft. Sogar Mrs. Simplon war fortgeschafft worden, in einem bedrohlichen Plastikbeutelchen, was Mrs. Ogilvie derart aufregte, daß man ihr Beruhigungsmittel verabreichen mußte.

»Wir sind als letzte noch übrig«, jammerte sie, »alle anderen sind fort. Ich will auch weg. All die viele Toten da draußen ... Nie wieder kann ich einen Blick auf den Golfplatz werfen, ohne sie am Dogleg-Fairway des neunten liegen zu sehen.«

Diese Bemerkung erinnerte Mr. Ogilvie an Hunde und Beine. Auch er würde sich hier nie wieder so wie früher fühlen können. Eine Woche später zogen sie ebenfalls aus, und Lockhart und Jessica überblickten von ihrem Schlafzimmerfenster aus elf leere Häuser, von denen jedes einzelne auf einem ansehnlichen und gut gepflegtem Grundstück stand (abgesehen von Mr. O'Brains Bauhaus, das ein wenig weggesackt war), in einer scheinbar attraktiven Wohngegend in unmittelbarer Nähe Londons und direkt neben einem hervorragendem Golfclub, dessen Warteliste sich vor kurzem durch gewisse Ereignisse beträchtlich gelichtet hatte. Als die Bauarbeiter anrückten, um die Häuser in ihren ursprünglichen – beziehungsweise, im Fall von Mr. Grabbles Haus, in einen hygienisch einwandfreien – Zustand zu versetzen, fand Lockhart Zeit, seine Aufmerksamkeit anderen Dingen zu widmen.

Beispielsweise gab es da die Kleinigkeit von Miss Genevieve Goldrings in Kürze erscheinendem Roman, *Lied des Herzens*, zu bedenken. Lockhart gewöhnte sich an, das *Buchhandelsblatt* zu kaufen, um das Erscheinungsdatum in Erfahrung zu bringen. Da Miss Goldring es schaffte, unter diversen Pseudonymen fünf Bücher pro Jahr zu schreiben, sah ihr Verlag sich durch ihren enormen Ausstoß gezwungen, in jedem Jahr zwei Goldring-Romane auf den Markt zu werfen. Es gab einen Goldring-Roman im Frühlingsprogramm und einen im Herbst. *Lied des Herzens* tauchte im Herbstprogramm auf und erschien im Oktober. Lockhart und Jessica beobachteten, wie das Werk innerhalb von drei Wochen von Platz neun auf der Bestsellerliste auf Platz zwei und schließlich ganz nach oben kletterte. Nun schlug Lockhart zu. Mit einem Exemplar des Buches fuhr er nach London, wo er einen halben Nachmittag im Büro des jüngeren der beiden Giblings verbrachte, die andere Hälfte im Büro des älteren, in Anwesenheit des jungen Mr. Gibling. Als er ging, waren die Giblings völlig aus dem Häuschen vor juristischer Ekstase. Trotz all ihrer Erfahrung – und der alte Mr. Gibling verfügte über beträchtliche Erfahrung in Beleidigungssachen – war ihnen ein Fall von so eklatanter und unverfroren bösartiger Verleumdung noch nie untergekommen. Es kam noch besser: Miss Genevieve Goldrings Verlag war unglaublich reich, was weitgehend auf ihre Beliebtheit zurückzuführen war, und nun würde er bei dem außergerichtlichen Vergleich, dank Miss Goldrings bösartiger Verleumdung, unglaublich großzügig sein, oder, und das wäre am allerbesten, man würde so unglaublich dumm sein, es auf einen Prozeß ankommen zu lassen, eine so überaus wünschenswerte Variante, daß die Herren Gibling mit raffinierter Zurückhaltung vorgingen, um die Gegenpartei zu ködern.

Sie verfaßten ein höfliches Schreiben an die Herren Verleger Shortstead in der Edgware Road, in dem sie ihnen eine unglückselige Tatsache mitteilten, die ihnen von einem Klienten, einem gewissen Mr. Lockhart Flawse, zur Kenntnis gebracht worden sei, daß nämlich sein Name in dem überaus erfolgreichen Roman *Lied des Herzens* von Genevieve Goldring, verlegt von den Herren Shortstead, auftauche, und daß sie sich infolge dieses traurigen Irrtums zu dem bedauerlichen Vorgehen gezwungen sahen, den Herren Shortstead zu raten, den Mr. Flawse durch die Verunglimpfung seiner Person in dem Buch, an seinem privaten, beruflichen und ehelichen Ruf entstandenen Schaden durch eine finanzielle Entschädigung und die Begleichung der anfallenden juristischen Kosten wiedergutzumachen sowie gleichzeitig sämtliche noch nicht verkauften Exemplare aus dem Verkehr ziehen und einstampfen zu lassen.

»Das müßte als Köder genügen«, sagte Mr. Gibling zu Mr. Gibling. »Es bleibt die inständige Hoffnung, daß sie sich eines aufstrebenden jungen Mannes unseres Gewerbes bedienen, der ihnen rät, es auf einen Prozeß ankommen zu lassen.«

Dies taten die Herren Shortstead. In der Antwort des unerfahrensten Mitglieds der Anwaltskanzlei Coole, Porter, Stoole und Folsom und Partner, eines gewissen Mr. Arbutus, stand, daß die Herren Shortstead und die Autorin von *Lied des Herzens*, im folgenden »der Roman« genannt, zwar bereit seien, Mr. Flawse ihre Entschuldigungen, seine Anwaltskosten sowie, falls nötig, eine kleine Summe wegen der ihm zugefügten Kränkung anzubieten, zu einem Rückruf sämtlicher unverkauften Exemplare etc. jedoch weder verpflichtet seien noch all dies in Betracht zögen, geschweige denn sich damit einverstanden erklären würden. Das Schreiben schloß mit den versöhnlichen Worten, Coole, Porter, Stoole und Folsom und Partner freuten sich darauf, von Mr. Gibling zu hören. Mr. Gibling und Mr. Gibling bezweifelten das. Sie ließen die Angelegenheit vierzehn Tage lang ruhen, ehe sie zuschlugen.

»Vierhunderttausend Pfund Schadenersatz? Höre ich recht?« sagte Mr. Folsom, als Mr. Arbutus ihm ihr Antwortschreiben zeigte. »So was Absurdes habe ich in meinem ganzen Leben noch nicht gelesen. Giblings sind durchgedreht. Natürlich gehen wir vor Gericht.«

»Gericht?« wiederholte Mr. Arbutus. »Irgend etwas müssen sie in der Hand haben ...«

»Bluff, Jungchen, nichts als Bluff«, sagte Mr. Folsom, »natürlich habe ich das Buch nicht gelesen, aber so eine Summe hat es bei unabsichtlicher Beleidigung noch nie gegeben. Wenn ich's mir recht überlege, hat es so was auch bei absichtlicher Beleidigung noch nie gegeben. Bestimmt ein Tippfehler.«

Doch diesmal irrte Mr. Folsom. Mr. Shortstead, der sich auf seinen Rat statt auf seine eigene Intuition verließ, die ihm sagte, daß *Lied des Herzens* sich in der Atmosphäre irgendwie ein wenig von Miss Goldrings zahlreichen anderen Romanen unterschied, wies Mr. Arbutus an, in diesem Sinne zu antworten und die natürliche Ordnung auf den Kopf zu stellen, indem er Mr. Gibling und Mr. Gibling mitteilte, sie sollten ruhig klagen und verdammt sein. Und als dem älteren Mr. Gibling am nächsten Morgen im dritten Stock von Blackstones House, Lincoln's Inn, London, die Post von dem Chefsekretär vorgelegt und geöffnet wurde, entdeckte dieser ergraute und ernste Gentleman zum erstenmal in seinem Leben, daß jener auf der Schreibtischplatte einen recht flotten Hornpipe tanzen konnte; anschließend verlangte er, daß man ihm umgehend zwei, nein, drei Flaschen des besten Champagners herbeischaffen solle, koste es, was es wolle.

»Wir haben sie im Sack«, sang er ausgelassen, als der jüngere Mr. Gibling eintraf. »Oh Herr, daß ich diesen Tag noch erleben durfte. Im Sack, du mein Bruder, im Sack. Lies es noch mal vor. Ich muß es unbedingt hören.«

Und Mr. Gibling zitterte in prozeßsüchtiger Ekstase, als die Worte »klagt und seid verdammt« im Raume schwebten.

»Klagt und seid verdammt«, brabbelte er. »Klagt und seid verdammt. Ich kann es kaum erwarten, daß der gegnerische Anwalt diese Drohung vor Gericht ausspricht. Wenn ich an das Gesicht des Richters denke! Wie herrlich, Bruder, wie herrlich das alles ist. Die Juristerei hat doch auch ihre kostbaren Augenblicke. Laß uns diesen wundervollen Tag in vollen Zügen genießen.«

Mr. Partington, der Chefsekretär, brachte den Champagner, und Mr. Gibling und Mr. Gibling ließen ihn noch ein drittes Glas holen. Dann erst brachten sie einen feierlichen Trinkspruch auf Mr. Lockhart Flawse aus 12 Sandicott Crescent aus, der gleichzeitig in ihr Leben und aus den Seiten von Miss Genevieve Goldrings Roman mit dem so überaus passenden Titel getreten war. An diesem Tag wurde im Blackstones House, Lincoln's Inn, wenig gearbeitet. Vorladungen aufzusetzen ist keine sehr anstrengende Tätigkeit, und die von Gibling und Gibling im Auftrage von Lockhart Flawse, Kläger, an Genevieve Goldring und die Herren Shortstead, Angeklagte, ausgestellte unterschied sich nicht von anderen und stellte lediglich fest, daß Elisabeth II., von Gottes Gnaden Königin des Vereinigten Königreichs von Großbritannien und Nordirland sowie Unserer anderen Besitzungen und Territorien, Oberhaupt des Commonwealth, Verteidigerin des Glaubens Genevieve Goldring, mit eigentlichem Namen Miss Magster, zu Händen der Herren Shortstead... aufforderte: »Wir befehlen Euch, daß Ihr Euch innerhalb von vierzehn Tagen nach Zustellung dieser Vorladung, den Tag der Zustellung mitgerechnet, auf Antrag des

Lockhart Flawse vor Gericht einfindet und wisset, daß der Kläger, falls dies nicht geschieht, einen Prozeß anstrengen wird und in Eurer Abwesenheit ein Urteil ergehen kann.«

Das Schriftstück wurde am folgenden Tag zugestellt und führte zu gelinder Bestürzung in den Büros der Herren Shortstead sowie zu großer Bestürzung in denen von Coole, Porter, Stoole und Folsom und Partners, wo Mr. Arbutus nach Lektüre von *Lied des Herzens* das scheußliche Ausmaß der dem oben genannten Lockhart Flawse zugefügten Verleumdung entdeckt hatte; daß jener nämlich die Angewohnheit habe, sich von seiner Frau, Jessica, ans Bett fesseln und auspeitschen zu lassen und umgekehrt, und wenn er nicht peitschte oder gepeitscht werde, stehle er aus Banken Geld, wobei er mehrere Bankkassierer erschossen habe.

»Wir können nicht einmal auf unabsichtliche Beleidigung plädieren«, sagte er zu Mr. Folsom, doch der ehrenwerte Mann war anderer Meinung.

»Keine Autorin, die noch einigermaßen bei Troste ist, würde mit Bedacht ein Buch verfassen, in dem sie eine ihr bekannte Person benennt und ihr all diese Perversionen und Verbrechen zuschreibt. Das Ganze ist Blödsinn.« Dieser Ansicht schloß sich Genevieve Goldring an. »Habe von dieser Kreatur noch nie gehört«, teilte sie Mr. Shortstead und Mr. Arbutus mit, »außerdem hört sich der Name verboten an. Ehrlich gesagt wüßte ich nicht, daß ich je etwas über einen Lockhart Flawse mit einer Frau namens Jessica geschrieben hätte.«

»Aber es steht doch im *Lied des Herzens*«, gab Mr. Arbutus zu bedenken, »das müssen Sie doch gelesen haben. Schließlich haben Sie es geschrieben.«

Genevieve Goldring schnaubte. »Ich schreibe fünf Romane im Jahr. Sie können nicht von mir erwarten, daß ich den üblen Schund auch noch lese. Ich lege die Angelegenheit in die kompetenten Hände von Mr. Shortstead.«

»Aber prüfen Sie denn nicht die Druckfahnen?«

»Junger Mann«, sagte Miss Goldring, »meine Fahnen müssen nicht geprüft werden. Stimmt's oder habe ich recht, Mr. Shortstead.«

Mr. Shortstead hielt mittlerweile zwar eine andere Ansicht für wahrscheinlich, hielt aber auch den Mund.

»Sollen wir denn auf unabsichtliche Beleidigung plädieren?« fragte Mr. Arbutus.

»Ich sehe keinen Grund, uns überhaupt einer Beleidigung schuldig zu bekennen«, protestierte Miss Goldring. »Gut möglich, daß dieser Flawse seine Frau wirklich ans Bett fesselt und auspeitscht, und bei dem Vornamen verdient sie das voll und ganz. Schließlich muß er beweisen, daß er's nicht tut.«

Mr. Arbutus gab zu bedenken, daß die Wahrheit für die Verteidigung keine Rolle spielte, es sei denn, sie läge im öffentlichen Interesse.

»Ich würde meinen, ein perverser Bankräuber wäre von ganz erheblichem öffentlichen Interesse. Wahrscheinlich treibt er den Verkauf meiner Romane in die Höhe.«

Der Anwalt der Beklagten war anderer Meinung. »Wir haben keinerlei Beweise«, erklärte Mr. Widdershins, Kronanwalt. »Ich empfehle eine außergerichtliche Einigung. Wir können nicht damit rechnen, vor Gericht erfolgreich zu sein.«

»Aber ist denn die Publicity nicht gut für uns, selbst wenn wir zahlen müssen?« fragte Mr. Shortstead, von Miss Goldring, die sich immerzu beschwerte, für ihre Romane würde nicht genug geworben, zu dieser Einstellung getrieben. Das bezweifelte Mr. Widdershins, aber da er dafür bezahlt wurde, die Verteidigung zu übernehmen, sah er keinen Grund, sich um die finanzielle Vergütung zu bringen, die ein längerer Prozeß zwangsläufig mit sich brächte. »Die Entscheidung überlasse ich Ihnen«, sagte er, »meine Meinung kennen Sie, und die lautet, daß wir verlieren werden.«

»Aber sie verlangen für eine außergerichtliche Einigung vierhunderttausend Pfund«, sagte Mr. Shortstead, »und ganz gewiß wird kein Gericht auf Schadenersatz in dieser Höhe erkennen. So etwas ist unerhört.« Das war es allerdings.

Die Verhandlung fand vor der ersten Kammer des obersten Zivilgerichts statt, den Vorsitz führte Richter Plummery. Mr. Widdershins vertrat die Beklagten, und Mr. Fescue war von Mr. Gibling und Mr. Gibling beauftragt worden. Letztere waren außer sich vor Begeisterung. Richter Plummery stand in dem Ruf, von barbarischer Unparteilichkeit zu sein und spitzfindige Anwälte absolut nicht ausstehen zu können. Mr. Widdershins blieb gar nichts anderes übrig als spitzfindig zu sein, und als hätte die Verteidigung noch nicht genug Probleme, hatte sich Miss Goldring in dem Bestreben eingefunden, den Prozeß, wenn sie ihn schon nicht gewinnen konnte, wenigstens so eindrucksvoll wie möglich zu verlieren. Neben ihr saß Mr. Shortstead und fröstelte im Schatten ihres violetten Hutes. Ein Blick auf den Kläger, Lockhart Flawse, hatte ihm bereits verraten, daß sie es mit einem anständigen jungen Mann von der Sorte zu tun hatten, die seines Wissens schon lange nicht mehr existierte, der Banken wohl eher besaß als ausraubte und seine Frau, falls er verheiratet war, mit geradezu ritterlicher Zärtlichkeit umsorgte. Mr. Shortstead war ein guter Menschenkenner.

Mr. Fescue erhob sich, um die Klage vorzutragen. An ihr war nichts auszusetzen. Mr. Lockhart Flawse, wohnhaft in

12 Sandicott Crescent, East Pursley – an dieser Stelle konnte man sehen, wie Mr. Widdershins seine Augen mit den Händen bedeckte und Miss Goldrings Hut zitterte –, wohne ganz in der Nähe der Beklagten, und zwar so nah, daß er sie kenne und von ihr einmal sogar zum Tee eingeladen worden sei. Auf einem von Miss Goldring an Mr. Widdershins gereichten Zettel stand schlicht und einfach: »Lügner, verfluchter Lügner. Ich habe den kleinen Scheißer noch nie im Leben gesehen«, woraufhin Mr. Widdershins' Hoffnungen ein wenig stiegen. Sie sanken wieder, als Mr. Fescue zu längeren Ausführungen ausholte – über Lockhart Flawses Tugendhaftigkeit und die Leiden, die auf die Veröffentlichung von *Lied des Herzens* zurückzuführen seien. Das folgenschwerste Leid sei sein Rausschmiß durch die Firma Sandicott & Partner, konzessionierte Buchprüfer, bei der er vordem beschäftigt gewesen sei. Man werde Beweise dafür vorlegen, daß sein erzwungener Rückzug aus dieser einträglichen Stellung direkt auf Miss Goldrings infame Schilderung seines Privatlebens sowie seiner gänzlich fiktiven Neigung zum Ausrauben von Banken und Morden von Kassierern zurückzuführen sei. Da er es nicht wußte, erwähnte Mr. Fescue nicht, daß Mr. Treyer sich bereit erklärt hatte, diese Beweise zu liefern, weil Lockhart in einer privaten Unterredung angedeutet hatte, falls Mr. Treyer nicht kooperiere, sähe er, Lockhart, sich aus Gewissensgründen gezwungen, den zuständigen Behörden die Wahrheit über Mr. Gypsums Steuerhinterziehung mitzuteilen, eine Drohung, die er durch die Vorlage von Kopien sämtlicher gefälschter wie echter Akten Mr. Gypsums untermauerte.

Des weiteren, erklärte Mr. Fescue, sei der Kläger derart von seinen Nachbarn geschnitten worden, daß elf neben seiner Adresse oder in derselben Straße liegende Häuser von ihren Bewohnern verlassen wurden, um jede Verbindung zwischen ihnen und einem angeblichen Mörder auszuschließen. Und schließlich sei da noch Mrs. Flawse, die in dem Roman korrekt als Jessica erscheine und bezeugen würde, daß sie noch nie in ihrem Leben ihren Mann an ihr Ehebett gefesselt habe oder gefesselt worden sei, und daß es im ganzen Haus keine Peitsche gebe. Mrs. Flawse sei so außerordentlich verzweifelt, daß sie sich vor kurzem zur Angewohnheit gemacht habe, einen Schleier zu tragen, um (auf der Straße) nicht von Männern angesprochen zu werden, denen der Sinn nach Fesseln und Auspeitschen stand, oder nicht von Frauen beleidigt zu werden, die sie früher in ihr Haus hatte einladen können, die ihr aber heute den Zugang in ihre eigenen Häuser verweigerten. Als Mr. Fescue fertig war, hatte er zwar ein zutreffendes Bild der gesellschaftlichen Isolation der beiden gezeichnet, aber die falschen Gründe angegeben, und ein unzutreffendes von den finanziellen Aussichten aufgrund der Veröffentlichung von *Lied des Herzens* mit den richtigen Gründen, nämlich daß der zu zahlende Schadensersatz beträchtlich sein würde.

Als Mr. Fescue Platz nahm, waren Richter Plummery und die Jury sichtlich beeindruckt, und ein schwer ins Hintertreffen geratener Mr. Widdershins erhob sich für die Verteidigung. Es war zwar schön und gut, daß Miss Goldring behauptete, Lockhart Flawse sei ein Lügner. Dies zu beweisen, war etwas ganz anderes. Mr. Flawse sah nicht wie ein Lügner aus. Wenn überhaupt, sah er wie das Gegenteil aus, während sogar die durch einen Schleier verborgene Mrs. Jessica Flawse eine Unschuld ausstrahlte, die im deutlichen Kontrast zu dem mit Rouge übertünchten Verschleiß seiner Klientin stand. Brandy, Bücher und Bett hatten samt und sonders ihre Spuren auf Miss Goldring hinterlassen. Mr.

Widdershins gab sich allergrößte Mühe. Die Beleidigung, behauptete er, sei vollkommen unabsichtlich erfolgt. Die Beklagte wisse nichts von der Existenz des Klägers und habe ihn nie zuvor zu Gesicht bekommen. Die Behauptung, sie habe ihn einmal zum Tee eingeladen, entbehre jeder Grundlage, und daß Miss Goldring in West Pursley lebe, während der Kläger ein Haus in East Pursley bewohne, sei reiner Zufall. Doch angesichts der Ausführungen, die sein gelehrter Freund Mr. Fescue soeben gemacht habe, sei die Verteidigung bereit, sich für den dem Kläger und seiner Frau zugefügten Schaden sowie für die Verächtlichmachung, Herabwürdigung sowie den daraus folgenden Verlust seines Arbeitsplatzes zu entschuldigen und finanzielle Wiedergutmachung zu leisten ... An diesem Punkt riß sich Miss Goldring von der besänftigenden Hand Mr. Shortsteads los und erhob sich, um zu verkünden, niemals, niemals, niemals würde sie einem Mann, über den sie in ihrem ganzen Leben nie etwas geschrieben habe, einen Penny, auch nur einen einzigen Penny zahlen, und falls jemand glaube, sie würde das tun, irre er sich. Richter Plummery musterte sie mit einer ungeheuren Abneigung, welche die Sphinx auf fünfzig Meter vernichtet und auf hundert zum Schweigen gebracht hätte.

»Nehmen Sie freundlicherweise Platz, Madam«, knurrte er sie mit säuretriefender Stimme an. »Zu entscheiden, was Sie tun oder lassen werden, obliegt dem Gericht. Doch eines versichere ich Ihnen: Eine weitere Unterbrechung, und ich lasse Sie wegen Mißachtung des Gerichts festnehmen. Fahren Sie mit dem fort, was von Ihrer Verteidigung noch übrig ist, Mr. Witherspin.«

Mr. Widdershins' Adamsapfel rutschte wie der Pingpongball im Springbrunnen einer Schießbude auf und ab, als er nach Worten rang. Seine Verteidigung war in sich zusammengefallen.

»Meine Klienten bekennen sich der unabsichtlichen Beleidigung für schuldig, Milord«, krächzte er völlig entgegen seinen Anweisungen.

Richter Plummery musterte ihn zweifelnd. »Da habe ich aber anderes verstanden.«

Mr. Widdershins bat um eine Verhandlungspause, um sich mit seinen Klienten zu besprechen. Sie wurde gewährt und von Mr. Fescue, Mr. Gibling und Lockhart in Hochstimmung, von Mr. Widdershins und Miss Goldring jedoch mit erbitterten Diskussionen verbracht. Angesichts der Anklage war Mr. Shortstead mit einer außergerichtlichen Einigung einverstanden. Angesichts seines Kleinmuts und der Voreingenommenheit des Richters gegen ihre Person erhob Miss Goldring Einspruch.

»Es ist eine einzige verdammte Lüge«, schrie sie, »nie habe ich diesen kleinen Scheißkerl zum Tee bei mir gehabt, und nie habe ich in einem meiner Bücher den Namen Lockhart Arschloch Flawse verwendet.«

»Aber er steht in *Lied des . . .*«, setzte Mr. Shortstead an.

»Halten Sie die Klappe«, sagte Miss Goldring. »Wenn er drinsteht, haben Sie ihn reingeschrieben, denn er steht nicht in dem Manuskript, das Sie von mir bekommen haben.«

»Sind Sie da ganz sicher?« hakte Mr. Widdershins nach, auf der Suche nach einem Hoffnungsschimmer in einem ansonsten hoffnungslosen Fall.

»Ich schwöre es bei Gott dem Allmächtigen«, sagte Miss Goldring mit überzeugender Vehemenz, »daß ich den Namen Flawse in meinem ganzen Leben noch nie gehört, geschweige denn in einem Buch verwendet habe.«

»Dürfen wir eine Kopie des Manuskriptes sehen«, sagte

Mr. Widdershins, und Mr. Shortstead ließ eine holen. Dort stand der Name Flawse in halbfetter Pica-Schrift.

»Was sagen Sie dazu?« erkundigte sich Mr. Widdershins.

Miss Goldring sagte eine ganze Menge, und das meiste stimmte. Mr. Shortstead sagte wenig, und alles stimmte.

»Dann werden wir die Echtheit dieses Dokumentes anfechten«, erklärte Mr. Widdershins. »Sind wir alle dieser Meinung?«

Das war Miss Goldring. Mr. Shortstead war es nicht. »Das ist das Manuskript, wie es bei uns einging«, behauptete er steif und fest.

»Weder war, noch ist, noch wird dieses das Manuskript sein, das ich diktiert habe. Es ist eine verfluchte Fälschung.«

»Dessen sind Sie sich absolut sicher?« sagte Mr. Widdershins.

»Ich schwöre bei Gott dem Allmächtigen ...«

»Lassen Sie's gut sein. Wir werden die Anklage mit dieser Begründung anfechten, daß nämlich dieses Dokument, das in die Hände Mr. Shortsteads gelangte, nicht das von Ihnen verfaßte Originalmanuskript ist.«

»Ganz genau«, sagte Miss Goldring, »ich schwöre bei Gott dem Allmächtigen ...«

Sie schwor immer noch bei Gott dem Allmächtigen und untergeordneten Gottheiten, als sie am folgenden Tag in den Zeugenstand gerufen wurde, um von einem leutseligen Mr. Fescue ins Kreuzverhör genommen zu werden. Mr. Gibling und Mr. Gibling konnten kaum an sich halten. Dem älteren Mr. Gibling gelang dies tatsächlich nicht, so daß er, noch während sie sich im Zeugenstand befand, eilig den Sitzungssaal verlassen mußte.

»Also, Miss Magster«, setzte Mr. Fescue an, um sofort vom Richter unterbrochen zu werden.

»Meines Wissens lautet der Name der Zeugin Miss Genevieve Goldring«, sagte er, »und jetzt reden Sie sie als Miss Magster an. Was stimmt?«

»Miss Genevieve Goldring ist ein Deckname«, sagte Mr. Fescue, »ihr richtiger ...«

Ein Kreischen aus dem Zeugenstand unterbrach ihn. »Genevieve Goldring ist mein Künstlername, mein *nom de plume*«, ereiferte sich die Zeugin.

Richter Plummery musterte voller Abscheu die Feder in ihrem Hut. »Zweifellos«, sagte er, »zweifellos erfordert Ihr Beruf ein ganzes Arsenal von Namen. Das Gericht verlangt, Ihren richtigen zu erfahren.«

»Miss Magster«, sagte Miss Goldring mürrisch, da ihr klar war, daß diese Enthüllung einen Großteil ihrer Leserschaft desillusionieren würde. »Aber meine Bewunderer kennen mich als Miss Genevieve Goldring.«

»Zweifellos, ich wiederhole mich«, sagte der Richter, »aber nach allem, was ich höre, haben Ihre Bewunderer einen merkwürdigen Geschmack.«

Mr. Fescue benutzte den Richter als Stichwortgeber. »Ich bin bereit, Sie Genevieve Goldring zu nennen, wenn Ihnen das lieber ist«, sagte er, »es liegt keineswegs in meiner Absicht, Ihren Ruf als Schriftstellerin zu schädigen. Nun denn, stimmt es oder stimmt es nicht, daß Sie in *Lied des Herzens* eine Figur namens Flawse beschreiben, die nach etwas süchtig ist, was man unter Prostituierten und ihren Kunden fesseln und peitschen nennt?«

»Ich habe *Lied des Herzens* nicht geschrieben«, sagte Miss Goldring.

»Meines Wissens haben Sie bereits zugegeben, das Buch geschrieben zu haben«, sagte der Richter. »Nun höre ich ...«

Nun hörte er aus dem Zeugenstand eine Tirade über die

Unfähigkeit von Verlegern und Lektoren. Als sie beendet war, wandte sich Mr. Fescue an Richter Plummery. »Wäre es nicht angebracht, das Originalmanuskript zu untersuchen und mit anderen Manuskripten zu vergleichen, die von der Beklagten ihrem Verlag übersandt wurden, Milord?« fragte er.

»Die Beklagten haben nichts dagegen einzuwenden«, sagte Mr. Widdershins, woraufhin sich das Gericht erneut vertagte.

Später an diesem Nachmittag sagten zwei Experten über Graphologie und Typographie unter Eid aus, das Manuskript von *Lied des Herzens* sei mit genau derselben Maschine wie die Bücher *Der Schrein des Königs* und *Mädchen des Moorlandes* geschrieben, getippt und hergestellt worden, die beide von Miss Goldring verfaßt worden waren. Mr. Fescue setzte sein Kreuzverhör der Beklagten fort.

»Da wir nun zweifelsfrei feststellen konnten, daß Sie *Lied des Herzens* geschrieben haben«, sagte er, »hätte ich gern von Ihnen erfahren, ob sie nicht auch mit dem Kläger, Mr. Lockhart Flawse, persönlich bekannt sind?«

Miss Goldring setzte gerade dazu an, dies vehement zu leugnen, als Mr. Fescue sie unterbrach. »Ehe Sie einen Meineid leisten«, sagte er, »möchte ich Sie bitten, die von Mr. Flawse unter Eid gemachte Aussage zu bedenken, daß Sie ihn in Ihr Haus eingeladen und zum Genuß von Crème de menthe aufgefordert haben.«

Aus ihrem Zeugenstand starrte Miss Goldring ihn mit weit aufgerissenen Augen an. »Woher wissen Sie das?« fragte sie.

Mr. Fescue lächelte zu dem Richter und der Jury hinüber. »Weil Mr. Flawse mir das gestern unter Eid versichert hat«, antwortete er.

Aber Miss Goldring schüttelte den Kopf. »Über die Crème de menthe«, sagte sie mit schwacher Stimme.

»Das hat mir der Kläger ebenfalls berichtet, allerdings privat«, sagte Mr. Fescue. »Sie trinken also Crème de menthe?«

Miss Goldring nickte kläglich.

»Ja oder nein«, fragte Mr. Fescue schneidend.

»Ja«, sagte Miss Goldring. Sowohl Mr. Widdershins als auch Mr. Shortstead schlugen die Hände vor ihre Gesichter. Mr. Fescue setzte seine Wühlarbeit fort. »Stimmt nicht auch, daß in Ihrem Schlafzimmer ein blauer goldgesprenkelter Teppich liegt, daß Ihr Bett herzförmig ist, daß neben ihm eine Lampe mit malvenfarbigem plissiertem Schirm steht und daß Ihre Katze den Namen Pinky trägt? Sind das nicht alles Tatsachen?«

Daß diese Informationen zutrafen, stand außer Zweifel. Miss Goldrings Gesichtsausdruck sprach Bände. Doch nun holte Mr. Fescue zum *coup de grâce* aus.

»Und stimmt es vielleicht nicht, daß Sie sich einen Köter namens Bloggs einzig und allein aus dem Grund halten, jeden fernzuhalten, der Ihr Haus ohne Ihre Einwilligung und/oder Anwesenheit zu betreten versucht?« Wieder erübrigte sich eine Antwort. Mr. Fescues Informationen stimmten: Er hatte sie von Lockhart erhalten, dieser wiederum von Jessica.

»So daß«, fuhr Mr. Fescue fort, »Mr. Flawse ohne Ihre Einwilligung keine schriftliche beeidete Erklärung des Inhalts hätte abgeben können, daß Sie ihn aus eigenem Antrieb in Ihr Haus einluden, und zwar in der Absicht, ihn zu verführen, und daß Sie, als Ihnen dies nicht gelang, sich mit Bedacht und vorsätzlich daranmachten, seine Ehe, seinen Ruf sowie seine berufliche Basis zu ruinieren, indem Sie ihn in ihrem Roman als Dieb, perversen Menschen und Mörder porträtierten. Stimmt das nicht auch?«

»Nein«, kreischte Miss Goldring, »das stimmt nicht. Ich habe ihn nie zu mir eingeladen. Ich habe nie...« Es folgte ein katastrophales Zögern. Sie hatte diversen jungen Männern angeboten, das Bett mit ihr zu teilen, aber...

»Ich habe keine weiteren Fragen an diese Zeugin«, sagte Mr. Fescue und setzte sich.

In seinem Resümee blieb Richter Plummery der grimmigen Unparteilichkeit treu, für die er bekannt war. Miss Goldrings Aussage sowie ihr Verhalten im Zeugenstand und außerhalb desselben hatten bei ihm keinerlei Zweifel daran gelassen, daß sie eine Lügnerin war, eine Prostituierte in der literarischen wie sexuellen Bedeutung des Wortes, die sich vorsätzlich darangemacht hatte, das zu erreichen, was Mr. Fescue behauptet hatte. Die Jury zog sich zwei Minuten lang zurück und hielt die Beleidigung für bewiesen. Es war Sache des Richters, den privaten wie finanziellen Schaden des Klägers in einer Größenordnung festzulegen, die, wenn man die Inflationsrate in Betracht zog, welche gegenwärtig und für die absehbare Zukunft bei achtzehn Prozent stand und stehen würde, bei einer Million Pfund Sterling lag, und des weiteren zu erklären, er werde die Prozeßunterlagen an den Generalstaatsanwalt weiterleiten, in der Hoffnung, daß die Beklagte wegen Meineids angeklagt würde. Miss Genevieve Goldring wurde ohnmächtig, und Mr. Shortstead half ihr nicht auf die Beine.

An jenem Nachmittag gab es in den Büros der Herren Gibling und Gibling ein Freudenfest.

»Eine Million plus Prozeßkosten. Eine Million. Die höchste Schadensersatzsumme, die je in einem Beleidigungsfall zugesprochen wurde. Und dann noch die Prozeßkosten! Lieber Gott, laß sie Berufung einlegen, laß sie bitte Berufung einlegen«, sagte Mr. Gibling der Ältere.

Aber Miss Goldring war jenseits aller Berufung. Mr. Shortsteads Versicherungsgesellschaft hatte sich sofort nach dem Urteil mit ihm in Verbindung gesetzt und keinen Zweifel daran gelassen, daß sie vorhatten, sowohl ihn als auch Miss Goldring auf jeden einzelnen Penny zu verklagen, den man von ihnen verlangte.

Und in Sandicott Crescent Nummer 12 hatten Lockhart und Jessica keinerlei Gewissensbisse.

»Scheußliches Weib«, sagte Jessica; »wenn ich daran denke, wie gut mir ihre Bücher gefallen haben. Und sie waren alle erlogen.«

Lockhart nickte. »Jetzt fangen wir mit dem Verkauf der Häuser an«, sagte er. »Nach soviel negativer Publicity können wir unmöglich in dieser Gegend wohnen bleiben.«

Am folgenden Tag schossen in Sandicott Crescent die »Zu Verkaufen«-Schilder in die Höhe, und nun, da er sich finanziell abgesichert fühlte, beschloß Lockhart, die Briefe zu öffnen, die Miss Deyntry ihm gegeben hatte.

16

Dies tat er mit angemessener Feierlichkeit und in dem dumpfen Bewußtsein, das Schicksal herauszufordern. »Papier und Tinte werden dir nicht helfen«, hatte ihm die alte Zigeunerin gesagt, deren Prophezeiung Papier und Tinte in Miss Goldrings Roman zwar nicht bestätigt hatten, aber wenn Lockhart sich ihre Worte in Erinnerung rief, kam es ihm so vor, als bezögen sie sich mehr auf diese Briefe als auf etwas anderes. Er hatte sie in derselben Stunde bekommen, in der die Zigeunerin ihre Vorhersage gemacht hatte, was für ihn kein Zufall war. Zu sagen, warum, wäre ihm schwergefallen, doch in seinem Hinterkopf schlummerten Spuren des Aberglaubens seiner Vorfahren aus einer Zeit, als man die Warnungen einer Roma ernst nahm. Außerdem hatte sie in anderer Hinsicht recht gehabt. Drei Tote hatte es gegeben, und auch wenn sie die Gesamtzahl unterschätzt hatte, blieb doch zu bedenken, daß sie bei der Sache mit dem leeren Grab richtig gelegen hatte. Für die Überreste der verstorbenen Mrs. Simplon war kein Grab erforderlich gewesen. Und wie stand es mit dem Gehängten am Baum? Der Polizeikommissar hatte jedenfalls am Baum gehangen, wenn auch nicht so, wie es die Frau vorhergesagt hatte. Und dann war da noch die Sache mit der Gabe. »Eh' du dich nicht deiner Gabe bedienst.« Möglicherweise bezog sich das auf die eine Million Pfund Schadensersatz aus dem Beleidigungsprozeß.

Doch auch dieses bezweifelte Lockhart. Sie hatte andere Gaben als Geld gemeint.

Dennoch nahm Lockhart all seinen Mut zusammen und öffnete einen Brief nach dem anderen, beginnend mit dem ersten, der aus dem Jahr seiner Geburt und aus Südafrika stammte, und endend mit dem letzten, der aus dem Jahr 1964 datiert und in Arizona aufgegeben worden war. Sein Vater – falls der Schreiber sein Vater war – war ein weitgereister Mann, und bald fand Lockhart den Grund heraus. Miss Deyntry hatte recht gehabt. Grosvenor K. Boscombe war Bergbauingenieur gewesen, ein Beruf, der ihn auf der Suche nach Edelmetallen, Erdöl, Gas und Kohle, eigentlich nach allem, was die Jahrtausende überlagert hatten und moderne Bergbaumethoden auffinden konnten, rund um den Globus führte. Er war wohl ein sehr erfolgreicher Bergbauingenieur gewesen. In seinem letzten Brief aus Dry Bones, Arizona, in dem er seine Eheschließung mit einer Miss Phoebe Tarrent bekanntgab, deutete er an, daß er auf Erdgas gestoßen sei. Doch ganz gleich, welche Erfolge er in seinem Beruf erzielt haben mochte, ein begnadeter Briefeschreiber war Grosvenor K. Boscombe nicht gerade. Keine Spur von der Leidenschaft oder den Gefühlen, die Lockhart erwartet hatte, und ganz gewiß kein Hinweis darauf, daß Mr. Boscombe irgend etwas unternommen hatte, um sich als Lockharts langgesuchter Vater zu erweisen. Mr. Boscombe konzentrierte sich auf die Berufsrisiken seines Gewerbes und erwähnte seine Langeweile. In Jahre auseinanderliegenden Briefen schilderte er Sonnenuntergänge über der namibischen, saudiarabischen und libyschen Wüste sowie der Wüste Sahara in beinahe gleichlautenden Worten. Als er sich endlich durch sämtliche Briefe gequält hatte, hatte Lockhart die meisten bedeutenderen Wüsten der Welt brieflich durchquert, ein anstrengender Prozeß, den Mr. Boscombes Unvermögen, jedes mehr als viersilbige Wort richtig oder wenigstens immer gleich zu schreiben, noch anstrengender werden ließ. So machte Saudi-Arabien ein halbes Dutzend Wandlungen durch, angefangen bei Saudyrabeen bis hin zu Sourday Ayrabbien. Das einzige Wort, das der Mann richtig buchstabieren konnte, war »Langeweile«, und das war kein Zufall. Wohin auch immer er ging, Grosvenor K. Boscombe war ein Langweiler, wie er im Buche stand, und abgesehen davon, daß er die Erde als ein riesiges Nadelkissen betrachtete, in das er aus beruflichen Gründen unglaublich lange hohle Nadeln piekte, kam der einzige Augenblick, in dem er auch nur annähernd so etwas wie Leidenschaft empfand, als er und die Jungs – wer auch immer das sein mochte – irgendeinen unterirdischen Druckpunkt anstachen, und »dann blatzte sie lohs«. Die Formulierung tauchte seltener auf als Sonnenuntergänge, und trockene Löcher überwogen, aber sie blatzte dennoch recht oft lohs, und dank seines Glückstreffers in Dry Bones, Arizona, gehörte Mr. Boscombe, um seine eigenen Worte zu gebrauchen, »nun zu den Glügglichen, die mehr Moos hahben, als mann braucht, um den Mohnt zu tabbeziren«. In Lockharts Interpretation bedeutete dies, daß sein potentieller Vater reich und phantasielos war. Lockhart wußte genau, was er mit seinem Geld vorhatte, und den Mond tapezieren tauchte auf seiner Prioritätenliste nicht auf. Er wollte seinen Vater finden und Mrs. Flawse das gesamte Erbe entreißen, und wenn Boscombe sein Vater war, würde er ihn gemäß der Klausel im Testament seines Großvaters bis auf einen Zoll an sein Leben peitschen.

Nachdem er alle Briefe gelesen hatte, durfte Jessica sie ebenfalls lesen.

»Er scheint kein sehr interessantes Leben geführt zu haben«, sagte sie. »Dauernd nur Wüsten, Sonnenuntergänge und Hunde.«

»Hunde?« wiederholte Lockhart. »Ist mir entgangen.«

»Das steht am Ende jedes Briefes. ›Maine besten Grühse an dein Vata und die Hunde war eine gans beß ondre Ähre eure Begantschaffd zu machn. Auf imer dain, Gros.‹ Und hier steht noch, daß er Hunde haiß un innich liebt.«

»Daß er Hunde liebt, ist beruhigend zu wissen«, sagte Lockhart. »Will sagen, falls er mein Vater ist, haben wir wenigstens etwas gemeinsam. Für Sonnenuntergänge hab' ich nie die Zeit gehabt. Mit Hunden ist das etwas anderes.«

Auf dem Teppich vor dem Kaminfeuer hielt Oberst Finch-Potters ehemaliger Bullterrier ein zufriedenes Nickerchen. Nach seiner Adoption durch Lockhart hatte er sich, anders als sein Herrchen, von den Folgen seiner leidenschaftlichen Nacht erholt, und während der Oberst juristische Schlachten ausfocht und seinem Abgeordneten schrieb, um aus der Nervenklinik entlassen zu werden, in die man ihn gesteckt hatte, machte es sich sein Haustier im neuen Heim bequem. Lockhart empfand ihm gegenüber Dankbarkeit. Dem Bullterrier war es zu einem beträchtlichen Teil zu verdanken, daß Sandicott Crescent von unerwünschten Mietern geräumt worden war, und dementsprechend hatte Lockhart ihn in Rowdy umbenannt.

»Ich schätze, wir könnten diesen Boscombe jederzeit rüberlocken, wenn wir ihm irgendeinen ganz besonderen Rassehund versprechen«, überlegte er laut.

»Warum willst du ihn denn rüberlocken?« fragte Jessica. »Bei dem vielen Geld, das wir haben, können wir uns doch leisten, nach Amerika zu fliegen und ihn zu besuchen.«

»Auch mit dem vielen Geld kann ich mir keine Geburtsurkunde kaufen, und ohne die bekomme ich keinen Paß«, sagte Lockhart, der sein Erlebnis als Nichtexistenz im Büro der Sozialversicherung nie vergessen hatte; außerdem wollte er seine Benachteiligung in anderer Hinsicht zu seinem Vorteil nutzen. War der Staat nicht willens, etwas zu seinem Wohl beizutragen, wenn er es brauchte, sah er keinen Grund, ihm auch nur einen Penny Steuern zukommen zu lassen. Es hatte auch Vorteile, wenn man nicht existierte.

Und während der Winter ins Land zog, kam auch das Geld herein. Die Versicherungsgesellschaft der Firma Shortstead überwies eine Million Pfund auf Lockharts Bankkonto in London, auf Jessicas Konto in East Pursley traf Geld ein, die »Zu verkaufen«-Schilder verschwanden, und neue Bewohner zogen ein. Lockhart hatte seinen Räumungsfeldzug mit finanzieller Präzision geplant. Die Grundstückspreise waren gestiegen, und keins der Häuser wechselte für unter fünfzigtausend Pfund den Besitzer. Weihnachten lagen 478 000 Pfund auf Jessicas Konto, und ihr Ansehen bei dem Bankdirektor war sogar noch höher gestiegen. Er bot ihr Beratung in Finanzfragen an und empfahl, das Geld zu investieren. Lockhart sagte, so etwas Dummes solle sie auf keinen Fall tun. Er hatte Pläne mit dem Geld, in denen Aktien und Pfandbriefe keine Rolle spielten, und schon gar nicht die Kapitalgewinnsteuer, die sie, wie der Bankdirektor ihr zu erklären bemüht war, zwangsläufig zahlen müßte. Lockhart lächelte zuversichtlich und kramte weiter in der Werkstatt im Garten herum. Es half die Zeit zu vertreiben, solange die Häuser verkauft wurden, außerdem war er seit seinem Erfolg als Radiomechaniker auf dem Wilsonschen Dachboden so etwas wie ein Experte auf diesem Gebiet geworden und hatte sich die nötigen Komponenten für eine Hi-Fi-Anlage gekauft, die er nun zusammenbaute. Es schien, als widmete er sich solchen Basteleien mit dem gleichen Enthusiasmus, mit dem sein Großvater Jagdhunde züchtete, und in Null Komma nichts war die gesamte Nummer 12 akustisch verkabelt, so daß Lockhart, wenn er sich von einem Zimmer ins andere begab, durch die bloße Betätigung einer Fernbedienung einen Lautsprecher ab-, den anderen einschalten und sich so überall musikalisch begleiten konnte, wo er ging und stand. Nach Tonband- und Kassettengeräten war er ganz verrückt und hatte viel Spaß mit ihnen, angefangen bei winzigen batteriebetriebenen Geräten bis hin zu Giganten mit speziell angefertigten, einen Meter breiten Spulen, auf denen ein Band saß, das vierundzwanzig Stunden lang pausenlos spielte, ehe es von vorne losging, *ad infinitum*.

Und genauso, wie er den ganzen Tag lang seine Bänder spielen konnte, konnte er so lange aufnehmen, wie er wollte und in welchem Zimmer er sich gerade befand. Häufig ertappte er sich dabei, wie er ein Lied anstimmte; eigenartige Lieder waren das, über Blut, Schlachten und Viehkriege, die für ihn ebenso überraschend wie in Sandicott Crescent fehl am Platz waren und ihm spontan einfielen, als stammten sie aus einer ihm unbekannten inneren Quelle. Sie hallten in seinem Kopf wider, und immer öfter verfiel er in einen kaum verständlichen Dialekt, der selbst mit der breitesten North-Tyne-Mundart wenig Ähnlichkeit hatte. Die Worte fügten sich zu Reimen, und dahinter tobte eine wilde Musik wie der Wind, der in einer stürmischen Nacht durch den Kamin fegt. In dieser Musik lag keine Gnade, kein Mitgefühl oder Erbarmen, genausowenig wie im Wind oder in anderen Naturgewalten, nur harsche und nackte Schönheit, die ihn aus der realen Welt, in der er sich bewegte, in eine andere Welt entführte, in der sein Wesen wurzelte. Sein Wesen? Eine seltsame Vorstellung, daß er auf ähnliche Art und Weise zu seinem Wesen gekommen war, wie sein Großonkel die Pfründe der Kirche St. Bede's in Angoe erhalten hatte, ein Abtrünniger der religiösen Ethik der Selbsthilfe und der Heldenverehrung, der sich sein Großvater verschrieben hatte.

Doch Lockhart beschäftigte sich weniger mit diesen Feinheiten als mit den praktischen Problemen, denen er sich konfrontiert sah, und die Worte und die wilde Musik kamen nur gelegentlich an die Oberfläche, wenn er mit den Gedanken nicht ganz bei der Sache war. An dieser Stelle muß eingeräumt werden, daß er zunehmend Regungen verspürte, die sein Großvater, ein Anhänger von Süsking, dessen Werk *Vom ABC zur Handarbeit* dem Alten als Leitfaden zur Masturbation diente, mißbilligt hätte. Daß er sich seiner engelsgleichen Jessica nicht aufdrängen wollte, machte sich langsam als Druck bemerkbar, und während er in seiner Werkstatt mit einem Lötkolben hantierte, machten ihm sexuelle Phantasien von der gleichen ererbten, nahezu archetypischen Qualität zu schaffen, wie die urzeitlichen Wälder, die unter dem Einfluß von LSD in Rowdys Hirn aufgeflackert waren, begleitet von Schuldgefühlen. Es gab sogar Momente, in denen er mit dem Gedanken spielte, seine Lust in Jessica zu befriedigen, aber diese Idee verwarf Lockhart und benutzte statt dessen den schafwollenen Polieraufsatz für die elektrische Bohrmaschine. Das war zwar kein befriedigendes Gegenmittel, mußte aber fürs erste genügen. Wenn er eines Tages Herr von Flawse Hall und Besitzer von zweieinhalbtausend Hektar Land war, würde er eine Familie haben, vorher nicht. Bis es soweit war, würden er und Jessica ein keusches Leben führen und auf die elektrische Bohrmaschine und manuelle Methoden zurückgreifen. Lockharts Gedankengang war primitiv, entstammte aber dem Gefühl, daß er erst sein Schickal meistern müsse, und bis dieser Moment gekommen war, sei er unrein.

Der Moment kam schneller als erwartet. Ende Dezember klingelte das Telefon. Es war Mr. Bullstrode, der aus Hexham anrief.

»Mein Junge«, sagte er ernst, »ich habe schlechte Nachrichten. Dein Vater, ich wollte sagen: dein Großvater ist schwer erkrankt. Dr. Magrew hat kaum Hoffnungen, daß er sich erholt. Ich finde, du solltest dich sofort auf den Weg machen.«

Mit Mordgelüsten gegenüber der alten Mrs. Flawse im Herzen fuhr Lockhart in seinem neuen Wagen, einem Dreiliter Rover, gen Norden, eine weinende Jessica zurücklassend.

»Kann ich denn nicht irgendwie helfen?« fragte sie, doch Lockhart schüttelte den Kopf. Wenn sein Großvater wegen etwas starb, was die alte Mrs. Flawse zu verantworten hatte, wollte er nicht, daß die Anwesenheit ihrer Tochter ihn davon abhielt, an der alten Hexe Rache zu nehmen. Doch als er über den Weg zu der überdachten Brücke unterhalb des Herrenhauses fuhr, teilte ihm Mr. Dodd mit, daß der Alte gestürzt sei, wenn auch nicht aus eigenem freien Willen, so doch jedenfalls nicht mit Unterstützung seiner Frau, die sich zur gleichen Zeit im Küchengarten aufgehalten habe. Mr. Dodd konnte dafür bürgen.

»Keine Bananenschalen?« sagte Lockhart.

»Keine«, sagte Mr. Dodd. »Er ist in seinem Arbeitszimmer ausgerutscht und schlug mit dem Kopf gegen den Kohlenkasten. Ich hörte, wie er fiel, und trug ihn nach oben.«

Lockhart ging die Treppe hinauf und betrat, Mrs. Flawses Wehklagen mit einem »Schweig, Weib« beiseite fegend, das

Schlafzimmer seines Großvaters. Der alte Mann lag im Bett, neben ihm saß Dr. Magrew und fühlte seinen Puls.

»Sein Herz ist noch sehr kräftig. Sorgen mache ich mir über seinen Kopf. Man müßte ihn röntgen, ob vielleicht eine Fraktur vorliegt, aber ich wage nicht, ihn über schlechte Straßen zu transportieren. Wir müssen eben auf den lieben Gott und seine kräftige Konstitution vertrauen.«

Als wolle er eine Demonstration seiner Kraft geben, öffnete der alte Mr. Flawse ein böses Auge und verfluchte Dr. Magrew als Halsabschneider und Pferdedieb, bevor er wieder in ein Koma verfiel. Lockhart, Dr. Magrew und Mr. Dodd gingen nach unten.

»Er kann jeden Augenblick das Zeitliche segnen«, sagte der Arzt, »möglicherweise hält er aber auch noch Monate durch.«

»Was sehr zu hoffen wäre«, sagte Mr. Dodd und sah Lockhart bedeutungsvoll an, »er darf nicht sterben, ehe der Vater gefunden ist.« Lockhart nickte. Ihm war der gleiche Gedanke durch den Kopf gegangen. Und als Dr. Magrew mit dem Versprechen gegangen war, am Morgen wiederzukommen, setzten sich Lockhart und Mr. Dodd ohne Mrs. Flawse zum Beratschlagen in die Küche.

»Das wichtigste ist, daß die Frau nicht in seine Nähe kommt«, sagte Mr. Dodd. »Sie würde den Mann mit einem Kissen ersticken, sobald sich auch nur die geringste Gelegenheit bietet.«

»Wir verrammeln ihre Tür«, sagte Lockhart, »ihr Essen kriegt sie durchs Schlüsselloch.«

Mr. Dodd verschwand und kam ein paar Minuten später zurück, um zu verkünden, die Hündin sei in ihrem Zwinger angekettet.

»Also«, sagte Lockhart, »er darf nicht sterben.«

»Das liegt in den Händen der Götter«, sagte Mr. Dodd, »du hast doch den Doktor gehört.«

»Ich hab ihn gehört, trotzdem darf er nicht sterben.«

Eine Salve von Flüchen aus dem ersten Stock deutete an, daß Mr. Flawse sie nicht im Stich lassen wollte.

»Das kommt ab und zu vor. Beschimpft und beleidigt buchstäblich jeden.«

»Tatsächlich?« sagte Lockhart. »Damit bringen Sie mich auf eine Idee.«

Und am nächsten Morgen, noch ehe Dr. Magrew eintraf, brach er auf und fuhr über die schlechte Straße durch Hexham nach Newcastle. Dort verbrachte er den Tag in Radio- und Hi-Fi-Läden und kehrte abends mit dem Wagen voller Gerätschaften zurück.

»Wie geht's ihm?« fragte er Mr. Dodd, mit dem er die Kartons ins Haus trug.

»Unverändert. Er brüllt und schläft und schläft und brüllt, aber der Arzt hat nur wenig Hoffnung. Und das alte Miststück trägt mit ihrer Stimme noch zu dem Getöse bei. Ich habe ihr gesagt, sie solle den Mund halten, sonst bekäme sie nichts zu essen.«

Lockhart packte einen Kassettenrecorder aus, und kurz darauf saß er neben dem Bett des Alten, während sein Großvater Beleidigungen in das Mikrofon schrie.

»Du verfluchtes herumschleichendes Schwein von einem schwarzbeseeltem Schotten«, brüllte er, als Lockhart ihm das Kelhkopfmikrofon um den Hals hing, »ich laß mich von dir nicht länger plagen und quälen. Und nimm dieses satanische Stethoskop von meiner Brust, du blutgieriger Egel. Nicht mein Herz macht Ärger, sondern mein Hirn.«

Und während er die ganze Nacht lang gegen die infernalische Welt und ihre Ungerechtigkeit wetterte, schalteten Lockhart und Mr. Dodd den Kassettenrecorder abwechselnd an und aus.

In derselben Nacht fing es an zu schneien, was die Straße über die Flawse-Hochebene unpassierbar machte. Mr. Dodd häufte Kohlen auf das Feuer im Schlafzimmer, das Mr. Flawse irrtümlich für das Höllenfeuer hielt. Entsprechend wurde seine Sprache zunehmend gewalttätiger. Was auch immer geschehen mochte, er würde nicht sanft in jener Unterwelt verschwinden, an die zu glauben er immer abgelehnt hatte.

»Ich sehe dich, du Teufel«, rief er, »bei Luzifer, ich packe dich am Schwanz. Hebe dich hinweg!«

Und dann und wann schweifte er ab. »S'ist Jagdwetter, Ma'am, ich wünsche Euch einen guten Tag«, erklärte er ganz vergnügt, »die Hunde werden die Fährte zweifellos aufnehmen. Ich wünschte, ich wäre wieder jung und könnte mit der Meute reiten.«

Doch er wurde jeden Tag schwächer, und seine Gedanken wandten sich der Religion zu.

»Hab nicht an Gott geglaubt«, murmelte er, »aber wenn es einen Gott gibt, hat der alte Trottel schlimm gepfuscht, als er die Welt schuf. Der alte Dobson, der Steinmetz von Belsay, hätte sie besser machen können, dabei war er kein sehr talentierter Handwerker, trotz allem, was er beim Bau des Herrenhauses von den Griechen gelernt hat.«

Der neben dem Recorder sitzende Lockhart stellte das Gerät ab und fragte, wer Dobson gewesen sei, aber Mr. Flawses Gedanken hatten sich erneut der Schöpfung zugewandt. Lockhart schaltete den Kassettenrecorder wieder an.

»Gott, Gott, Gott«, murmelte Mr. Flawse, »falls das Aas nicht existiert, sollte er sich dafür schämen, und einen anderen Glauben braucht der Mensch nicht. Sich so verhalten, daß Gott sich schämen muß, weil er nicht existiert. Aye, und unter Dieben herrscht mehr Ehre, als in einem Haufen gottgläubiger Heuchler, die Gesangbücher in den Händen und ihren eigenen Vorteil im Herzen tragen. Außer bei dem einen oder anderen Begräbnis war ich seit fünfzig Jahren in keiner Kirche. Und dabei soll's auch bleiben. Lieber laß ich mich wie dieser ketzerische Utilitarist Bentham in ein Einmachglas füllen, als bei meinen verfluchten Vorfahren beerdigt zu werden.«

Seine Worte registrierte Lockhart aufmerksam, anders als Mrs. Flawses Beschwerden, daß sie kein Recht hätten, sie in ihr Zimmer einzusperren, was außerdem unhygienisch sei. Lockhart ließ ihr von Mr. Dodd eine Rolle Toilettenpapier bringen und ausrichten, sie solle den Inhalt ihres Nachttopfes aus dem Fenster leeren. Dies tat Mrs. Flawse, zum Schaden Mr. Dodds, der gerade unten vorbeiging. Anschließend machte Mr. Dodd einen großen Bogen um das Fenster und gab Mrs. Flawse zwei Tage lang nichts zu essen.

Es schneite ununterbrochen weiter, und Mr. Flawse ließ weiter blasphemische Tiraden vom Stapel und beschuldigte den abwesenden Dr. Magrew, an ihm herumzupfuschen, dabei waren es die ganze Zeit über Lockhart oder Mr. Dodd mit dem Kassettenrecorder. Außerdem häufte er feurige Kohlen auf Mr. Bullstrodes Haupt und rief, er wolle diesen prozeßsüchtigen Blutsauger im Leben nicht mehr sehen, was, da Mr. Bullstrode wegen der Schneeverhältnisse ohnehin nicht zum Herrenhaus kommen konnte, sehr wahrscheinlich zu sein schien.

Zwischen diesen Tobsuchtsanfällen schlief er und gab klammheimlich den Geist auf. Lockhart und Mr. Dodd saßen in der Küche vor dem Feuer und schmiedeten Pläne für sein bevorstehendes Ende. Besonders beeindruckt hatte Lockhart der wiederholt geäußerte Wunsch des Alten, nicht begraben zu werden. Mr. Dodd hingegen wies darauf hin, daß er auch nicht eingeäschert werden wollte, seiner Einstellung zum Feuer im Schlafzimmer nach zu urteilen.

»Entweder das eine oder das andere«, sagte er eines Nachts. »Bei dieser Kälte hält er sich ja noch, aber ich bezweifle, daß man seine Gegenwart im Sommer immer noch als angenehm empfinden würde.«

Lockhart fiel schließlich die Lösung ein, als er eines Abends im Wehrturm stand und auf die an den Wänden hängenden verstaubten Fahnen, uralten Waffen und Tierköpfe starrte, und als der alte Mr. Flawse in der kalten Stunde vor dem Sonnenaufgang nach einer letzten gemurmelten Verwünschung der Welt verschied, war Lockhart bereit.

»Lassen Sie heute die Kassettenrecorder laufen«, sagte er zu Mr. Dodd, »und sorgen Sie dafür, daß ihn niemand sieht.«

»Aber er hat nichts mehr zu sagen«, wandte Mr. Dodd ein. Doch Lockhart schaltete das Band von Aufnahme auf Wiedergabe, und von jenseits des Todesschattens hallte die Stimme des alten Mr. Flawse durch das Haus. Als er Mr. Dodd gezeigt hatte, wie man die Kassetten wechselt, um zu viele Wiederholungen zu vermeiden, verließ er das Haus und machte sich über die Hochebene in Richtung Tombstone Law und Miss Deyntrys Haus in Farspring auf den Weg. Er brauchte länger als erwartet. Der Schnee lag hoch, die Verwehungen an den Steinwällen lagen noch höher, und so war es bereits Nachmittag, als er schließlich den Abhang zu ihrem Haus hinunterschlidderte. Miss Deyntry begrüßte ihn mit gewohnter Schroffheit.

»Ich dachte, dich würde ich nicht mehr wiedersehen«, sagte sie, als Lockhart sich vor ihrem Küchenherd aufwärmte.

»Stimmt genau«, entgegnete Lockhart. »Ich bin jetzt nicht hier, und ich werde mir auch nicht für ein paar Tage Ihr Auto leihen.«

Miss Deyntry musterte ihn skeptisch. »Die beiden Aussagen passen nicht zusammen«, sagte sie, »du bist hier, wirst dir aber nicht mein Auto leihen.«

»Dann eben mieten. Zwanzig Pfund am Tag, es hat Ihre Garage nie verlassen, und ich war nie hier.«

»Abgemacht«, sagte Miss Deyntry, »brauchst du sonst noch was?«

»Einen Stopfer«, sagte Lockhart.

Miss Deyntry erstarrte. »Damit kann ich nicht dienen«, sagte sie. »Außerdem bist du doch verheiratet, soviel ich weiß.«

»Für Tiere. Einen, der Tiere ausstopft und ein ganzes Stück von hier entfernt wohnt.«

Miss Deyntry seufzte erleichtert. »Ach so, einen Tierpräparator«, sagte sie. »In Manchester gibt es einen hervorragenden. Natürlich kenne ich ihn nur vom Hörensagen.«

»Und von jetzt ab nicht einmal das«, sagte Lockhart und notierte sich die Adresse, »Ihr Wort darauf.« Er legte hundert Pfund auf den Tisch, und Miss Deyntry nickte.

Am selben Abend wurde Mr. Taglioni, Tierpräparator und Spezialist für dauerhafte Konservierung, wohnhaft in der Brunston Road 5, bei seiner Arbeit an Oliver, dem verstorbenen Pudel einer Mrs. Pritchard, gestört und öffnete die Vordertür. Draußen im Dunkeln stand eine großgewachsene

Person, deren Gesicht größtenteils von einem Schal und einem spitzen Hut verdeckt wurde.

»Ja bitte«, sagte Mr. Taglioni, »kann ich Ihnen irgendwie behilflich sein?«

»Schon möglich«, sagte der Besucher. »Wohnen Sie allein?«

Mr. Taglioni nickte ein wenig verunsichert. Zu den Nachteilen seines Berufes gehörte, daß nur wenige Frauen bereit zu sein schienen, ein Haus mit einem Mann zu teilen, der seinen Lebensunterhalt mit dem Ausstopfen anderer, toter Lebewesen verdiente.

»Ich hörte, Sie seien ein ausgezeichneter Präparator«, sagte der Besucher und schob sich an Mr. Taglioni vorbei in den Flur.

»So ist es«, bestätigte dieser stolz.

»Können Sie alles ausstopfen?« Die Stimme klang skeptisch.

»Alles, was Ihnen einfällt«, sagte Mr. Taglioni, »Fisch, Fuchs, Falke oder Fasan – sagen Sie's mir, ich stopfe es aus.«

Lockhart sagte es ihm. »Benvenuto Cellini!« rief Mr. Taglioni, in seine Muttersprache verfallend, »Mamma mia, das ist doch wohl nicht Ihr Ernst?«

Doch da irrte er sich. Aus der Tasche seines Regenmantels holte Lockhart einen riesigen Revolver, den er auf Mr. Taglioni richtete.

»Aber das ist illegal. Das hat es noch nie gegeben. Das ...«

Der Revolver stieß in seinen Bauch. »Ich hab's Ihnen gesagt, Sie stopfen es aus«, erklärte die maskierte Person. »Sie haben zehn Minuten, um Ihre Werkzeuge und was Sie sonst noch brauchen einzusammeln, und dann fahren wir los.«

»Schnaps brauche ich«, sagte Mr. Taglioni und sah sich

gleich genötigt, die halbe Flasche zu leeren. Zehn Minuten später wurde ein betrunkener und halb durchgedrehter Präparator, dem die Augen verbunden worden waren, auf den Rücksitz von Miss Deyntrys Wagen gepackt und nordwärts gefahren, und gegen drei Uhr morgens war das Auto in einem verlassenen Kalkbrennofen bei Black Pockrington versteckt. Über die Hochebene schritt eine großgewachsene dunkle Gestalt, auf den Schultern den bewußtlosen Mr. Taglioni. Um vier betraten sie das Herrenhaus, wo Lockhart die Tür zum Weinkeller aufschloß und den Präparator auf den Fußboden legte. Oben war Mr. Dodd schon wach.

»Machen Sie einen starken Kaffee«, trug Lockhart ihm auf, »und dann kommen Sie mit.«

Als sie nach einer halben Stunde geschafft hatten, daß Mr. Taglioni, dem sie siedend heißen Kaffee einflößten, wieder zu sich kam, erblickten seine entsetzten Augen als erstes den auf dem Tisch liegenden Leichnam des verblichenen Mr. Flawse. Als zweites sah er Lockharts Revolver, den maskierten Mr. Dodd zuletzt.

»Und nun an die Arbeit«, sagte Lockhart. Mr. Taglioni schluckte.

»Lieber Gott, daß ich so ein Ding...«

»Das ist kein Ding«, sagte Lockhart grimmig, und Mr. Taglioni lief es kalt den Rücken hinunter.

»In meinem ganzen Leben hat man noch nie von mir verlangt, einen Menschen auszustopfen«, murmelte er, seine Tasche durchwühlend. »Warum fragen Sie keinen Einbalsamierer?«

»Weil ich will, daß sich die Gelenke bewegen.«

»Gelenke bewegen?«

»Arme, Beine und Kopf«, sagte Lockhart. »Er muß aufrecht sitzen können.«

»Beine, Arme und Hals vielleicht, aber bei der Hüfte ist das unmöglich. Sitzen oder stehen, eins von beiden.«

»Sitzen«, entschied Lockhart. »An die Arbeit.«

Und während seine Witwe oben lag und schlief, von ihrem seit langem erwarteten Verlust nichts ahnend, nahm man im Keller die grausige Aufgabe in Angriff, Mr. Flawse auszustopfen. Wurde sie wach, hörte sie den Alten aus seinem Schlafzimmer toben. Und im Keller hörte Mr. Taglioni zu und fühlte sich entsetzlich. Mr. Dodd fühlte sich nicht viel besser. Die Aufgabe, Eimer nach oben zu tragen und ihren ekligen Inhalt in die verglasten Gurkentreibbeete zu kippen, wo man ihn wegen des auf den Glasdeckeln liegenden Schnees nicht sah, behagte ihm gar nicht.

»Schon möglich, daß sie den Gurken ausgesprochen gut tun«, murmelte er bei seinem fünften Gang, »aber mir garantiert nicht. Ich werde nie wieder eine Gurke anfassen, ohne daß mir der arme alte Knacker einfällt.«

Er ging in den Keller hinunter und beklagte sich bei Lockhart. »Warum nehmen wir nicht das Plumpsklo im Garten?«

»Weil er nicht begraben werden wollte, und ich Sorge trage, daß seine Wünsche respektiert werden«, sagte Lockhart.

»Ich wünschte, du würdest auch ein paar seiner Innereien ausleeren«, sagte Mr. Dodd verbittert.

Mr. Taglionis Gesprächsbeiträge waren größtenteils unverständlich. Was er zu sagen hatte, murmelte er in seiner italienischen Muttersprache, und als Lockhart unvorsichtigerweise einen Moment lang den Keller verließ, füllte sich der Präparator, um das anstrengende Ausräumen von Mr. Flawse zu erleichtern, mit zwei Flaschen von dem abgelagerten Portwein des Verstorbenen ab. Mit ansehen zu müssen, wie ein besoffener Präparator bis über beide Ellbogen in seinem verblichenen Herrn wühlte, war zuviel für Mr. Dodd. Als er nach oben wankte, empfing ihn die aus dem Schlafzimmer Verwünschungen ausstoßende unwirkliche Stimme des verstorbenen Mr. Flawse.

»Soll dich der Teufel holen, du blutsaugendes Schwein Satans. Bei dir könnte man sich nicht mal drauf verlassen, daß du einem verhungernden Bettler nicht seinen letzten Bissen raubst«, grölte der Verstorbene äußerst zutreffend, und als Lockhart eine Stunde später nach oben kam und vorschlug, etwas Gehaltvolles wie Leber und Speck zum Mittagessen könnte dem Präparator womöglich beim Ausnüchtern helfen, wollte Mr. Dodd nichts davon wissen.

»Du kannst verdammt nochmal kochen, was du willst«, sagte er, »aber vor Mariä Lichtmeß rühr' ich kein Fleisch mehr an.«

»Dann gehen Sie wieder runter und passen auf, daß er sich nicht noch mehr Wein nimmt«, sagte Lockhart. Mr. Dodd begab sich vorsichtig in den Keller, wo er sah, daß Mr. Taglioni sich so ziemlich alles andere genommen hatte. Mr. Flawses Überreste waren kein schöner Anblick. Der ehedem ansehnliche Mann hatte als Toter viel verloren. Aber Mr. Dodd wappnete sich für seine Nachtwache, während Mr. Taglioni unverständliches Zeug brabbelte, in die letzten Winkel vorstieß und schließlich nach mehr Beleuchtung verlangte. Mr. Dodd hatte nicht richtig hingehört.

»Du hast seine verfluchten Organe schon rausgenommen«, schrie er, »was soll das heißen, du brauchst noch mehr verfluchte Leichenteile? Sie liegen im beschissenen Gurkenbeet, und wenn du glaubst, daß ich sie hole, bist du schief gewickelt.«

Als Mr. Taglioni endlich erklären konnte, daß er um besseres Licht gebeten hatte, hatte Mr. Dodd sich zweimal übergeben und der Präparator eine blutige Nase. Lockhart kam nach unten und trennte die beiden.

»Ich bleibe nicht hier unten bei diesem ausländischen Leichenschänder«, erklärte Mr. Dodd kategorisch. »Der benimmt sich wie ein Elefant im Porzellanladen.«

»Ich will bloß bessere Beleuchtung haben«, sagte der Italiener, »und er läuft Amok, als hätt' ich irgendwas Furchtbares verlangt.«

»Du kriegst gleich irgendwas Furchtbares«, sagte Mr. Dodd, »wenn ich noch länger hier unten bei dir bleibe.«

Mr. Taglioni zuckte die Achseln. »Ihr holt mich her, damit ich diesen Mann ausstopfe. Ich hab' nicht drum gebeten. Ich hab' gebeten, nicht mitzukommen. Dann stopfe ich ihn aus und muß mir anhören, ich kriege was Furchtbares. Muß ich mir das bieten lassen? Nein. Das brauch' ich mir nicht anzuhören. Ich hab' schon was, das so furchtbar ist, daß es für den Rest meines Lebens reicht, nämlich meine Erinnerungen. Und wie steht's mit meinem Gewissen? Glaubt ihr vielleicht, meine Religion erlaubt mir, rumzulaufen und Menschen auszustopfen?«

Mr. Dodd wurde von Lockhart rasch zum Kassettenwechseln nach oben geschickt. Des verblichenen Mr. Flawses Repertoire an Verwünschungen wurde langsam eintönig. Sogar Mrs. Flawse beschwerte sich.

»Jetzt hat er Dr. Magrew zum fünfundzwanzigsten Mal aufgefordert, das Haus zu verlassen«, rief sie durch ihre Schlafzimmertür. »Warum geht der Unmensch nicht endlich? Sieht er denn nicht, daß er hier unerwünscht ist?«

Mr. Dodd legte die »Himmel und Hölle, Mögliche Existenz von« betitelte Kassette ein. Nicht, daß er auch nur im geringsten an der Existenz letzterer zweifelte. Was im Keller vor sich ging, bewies überdeutlich, daß die Hölle existierte. Über den Himmel verlangte er Gewißheit, und gerade lauschte er der teilweise bei Carlyle entlehnten Erörterung des Alten auf seinem Totenbett über die unsichtbaren Geheimnisse des göttlichen Geistes, als er Schritte auf der Treppe hörte. Einen Blick aus der Tür werfend, sah er, wie Dr. Magrew die Stufen heraufkam. Mr. Dodd warf die Tür ins Schloß und legte umgehend die alte Kassette wieder ein. Sie trug den Titel »Magrew und Bullstrode, Ansichten über«. Leider entschied er sich für Mr. Bullstrodes Seite, und kurz darauf hatte Dr. Magrew die Ehre, mitanzuhören, wie sein lieber Freund, der Anwalt, von seinem lieben Freund Mr. Flawse als prozeßgeiler Sproß einer syphilitischen Hure bezeichnet wurde, der am besten nie auf die Welt gekommen oder besser bei der Geburt kastriert worden wäre, bevor er Mr. Flawse und seinesgleichen durch permanente schlechte Beratung ihres Vermögens berauben konnte. Wenigstens blieb der Arzt dank dieser Tirade abrupt stehen. Er hatte immer große Stücke auf Mr. Flawses Urteilskraft gehalten und wollte gern mehr hören. Inzwischen war Mr. Dodd zum Fenster gegangen und sah hinaus. Der Schnee war soweit getaut, daß des Doktors Wagen die Brücke hatte passieren können. Jetzt mußte er sich etwas einfallen lassen, um ihm dem Zugang zu seinem verstorbenen Patienten zu verwehren. Lockhart, der mit einem Tablett, auf dem die Reste von Mr. Taglionis Mittagessen standen, den Keller verließ, kam ihm zu Hilfe.

»Äh, Dr. Magrew«, rief er, die Kellertür fest hinter sich schließend, »wie schön, daß Sie kommen. Großvater geht es heute morgen schon viel besser.«

»Das läßt sich nicht überhören«, sagte der Arzt, während Mr. Dodd versuchte, die Kassette zu wechseln und Mr. Taglioni, vom Essen belebt, mit miserablem Erfolg Caruso imitierte. »Erheblich besser, dem Klang nach zu urteilen.«

Aus ihrem Schlafzimmer erkundigte sich Mrs. Flawse, ob dieser verfluchte Arzt wieder da sei. »Wenn er Dr. Magrew nur noch einmal sagt, er soll das Haus verlassen, drehe ich garantiert durch.«

Dr. Magrew zögerte ob der vielen Verwünschungen. In seinem Schlafzimmer hatte Mr. Flawse auf Politik umgeschaltet und bezichtigte die Regierung Baldwin aus dem Jahr 1935 der Feigheit, während im Keller gleichzeitig jemand etwas von einer *bella bella carissima* grölte. Lockhart schüttelte den Kopf.

»Kommen Sie nach unten und nehmen Sie einen Drink«, schlug er vor. »Großvater ist in merkwürdiger Verfassung.«

Das gleiche traf zweifellos auf Dr. Magrew zu. Bei dem Versuch, Mr. Dodd und den Präparator zu trennen, hatte sich Lockhart, gelinde gesagt, mit Blut besudelt, und daß in einer Kaffeetasse auf dem Tablett etwas lag, was, wie Dr. Magrew aufgrund seiner Erfahrung geschworen hätte, ein Wurmfortsatz des menschlichen Blinddarms war, den Mr. Taglioni dort zerstreut hatte fallenlassen, führte dazu, daß der Arzt dringend einen Drink brauchte. Er stolperte ungeduldig die Stufen hoch und goß sich kurz darauf becherweise Mr. Dodds nach Spezialrezept destillierten northumbrischen Whisky hinter die Binde.

»Weißt du«, sagte er, als er sich ein wenig besser fühlte, »ich hatte ja keine Ahnung, daß dein Großvater so wenig von Mr. Bullstrode hält.«

»Meinen Sie nicht, daß sich das auf seine Gehirnerschütterung zurückführen läßt? Der Sturz hat seinen Verstand angegriffen, wie Sie selbst sagten.«

Unten hatte sich der alleingelassene Mr. Taglioni wieder

über den alten Portwein sowie über Verdi hergemacht. Dr. Magrew glotzte auf den Fußboden.

»Bilde ich mir das ein«, fragte er, »oder singt da jemand in eurem Keller?«

Lockhart schüttelte den Kopf. »Ich höre nichts«, sagte er bestimmt.

»Guter Gott«, sagte der Arzt wild um sich blickend, »wirklich nicht?«

»Nur Großvater, wie er oben schimpft.«

»Das höre ich auch«, räumte Dr. Magrew ein, »aber ...« Er starrte mit irrem Blick auf den Fußboden. »Na, du mußt es ja wissen. Übrigens, trägst du im Haus immer einen Schal vor dem Gesicht?«

Lockhart nahm ihn wie beiläufig ab. Aus dem Keller drang ein neuer Schwall Neapolitanisch.

»Ich sollte wohl besser verschwinden«, sagte der Doktor und erhob sich schwankend, »freut mich sehr, daß dein Großvater solche Fortschritte macht. Ich komme wieder, wenn ich mich selbst etwas besser fühle.«

Lockhart begleitete ihn zur Tür und verabschiedete sich gerade von ihm, als der Präparator zum nächsten Schlag ausholte.

»Die Augen«, rief er, »mein Gott, ich hab' vergessen, die Augen mitzubringen. Was machen wir jetzt?«

Es stand außer Frage, was Dr. Magrew tun würde. Nach einem letzten irren Blick auf das Haus zockelte er im Laufschritt die Auffahrt hinunter zu seinem Wagen. Häuser, in denen er menschliche Wurmfortsätze in ansonsten leeren Kaffeetassen liegen sah und Leute verkündeten, sie hätten ihre Augen vergessen, waren nichts für ihn. Er würde nach Hause fahren und sich von einem Kollegen behandeln lassen.

Lockhart begab sich ungerührt zurück ins Herrenhaus und beruhigte den verzweifelten Mr. Taglioni.

»Ich bringe Ihnen welche«, sagte er, »keine Sorge. Ich hole ein Paar.«

»Wo bin ich?« jammerte der Präparator. »Was ist mit mir geschehen?«

Im ersten Stock wußte Mrs. Flawse genau, wo sie war, hatte aber keine Ahnung, wie ihr geschah. Sie schaute rechtzeitig aus dem Fenster, um den ausdauernden Dr. Magrew zu seinem Auto laufen zu sehen, und kurz darauf tauchte Lockhart auf und ging zum Wehrturm. Als er wieder zurückkam, hatte er die Glasaugen des Tigers dabei, den sein Großvater 1910 auf seiner Indienreise erlegt hatte. Seiner Meinung nach waren sie genau richtig. Der alte Mr. Flawse war immer ein grimmiger Menschenfresser gewesen.

17

Diesen ganzen Tag sowie den nächsten und übernächsten war Mr. Taglioni mit seiner grausigen Arbeit beschäftigt, während Lockhart kochte und Mr. Dodd in seinem Bett saß und mißmutig auf die Gurkenbeete starrte. In ihrem Schlafzimmer hatte Mrs. Flawse die Nase gestrichen voll von der Stimme ihres vermaledeiten Gatten, die von der anderen Seite der Treppe pausenlos über Himmel und Hölle, Schuld, Sünde und Verdammnis salbaderte. Wenn der alte Trottel gestorben wäre oder sich wenigstens nicht dauernd wiederholte, hätte es ihr ja nichts ausgemacht, aber er nörgelte ununterbrochen weiter und immer weiter, und in der dritten Nacht war Mrs. Flawse willens, Schnee, Eisregen, Sturm und sogar Höhen zu trotzen, um zu fliehen. Sie band ihre Bettlaken aneinander, riß ihre Decken in Streifen und knotete diese an die Laken und die Laken ans Bett, bis sie schließlich in ihren wärmsten Kleidern aus dem Fenster stieg und eher auf den Boden rutschte als kletterte. Es war eine finstere Nacht, der Schnee schmolz, und vor dem schwarzen Hintergrund aus Matsch und Moor war sie unsichtbar. Sie schlidderte die Auffahrt hinunter auf die Brücke zu, hatte diese gerade überquert und versuchte, das Tor zu öffnen, als sie das Geräusch hörte, mit dem Flawse Hall sie begrüßt hatte: Hundegebell. Die Meute war noch im Hof, doch in Mrs. Flawses Schlafzimmerfenster brannte Licht, was bei ihrem Aufbruch nicht der Fall gewesen war.

Sie wandte sich vom Tor ab und lief, oder besser gesagt stolperte in dem verzweifelten Versuch, die Hügel am Tunnel zu erreichen, den Graben entlang, als sie das Quietschen des hölzernen Tores zum Hof und das lautere Kläffen der Hunde hörte. Die Flawse-Meute hatte wieder einmal eine Fährte aufgenommen. Mrs. Flawse floh weiter in die Dunkelheit, stolperte und fiel, stolperte wieder, und diesmal fiel sie in den Graben. Das Wasser war nicht tief, doch überaus kalt. Bei dem Versuch, das andere Ufer zu erklettern, rutschte sie ab, gab auf und watete im knietiefen eisigen Wasser auf den dunklen Umriß des Hügels und das noch dunklere Loch des großen Tunnels zu. Bei jedem unsicheren Schritt, den sie machte, ragte es größer und furchteinflößender vor ihr auf. Mrs. Flawse zögerte. Das schwarze Loch vor ihr erzählte vom Hades, die bellende Meute hinter ihr von Pluto, und zwar nicht von einer spaßigen Cartoonfigur aus Disneyland, sondern von dem schrecklichen Gott der Unterwelt, vor dessen dem Mammon geweihten Altar sie ohne es zu wissen gebetet hatte. Mrs. Flawse war zwar keine gebildete Frau, wußte aber, daß sie zwischen dem Teufel und – über den Umweg der von den Wasserwerken der Region Gateshead und Newcastle belieferten Wasserhähne, Toiletten und Ausgüsse – dem Beelzebub namens Ozean wählen konnte. Doch als sie zögerte, blieben die kläffenden Hunde abrupt stehen, und vor dem Himmel hoben sich die Umrisse einer auf einem Pferd sitzenden Gestalt ab, die mit einer Peitsche knallte.

»Zurück, ihr Mistviecher«, rief Lockhart, »zurück in eure Zwinger, ihr höllisches Raubzeug!«

Vom Wind getragen, erreichte seine Stimme Mrs. Flawse, die ausnahmsweise einmal dankbar war, daß es ihren Schwiegersohn gab. Gleich darauf wurde sie eines Besseren belehrt. Im gleichen Tonfall, mit dem er auf die Hunde eingeschimpft hatte, verfluchte Lockhart Mr. Dodd wegen seiner Dummheit.

»Hast du das Testament vergessen, du verdammter Trottel?« fuhr er ihn an. »Soll das alte Miststück doch den Umkreis des Anwesens ruhig um eine Meile verlassen, dann verliert sie das Erbe. Soll sie doch verschwinden und verflucht sein.«

»Das war mir entfallen«, gab Mr. Dodd zerknirscht zu und wendete sein Pferd, um hinter der Meute her nach Flawse Hall zu reiten, während Lockhart ihnen folgte. Mrs. Flawse zögerte nicht länger. Sie hatte ebenfalls die entsprechende Testamentsklausel vergessen. Mitnichten würde sie verschwinden und verflucht sein. Mit letzter Kraft krabbelte sie aus dem Graben und wankte zum Herrenhaus zurück. Dort angekommen, fehlte ihr die Kraft, über die Laken in ihr Schlafzimmer hinaufzuklettern, daher probierte sie es an der Tür. Diese war unverschlossen. Sie ging hinein und stand zitternd im Dunkeln. Die Küchentür stand offen, und unter der Kellertür sah sie einen Lichtstrahl. Mrs. Flawse brauchte einen Drink, etwas Starkes, um ihre Lebensgeister zu wekken. Leise ging sie zur Kellertür und öffnete sie. Gleich darauf gellten ihre Schreie durch das Haus, denn dort saß vor ihren eigenen Augen, nackt und mit einer mächtigen Naht von der Leiste bis zur Kehle, der alte Mr. Flawse auf einem blutverschmierten bloßen Holztisch, und seine Augen waren die eines Tigers. Hinter ihm stand Mr. Taglioni mit einem Stück Watte, das er, eine Melodie aus *Der Barbier von Sevilla* pfeifend, ihrem Gatten in die Hirnschale zu stopfen schien. Ein Blick war genug, und nach dem Geschrei wurde Mrs. Flawse ohnmächtig. Lockhart trug die wirres Zeug brabbelnde Frau in ihr Zimmer zurück, wo er sie aufs Bett legte. Dann zog er die Laken und Decken hinauf und fesselte seine Schwiegermutter ans Bettgestell.

»Du wirst nicht mehr beim Lichte des Mondes durch die Gegend wandern«, sagte er vergnügt, ging hinaus und schloß die Tür. Er hatte recht. Als Mr. Dodd ihr das Frühstück brachte, starrte sie mit irrem Blick an die Decke und quasselte vor sich hin.

Unten im Keller quasselte Mr. Taglioni ebenfalls vor sich hin. Mrs. Flawses hysterischer Ausbruch im Keller hatte ihn endgültig demoralisiert. Schlimm genug, einen Toten auszustopfen, aber mitten in der Nacht von einer kreischenden Witwe bei der Arbeit unterbrochen zu werden, war einfach zuviel.

»Bringen Sie mich nach Hause«, flehte er Lockhart an, »bringen Sie mich heim.«

»Erst wenn Sie fertig sind«, sagte Lockhart ungerührt. »Er muß sprechen und die Hände bewegen können.«

Mr. Taglioni schaute zu dem maskenähnlichen Gesicht auf.

»Präparation ist das eine, Marionettenherstellung etwas anderes«, sagte er. »Sie wollten, daß er ausgestopft wird, jetzt ist er ausgestopft. Nun auf einmal soll er sprechen können. Was erwarten Sie eigentlich von mir? Wunder? Da müssen Sie Gott fragen.«

»Ich frage überhaupt keinen. Ich befehle«, sagte Lockhart und hielt ihm den kleinen Lautsprecher hin. »Den bauen Sie ein, wo sein Kehlkopf ist...«

»War«, korrigierte ihn Mr. Taglioni, »ich nix lassen drin.«

»Meinetwegen war«, fuhr Lockhart fort, »und dann will ich diesen Empfänger in seinem Kopf installiert haben.« Er zeigte den Miniempfänger Mr. Taglioni, doch der blieb hart.

»Kein Platz. Ganzes Kopf voll Watte.«

»Dann nehmen Sie eben etwas raus, bauen dieses Ding ein und lassen noch Platz für die Batterien. Und wenn Sie schon mal dabei sind: Seine Kinnlade soll sich bewegen. Hier habe ich einen Elektromotor. Sehen Sie, ich zeige Ihnen das Ding.«

Den Vormittag über wurde der verstorbene Mr. Flawse verkabelt, und als sie fertig waren, konnte man seinen Herzschlag hören, sobald ein Schalter betätigt wurde. Sogar seine Augen – mittlerweile die eines Tigers – drehten sich im Kopf, wenn man einen Knopf der Fernbedienung drückte. So ziemlich das einzige, was er nicht konnte, war gehen oder sich flach hinlegen. Ansonsten hatte er schon seit geraumer Zeit nicht mehr so gesund ausgesehen, und er befleißigte sich einer recht klaren Ausdrucksweise.

»In Ordnung«, sagte Lockhart, als sie seine Funktionen überprüft hatten. »Jetzt können Sie sich einen genehmigen.«

»Wer?« fragte der inzwischen völlig verwirrte Mr. Taglioni. »Er oder ich?«

»Sie«, sagte Lockhart und ließ ihn mit sich und dem Inhalt des Weinkellers allein. Oben angekommen, fand er einen ebenfalls betrunkenen Mr. Dodd vor. Sogar für eine so robuste Seele wie ihn war die aus dieser schrecklichen Puppe dringende Stimme seines Herrn zuviel gewesen, und er hatte bereits eine halbe Flasche seiner northumbrischen Hausmarke intus. Lockhart nahm ihm den Whisky ab.

»Ich brauche Ihre Hilfe, um den Alten ins Bett zu bringen«, sagte er, »er ist ein wenig hüftsteif und muß um die Ecken bugsiert werden.«

Mr. Dodd hatte Bedenken, doch gemeinsam brachten sie den in sein rotes Flanellnachthemd gekleideten Mr. Flawse schließlich im Bett unter, wo er saß und den Allmächtigen brüllend aufforderte, seine Seele zu retten.

»Sie müssen doch zugeben, daß er sehr realistisch wirkt«, sagte Lockhart. »Ein Jammer, daß wir nicht eher daran gedacht haben, seine Worte aufzunehmen.«

»Ein viel größerer Jammer, daß wir überhaupt je daran gedacht haben, sie aufzunehmen«, erklärte Mr. Dodd, blau, wie er war, »außerdem wär mir lieber, seine Kinnlade würde nicht andauernd hoch- und runterklappen. Man wird unwillkürlich an einen asthmatischen Goldfisch erinnert.«

»Aber die Augen passen wirklich gut«, sagte Lockhart. »Ich hab sie von dem Tiger.«

»Das was mir ohnehin klar«, sagte Mr. Dodd und deklamierte überraschend William Blake. »›Tiger, Tiger, glutentfacht in den Dickichten der Nacht. Welchen Gottes Griff und Schau schuf deinen grausen Unterbau?‹«

»Das war ich«, bekannte Lockhart stolz, »außerdem bekommt er von mir einen Rollstuhl, damit er sich ohne Hilfe durchs Haus bewegen kann, und den steuere ich per Fernbedienung. So kommt keiner auf den Gedanken, daß er nicht mehr lebt, und mir bleibt genug Zeit, um herauszufinden, ob Mr. Boscombe in Arizona mein Vater ist.«

»Boscombe? Ein Mr. Boscombe?« sagte Mr. Dodd. »Wie kommst du darauf, er könnte dein Vater sein?«

»Er hat meiner Mutter jede Menge Briefe geschrieben«, sagte Lockhart und erklärte, wie er sie bekommen hatte.

»Wenn du hinter dem herläufst, verschwendest du bloß deine Zeit«, sagte Mr. Dodd. »Miss Deyntry hatte recht. Ich kann mich an das Männlein erinnern, ein winziges Kerlchen, das deine Modder nie beachtet hat. Du solltest besser hier inner Gegend die Augen aufsperren.«

»Ich hab' keinen anderen Anhaltspunkt«, sagte Lockhart, »es sei denn, Sie könnten mir einen Kandidat nennen, der eher in Frage käme.«

Mr. Dodd schüttelte den Kopf. »Ich verrate dir aber eins: Das olle Miststück hat Lunte gerochen und weiß, daß der alte Mann tot ist. Gehst du nach Amerika, wird sie irgendwie das Haus verlassen und Mr. Bullstrode alarmieren. Du hast ja gesehen, was sie neulich nachts getan hat. Die Frau ist verzweifelt und gefährlich, und der Italiener unten ist ein Tatzeuge. Da haste nicht dran gedacht.«

Lockhart überlegte eine Weile. »Ich wollte ihn zurück nach Manchester bringen«, sagte er. »Er hat keine Ahnung, wo er gewesen ist.«

»Aye, aber er kennt sich prima im Haus aus, und unsere Gesichter hat er auch gesehen«, gab Mr. Dodd zu bedenken, »und wenn das Weib kreischt, man habe ihn ausgestopft, wird es der Polente nicht schwer fallen, zwei und zwei zusammenzuzählen.«

Unten im Keller hatte Mr. Taglioni mehr als zwei und zwei zusammengegossen und soff sich mit altem Portwein um den Verstand. Umgeben von leeren Flaschen, saß er da und verkündete lallend, er sei der beste Stopfer der Welt. Normalerweise verwendete er dieses Wort nicht, aber so komplizierte Fremdwörter wie Präparator bewältigte seine Zunge nicht mehr.

»Da prahlt und plappert er wieder«, sagte Mr. Dodd, als er mit Lockhart auf der obersten Kellertreppe stand, »der beste Stopfer der Welt, was er nicht sagt. Für meinen Geschmack hat dieses Wort zu viele Bedeutungen.«

Mrs. Flawse teilte seine Abneigung. Ans Bett gebunden, auf dem sie von ihrem verstorbenen, ausgestopften Mann gestopft worden war, jagte ihr Mr. Taglionis Kunstfertigkeit kalte Schauer über den Rücken. Mr. Flawse war auch keine Hilfe. Mr. Dodd hatte eine »Familiengeschichte, Erkenntnisse beim Studium der« betitelte Kassette eingelegt, die kaum am Ende angelangt war, als sie sich dank Lockharts elektronischer Erfindungsgabe zurückspulte und ihre Erkenntnisse *ad nauseam* wiederholte. Da das Band fünfundvierzig Minuten Spieldauer hatte und drei fürs Zurückspulen brauchte, wurde Mrs. Flawse von unten Mr. Taglionis besoffenen Prahlereien ausgesetzt, aus dem gegenüberliegenden Schlafzimmer dagegen endlosen Wiederholungen der Moritat von Henker Flawse, wie Bischof Flawse auf den Scheiterhaufen ging, sowie einem Vortrag des Liedes, das Minnesänger Flawse unter dem Galgen von sich gegeben hatte. Letzteres ging ihr am meisten an die Nieren.

»Ich weiß nicht wo meine Organe sind
Wenn ich im Bette lieg ich Tropf
Also hängt mich lieber verkehrt auf geschwind
Statt an meinem leeren Kopf.«

Die erste Strophe war schlimm genug, doch dann kam es noch schlimmer. Als Mrs. Flawse den alten Mann scheinbar fünfzehn Mal hatte fordern hören, daß man Sir Oswald seinen Arsch aufstemmen und ihm seinen Schwanz zurückbringen solle, weil er Oswalds Tod kaum erwarten könne, damit er endlich zum Pissen käme, ging es ihr kaum anders. Nicht, daß sie einen Schwanz haben wollte, aber sie konnte nicht mehr lange warten, weil sie pissen mußte. Und den ganzen Tag über saßen Lockhart und Mr. Dodd außer Hörweite in der Küche und beratschlagten hin und her.

»Wir können den Südländer nicht laufenlassen«, sagte Mr. Dodd. »Es wäre besser, ihn ein für allemal loszuwerden.«

Doch Lockhart dachte praktischer. Mr. Taglionis wiederholtes Prahlen, er sei der beste Stopfer der Welt, und die Zweideutigkeit dieser Bemerkung gaben ihm Zeit und Stoff zum Nachdenken. Mr. Dodds Verhalten war ebenfalls eigenartig. Daß er hartnäckig bestritt, Mr. Boscombe in Dry Bones sei Miss Flawses Liebhaber und Lockharts Vater gewesen, hatte ihn überzeugt. Wenn Mr. Dodd etwas sagte, stimmte es unweigerlich. Jedenfalls belog er Lockhart nicht – oder hatte es bisher nicht getan. Und nun behauptete er kategorisch, die Briefe seien keine Hilfe. Davor hatten ihn Miss Deyntry und die Roma-Frau gewarnt. »Papier und Tinte werden dir nicht helfen.« Lockhart fand sich damit zwar ab, doch ohne Mr. Boscombe hatte er keinerlei Hoffnung, seinen Vater zu finden, bevor der Tod seines Großvaters bekannt wurde. So gesehen hatte Mr. Dodd recht. Mrs. Flawse wußte Bescheid und würde erzählen, was sie wußte, sobald sie frei war. Ihr *crescendo* anschwellendes Geschrei, das sogar die Familiengeschichte des alten Mr. Flawse und Mr. Taglionis wirre Äußerungen übertönte, veranlaßte Lockhart, ihr zu Hilfe zu eilen. Als er endlich die Schlafzimmertür aufschloß, schrie sie, wenn sie nicht sofort pinkeln könne, würde sie platzen. Lockhart band sie los, und sie wankte zum Plumpsklo. Als sie in die Küche zurückkam, hatte Lockhart eine Entscheidung getroffen.

»Ich habe meinen Vater gefunden«, verkündete er.

Mrs. Flawse starrte ihn angewidert an. »Du bist ein Lügner«, sagte sie, »ein Lügner und Mörder. Ich habe gesehen, was du mit deinem Großvater hast machen lassen, und glaub' ja nicht ...«

Das tat Lockhart nicht. Er und Mr. Dodd zerrten Mrs. Flawse in ihr Zimmer und banden sie erneut ans Bett. Diesmal verpaßten sie ihr einen Knebel.

»Ich hab's dir doch gesagt, die olle Hexe weiß zuviel«,

sagte Mr. Dodd, »und da sie fürs Geld gelebt hat, wird sie nicht ohne welches sterben, da kannste ihr noch soviel drohen.«

»Dann müssen wir ihr eben zuvorkommen«, sagte Lockhart und ging in den Keller. Mr. Taglioni, soeben bei seiner fünften Flasche angelangt, musterte ihn verschwommen aus blutunterlaufen Augen.

»Bester Präp ... Stopfer von Welt. Ich«, gurgelte er, »Fuchs, Flalke, Flasan – sagen Sie's mir, ich stopfe es aus. Und jetzt hab ich 'n Mann gestopft. Was sagste dazu?«

»Daddy«, sagte Lockhart und legte den Arm zärtlich um Mr. Taglionis Schultern, »mein geliebter Daddy.«

»Daddy? Wessen verfluchter Daddy?« sagte Mr. Taglioni, zu betrunken, um die ihm zugewiesene neue Rolle zu würdigen. Lockhart half ihm auf die Beine und die Treppe hinauf. In der Küche stand Mr. Dodd am Herd und kochte Kaffee. Lockhart lehnte den Präparator gegen die Rückenlehne der Sitzbank, wo dieser versuchte, seinen Blick auf diese neue, um ihn kreisende Umgebung zu richten. Es brauchte eine Stunde, einen halben Liter Kaffee und jede Menge Eintopf, um ihn auszunüchtern. Und die ganze Zeit über bestand Lockhart darauf, ihn Daddy zu nennen. Wenn es noch etwas gebraucht hätte, um den Italiener zu zermürben, so war es dies.

»Ich bin nicht Ihr verfluchter Daddy«, sagte er, »ich habe keine Ahnung, wovon Sie reden.«

Lockhart erhob sich, ging in das Arbeitszimmer seines Großvaters und schloß den hinter Surtees gesammelten Werken verborgenen Tresor auf. Als er zurückkam, hatte er einen waschledernen Beutel dabei. Er bedeutete Mr. Taglioni, er möge an den Tisch treten, und leerte dann vor ihm den Inhalt des Beutels aus. Tausend Goldsovereigns bedeckten die gescheuerte Kiefernholzplatte. Mr. Taglioni glotzte sie mit offenem Mund an.

»Was soll das viele Geld da?« fragte er. Er nahm einen Sovereign und betastete ihn. »Gold. Pures Gold.«

»Und alles für dich, Daddy«, sagte Lockhart.

Diesmal ließ Mr. Taglioni sich das Wort gefallen. »Für mich? Sie bezahlen mit Gold, weil ich einen Menschen ausgestopft habe?«

Aber Lockhart schüttelte den Kopf. »Nein, Daddy, etwas anderes.«

»Was?« erkundigte sich der Präparator mißtrauisch.

»Daß du mein Vater bist«, sagte Lockhart. Mr. Taglionis Augen drehten sich beinahe so ungläubig in seinem Kopf wie die des Tigers im Kopf des Alten.

»Ihr Vater?« keuchte er. »Sie wollen, daß ich Ihr Vater bin? Warum soll ich denn Ihr Vater sein? Sie haben doch bestimmt schon einen.«

»Ich bin ein Bastard«, sagte Lockhart, doch das wußte Mr. Taglioni bereits.

»Sogar ein Bastard muß einen Vater haben. War Ihre Mutter Jungfrau?«

»Lassen Sie meine Mutter aus dem Spiel«, sagte Lockhart, und Mr. Dodd schob einen Schürhaken in das grelle Feuer des Küchenherdes. Als er eine rotglühende Farbe angenommen hatte, war in Mr. Taglioni ein Entschluß gereift. Lockharts Alternativen ließen ihm kaum eine Wahl.

»Also gut, ich bin einverstanden. Ich sage diesem Mr. Bullstrode, ich sei Ihr Vater. Ich habe nichts dagegen. Sie bezahlen mir das Geld. Von mir aus geht das in Ordnung. Was immer Sie sagen.«

Lockhart sagte noch viel mehr. Es hatte mit der Gefängnisstrafe zu tun, die man wahrscheinlich über einen Tierpräparator verhängen würde, der einen alten Mann ausgestopft hatte, nachdem er ihn vorher mit an Sicherheit grenzender Wahrscheinlichkeit wegen der Tausend Goldsovereigns in seinem Tresor umgebracht hatte.

»Ich habe niemanden umgebracht«, ereiferte sich Mr. Taglioni, »das wissen Sie. Er war schon tot, als ich hier ankam.«

»Beweisen Sie's«, sagte Lockhart. »Wo sind seine inneren Organe, die von einem Polizeichirurgen und Gerichtsmediziner untersucht werden müssen, damit man den Todeszeitpunkt bestimmen kann?«

»In den Gurkenbeeten«, rutschte es Mr. Dodd heraus, ein Umstand, der ihn belastete.

»Vergessen Sie das«, sagte Lockhart, »es kommt darauf an, daß Sie nie und nimmer beweisen können, meinen Großvater nicht getötet und es nicht auf sein Geld abgesehen zu haben. Außerdem mögen wir in dieser Gegend keine Ausländer. Die Jury wäre gegen Sie voreingenommen.«

Das erschien auch Mr. Taglioni wahrscheinlich. Irgendwie schien sich zur Zeit alles gegen ihn verschworen zu haben.

»Also gut, na schön. Ich sage, was Sie von mir verlangen«, sagte er, »und dann kann ich mit dem vielen Geld verschwinden. Stimmt's?«

»Stimmt«, sagte Lockhart, »ich geben Ihnen mein Wort als Gentleman.«

Am selben Abend ging Mr. Dodd nach Black Pockrington und fuhr, nachdem er Miss Deyntrys Auto aus dem alten Kalkbrennofen geholt hatte, nach Hexham, um Mr. Bullstrode mitzuteilen, er und Dr. Magrew müßten am nächsten Tag ins Herrenhaus kommen, um die beeidete Aussage von

Lockharts Vater zu bezeugen, daß dieser für Miss Flawses Schwangerschaft verantwortlich sei. Anschließend brachte er das Auto nach Divit Hall zurück.

Lockhart und Mr. Taglioni saßen in der Küche, wo der Italiener mit dem Auswendiglernen seiner Aussage zu kämpfen hatte. Oben kämpfte Mrs. Flawse mit ihren Fesseln. Sie war zu dem Entschluß gekommen, daß nichts, nicht einmal die Aussicht auf ein Vermögen, sie dazu bewegen konnte, liegen zu bleiben und auf ein ähnliches Schicksal wie das ihres Mannes zu warten. Sie würde sich unter allen Umständen aus dem Bett befreien und aus dem Herrenhaus verflüchtigen, und nicht einmal die Vorstellung, von der Flawse-Meute verfolgt zu werden, konnte sie an ihren Fluchtplänen hindern. Da sie sich wegen des Knebels nicht stimmlich ausdrücken konnte, konzentrierte sie sich auf die Stricke, mit denen sie an das eiserne Bettgestell gebunden war. Sie schob ihre Hände immer wieder nach unten und zog sie hoch, und zwar mit einer Ausdauer, die Rückschlüsse auf ihre Angst zuließ.

In Hexham versuchte Mr. Bullstrode beharrlich, Dr. Magrew zu überreden, am nächsten Morgen mit ihm nach Flawse Hall zu fahren. Dr. Magrew war nicht leicht zu bewegen. Sein letzter Besuch hatte eine erstaunlich abschrekkende Wirkung auf ihn ausgeübt.

»Bullstrode«, sagte er, »in meiner Eigenschaft als Arzt fällt es mir nicht leicht, die vertraulichen Mitteilungen eines Mannes zu enthüllen, den ich seit so vielen Jahren kenne und der in diesem Augenblick höchstwahrscheinlich auf dem Totenbett liegt, aber ich muß Ihnen sagen, daß der alte Edwin ein paar grobe Bemerkungen über Sie fallenließ, als ich ihn zuletzt hörte.«

»Und wenn schon«, sagte Mr. Bullstrode. »Er hat bestimmt deliriert. Auf das Gewäsch eines senilen alten Mannes sollte man nichts geben.«

»Wie wahr«, sagte Dr. Magrew, »doch einige seiner Kommentare entbehrten nicht einer gewissen Präzision, die meines Erachtens keineswegs auf Senilität schließen läßt.«

»Als da wären?« sagte Mr. Bullstrode, doch Dr. Magrew rückte nicht mit der Sprache heraus. »Ich wiederhole keine Beleidigungen«, sagte er, »und ich habe nicht vor, ins Herrenhaus zurückzukehren, ehe Edwin tot oder bereit ist, sich bei Ihnen zu entschuldigen.

Mr. Bullstrode vertrat einen philosophischeren und finanziell einträglicheren Standpunkt. »Sie als sein Hausarzt wissen bestimmt am besten, was zu tun ist«, sagte er, »ich für mein Teil jedoch habe nicht vor, auf mein Honorar als sein Anwalt zu verzichten, zumal das Erbe umfangreich ist und die Abwicklung eine aufwendige Angelegenheit wird. Außerdem ist das Testament zweideutig genug, um Raum für einen Rechtsstreit zu lassen. Wenn Lockhart seinen Vater gefunden hat, bezweifle ich stark, daß Mrs. Flawse dies nicht anfechten wird, und bei einem solchen längeren Gerichtsverfahren fiele ein Profit von beträchtlicher Höhe ab. Es wäre töricht, Edwin nach so vielen Jahren freundschaftlicher Verbundenheit in der Stunde der Not im Stich zu lassen.«

»Auf Ihre Verantwortung«, sagte Dr. Magrew. »Ich komme mit, aber ich warne Sie. Im Herrenhaus gehen merkwürdige Dinge vor, die mir ganz und gar nicht gefallen.«

18

Sie gefielen ihm noch viel weniger, als Mr. Bullstrode am nächsten Morgen sein Auto an der Torbrücke anhielt und wartete, bis Mr. Dodd kam und aufschloß. Sogar auf diese Entfernung konnte man des alten Flawse Stimme hören, die den Allmächtigen verfluchte und ihn für den Zustand des Universums verantwortlich machte. Wie gewöhnlich nahm Mr. Bullstrode eine eher pragmatische Haltung ein.

»Ich möchte nicht behaupten, daß ich seine Ansicht teile«, sagte er, »aber wenn er sich, wie Sie berichten, unfreundlich über mich geäußert hat, befinde ich mich wenigstens in guter Gesellschaft.«

Zehn Minuten später war er es nicht mehr. Mr. Taglioni wirkte alles andere als vertrauenerweckend. Um sich von seiner besten Seite zu zeigen, hatte der Präparator zu viele unerklärliche Schrecken durchgemacht, und obzwar Lockhart die halbe Nacht lang dafür gesorgt hatte, daß sein »Vater« seine neue Rolle perfekt beherrschte, waren Angst und Schlaflosigkeit seinem Aussehen nicht gerade förderlich gewesen. Mr. Taglionis Kleidung hatte ebenfalls gelitten. Lockhart hatte ihm aus der Garderobe seines Großvaters Ersatz für die blutbefleckten Kleidungsstücke zur Verfügung gestellt, die der Präparator vorher getragen hatte, und nichts paßte richtig. Mr. Bullstrode musterte ihn entsetzt, Dr. Magrew mit ärztlicher Besorgnis.

»Ich finde, die Bezeichnung ›gesund‹ paßt auf diesen

Menschen durchaus nicht«, flüsterte er dem Anwalt zu, als sie Lockhart in das Arbeitszimmer folgten.

»Was seine Gesundheit anbelangt, enthalte ich mich jeder Stellungnahme«, sagte Mr. Bullstrode, »doch sein Anzug paßt ihm auf keinen Fall.«

»Was bei einem Mann, der in Kürze bis auf einen Zoll an sein Leben gepeitscht werden wird, allerdings keine große Rolle mehr spielt«, ergänzte Dr. Magrew. Mr. Bullstrode blieb abrupt stehen.

»Du lieber Himmel«, murmelte er, »diese Klausel war mir völlig entfallen.«

Mr. Taglioni hatte noch nie von ihr gehört. Er wollte nichts weiter, als mit heiler Haut, intaktem Ruf und dem Geld aus diesem gräßlichen Haus verschwinden.

»Worauf warten wir noch?« fragte er, als Mr. Bullstrode zögerte.

»Ganz recht«, sagte Lockhart, »bringen wir die Sache hinter uns.«

Mr. Bullstrode schluckte. »Wäre es nicht korrekter, deinen Großvater und seine Frau dabei zu haben?« erkundigte er sich. »Schließlich hat der eine dieses Testament aufgesetzt, und die andere wird doch offenbar ihrer Vorrechte verlustig gehen, die sie sonst laut Testament genossen hätte.«

»Mein Großvater hat erklärt, er fühle sich nicht in der Lage, sein Bett zu verlassen«, sagte Lockhart und machte eine Pause, während Mr. Flawses Stimme eine große Bresche in diesmal Dr. Magrews berufliche Reputation schlug. »Von meiner Stiefgroßmutter kann ich wohl das gleiche behaupten. Sie ist gegenwärtig indisponiert, und selbstredend würde sie das Auftauchen meines Vaters hier und heute, mit allen damit verbundenen finanziellen Konsequenzen, beträchtlich mitnehmen.«

Das war die reine Wahrheit. Eine ganze Nacht damit zu verbringen, ihre Hände am eisernen Bettgestell auf und ab zu reiben, hatte sie tatsächlich erschöpft, doch sie gab nicht auf, während Mr. Taglioni im Arbeitszimmer Wort für Wort wiederholte, was man ihm eingetrichtert hatte. Mr. Bullstrode schrieb seine Aussage auf und war, ob er wollte oder nicht, beeindruckt. Mr. Taglioni erklärte, er sei damals als Aushilfsarbeiter bei den Wasserwerken beschäftigt gewesen und habe als Italiener natürlich Miss Flawses Aufmerksamkeit erregt.

»Ich konnte nichts dagegen machen«, beteuerte er, »ich bin nun mal Italiener, und Sie wissen ja, wie englische Damen auf...«

»Schon gut«, sagte Mr. Bullstrode, der wußte, was jetzt kommen würde, und nicht gewillt war, sich das anzuhören. »Und dann verliebten Sie sich?« fuhr er fort, um den von der verstorbenen Miss Clarissa Flawse in Bezug auf Ausländer an den Tag gelegten überaus beunruhigenden Geschmack zu veredeln.

»Genau. Wir verliebten uns. So könnte man es nennen.«

Vor sich hinmurmelnd, ihm wäre verdammt noch mal lieber, wenn er es nicht könnte, schrieb Mr. Bullstrode das auf. »Und was dann?«

»Was glauben Sie denn? Ich hab' sie gestopft.«

Mr. Bullstrode wischte sich mit einem Taschentuch über seinen kahlen Schädel, während Dr. Magrew den Italiener wütend ansah.

»Sie und Miss Flawse hatten Geschlechtsverkehr?« sagte Mr. Bullstrode, als er sich wieder soweit unter Kontrolle hatte, daß er reden konnte.

»Geschlechtsverkehr? Weiß nich. Gefickt haben wir, klar? Erst fick' ich sie. Dann fickt sie mich. Dann...«

»So wahr mir Gott helfe, wenn Sie nicht den Mund halten, passiert Ihnen bald noch was ganz anderes«, schrie Dr. Magrew.

»Was hab ich denn Falsches gesagt?« wollte Mr. Taglioni wissen. »Sie...«

Lockhart griff ein. »Ich glaube nicht, daß wir noch deutlicher werden müssen«, sagte er versöhnlich. Mr. Bullstrode war ganz seiner Meinung. »Und Sie sind bereit, unter Eid auszusagen, daß Sie Ihres Wissens der Vater dieses Mannes sind?« fragte er.

Mr. Taglioni war bereit. »Wenn Sie bitte hier unterschreiben würden«, fuhr Mr. Bullstrode fort und reichte ihm den Federhalter. Mr. Taglioni unterschrieb.

Die Unterschrift wurde von Dr. Magrew bezeugt.

»Dürfte ich noch fragen, welche Tätigkeit Sie gegenwärtig ausüben?« fragte Mr. Bullstrode leichtsinnigerweise.

»Sie meinen, was ich mache?« sagte Mr. Taglioni. Mr. Bullstrode nickte. Mr. Taglioni zögerte, dann beschloß er, nach so vielen Lügen nun die Wahrheit zu sagen. Bevor ihn Dr. Magrew in die Finger bekam, hatte Lockhart den Italiener aus dem Zimmer gedrängt. Hinter ihnen hatte es Mr. Bullstrode und Dr. Magrew die Sprache verschlagen.

»Ist Ihnen so etwas schon einmal zu Ohren gekommen?« sagte Dr. Magrew, als sich seine Aufregung ein wenig gelegt hatte. »Das elende Schwein entblödet sich nicht, aufzustehen und...«

»Mein lieber Magrew«, sagte Mr. Bullstrode, »ich kann nur sagen, daß ich endlich begreife, warum der Alte in seinem Testament festgesetzt hat, daß der Vater des Bastards bis auf einen Zoll an sein Leben gepeitscht werden soll. Eine dunkle Ahnung muß er gehabt haben, verstehen Sie.«

Dr. Magrew nickte. »Mir persönlich wäre es lieber gewesen, wenn er etwas Wirkungsvolleres festgesetzt hätte«, sagte er, »beispielsweise eine halbe Meile darüber hinaus.«

»Über was?« fragte der Anwalt.

»Über sein Leben hinaus«, sagte Dr. Magrew und goß sich etwas von Mr. Flawses Whisky ein, der in der Ecke auf einem Tablett stand. Mr. Bullstrode folgte seinem Beispiel.

»Womit wir bei einer sehr interessanten Frage angekommen wären«, sagte er, als sie auf ihr jeweiliges Wohl und das Unwohlsein von Mr. Taglioni getrunken hatten. »Die nämlich ganz einfach lautet, was man unter ›einen Zoll an sein Leben‹ verstehen muß. Meines Erachtens ist die Frage des Messens von zentraler Bedeutung.«

»Daran hatte ich nicht gedacht«, gab Dr. Magrew zu, »und jetzt, wo Sie es erwähnen, fallen mir schwerwiegende Einwände ein. Eine präzisere Angabe wäre wohl einen Zoll an seinen Tod gewesen.«

»Was die Frage immer noch nicht beantwortet. Leben bedeutet Zeit. Wir sprechen von der Lebenszeit oder -dauer eines Menschen, nicht von seinem Lebensraum. Und ein Zoll ist keine Zeiteinheit.«

»Aber wir kennen auch den Ausdruck ›ein langes Leben‹«, wandte Dr. Magrew ein, »was zweifellos eine räumliche Ausdehnung beinhaltet. Wenn wir also für ein langes Leben achtzig Jahre veranschlagen, was ich für eine faire Schätzung halte, können wir wohl als Richtschnur siebenzig Jahr wählen. Ich persönlich freue mich, aus der Farbe des Teints und der generellen körperlichen Verfassung dieses ekelhaften Italieners in diesem Fall auf eine weit kürzere Lebenserwartung als in der Bibel erwähnt schließen zu können. Sagen wir, um ganz sicherzugehen, sechzig Jahre. Nun müssen wir einen Zoll auf eine Skala übertragen, die sich zu sechzig Jahren verhält, wie ...«

Sie wurden durch Lockharts Eintreten unterbrochen, der verkündete, um seinen Großvater nicht zu beunruhigen und Mrs. Flawse nicht aufzuregen, habe er beschlossen, den zweiten Teil der Zeremonie im Wehrturm zu vollziehen.

»Dodd bereitet ihn für die Auspeitschung vor«, sagte er. Die beiden alten Männer folgten ihm, immer noch in ein Streitgespräch darüber vertieft, was man unter einem Zoll an sein Leben zu verstehen habe.

»Ein Zoll des Lebens«, sagte Dr. Magrew, »überläßt uns nämlich zwei Zoll, mit denen wir operieren können, einen vor und einen nach dem Tod. Nun stellt bereits der Tod einen unbestimmten Zustand dar, und es wäre angebracht, sich zu überlegen, was man darunter versteht, bevor man etwas unternimmt. Einige Experten definieren den Tod als den Augenblick, in dem der Herzstillstand eintritt; andere gehen davon aus, daß das Gehirn als Sitz des Bewußtseins in der Lage ist, über den Zeitpunkt hinaus zu arbeiten, in dem das Herz nicht mehr arbeitet. Nun, mein Herr, lassen Sie uns definieren ...«

»Dr. Magrew«, sagte Mr. Bullstrode, als sie durch den Zwerggarten schritten, »ich als Anwalt bin nicht qualifiziert, dieses Thema zu erörtern. Der Begriff ›einen Zoll an sein Leben‹ erlaubt nicht, daß der Mann stirbt. Ich hätte nicht an einem Testament mitgewirkt, das den Mord an Lockharts Vater zur Auflage macht, ganz gleich, wie meine persönlichen Gefühle in dieser Angelegenheit sein mögen. Mord ist ungesetzlich ...«

»Genau wie Auspeitschen«, sagte Dr. Magrew. »In einem Testament festzulegen, daß ein Mann bis auf einen Zoll an sein Leben gepeitscht werden soll, macht uns beide zu Mittätern eines Verbrechens.«

Sie hatten den Wehrturm betreten, und seine Stimme

hallte zwischen den verstaubten Standarten und alten Rüstungen wider. Über dem großen offenen Kamin bleckte ein augenloser Tiger seine Zähne. Der an die gegenüberliegende Mauer gekettete Mr. Taglioni erhob lautstark Einspruch.

»Was meinen Sie mit auspeitschen?« schrie er, doch Mr. Dodd schob ihm eine Kugel in den Mund.

»Damit er auf etwas beißen kann«, erklärte er. »In der Armee war das so üblich.«

Mr. Taglioni spuckte die Kugel aus. »Verrückt oder was?« brüllte er. »Was wollt ihr denn noch von mir? Zuerst muß ich ...«

»Behalten Sie die Kugel im Mund«, unterbrach ihn Mr. Dodd und schob sie ihm erneut zwischen die Zähne. Nach einigem hin und her lavierte Mr. Taglioni die Kugel in eine Ecke seiner Wange, die dadurch wie von einem Stück Kautabak ausgebuchtet wurde.

»Wenn ich Ihnen doch sage, daß ich nicht ausgepeitscht werden will. Ich bin gekommen, um jemanden zu stopfen. Ich hab ihn gestopft. Jetzt ...«

»Vielen Dank, Mr. Dodd«, sagte Mr. Bullstrode, als der Diener den Italiener mit seinem schmierigen Taschentuch den Mund gestopft hatte. »Wenn mich irgend etwas davon überzeugt, daß das Testament eher gemäß dem Geiste als dem Buchstaben des Gesetzes vollstreckt werden soll, dann sein ständiges Gerede von Ausstopfen. Ich finde den Begriff im höchsten Maße anstößig, das muß ich wirklich sagen.«

»Gehe ich eigentlich fehl in der Annahme, daß er auch noch das Geschlecht falsch angegeben hat?« sagte Dr. Magrew. »Ich hätte schwören können, daß er das Wörtchen ›ihn‹ benutzte.«

Das hätte Mr. Taglioni ebenfalls geschworen, wenn er

gekonnt hätte, doch Mr. Dodds Taschentuch samt der Kugel richteten seine Geschmacksknospen sowie seine Atmung deratig zu, daß er den letzten Rest seines Verstandes nicht mehr den äußeren Umständen widmete. Sein Gesicht war nicht mehr kreidebleich, sondern pflaumenfarben. In einer abgelegenen Ecke des Saals übte Lockhart mit seiner Pferdepeitsche an einer Rüstung, und das Peitschenknallen war im ganzen Raum zu hören. Das Geräusch gemahnte Mr. Bullstrode an sein Berufsethos.

»Ich bin immer noch nicht davon überzeugt, daß wir beginnen sollten, ehe wir nicht festgestellt haben, wieviel ein Zoll an sein Leben exakt ausmacht«, sagte er. »Vielleicht sollten wir Mr. Flawse persönlich zu Rate ziehen, um herauszufinden, was genau er damit meinte.«

»Ich bezweifle, daß sie dem Mann eine vernünftige Antwort entlocken können«, sagte Mr. Dodd, der die ganze Zeit überlegte, welche Kassette diese Frage auch nur annähernd beantwortete. Dr. Magrew ersparte ihm die Mühe. Mr. Taglionis Teint hatte den Übergang von pflaumenfarben zu fast Schwarz vollzogen.

»Es wäre wohl keine schlechte Idee, deinen Vater ein wenig Luft holen zu lassen«, sagte er zu Lockhart; »mein hippokratischer Eid erlaubt mir nicht, bei einem Tod durch Ersticken anwesend zu sein. Ein Tod durch Erhängen wäre schon etwas anderes …«

Kaum hatte Mr. Dodd Taschentuch und Kugel entfernt, legte sich Mr. Taglioni eine bessere Gesichtsfarbe sowie eine Redseligkeit zu, die bei seinem Publikum vergeudet war. Er stand da und brüllte auf Italienisch. Da sie ihr eigenes Wort nicht mehr verstanden, begaben Dr. Magrew und Mr. Bullstrode sich schließlich angewidert in den Garten.

»Ich finde seine Feigheit verachtenswert«, sagte Mr. Bullstrode, »aber die Italiener haben ja auch im Krieg ganz miserabel gekämpft.«

»Was uns bei der Lösung unseres aktuellen Problems nicht weiterhilft«, bemerkte Dr. Magrew, »und als Mensch, der selbst für so ein Schwein noch ein gewisses Mitgefühl empfindet, würde ich vorschlagen, daß wir uns präzise an das Testament halten und das Ekel bis auf einen Zoll an sein Leben peitschen.«

»Aber ...«, setzte Mr. Bullstrode an. Dr. Magrew ging in den Saal zurück, wo er sich trotz des Lärms mit Mr. Dodd unterhielt. Gleich darauf verließ Mr. Dodd den Saal und kam fünf Minuten später mit Zollstock und Bleistift wieder. Dr. Magrew nahm beide und trat zu Mr. Taglioni. Mit Hilfe des Zollstocks markierte er einen ein Zoll von dessen Schultern entfernten Punkt mit dem Stift, und so brachte er an der ganzen rechten Seite des Italieners Bleistiftmarkierungen auf der verputzten Mauer an, die er mit einem Strich verband, so daß sie einen Umriß ergaben, der den Mann in einem Zoll Entfernung umgab.

»Das ist wohl genau genug«, verkündete er stolz. »Lockhart, mein Junge, du darfst die Mauer bis zu dem Bleistiftstrich peitschen, womit du den Mann bis auf einen Zoll an sein Leben gepeitscht hast. Ich glaube, dies erfüllt die Testamentsbedingungen deines Großvaters buchstabengetreu.«

Doch als Lockhart peitschenschwingend nähertrat, erfüllte Mr. Taglioni den letzten Willen des Alten dem Geiste nach. Er sackte an der Mauer zusammen und gab keinen Ton mehr von sich. Lockhart betrachtete ihn verärgert.

»Warum hat er so eine komische Farbe?« fragte er. Dr. Magrew öffnete seine Tasche und entnahm ihr ein Stethoskop. Eine Minute später schüttelte er den Kopf und erklärte Mr. Taglioni für tot.

»Jetzt ist es passiert«, sagte Mr. Bullstrode. »Was zum Teufel machen wir nun?«

Doch diese Frage blieb vorerst unbeantwortet. Aus dem Haus ertönte eine ganze Serie schrecklicher Schreie. Mrs. Flawse hatte sich befreit und offenbar das volle Ausmaß der Zergliederung ihres verstorbenen Gatten entdeckt. Während das Grüppchen im Saal des Wehrturms stand und, von Mr. Taglioni abgesehen, zuhörte, schlugen die Schreie in irrsinniges Gelächter um.

»Verflucht soll sie sein«, sagte Mr. Dodd und rannte auf die Tür zu, »wie konnte ich so leichtsinnig sein und das Miststück so lange allein lassen.« Er sprintete über den Hof und ins Haus, Lockhart und die zwei alten Freunde seines Großvaters hinterdrein. Als sie das Herrenhaus betraten, sahen sie Mrs. Flawse am obersten Treppenabsatz stehen, während Mr. Dodd unten stand, sich krümmte und seinen Unterleib hielt.

»Schnapp sie dir von hinten«, empfahl er Lockhart, »mich hat sie von vorne erwischt.«

»Die Frau ist wahnsinnig«, befand Dr. Magrew überflüssigerweise, als sich Lockhart zur Hintertreppe begab. Mrs. Flawse plärrte sinngemäß, der Alte sei tot, wolle sich aber nicht hinlegen.

»Seht's euch doch selber an«, rief sie und trippelte in ihr Zimmer. Dr. Magrew und Mr. Bullstrode stiegen vorsichtig die Treppe hoch.

»Wenn die Frau, wie Sie sagen, *non compos mentis* ist«, sagte Mr. Bullstrode, »macht dies das soeben Geschehene um so bedauerlicher. Da sie ihren Verstand aufgegeben hat, hat sie somit jeden Rechtsanspruch auf das Erbe verwirkt, wodurch die Notwendigkeit für die Aussage dieses widerlichen Ausländers obsolet wird.«

»Vom Tod dieses Schweins ganz zu schweigen«, ergänzte Dr. Magrew. »Ich schätze, wir sollten Edwin unsere Aufwartung machen.«

Sie bogen in Richtung Schlafzimmer des alten Mr. Flawse ab, während Mr. Dodd am Fuß der Treppe versuchte, sie davon abzuhalten.

»Er will heute keinen sehen«, rief er, doch sie wußten nicht, wie sehr diese Bemerkung zutraf. Als Lockhart, der sich heimlich die Hintertreppe hinaufgeschlichen hatte, damit seine verrückte Schwiegermutter ihn nicht in den Unterleib treten konnte, schließlich eintraf, war der Flur leer, und Dr. Magrew hatte sein Stethoskop bereits an Mr. Flawses Brust gelegt. Das war keine besonders kluge Aktion, und Mr. Flawses nun folgende Aktionen waren geradezu erschreckend anzuschauen. Entweder durch das Verhalten des Arztes oder dadurch, daß Mr. Bullstrode versehentlich auf die Fernbedienung trat, wurde der Mechanismus zur partiellen Wiederbelebung des Alten ausgelöst. Seine Arme wedelten wild, die Tigeraugen rollten in seinem Kopf, sein Mund öffnete und schloß sich, und die Beine zuckten. Nur der Ton fehlte, der Ton und die Decke, die seine Beine vom Bett getreten hatten, so daß das volle Ausmaß seiner Verkabelung deutlich wurde. Für den Austritt der Kabel hatte Mr. Taglioni nicht die diskreteste Stelle gewählt, und so hingen sie da, einer schrecklichen, elektronischen Harnröhre gleich. Wie Mr. Taglioni bei Gelegenheit gesagt hatte, war dies die letzte Stelle, die sich jemand bei einer Untersuchung ansehen würde. Ganz gewiß war es die letzte Stelle, die sich Dr. Magrew und Mr. Bullstrode ansehen wollten, doch allein das komplizierte Kabelgewirr bewirkte, daß sie ihre Blicke nicht von dem Ding wenden konnten.

»Anschlußkasten und Erde«, erklärte Lockhart und

wurde, um ihre Verwirrung komplett zu machen, noch ausführlicher, »samt der Antenne. Der Verstärker liegt unterm Bett, und ich muß nur am Regler drehen ...«

»Nicht, tu sowas um Gottes willen bloß nicht«, flehte Mr. Bullstrode, der nicht zwischen Lautstärkeregler und anderen Reglern unterscheiden konnte und überzeugt war, jeden Moment Augenzeuge einer Erektion zu werden. Auch ohne diese schauderhafte Zugabe waren Mr. Flawses Reaktionen schlimm genug.

»Ich habe ihn auf zehn Watt pro Kanal«, fuhr Lockhart fort, wurde aber von Dr. Magrew unterbrochen. »Ich als Mediziner war noch nie ein Freund von Euthanasie«, stieß er hervor, »aber man kann das Leben eines Menschen auch über das von der Vernunft gebotene Maß hinaus verlängern, und wenn man Schläuche sogar in den ... Du lieber Gott!«

Ohne Mr. Bullstrodes Flehen zu beachten, hatte Lockhart die Lautstärke aufgedreht, so daß der Alte nun nicht mehr nur zuckte und ruckte, sondern auch redete.

»Bei uns war's schon immer so«, polterte er, eine Aussage, deren Wahrheitsgehalt Dr. Magrew bestimmt bezweifelte, »Flawsesches Blut rinnt in unseren Adern und transportiert die Mikroben der Sünden unserer Ahnen mit sich. Aye, Sünden und Heiligkeit sind dergestalt miteinander verwoben, daß so mancher Flawse als Märtyrer für die Vorlieben und Lüste seiner Vorfahren zum Richtblock ging. Ich wünschte, dies wäre nicht so, dieses vorherbestimmte Erbe, aber mittlerweile kenne ich mich selbst zu gut, um an der Dringlichkeit meiner erblich bedingten Begierden zu zweifeln ...«

Genausowenig ließ sich an der Dringlichkeit von Dr. Magrews und Mr. Bullstrodes Begierden zweifeln. Sie wollten das Zimmer so schnell wie möglich verlassen und so weit entkommen, wie ihre Beine sie trugen, wurden jedoch von der Anziehungskraft der Stimme des alten Mannes (die Kassette trug den Titel »Flawse, Edwin Tyndale, Selbsteinschätzung von«) zurückgehalten – und davon, daß Lockhart und Mr. Dodd unverrückbar zwischen ihnen und der Tür standen.

»Außerdem muß ich, was die geburtsmäßigen Anlagen betrifft, bekennen, daß ich im Grunde meines Herzens ebensosehr Moosräuber wie Engländer und ein sogenannter zivilisierter Mensch bin, wenngleich die Zivilisation, in die ich hineingeboren wurde und in der ich aufwuchs, das Zeitliche gesegnet hat, und mit ihr der Stolz darauf, Engländer zu sein, der uns in der Vergangenheit solche Kraft gab. Wo ist heute der stolze Handwerker, und wo die Selbständigkeit des arbeitenden Menschen? Wo sind die Führer von Menschen und großen Maschinen geblieben, um die uns die Welt beneidet hat? Alle dahin, und statt dessen haben wir den Engländer, der ein Bettler geworden ist, der Bettler der Welt, der mit dem Hut in der Hand um Almosen winselt, allerdings weder Arbeit noch Güter produziert, die ihm die Welt abkauft. Die Kleidung ist schäbig und das ganze Niveau gesunken. Und all das, weil kein Politiker es wagte, die Wahrheit zu sagen, sondern alle miteinander kriecherisch katzbuckelten und ihre Stimmen mit Versprechen einer leeren Macht kauften, die so leer waren wie sie selbst. Solcher Abschaum wie Wilson, aye, und auch Tories, sorgt noch dafür, daß Keir Hardy und Disraeli einer Meinung wären: Diese Form von Demokratie haben sie nicht gewollt, dieses Brot-und-Spiele-Gehabe, das aus Männern eine Masse macht und sie dann verachtet. So ist das alte England seit meiner Geburt vor die Hunde gegangen, Gesetze wurden von denselben Männern übertreten, die sie als Entwürfe einbrachten und im Parlament verabschiedeten, von den Ministern persönlich übertreten, so daß man nicht weiß, welches Gesetz nun noch übrigbleibt, damit ein Mann es befolgen kann, wo alle von der Bürokratie widerrufen wurden. Aye, Bürokraten, die sich mit Geld belohnen, das sie erbettelt, geborgt oder den arbeitenden Menschen aus der Tasche gezogen haben. Diese im Staatskörper schmarotzenden Maden des öffentlichen Dienstes, die sich vom verwesenden Leichnam Englands ernähren, das sie massakriert haben...«

Lockhart schaltete den Alten ab, was Dr. Magrew und Mr. Bullstrode mit einem zutiefst erleichterten Seufzen quittierten. Ihre Erleichterung hielt nicht lange vor. Lockhart hatte noch mehr für sie in petto.

»Ich habe ihn ausstopfen lassen«, sagte er stolz, »und Sie, Doktor, haben ihn für gesund erklärt, als er bereits tot war. Dodd ist mein Zeuge.«

Mr. Dodd nickte. »Ich habe gehört, wie der Doktor das behauptete.«

Lockhart wandte sich an Mr. Bullstrode. »Und Sie waren an der Ermordung meines Vaters beteiligt«, sagte er. »Der Vatermord ist eine Sünde, die...«

»Nichts dergleichen«, entgegnete der Anwalt. »Ich weigere mich...«

»Haben Sie das Testament meines Großvaters aufgesetzt oder nicht?« unterbrach ihn Lockhart. Mr. Bullstrode schwieg. »Aye, das haben Sie, und daher sind wir alle drei der Komplizenschaft an einem Mord überführt. Ich rate Ihnen, die Konsequenzen sorgfältig zu überdenken.«

Schon hatten Dr. Magrew und Mr. Bullstrode das Gefühl, aus Lockharts Stimme den unverwechselbaren Tonfall des ausgestopft neben ihnen sitzenden Alten herauszuhören, die gleiche unerschütterliche Arroganz und die gefürchtete Logik, die weder Portwein noch gelehrte Argumente noch, wie es inzwischen schien, der Tod gänzlich ausschalten konnten. Seine Anweisungen buchstabengetreu befolgend, erwogen sie die Konsequenzen ausgesprochen sorgfältig.

»Ich muß zugeben, daß ich einigermaßen verblüfft bin«, räumte Mr. Bullstrode schließlich ein. »Als ältester Freund deines Großvaters sehe ich mich verpflichtet, so gut es geht in seinem Sinne und so zu handeln, wie es ihm gefallen hätte.«

»Ich bezweifle sehr, daß er sich gern hätte ausstopfen lassen«, sagte Dr. Magrew. »Mir hätte es nicht gefallen, soviel steht fest.«

»Doch als juristische Amtsperson und Notar muß ich meine Pflicht erfüllen. Meine Freundschaft steht im Widerspruch zu meiner Pflicht. Wenn man allerdings erklären könnte, Mr. Taglioni sei eines natürlichen Todes gestorben ...«

Er sah Dr. Magrew erwartungsvoll an.

»Ich kann mir nicht vorstellen, daß ein amtlicher Leichenbeschauer die Umstände als für ein solches Votum günstig erachtet. Ein mit den Handgelenken an eine Mauer geketteter Mann könnte zwar eines natürlichen Todes sterben, aber dann hätte er sich eine unnatürliche Stellung dafür ausgesucht.«

Es folgte ein trübsinniges Schweigen, bis Mr. Dodd das Wort ergriff. »Wir könnten ihn zum Inhalt der überglasten Gurkenbeete tun«, sagte er.

»Zum Inhalt der Gurkenbeete tun?« wiederholten Dr. Magrew und Mr. Bullstrode wie aus einem Mund, doch Lockhart strafte ihre Neugier mit Nichtachtung.

»Mein Großvater hat den Wunsch geäußert, nicht beerdigt zu werden«, sagte er, »und ich sorge dafür, daß seine Wünsche respektiert werden.«

Die beiden alten Männer sahen ihren toten Freund ungehalten an. »Ich kann mir nicht denken, für wen es von Vorteil wäre, wenn er in einem Glaskasten sitzt«, sagte Dr. Magrew, »und es wäre ein Fehler, anzunehmen, wir könnten die Fiktion ewig aufrechterhalten, daß er noch lebt. Seine Witwe weiß Bescheid, nehme ich an.«

Mr. Dodd pflichtete ihm bei.

»Andererseits«, sagte Lockhart, »können wir statt seiner immer noch Mr. Taglioni beerdigen. Großvater wurde so zusammengesetzt, daß er nur in einem verdächtig rechtwinkligen Sarg Platz fände, und das mit einer solchen Konstruktion verbundene öffentliche Aufsehen würde uns wohl kaum sehr gelegen kommen.«

Mr. Bullstrode und Dr. Magrew teilten diese Meinung.

»Dann wird Mr. Dodd einen passenden Sitzplatz für ihn finden«, sagte Lockhart, »und Mr. Taglioni wird die Ehre zuteil, sich zu der Sippe Flawse in Black Pockrington zu gesellen. Dr. Magrew, Sie haben doch bestimmt nichts dagegen für meinen Großvater einen Totenschein mit natürlichem Tod als Todesursache auszustellen?«

Dr. Magrew betrachtete seinen ausgestopften Patienten skeptisch.

»Sagen wir besser, daß gegensätzlicher Augenschein mein Urteil nicht beeinflussen soll«, sagte er. »Ich schätze, ich könnte es wohl immer so formulieren, daß er seine sterbliche Hülle abgestreift hat.«

»›Das Herzweh und die tausend Stöße enden, die unsers Fleisches Erbteil‹, würde die Sachlage wohl auch treffen«, befand Mr. Bullstrode.

Und so einigte man sich wie besprochen.

Zwei Tage später verließ eine ernste Prozession Flawse Hall, angeführt von dem Zweisitzer, in dem der Mr. Taglioni enthaltende Sarg lag. Melancholisch zog sie über den Torweg zu der Kirche in Black Pockrington, wo, nach einem kurzen Gottesdienst, in dem der Pfarrer bewegend und mit unnötigem Scharfblick über die Liebe des Verstorbenen zu den wilden Tieren und deren Erhaltung sprach, der Präparator unter einem Grabstein, der ihn zu Edwin Tyndale Flawse von Flawse Hall erklärte, zur Ruhe gebettet wurde. Geboren 1887, und 1977 zu seinem Schöpfer abberufen. Darunter hatte Lockhart eine angemessen zweideutige Inschrift für beide eingraviert.

»Frag nicht wer schaut auf diesen Stein
Ob wer hier liegt hier liegt allein.
Zwei Väter teilen dieses Los:
Der eine geworden, der andre groß.«

Als Mr. Bullstrode und Dr. Magrew sich den Spruch ansahen, fanden sie ihn treffend, wenn auch nicht besonders geschmackvoll.

»Mir gefällt nicht, daß es darin heißt, man dürfe nicht fragen«, sagte Dr. Magrew.

»Ich hege immer noch schwere Bedenken, was Mr. Taglionis Behauptung anbelangt, der Vater des Bastards zu sein«, sagte Mr. Bullstrode. »Dieses ›geworden‹ klingt dubios, aber die Wahrheit werden wir wohl nie erfahren.«

»Ich hoffe inständig, daß sie niemand anderes erfährt«, sagte Dr. Magrew. »Wissen wir, ob er eine Witwe hinterläßt?«

Mr. Bullstrode sagte, seiner Meinung nach sei es am besten, sich nicht zu erkundigen. Mr. Flawses Witwe war bei dem Begräbnis jedenfalls nicht zugegen. Sie wanderte wahnsinnig und gelegentlich heulend durch das Haus, doch ihr Jammern wurde vom Heulen der Flawseschen Jagdhunde übertönt, die das Ableben ihres Schöpfers bejaulten. Und wie einen königlichen Salut konnte man gelegentlich vom Schießstand im Westen Kanonendonner hören.

»Ich wünschte, das alte Miststück würde den gleichen Weg gehen«, sagte Lockhart nach dem Leichenschmaus. »Das würde jede Menge Ärger ersparen.«

»Aye, das würde es«, pflichtete ihm Mr. Dodd bei. »Es ist nie gut, wenn die Schwiegermutter mit einem jungverheirateten Paar im selben Haus wohnt. Und du wirst doch bestimmt mit deiner Frau hierherziehen.«

»Sobald ich meine finanziellen Angelegenheiten geregelt habe, Mr. Dodd«, sagte Lockhart. »Ich muß mich im Süden noch um die eine oder andere Kleinigkeit kümmern.«

Am folgenden Tag nahm er in Newcastle den Zug, und abends war er wieder im Sandicott Crescent.

19

Dort hatte sich alles verändert. Die Häuser, sogar das von Mr. O'Brain, waren verkauft worden, und der Crescent war wieder die gewohnt ruhige, ungestörte Vorortstraße. Auf Jessicas Bankkonto lag ein Guthaben von 659 000 Pfund, was zur Überschwenglichkeit des Bankdirektors und freudigen Erwartungen des Finanzamtsleiters führte, der sich darauf freute, daß die Vorschriften über die Kapitalgewinnsteuer zur Anwendung kamen. Lockharts eine Million Pfund Schadenersatz von Miss Goldring und ihrem ehemaligen Verlag ruhten in einer Bank in der City, wo sie Zinsen anhäuften, aber ansonsten für die Steuerbehörden unerreichbar waren, denen der gesetzliche Auftrag fehlte, sich um durch solch gesellschaftlich produktive Tätigkeiten wie Glücksspiel, das korrekte Ausfüllen von Fußballtoto-Tippscheinen, Pferdewetten oder 50 000-Pfund-Gewinnen durch Anlegen eines Pfundes für ein Los beim PS-Sparen erworbenen Reichtum zu kümmern. Auch Bingo-Gewinne blieben unangetastet. Das gleiche galt noch für Jessicas Vermögen, und Lockhart wollte dafür sorgen, daß es so blieb.

»Du mußt nichts weiter tun«, instruierte er sie am nächsten Morgen, »als dem Direktor erklären, daß du die gesamte Summe in gebrauchten Ein-Pfund-Noten abhebst. Hast du das verstanden?«

Jessica bejahte und begab sich mit einem großen leeren

Koffer zur Bank. Als sie wiederkam, war er immer noch groß und leer.

»Der Direktor wollte nicht«, berichtete sie unter Tränen; »er sagte, das sei nicht empfehlenswert, und ohnehin müsse ich ihn eine Woche vorher informieren, bevor ich Geld von meinem Sparkonto abheben kann.«

»Ach ja?« sagte Lockhart. »Wenn das so ist, gehen wir heute nachmittag wieder hin und informieren ihn eben eine Woche vorher.«

Die Unterredung im Büro des Bankdirektors verlief nicht reibungslos. Der Umstand, daß eine so geschätzte Kundin seinen Rat in den Wind schlagen und solch eine riesige Summe in solch kleinen Scheinen abheben wollte, hatte ihm viel von seiner Überschwenglichkeit genommen.

»In gebrauchten Ein-Pfund-Noten?« sagte er ungläubig. »Das kann doch wohl nicht Ihr Ernst sein. Der erforderliche Aufwand ...«

»Wird ein Stück weit für den Profit kompensieren, den Sie mit dem Guthaben meiner Frau erzielt haben«, sagte Lockhart. »Sie berechnen höhere Zinsen für Überziehungen, als Sie für Einlagen zahlen.«

»Richtig, nun, das müssen wir tun«, sagte der Direktor. »Schließlich ...«

»Außerdem müssen Sie das Geld an die Kunden auszahlen, wenn diese es verlangen, und in dem gesetzlichen Zahlungsmittel, das diese verlangen«, fuhr Lockhart fort, »also auch in gebrauchten Ein-Pfund-Noten, wenn meine Frau das so will.«

»Ich kann mir nicht vorstellen, wozu«, sagte der Direktor. »Es wäre der Gipfel der Torheit, dieses Gebäude mit einem Koffer voll nicht wiederauffindbarer Scheine zu verlassen. Sie könnten auf der Straße ausgeraubt werden.«

»Genausogut könnten wir hier drinnen ausgeraubt werden«, sagte Lockhart, »und in meinen Augen werden wir das auch, wenn man Ihre unterschiedlichen Zinsraten in Betracht zieht. Seit Sie dieses Geld haben, ist es dank der Inflation entwertet worden. Das werden Sie nicht leugnen.«

Das konnte der Bankdirektor nicht. »Es ist doch wohl kaum unsere Schuld, daß die Inflation ein landesweites Problem ist«, sagte er. »Wenn Sie mich nun um Rat fragen, in was man am besten investiert...«

»Uns schwebt da bereits etwas vor«, sagte Lockhart. »Nun denn, wir halten an unserem Vorhaben fest, das Geld nicht abzuheben, ohne Sie eine Woche vorher zu informieren, vorausgesetzt, wir bekommen das Geld in gebrauchten Ein-Pfund-Noten. Das ist Ihnen hoffentlich klar.«

»Ja«, sagte der Bankier, dem das keineswegs klar war, dem aber Lockharts Gesichtsausdruck nicht gefiel. »Wenn Sie Donnerstag kommen, werde ich alles vorbereitet haben.«

Jessica und Lockhart fuhren wieder in die Nummer 12 zurück und verbrachten die Woche mit Packen.

»Die Möbel sollten wir am besten mit der Bahn schikken«, sagte Lockhart.

»Aber geht da nicht immer alles mögliche verloren? Denk doch mal dran, was mit Mamis Auto passiert ist.«

»Der Vorteil, meine Liebe, ist der, daß Frachtgüter zwar häufig nicht an ihrem Bestimmungsort eintreffen, sie aber ausnahmslos auch nicht wieder an den Ort zurückkehren, wo sie aufgegeben wurden. Ich vertraue darauf, daß aufgrund dieser Schlamperei niemand herausfindet, wohin wir verschwunden sind.«

»O Lockhart, du bist so gescheit«, sagte Jessica. »Daran hatte ich nicht gedacht. Aber warum adressierst du diese

Kiste an Mr. Jones in Edinburgh? Wir kennen gar keinen Mr. Jones in Edinburgh.«

»Meine Liebe«, sagte Lockhart, »den kennt die Eisenbahn genausowenig wie wir, aber ich werde mit einem gemieteten Lkw am Bahnhof sein, um es entgegenzunehmen, und ich bezweifle sehr, daß uns irgendwer findet.«

»Heißt das, wir werden uns verstecken?« fragte Jessica.

»Nicht verstecken«, sagte Lockhart, »doch da ich als statistisch und bürokratisch nicht existent eingestuft wurde und daher für jene Zuwendungen nicht in Frage komme, die uns der Wohlfahrtsstaat angeblich zukommen läßt, liegt mir nichts ferner, als dem Staat eine jener Zuwendungen zukommen zu lassen, die wir anhäufen konnten. Kurz gesagt: keinen Penny Einkommensteuer, keinen Penny Kapitalgewinnsteuer, keinen Penny von irgendwas. Mich gibt es nicht, und als Nichtexistenz beabsichtige ich, meinen Lohn einzustreichen.«

»So habe ich das noch gar nicht gesehen«, gab Jessica zu, »aber es stimmt. Gerechtigkeit muß sein.«

»Irrtum«, sagte Lockhart. »Es gibt keine Gerechtigkeit.«

»Aber man sagt doch auch: ›Im Krieg und in der Liebe ist alles erlaubt‹, Liebling«, sagte Jessica.

»Damit stellt man deine erste Redensart auf den Kopf«, sagte Lockhart, »oder man behauptet einfach, daß es keine Regeln gibt, nach denen man sein Verhalten ausrichten sollte. Daraus folgt, daß im Krieg, in der Liebe und bei der Steuerhinterziehung alles erlaubt ist. Stimmt das nicht, Rowdy?«

Der Bullterrier sah auf und wackelte mit seinem Stummelschwanz. Er hatte die Familie Flawse ins Herz geschlossen. Sie schienen die grausamen Eigenschaften mit Wohlwollen zu betrachteten, wegen derer man ihn und seine Bullterrierkollegen gezüchtet hatte, nämlich sich festzubeißen und wie der leibhaftige Tod hängenzubleiben.

So war also das Inventar des Hauses bis zum nächsten Donnerstag gepackt und per Eisenbahn nach Edinburgh verfrachtet worden, um von einem Mr. Jones abgeholt zu werden, und nun blieb nur noch der Bankbesuch, um den Koffer mit den gebrauchten Ein-Pfund-Noten zu füllen. Seine Million hatte Lockhart bereits in der gleichen Form bei seiner Bank in der City abgehoben. Der dortige Direktor war kooperativer gewesen, was hauptsächlich auf Lockharts Erläuterung zurückzuführen war, er brauche das Geld sofort, da er eine kleine Transaktion betreffs Ölquellen mit dem Scheich von Arabien vorhabe, der sein Geld in Münzen haben wollte, vorzugsweise in Fünf-Penny-Stücken. Die Vorstellung, eine Million Pfund in Fünf-Penny-Münzen abzuzählen, hatte den Direktor so erschüttert, daß er sich die größte Mühe gegeben hatte, Lockhart zur Annahme von Ein-Pfund-Scheinen zu überreden. Und Lockhart hatte sich zögernd bereiterklärt, vorausgesetzt, sie seien gebraucht.

»Warum gebraucht?« wollte der Direktor wissen. »Neue Scheine wären doch mit Sicherheit vorzuziehen?«

»Der Scheich ist ein mißtrauischer Mensch«, sagte Lockhart. »Er bat um Münzen, um sicherzugehen, daß er richtiges und kein gefälschtes Geld bekommt. Wenn ich neue Scheine nehme, vermutet er sofort, daß man ihn reinlegen will.«

»Aber er könnte sich doch problemlos bei uns oder der Bank von England erkundigen«, sagte der Banker, der über Britanniens immer schlechter werdenden Ruf in monetären Dingen nicht informiert war.

»Mein Gott«, murmelte er, als Lockhart erklärte, der

Scheich handle immer noch nach der alten Maxime, man solle jedes Wort auf die Goldwaage legen, und da das englische Pfund dermaßen an Wert verloren habe, halte er alle Engländer für Lügner, »daß es soweit kommen mußte!«

Aber er hatte die Million Pfund in gebrauchten Scheinen ausgezahlt und war dankbar gewesen, als ihm dieser desillusionierende Kunde den Rücken kehrte.

Der Bankdirektor in East Pursley ließ sich nicht so leicht überreden.

»Ich bin immer noch der Meinung, Sie handeln äußerst töricht«, sagte er zu Jessica, als sie mit dem Koffer die Bank betrat. »Ihre Mutter, da bin ich mir sicher, hätte sich nie eine solch überstürzte Vorgehensweise zu eigen gemacht. Sie war in Gelddingen immer ungemein vorsichtig und in finanzieller Hinsicht mit allen Wassern gewaschen. Ich weiß noch, wie sie mir 1972 riet, Gold zu kaufen. Ich wünschte heute, ich wäre ihrem Rat gefolgt.«

Und ihr Interesse an Gold ließ nicht nach. Während er von Jessicas Mutter sprach, folgte sie der Spur des Goldes aus dem Herrenhaus und hielt alle paar Meter an, um einen weiteren Goldsovereign aufzuheben. Vor ihr schritt Mr. Dodd zügig aus und ließ in regelmäßigen Abständen ein Goldstück aus der Entschädigungszahlung des verstorbenen Mr. Taglioni fallen. Nach tausend Metern hatte er zweihundert Sovereigns auf den Weg fallenlassen, alle fünf Meter einen. Anschließend hatte er die Entfernung auf zwanzig Meter gestreckt, doch Mrs. Flawse folgte immer noch, blind für alles andere und habgierig vor sich hin murmelnd. An der Zweitausend-Meter-Marke angekommen, hatte Mr. Dodd zweihundertfünfzig Stück fallengelassen, ebensoviele, wie Mrs. Flawse aufgesammelt hatte. Und die glitzernde

Goldspur führte die ganze Zeit über an dem von Kiefern gesäumten Stausee vorbei auf die offene Hochebene. Bei dreitausend Metern hatte Mr. Dodd immer noch siebenhundert Sovereigns in seinem Waschlederbeutel. Unter einem Schild mit der Aufschrift »GEFAHR. SCHIESSPLATZ DES VERTEIDIGUNGSMINISTERIUMS. BETRETEN STRENG VERBOTEN« hielt er an und dachte über dessen Bedeutung und das Moralische seiner Vorgehensweise nach. Als er schließlich den über den Schießplatz ziehenden Nebel sah, entschloß er sich, da er ein Ehrenmann war, weiterzumachen. »Was der einen recht ist, ist dem anderen billig«, murmelte er, wandelte die Redensart jedoch so ab, daß was der einen zustieß, für den anderen notwendigerweise mit einem gewissen Risiko verbunden war. Er ließ weitere Münzen fallen, diesmal dichter hintereinander, um die Geschwindigkeit zu erhöhen. Nach viertausend Metern war er bei fünfhundert Sovereigns angelangt, und bei fünftausend Metern enthielt der Waschlederbeutel noch vierhundert Stück. Und je dichter das Geld den Boden bedeckte, desto dichter wurde auch der darüberliegende Nebel. Bei achttausend Metern leerte Mr. Dodd die Reste auf den Boden und verteilte sie im Heidekraut, wo man sie suchen würde. Dann drehte er sich um und gab Fersengeld. Mrs. Flawse war nirgends zu sehen, doch ihr irres Gemurmel drang durch den Nebel. Dies tat auch die erste Granate. Sie explodierte am Hang, und ihre Splitter flogen an Mr. Dodds Kopf vorbei, so daß er sein Tempo verdoppelte. Mrs. Flawse folgte seinem Beispiel nicht. Taub für das Artilleriefeuer, ging sie weiter, hielt an, bückte sich und sammelte den goldenen Schatz, der wie eine lebendig gewordene Sage ihre Aufmerksamkeit derart gefesselt hatte, daß alles andere in den Hintergrund trat. Wenn diese güldene Fährte so weiterging, war sie bald eine reiche Frau. Der Marktwert jedes einzelnen alten Sovereigns betrug sechsundzwanzig Pfund, und Gold stieg immer noch. Sie hatte schon siebenhundert der glitzernden Münzen gesammelt! Mrs. Flawse sah eine herrliche Zukunft voraus. Sie würde das Anwesen verlassen. Sie würde mit dem nächsten neuen Gatten ein Luxusleben führen, diesmal mit einem jungen, den sie schikanieren, nach Belieben einsetzen und zur Befriedigung ihrer sexuellen Bedürfnisse benutzen würde. Mit jedem Halt und jedem Bücken wurden ihre Habgier und Lust von neuem entfacht, und sie ließ ihre rosige Zukunft im Geiste Revue passieren. Bei achttausend Metern dünnte die Spur schließlich aus und hörte auf. Doch überall im Heidekraut glitzerte noch Gold, und sie grapschte nach jedem einzelnen Stück. »Mir darf keins entwischen«, murmelte sie.

Viertausend Meter weiter südlich waren die Richtschützen der Königlichen Artillerie ebenso wild entschlossen, ihr Ziel nicht entwischen zu lassen. Sehen konnten sie es zwar nicht, doch die Entfernung stimmte, und als sie es eingegabelt hatten, bereiteten sie eine Salve vor. Vor ihnen fand Mrs. Flawse die letzte Münze, setzte sich mit ihrer Goldsammlung auf den Boden und fing an zu zählen. »Eins, zwei, drei, vier, fünf...« Weiter kam sie nicht. Die Königliche Artillerie war ihrem Ruf gerecht geworden, und die aus sechs Rohren abgefeuerte Salve hatte einen Volltreffer erzielt. Wo eben noch Mrs. Flawse gesessen hatte, befand sich nun ein großer Krater, um den herum wie goldenes Konfetti von einer verschwenderischen Hochzeit eintausend Goldsovereigns verstreut lagen. Aber schließlich hatte Mrs. Flawse schon immer Geld geheiratet. Oder, wie sie als Kind von ihrer habsüchtigen Mutter gelernt hatte: »Du sollst nicht Geld heiraten, mein Liebes, sondern dorthin gehen, wo das Geld ist.« Und daran hatte Mrs. Flawse sich gehalten.

Mr. Dodd ebenfalls, doch der war weit lebendiger als sie. Er ging guten Gewissens. Er hatte sein eigenes Leben riskiert, um das olle Miststück loszuwerden, und wie der Dichter sagt: »Die Freiheit liegt in jedem Hieb! Laßt uns bestehen oder sterben!« und Mr. Dodd hatte für die Freiheit getan, was er konnte, und lebte immer noch. Auf dem Rückweg nach Flawse Hall pfiff er: »Jemand sieht jemand, Der kommt durch die Roggenähren. Jemand tötet jemand, Muß da jemand weinen bittre Zähren?« Aye, der alte Robbie Burns wußte, wovon er sprach, dachte er, auch wenn man den Sinn ein wenig modifizieren mußte. Und als er im Herrenhaus war, zündete er im Arbeitszimmer des Alten ein Kaminfeuer an, holte seinen Dudelsack, nahm auf der Sitzbank in der Küche Platz und spielte »Twa Corbies« in der wehmütigen Erkenntnis, daß über Mrs. Flawses weißen Knochen, schon gebleicht, der Wind soll weh'n so lang die Zukunft reicht. Er spielte immer noch, als ihn das Geräusch einer Hupe, die am verschlossenen Brückentor betätigt wurde, die Auffahrt hinuntereilen ließ, um Lockhart und seine Frau zu begrüßen.

»Die Flawses sind wieder im Herrenhaus«, sagte er, als er das Tor öffnete. »Das ist ein großer Tag.«

»Aye, es ist gut, endgültig hier zu sein«, sagte Lockhart.

An diesem Abend speiste Lockhart statt seines Großvaters am ovalen Mahagonitisch, Jessica ihm gegenüber. Bei Kerzenlicht sah sie unschuldiger und schöner aus denn je, und Lockhart prostete ihr zu. Er hatte seine Gabe zurückbekommen, wie von der Zigeunerin prophezeit, und das Wissen, daß er nun wahrhaftig das Oberhaupt der Flawseschen Sippe war, entband ihn von der bisher ihm auferlegten Keuschheit. Später, als Rowdy und der Collie sich in der Küche mißtrauisch beäugten und Mr. Dodd zur Feier des Tages eine Eigenkomposition vorblies, lagen sich Lockhart und Jessica nicht nur in den Armen, sondern gingen etwas weiter.

So groß war ihr Glück, daß das Fehlen von Mrs. Flawse erst nach einem späten Frühstück auffiel.

»Ich hab sie seit gestern nicht mehr gesehen«, sagte Mr. Dodd. »Sie war auf der Hochebene unterwegs und viel besser gelaunt als sonst in letzter Zeit.«

Lockhart sah in ihrem Schlafzimmer nach und stellte fest, daß ihr Bett unberührt geblieben war.

»Aye, das gibt auch mir zu denken«, gab Mr. Dodd zu, »aber ich hab' das Gefühl, daß sie sich dennoch zur Ruhe begeben hat.«

Doch Jessica war zu entzückt von dem Haus, um ihre Mutter zu vermissen. Sie lief von einem Zimmer ins andere, betrachtete die Porträts und die schönen alten Möbel und schmiedete Zukunftspläne.

»Ich finde, wir sollten Großvaters alten Ankleideraum zum Kinderzimmer umbauen«, sagte sie zu Lockhart, »hältst du das nicht auch für eine gute Idee? Dann haben wir Baby in unserer Nähe.«

Lockhart war mit all ihren Vorschlägen einverstanden. Ihm gingen andere Dinge als Babys durch den Kopf. Er besprach sich mit Mr. Dodd im Arbeitszimmer.

»Sie haben das Geld zum Mann in die Whiskywand gebracht?« fragte er.

»Aye, Kiste und Koffer sind gut versteckt«, sagte Mr. Dodd, »aber du hast doch gesagt, es würde niemand nachsehen kommen.«

»Was ich nicht mit Sicherheit weiß«, sagte Lockhart, »deshalb ist es unumgänglich, auf Notfälle vorbereitet zu sein, und ich habe nicht vor, mir mein Eigentum abnehmen zu lassen. Wenn sie das Geld nicht finden, können sie sich des Hauses und alles anderen bemächtigen. Ich habe fest vor, mich auf diese Eventualität rechtzeitig vorzubereiten.«

»Das Gebäude läßt sich nur schwer unter Gewaltanwendung einnehmen«, sagte Mr. Dodd, »aber vielleicht hast du ja andere Pläne.«

Lockhart sagte nichts. Sein Bleistift kritzelte eine Art Moosräuber auf den vor ihm liegenden Schreibblock.

»Diese Notwendigkeit möchte ich tunlichst vermeiden«, sagte er nach langem Schweigen. »Zuerst werde ich mich mit Mr. Bullstrode unterhalten. Er hat sich immer um die Steuerprobleme meines Großvaters gekümmert. Sie rufen ihn vom Telefon in Black Pockrington aus an.«

Als Mr. Bullstrode am nächsten Tag eintraf, fand er Lockhart an dem Schreibtisch im Arbeitszimmer sitzend vor, und ihm schien, als hätte der junge Mann, den er als Bastard gekannt hatte, eine nicht unerhebliche Veränderung durchgemacht.

»Damit Sie es gleich wissen, Bullstrode«, tat ihm Lockhart nach der Begrüßung kund, »ich beabsichtige nicht, irgendwelche Erbschaftssteuern zu zahlen.«

Mr. Bullstrode räusperte sich. »Möglicherweise gelingt es uns, eine hohe Veranlagung zu vermeiden«, sagte er. »Der Besitz hat immer Verluste erwirtschaftet. Ihr Großvater hatte die Angewohnheit, Geschäfte nur gegen Bargeld und ohne Rechnung abzuwickeln, und außerdem habe ich als sein Anwalt einen gewissen Einfluß auf Wieman.«

»Wie, Mann?« sagte Lockhart schroff.

»Nun, um ehrlich zu sein, weil ich seine Scheidung für ihn abgewickelt habe und bezweifle, daß er es gern sähe, wenn manche Details seiner, sagen wir, seiner sexuellen Neigungen größere Verbreitung fänden«, erklärte Mr. Bullstrode, der die Frage falsch verstanden hatte.

»Interessiert mich einen feuchten Kehricht, was der Blutsauger im Bett treibt«, sagte Lockhart; »er heißt Wieman?«

»Damit haben Sie den Nagel bereits ziemlich auf den Kopf getroffen, was seine Bettaktivitäten betrifft. Wenn Sie Blut durch einen gewissen Körperteil ersetzen und ...«

»Es geht um den Namen Wieman, Bullstrode, nicht um die mit irgendeinem Körperteil verbundene Neigung.«

»Ach ja, der Name«, sagte Mr. Bullstrode, aus dem Tagtraum zurückgeholt, in den Mr. Wieman seine Phantasie so häufig versetzte. »Mr. William Wieman heißt der Mann. Er ist der Steuereintreiber Ihrer Majestät für die Mittelmarken. Sie brauchen nicht zu befürchten, von ihm über Gebühr behelligt zu werden.«

»Er wird mich überhaupt nicht behelligen. Andersrum wird'n Schuh draus, wenn er die Flawse-Hochebene auch nur betritt. Richten Sie ihm das aus.«

Mr. Bullstrode versprach es, wenn auch zögernd. Lockharts Veränderung erstreckte sich sogar auf seine Redeweise; aus dem bislang vom alten Mr. Flawse übernommenen gebildeten Akzent war ein Dialekt geworden, der eher an den von Mr. Dodd erinnerte. Lockharts nächste Erklärung klang sogar noch eigenartiger. Er stand auf und funkelte den Anwalt an. Sein Gesicht bekam etwas Wildes, seine Stimme nahm einen bedrohlichen Singsang an:

»Gehen Sie zurück nach Hexham und sagen Sie dem Steuerlümmel, wenn er im Bette sterben will und nicht unter freiem Himmel, soll er am besten die Flawse Hall meiden und einen Umweg finden, sonst geht mitnichten Jagen er, sondern gerät vor unsre Flinten. Ich laß' keinen von denen durchs Schlüsselloch spähn wie's ihm gefällt oder forschen nach sauer verdientem Geld. Ich zahle, was erforderlich, begleiche Steuern, wie ich's hab', aber wenn der Finanzmensch hier auftauchen sollte, wird er bluten, nicht zu knapp. Aye, schwitzen können sie und schimpfen auch und gehen vor's Gericht, doch ich bin mal hier und mal dort, werde nie erwischt. Drum warnt ihn, Bullstrode, merkt Euch das. Ich möchte keinen erschlagen; doch kommt er mich durchsuchen, bei Gott, dann geht's ihm an den Kragen.«

Das leuchtete Mr. Bullstrode voll und ganz ein. Was auch immer – und er zweifelte nicht mehr daran, daß Lockhart kein Zeitgenosse, sondern irgendeine Erbkrankheit war –, was auch immer vor ihm stand und Unmengen gereimte Drohungen ausstieß, dem war jede einzelne Silbe davon ernst. Und ein Mensch, der seinen eigenen Großvater aussto... Mr. Bullstrode suchte nach einem Ersatzwort und fand es: »konservieren ließ«, war aus härterem Holz geschnitzt als die Gesellschaft, in der er lebte.

Einen weiteren Beweis für diese Annahme fand er später, als er, nachdem er sich hatte überreden lassen, seine frühere Angewohnheit beizubehalten und zum Essen sowie über Nacht zu bleiben, im Bett lag. Aus der Küche drang der Klang von Mr. Dodds northumbrischem Dudelsack, der eine Singstimme begleitete. Mr. Bullstrode stieg aus dem Bett, schlich auf Zehenspitzen zum oberen Treppenabsatz und lauschte. Der Sänger war Lockhart, doch obwohl Mr. Bullstrode auf seine Kenntnisse der Grenzlandballaden stolz war, hatte er diese noch nie gehört.

»In der alten Flawse Hall sitzt ein toter Mann,
Unter Erden sollt' ruh'n seine Leiche
Und dort zwischen Mauern er sitzen kann
Bis erblüht die große Eiche.

Aye, blühen soll die Eiche so blau
Und das Moos soll funkeln rot,
Doch er wird sitzen und grübeln, im Bau
Bis alle Welt ist tot.

Drum sattle mein Pferd und hole die Meute
Die Wildnis ruft uns geschwind
Dann zerreiß' ich meine Fesseln noch heute
Ich hinterm Erdwall geborenes Kind.

Der alte Flawse-Clan knüpft die Schlingen
Die Moosräuber hervor sich drängen
Und bedrohlich die Glocken klingen
Bis an den Elsdon-Baum sie mich hängen.«

Als das Lied verstummte und das dünne Pfeifen des Dudelsacks in der Stille des Hauses erstarb, schlich Mr. Bullstrode, mehr aus Angst vor zukünftigen Ereignissen als vor Kälte zitternd, leise ins Bett zurück. Was er soeben gehört hatte, erhärtete seine Vermutung. Lockhart Flawse war ein Relikt der trüben und gefährlichen Vergangenheit, als die Moosräuber durch Tyndale und Redesdale zogen und vom Flachland an der Ostküste Vieh stahlen. Und wenn sie es gestohlen hatten, versteckten sie es in ihren Festungen im Hochland. Zu dieser wilden Gesetzlosigkeit hatte sich eine Dichtung gesellt, ebenso herb und unerschrocken tragisch in ihrer Sicht des Lebens wie fröhlich im Angesicht des Todes. Mr. Bullstrode zog sich die Decken über den Kopf und sah voraus, was auf sie zukommen könnte. Schließlich, nach einem stummen Stoßgebet, Mr. Wieman möge der Vernunft gehorchen und keine Katastrophe heraufbeschwören, fiel er in einen unruhigen Schlaf.

20

Doch es waren bereits Kräfte am Werk, um die von Mr. Bullstrode in seinem Gebet zum Ausdruck gebrachten Hoffnungen zunichte zu machen. Mr. Wieman war am nächsten Morgen durchaus gewillt, der Vernunft zu gehorchen, als der Anwalt mit seiner Warnung nach Hexham zurückkehrte, doch Ihrer Majestät Steuereintreiber für die Mittelmarken hatte die Lage nicht mehr unter Kontrolle. Mit Mr. Mirkin, dem Leitenden Steuerinspektor der Oberfinanzdirektion (Unterabteilung Steuerhinterziehung) in der Obersten Finanzbehörde, hatte man in London eine weit gefährlichere Persönlichkeit auf die Möglichkeit aufmerksam gemacht, daß Mr. und Mrs. Flawse, ehemals wohnhaft 12 Sandicott Crescent und nunmehr unbekannt verzogen, 659 000 gebrauchte Ein-Pfund-Noten mit dem Vorsatz abgehoben haben könnten, keine Kapitalgewinnsteuer zu bezahlen. Dies war ihm durch den Leiter der Zweigstelle von Jessicas Bank in East Pursley mitgeteilt worden, der zufällig ein guter Freund Mr. Mirkins und über ihre Weigerung, sich von ihm beraten zu lassen, ungehalten war. Noch ungehaltener hatte ihn Lockharts Verhalten gemacht. Seiner Meinung nach war hier etwas faul. Mr. Mirkins Meinung nach war es mehr als faul; es stank gen Himmel.

»Steuerhinterziehung«, lautete sein Credo, »ist ein Kapitalverbrechen an der Gesellschaft. Wer nicht bereit ist, seinen Beitrag zum wirtschaftlichen Wohl des Landes zu leisten, hat die strengste Bestrafung verdient.« Was, da Mr. Mirkins Einkommen ausschließlich auf der Zahlungswilligkeit gesellschaftlich produktiver Personen beruhte, eine sowohl verständliche als auch naheliegende Ansicht war. Die Höhe des fraglichen Betrages steigerte seine Entrüstung beträchtlich. »Wenn nötig, werde ich diese Angelegenheit bis ans Ende der Welt verfolgen.«

Was gar nicht erforderlich war. Die verstorbene Mrs. Flawse hatte dem Bankdirektor geschrieben und ihre neue Adresse mitgeteilt. Daß sich diese inzwischen geändert hatte, spielte für Mr. Mirkin keine Rolle. Er überprüfte die Hebeliste der Steuerbehörde für Northumberland, der er entnahm, daß ein Mr. Flawse, der seit fünfzig Jahren keine Steuern bezahlt hatte, dennoch in Flawse Hall auf der Flawse-Hochebene lebte, und wo die Mutter war, hielt sich wahrscheinlich auch ihre Tochter auf. Alle anderen Pflichten vernachlässigend, reiste Mr. Mirkin auf Kosten des Steuerzahlers erster Klasse nach Newcastle, wo er, um seinen Rang in der Hierarchie der Steuerbeamten zu unterstreichen, für die Fahrt nach Hexham einen Mietwagen nahm. Zwei Tage nach Mr. Bullstrodes Besuch und Warnung unternahm Mr. Wieman den Versuch, einem sehr vorgesetzten Vorgesetzten zu erklären, wie ein Mr. Flawse, der ein Gut von zweitausend Hektar Größe sowie sieben verpachtete Bauernhöfe besaß, versäumen konnte, seinen Beitrag zum nationalen Steueraufkommen zu leisten, und fünfzig Jahre lang nicht einen Penny Steuern entrichtet hatte.

»Nun, das Gut hat immer Verlust gemacht«, sagte er.

Mr. Mirkins Skepsis war von chirurgischer Schärfe. »Und Sie erwarten von mir, daß ich das glaube?« fragte er. Mr. Wieman antwortete, es gebe keine Beweise für das Gegenteil.

»Das werden wir sehen«, sagte Mr. Mirkin. »Ich beabsichtige, die Flawseschen Bücher einer minutiösen Prüfung zu unterziehen. Persönlich.«

Mr. Wieman zögerte. Er befand sich zwischen der Scylla der Vergangenheit und der Charybdis namens Leitender Steuerinspektor der Oberfinanzdirektion (Unterabteilung Steuerhinterziehung). Nach reiflicher Erwägung hielt er es im Hinblick auf seine Zukunft für besser, wenn Mr. Mirkin selbst die Erfahrung machte, wie schwierig es war, der Familie Flawse Steuern zu entlocken. Daher schwieg er, und Mr. Mirkin fuhr ohne Vorwarnung los.

In Wark angekommen, wies man ihm den Weg über Black Pockrington zur Flawse Hall. Dort traf er auf das erste Hindernis in Gestalt des verschlossenen Tores an der über den Graben führenden Brücke. Über die von Lockhart installierte Gegensprechanlage sprach er mit Mr. Dodd. Mr. Dodd sagte höflich, er werde nachsehen, ob sein Herr zu Hause sei.

»Unten an der Brücke ist ein Mann vom Finanzamt«, teilte er dem im Arbeitszimmer sitzenden Lockhart mit. »Er sagt, er sei der Leitende Steuerinspektor. Du möchtest ihn doch bestimmt nicht sprechen?«

Doch Lockhart sprach mit ihm. Per Gegensprechanlage fragte er Mr. Mirkin, mit welchem Recht er unbefugt privaten Grund und Boden betrete.

»Mit dem Recht eines Leitenden Steuerinspektors«, sagte Mr. Mirkin, »und die Frage von privatem Grund und Boden stellt sich gar nicht. Ich bin berechtigt, Sie aufzusuchen, um Erkundigungen über Ihre finanziellen Angelegenheiten einzuziehen, und ...«

Während er sprach, verließ Mr. Dodd das Haus durch den

Küchengarten und ging zum Damm hinüber. Mr. Mirkin war inzwischen zu wütend, um die Umgebung zu beobachten, und setzte seinen Streit mit Lockhart fort.

»Kommen Sie nun runter und öffnen das Tor oder nicht?« wollte er wissen. »Wenn nicht, werde ich einen Durchsuchungsbefehl beantragen. Wie lautet Ihre Antwort?«

»Ich komme gleich«, sagte Lockhart, »ich habe den Eindruck, daß es gleich regnet und ich einen Schirm brauche.«

Mr. Mirkin blickte auf – in einen wolkenlosen Himmel.

»Was zum Teufel soll das heißen, Sie werden einen Schirm brauchen?« rief er in die Gegensprechanlage. »Es sieht absolut nicht nach Regen aus.«

»Also, ich weiß nicht recht«, erwiderte Lockhart, »in dieser Gegend kommt es zu Wetterstürzen. Ich habe schon erlebt, daß es aus heiterem Himmel in Strömen goß.«

In diesem Augenblick öffnete Mr. Dodd das Hauptschleusentor am Fuß des Dammes, und aus den riesigen Rohren ergoß sich ein tosender Wasserwall, der drei Meter hoch durch den Graben tobte, gerade als Mr. Mirkin protestieren wollte, so einen Unsinn habe er in seinem ganzen Leben noch nie gehört.

»In Strömen, also wirklich ...«, hub er an, doch der Rest blieb ihm im Halse stecken. Ein scheußliches gurgelndes Geräusch drang von der anderen Seite des Hanges herüber, halb Zischen und halb Donnergrollen. Mr. Mirkin schaute entgeistert in Richtung des Lärms. Sekunden später rannte er wie von der Tarantel gestochen an seinem Wagen vorbei und den Schotterweg nach Black Pockrington hinauf. Es war zu spät. Die Wasserwand war zwar keine drei Meter mehr hoch, aber immer noch hoch genug, um das Auto samt Leitendem Steuerinspektor (Oberfinanzdirektion usw.) von den Reifen bzw. Füßen zu fegen und einen halben Kilometer weit das Tal hinunter und in den Tunnel zu schwemmen. Genauer gesagt, das Wasser trug Mr. Mirkin in den Tunnel, wohingegen sein Wagen sich vor dessen Eingang verkeilte. Dann erst schloß Mr. Dodd das Schleusentor und begab sich, nachdem er als Vorsichtsmaßnahme den Wasserstandsmesser auf der Mauer neben dem Damm zehn Zentimeter höher eingestellt hatte, zurück ins Herrenhaus.

»Ich bezweifle, daß er es auf demselben Weg noch mal versucht«, sagte er zu Lockhart, der das Tauchen des Beamten mit tiefer Befriedigung beobachtet hatte.

»Da wäre ich mir nicht so sicher«, entgegnete Lockhart, während Jessica, weil sie ein so gutes Herz hatte, hoffte, daß der arme Mann schwimmen konnte.

Mr. Mirkin hatte alles andere als ein gutes Herz, als er den Tunnel nach anderthalb Kilometern verließ und, nachdem er durch etliche große Rohre und zwei tiefe Wasserbecken geschleudert, geschlagen, gewirbelt und gesaugt worden war, endlich in der relativen Stille des Nebenstaubeckens unterhalb von Tombstone Law zur Ruhe kam. Halb ersoffen, mit üblen Schürfungen und Rachegedanken im Herzen, vom Wasser überall ganz zu schweigen, kletterte er mühsam ans Ufer und schleppte sich zu einem Bauernhaus. Den restlichen Weg nach Hexham legte er in einem Krankenwagen zurück, der ihn mit Schock, schweren Hautabschürfungen sowie Dementia taxitis in die dortige Klinik einlieferte. Als er wieder reden konnte, ließ er Mr. Wieman kommen.

»Ich verlange, daß ein Durchsuchungsbefehl ausgestellt wird«, sagte er.

»Aber einen Durchsuchungsbefehl können wir erst beantragen, wenn wir ausreichend Beweise für Steuerhinterziehung vorlegen, um einen Richter zu überzeugen«, wandte Mr. Wieman ein, »und wenn ich ehrlich sein soll...«

»Wer hat hier was von Steuerhinterziehung erzählt, Sie Trottel?« quäkte Mr. Mirkin. »Ich spreche von Körperverletzung und beabsichtigtem Totschlag, von versuchtem Mord...«

»Bloß weil es ziemlich stark geregnet hat«, sagte Mr. Wieman, »und Sie von einem Schauer überrascht...«

Mr. Mirkin reagierte dermaßen aggressiv, daß man ihm Beruhigungsmittel verabreichen und Mr. Wieman sich in der Notaufnahme auf eine Liege legen und seine Nase oberhalb des Rückens fest drücken mußte, damit sie zu bluten aufhörte.

Doch Mr. Mirkin war nicht der einzige, der einen Verlust erlitten hatte. Daß Mrs. Flawses von Goldsovereigns umgebene Leiche in einem Granattrichter gefunden wurde, war ein schwerer Schlag für Jessica.

»Arme Mami«, sagte sie, als ein Offizier der Königlichen Artillerie ihr die traurige Nachricht überbrachte, »sie hatte schon immer einen schlechten Ortssinn, und es ist gut zu wissen, daß sie nicht gelitten hat. Sie sagten doch, daß der Tod sofort eintraf?«

»Ohne jeden Zweifel«, sagte der Offizier; »zuerst haben wir sie eingegabelt, dann aus allen sechs Rohren eine Salve abgefeuert und das Ziel prima erwischt.«

»Und Sie sagen, sie sei von Sovereigns umgeben gewesen?« fragte Jessica. »Das hätte sie wirklich stolz gemacht. Sie war schon immer eine Verehrerin der Königlichen Familie, und zu wissen, daß diese in der Stunde der Not an ihrer Seite war, ist ein großer Trost.«

Sie ließ einen einigermaßen verdutzten Offizier zurück und widmete sich der dringenderen Aufgabe des Nestbaus. Seit zwei Wochen war sie schwanger. Lockhart blieb es überlassen, sich bei dem Major für die Unannehmlichkeiten zu entschuldigen, die Mrs. Flawse durch ihr Versäumnis, auf ihren Weg zu achten, verursacht hatte.

»Ich bin selbst ein entschiedener Gegner von unbefugtem Betreten«, erklärte er, als er den Offizier zur Tür brachte, »macht das Wild völlig kopfscheu, wenn die Leute ohne die geringste Berechtigung überall durch die Landschaft wandern. Wenn Sie mich fragen – und natürlich ohne daß meine Frau es erfährt –, hat die Alte bekommen, was sie verdient. Ganz hervorragend gezielt!« Der Major überreichte ihm das Mrs. Flawse enthaltende Marmeladenglas und verschwand schleunigst.

»So was von Kaltschnäuzigkeit ist mir auch noch nicht untergekommen«, murmelte er, als er den Hang hinunterfuhr.

Hinter ihm wollte Mr. Dodd das Marmeladenglas gerade in das Gurkenbeet leeren, als Lockhart ihn aufhielt.

»Sie war Großvater zuwider«, sagte er, »außerdem wird es ein offizielles Begräbnis geben.«

Mr. Dodd erklärte, seiner Meinung nach sei das ein Fall von Sargverschwendung, aber nichtsdestotrotz wurde Mrs. Flawse zwei Tage später neben Mr. Taglioni zur letzten Ruhe gebettet. Diesmal war Lockharts Inschrift auf dem Grabstein nicht ganz so zweideutig und lautete:

»Mrs. Flawse liegt unter diesem Stein
Die törichterweise im Freien wollt sein.
Im Granatenfeuer sie ums Leben kam,
Wem sie fehlt, der zeige seinen Gram.

Die letzte Zeile fand Jessica besonders rührend.

»Mami war so eine wunderbare Frau«, teilte sie Mr. Bullstrode und Dr. Magrew mit, die sich ein wenig widerwillig bei der Beerdigung sehen ließen, »von der Vorstellung, daß sie in einem Gedicht Unsterblichkeit erlangt, wäre sie begeistert gewesen.«

Dr. Magrew und Mr. Bullstrode waren sich da nicht so sicher.

»Ich hätte es vorgezogen, wenn die letzte Zeile ein wenig persönlicher ausgefallen wäre«, sagte der Doktor mit einem Blick auf den von Mr. Dodd gestifteten Kranz samt Marmeladenglas. Letzteres enthielt die blecherne Kopie eines Sovereigns. Mr. Bullstrode beschäftigte eher die Rolle des Heeres in dieser Angelegenheit.

»›Von den Offizieren und gemeinen Soldaten ...‹«, las er von der an einem großen Kranz befestigten Schleife ab. »Nach allem, was ich gehört habe, hätten sie die Gemeinen besser weggelassen. In Anbetracht der Ereignisse wäre das taktvoller gewesen.« Beim Verlassen des Friedhofs sahen sie, daß Lockhart in ein Gespräch mit dem Major vertieft war.

»Kein gutes Zeichen«, stellte der Anwalt fest. »Haben Sie gehört, was dem Finanzbeamten zugestoßen ist?«

Dr. Magrew hatte den Mann sogar behandelt. »Es wird mehr als nur ein paar Tage dauern, bis er wieder herumläuft«, sagte er. »Ich habe beide Beine in Gips gelegt.«

»Ich wußte gar nicht, daß sie gebrochen waren«, sagte Mr. Bullstrode.

Dr. Magrew lächelte. »Waren sie auch nicht, aber ich fand, man sollte kein Risiko eingehen.«

»Ganz Ihrer Meinung«, sagte Mr. Bullstrode, »ich würde mich nicht mit dem Bastard anlegen, bei dem vertraulichen Umgang, den er mit der Armee pflegt.«

Doch Lockharts Interesse an militärischen Dingen war weitgehend friedlicher Natur und drehte sich darum, jeden weiteren Unfall der Sorte zu vermeiden, wie er Mrs. Flawse zugestoßen war.

»Ich wäre Ihnen dankbar, wenn Sie die Warnschilder ein wenig näher an meinem Haus und auf meinem Grundstück errichten würden«, teilte er dem Major mit. »Das würde die Leute davon abhalten, mein Wild zu beunruhigen.«

Was für ein Wild das war, behielt er für sich, doch der Major zeigte sich von seiner Großzügigkeit angetan.

»Da muß ich zuerst die ministerielle Genehmigung einholen«, sagte er, »aber können wir nicht sonst irgendwie helfen?«

»Nun, das können Sie tatsächlich«, antwortete Lockhart.

Am nächsten Tag fuhr er mit einem Anhänger hinter dem Auto nach Newcastle, und als er zurückkam, waren Auto samt Anhänger bis obenhin mit frischen elektronischen Geräten vollgeladen. Er unternahm noch zwei Fahrten, von denen er jedesmal mit mehr Gerät wiederkam.

»O Lockhart«, sagte Jessica, »ich freue mich so, daß du ein Hobby hast. Du bist in deiner Werkstatt beschäftigt, und ich bereite hier alles fürs Baby vor. Was war das für eine riesige Maschine, die gestern geliefert wurde?«

»Ein Stromgenerator«, sagte Lockhart, »ich habe beschlossen, das Haus zu elektrifizieren.«

Doch wenn man ihn und Mr. Dodd bei der Arbeit auf der Flawse-Hochebene beobachtete, mußte man den Eindruck gewinnen, daß Lockhart beschlossen hatte, weniger das Haus als dessen Umgebung zu elektrifizieren. Tag für Tag hoben sie neue Löcher aus, in die sie untereinander verkabelte Lautsprecher eingruben.

»Die Dinger ergeben ein richtiges Minenfeld«, sagte Mr. Dodd, als sie ein dickes Kabel zum Haus legten.

»Eins fehlt uns noch«, sagte Lockhart, »Dynamit.«

Zwei Tage später stattete Mr. Dodd dem Steinbruch von Tombstone Law einen Besuch ab, während Lockhart endlich das Hilfsangebot des Majors annahm, mehrere Stunden mit einem Kassettenrecorder auf dem Schießstand verbrachte und sich den Geschützdonner anhörte.

»Nur noch eins hätte ich gern«, sagte er, als er genug Aufnahmen im Kasten hatte, »nämlich ein paar Bänder mit echtem Gewehr- und Maschinengewehrfeuer.«

Wieder war ihm der Major gefällig und kommandierte ein paar Männer ab, über der Hochebene Gewehre und Maschinengewehre abzuschießen.

»Ich muß zugeben, ich halte das für eine geniale Idee«, sagte der Major, als Lockhart seine Ausrüstung im Wagen verstaut und sich verabschiedet hatte. »Eine Art Vogelscheuche, was?«

»So könnte man es nennen«, sagte Lockhart, bedankte sich noch einmal und fuhr los. Als Lockhart im Herrenhaus ankam, teilte ihm der wartende Mr. Dodd mit, er habe alles, was er brauche, um die Szenerie realistischer zu machen.

»Wir müssen nur dafür sorgen, daß die Schafe nicht drauftreten«, sagte er, doch Lockhart war anderer Meinung.

»Das eine oder andere tote Schaf kann nichts schaden. So was verleiht dem Ganzen einen mörderischen Anstrich. Ein paar Ochsen könnten auch nichts schaden.«

Die ganze Zeit über humpelte Mr. Mirkin auf Krücken durch Hexham und brütete stundenlang über den Steuererklärungen des alten Mr. Flawse, wild entschlossen, Beweise für Steuerhinterziehung sowie irgend etwas zu finden, das die Ausstellung eines Durchsuchungsbefehls rechtfertigen würde. Doch das war ein vergebliches Unterfangen: Der alte Mr. Flawse hatte Verluste erwirtschaftet. Andererseits hatten zu seinen verlustreichen Unternehmungen eine Wollspinnerei und Stoffabrik gehört, und Stoffherstellung war mehrwertsteuerpflichtig. Mr. Mirkins Gedanken schweiften zur Mehrwertsteuer ab. Die gehörte nicht in seine Zuständigkeit, sondern in die der Britischen Zollbehörde. Mehrwertsteuerhinterziehung und Zollbehörde? Mr. Mirkin war fündig geworden. Zöllner brauchten keinen Durchsuchungsbefehl, um das Haus eines englischen Staatsbürgers, ob Palast oder Hütte, zu jeder Tages- und Nachtzeit betreten und durchsuchen zu können, und ihre Befugnis war, anders als die seinige, nicht der Kontrolle durch Richter, Gerichte oder irgendwelche anderen Institutionen der Rechtsordnung unterworfen, die die angeblichen Freiheiten eines Engländers schützten. Die Zollbeamten waren selbst das Gesetz, und als solches für Mr. Mirkins Zwecke wie geschaffen und ein Quell des Neides. Er begab sich in das Büro des leitenden Zollbeamten für die Mittelmarken, den er neugierig machte und zur Mithilfe animierte.

»Am besten wäre es, wenn wir nachts loszögen«, sagte er, »und den Überraschungseffekt ausnutzten.«

Der Oberzöllner hatte Einwände. »Der Zoll ist in dieser Gegend nicht sehr beliebt«, gab er zu bedenken. »Ich würde einer offeneren und orthodoxeren Vorgehensweise den Vorzug geben.«

Mr. Mirkin deutete auf seine eingegipsten Beine. »Das ist mir passiert, als ich orthodox und offen vorging«, sagte er. »Wenn Sie auf meinen Rat hören, handeln Sie schnell und nachts. Da draußen gibt es keinen, der Ihrer Aussage widerspräche, daß Sie tagsüber kamen.«

»Nur Mr. Flawse, seine Frau und sämtliche Nachbarn«, sagte der Zöllner hartnäckig. Mr. Mirkin kicherte.

»Sie haben mir nicht zugehört«, sagte er zu dem Zollbeamten. »Das Haus ist zehn Kilometer vom nächsten Nachbarn entfernt und wird nur von Mr. und Mrs. Flawse bewohnt. Wenn Sie also sechs Mann nehmen ...«

Der Zöllner erlag Mr. Mirkins Überredungskünsten, zudem zeigte er sich von dessen Bereitschaft beeindruckt, in einem Rollstuhl an dem Unternehmen teilzunehmen. Sein Vorschlag, das Tal zu umgehen und sich über den Damm zu nähern, schien ebenfalls Hand und Fuß zu haben.

»Zuerst informiere ich sie von der Notwendigkeit, ihre Bücher zu überprüfen«, sagte er, »und nur wenn sie sich weigern, werde ich gemäß der mir von der Regierung verliehenen Amtsgewalt vorgehen.«

Und etliche Wochen verstrichen, in denen der Zoll ebenso viele Briefe abschickte, ohne eine Antwort zu erhalten. Angesichts dieser eklatanten Mißachtung seines Amtes sowie der Zollbestimmungen beschloß der oberste Zöllner zu handeln. Während all dieser Wochen schlossen Lockhart und Mr. Dodd ihre Vorbereitungen ab. Sie schafften noch mehr Ausrüstung ins Tal und auf die Hochflächen in der Umgebung des Herrenhauses. Nachdem sie zahlreiche Kassettenrecorder und überaus leistungsstarke Verstärker in die Whiskywand eingebaut hatten, warteten sie die nächsten Ereignisse ab.

Diese überstürzten sich, als die Herren Bullstrode und Dr. Magrew eintrafen; der Anwalt, um Lockhart mitzuteilen, er habe von Mr. Wieman erfahren, daß der Zoll in dieser Nacht eine Razzia im Haus plane, und Dr. Magrew, um zu bestätigen, daß Jessica schwanger war. Keiner von beiden rechnete mit dem, was in dieser Nacht geschehen sollte, als sie sich nach einem opulenten Abendessen in ihren alten

Zimmern schlafen legten. Draußen beschien der Vollmond das Herrenhaus, die Hochebene, die Hügel, mehrere hundert Schafe, hundert Ochsen, den Stausee, Damm und Graben sowie ein halbes Dutzend Zollbeamte samt Mr. Mirkin auf Krücken und Mr. Wieman zu seiner Unterstützung.

21

Außerdem konnte man sich einigermaßen sicher sein, daß die Zollbeamten nicht den blassesten Schimmer von dem hatten, was auf sie zukam. Mr. Mirkins Erfahrungen dienten ihnen zwar als Warnung, doch als sie sich über den Staudamm schlichen, schien unter dem hell leuchtenden Mond alles friedlich und still zu sein. Nach Überquerung des Dammes betraten sie den zum Hintereingang des Herrenhauses führenden Weg. Um sie her grasten Schafe und Ochsen, und alles war still und dunkel. Das einzige Licht drang aus Perkins Pavillon, wo Mr. Dodd saß und ihren Anmarsch beobachtete, doch dieses durch die Buntglasscheiben des kleinen Gebäudes gebrochene Licht wirkte irgendwie attraktiv und anheimelnd.

Was als nächstes geschah, war alles anderes als das. Sie waren noch hundert Meter vom Haus entfernt, als um sie her ein Sperrfeuer einsetzte, wie es im Buche stand; und dazu ein Bombardement. Tausend Lautsprecher bombardierten sie akustisch mit dem Wummern von Granaten, mit schnellem Maschinengewehrfeuer, Angstgeschrei, Bomben, noch mehr Schreien, noch größeren Granaten und einem dermaßen hochfrequenten Pfeifen, daß etliche Schafe auf der Stelle verrückt wurden. Acht Männern gleich, die wie weiland Rip Van Winkle plötzlich mitten in der Schlacht an der Somme oder in El Alamein aufgewacht waren, suchten die

Zollbeamten verzweifelt Deckung, fanden jedoch heraus, daß Hinlegen in akustischer Hinsicht noch fataler als Stehen war. Schlimmer noch, es verhinderte, daß sie durchgedrehten Schafen und wahnsinnigen Ochsen ausweichen konnten, die, erschreckt von dem grauenhaften Lärm, in Panik geraten waren.

Selbst im Haus, wo man Dr. Magrew und Mr. Bullstrode gewarnt hatte, es könnte ratsam sein, mit dem Kopf unter statt auf dem Kissen zu schlafen, war der Schlachtenlärm gewaltig. Dr. Magrew, der an der Schlacht an der Somme teilgenommen hatte, war beim Aufwachen überzeugt, wieder dort zu sein, während sich Mr. Bullstrode in der Überzeugung unter sein Bett warf, von Amok laufenden Zollbeamten an Leib und Leben bedroht zu werden, da diese unter dem festen Vorsatz, Mr. Mirkins Schicksal zu entgehen, unbedingt das Herrenhaus bombardieren wollten, bevor sie dessen Ruine ohne Durchsuchungsbefehl betraten; dabei zerbrach er den Nachttopf. Aus klaffenden Wunden blutend, lag er mit den Fingern in den Ohren da und versuchte, sich die schrecklichen Detonationsgeräusche vom Leib zu halten. Lediglich Lockhart, Jessica und Mr. Dodd genossen die Ereignisse. Mit Wattepfropfen, speziell angefertigten Ohrschützern und geräuschdämpfenden Helmen ausgestattet, waren sie in einer wahrhaft glücklichen Lage.

Die Zollbeamten, die ohne solche Hilfsmittel auskommen mußten, konnten das nicht von sich behaupten. Das galt auch für die Flawseschen Jagdhunde. Das hochfrequente Pfeifen setzte ihnen zu, und sie kämpften sabbernd und mit Schaum vor dem Maul im Hof darum, aus dem Tor zu entkommen. Mr. Dodd ließ sie frei. Ihm war der Gedanke gekommen, sie könnten vielleicht noch nützlich sein, und deshalb hatte er ein Stück Schnur an den Riegel gebunden. An der zog er nun, und schon schwärmte die rasende Meute aus, um sich zu dem fliehenden Haufen aus wahnsinnigen Ochsen, durchgedrehten Schafen und hektischen Zollbeamten zu gesellen, die sich in einem entsetzlich panischen und zügellosen Rückzug auf den Damm zubewegten. Nur Mr. Mirkin hielt die Stellung, und zwar unfreiwillig. Um ein amoklaufendes Schaf abzuwehren, hatte Mr. Wieman ihm die Krükken entrissen; nicht, daß es ihm viel genützt hätte. Das Schaf hatte die Krücken zerbrochen, sie – für ein normalerweise recht friedliches und wiederkäuendes Wesen eher ungewöhnlich – in Stücke gebissen und sich anschließend auf die Reste gestürzt, um diese zu zerkauen. Mr. Wieman stürzte sich ebenfalls darauf, wobei er von einem Flawse-Hund gebissen wurde. Etliche Zollbeamte erlitten ähnliche Schicksale, und die ganze Zeit über wurde der Artilleriebeschuß fortgesetzt, das Gewehrfeuer verstärkte sich, die hochfrequente Pfeife blies noch höhere Töne, und Mr. Mirkin machte, den schmerzenden Kopf umklammernd, einen törichten Schritt vorwärts, fiel und lag auf einem ganz besonders großen Lautsprecher, der extrem niederfrequent schwang. Noch ehe er wußte, wie ihm geschah, wurde aus Mr. Mirkin, dem Leitenden Steuerinspektor (Oberfinanzdirektion, Unterabteilung Steuerhinterziehung) in der Obersten Finanzbehörde, eine Art halbmenschliche Stimmgabel, deren eines Ende sich anfühlte, als sei es in eine mit voller Leistung laufende Düsenturbine eingesogen worden, während die auf dem niederfrequenten Lautsprecher liegende Körpermitte mit einem Mal ganz scheußlich wackelte, zitterte, federte und hüpfte. Mr. Mirkins eingegipste Beine vibrierten einfach unfreiwillig und mit einer Frequenz, die dem, was sich im Schritt zwischen ihnen befand, ganz gewiß nicht zuträglich war. Um ihn herum war die Hochebene wie leergefegt. Schafe, Ochsen, Hunde und Zöllner, allesamt taub für alles außer dem Schmerz in ihren Gehörgängen, hatten das Schlachtfeld verlassen und waren über den Staudamm geflohen oder, im Fall von zwei Zollbeamten, sogar in den Stausee gesprungen, wo sie versuchten, die Nasen über dem Wasser und gleichzeitig die Ohren darunter zu halten.

Als sie schließlich nicht mehr zu sehen waren, schaltete Lockhart die Verstärker ab, und das Bombardement hörte so plötzlich auf, wie es begonnen hatte. Nicht, daß es Mr. Mirkin oder die fliehenden Zollbeamten gemerkt oder gewürdigt hätten. Sie befanden sich ohnehin in einer geräuschlosen Welt, und als die Zöllner ihre an der Straße abgestellten Wagen erreichten und ihre zertrümmerten Gefühle in Worte fassen konnten, konnten die anderen sie nicht hören. Was blieb, waren Sehen, Riechen, Fühlen und Fürchten, und sie schauten verwundert zur Flawse Hall zurück. Kaum zu glauben, das Herrenhaus stand noch und hatte das Bombardement augenscheinlich unversehrt überstanden. Auch Bombentrichter waren keine zu sehen, und der Qualm, der ihnen eigentlich die Sicht hätte nehmen müssen, blieb erstaunlicherweise aus. Doch wenigstens war auch der Schmerz verschwunden, und die Zollbeamten wollten gerade in ihre Wagen steigen und den Ort dieser furchtbaren Erfahrung verlassen, als eine Gestalt auftauchte, die von der Talsohle aus den Fahrdamm erkletterte. Es war Lockhart, über dessen Schultern wie ein Sack mit Holzbeinen Mr. Mirkin baumelte.

»Ihr habt dieses Ding liegenlassen«, sagte er und ließ den ehemaligen Leitenden Steuerinspektor auf die Motorhaube des vordersten Autos fallen. Die Zollbeamten sahen zwar, wie er die Lippen bewegte, hörten aber nichts. Wenn sie etwas gehört hätten, wären sie seiner Meinung gewesen, daß

Mr. Mirkin wahrhaftig ein Ding war, jedenfalls kein menschliches Wesen. Tonlos vor sich hin brabbelnd und aus diversen Körperöffnungen Schaum absondernd, hatte er den Bereich geistiger Gesundheit verlassen und würde zweifellos nie wieder der alte sein. Sie schafften es, ihn in einen Kofferraum zu verfrachten (seine vibrierenden Beine hatten verhindert, daß er auf einem Autositz Platz nehmen konnte), und fuhren hinaus in die stille Nacht.

Hinter ihnen lief ein vergnügter Lockhart zum Herrenhaus zurück. Sein Experiment in ersatzmäßiger, auf reiner Beschallung basierender Kriegführung hatte hervorragend funktioniert, sogar so hervorragend, daß, wie er beim Näherkommen bemerkte, die meisten Fenster im Haus zerbrochen waren. Er würde sie am nächsten Tag reparieren lassen, und inzwischen gab es Grund zum Feiern. Er ging in den Wehrturm und zündete im großen Kamin ein Feuer an. Als die Flammen emporzüngelten, schickte er Mr. Dodd Whisky holen und begab sich selbst ins Haus, um Mr. Bullstrode und Dr. Magrew einzuladen, sich auf einen Trinkspruch zu ihm und Jessica zu gesellen. Er hatte zwar einige Schwierigkeiten, seine Einladung verständlich zu machen, doch ihr Schlaf war so gründlich gestört worden, daß sie sich gleich ankleideten und ihnen in den Festsaal folgten. Mr. Dodd war schon mit dem Whisky und dem Dudelsack dort, und als das Grüppchen unter den Fahnen und Schwertern stand, erhoben die fünf ihre Gläser.

»Worauf trinken wir diesmal?« fragte Jessica.

Die Antwort gab Mr. Dodd. »Auf den Teufel persönlich«, sagte er.

»Auf den Teufel?« sagte Jessica. »Warum auf den Teufel?«

»Aye warum, Deern«, sagte Mr. Dodd, »du kennst wohl

deinen Robbie Burns nicht. Kennst du denn nicht sein Gedicht: ›Der Düvel hat sich mit'm Zöllner aus'm Staub gemacht‹?«

»Wenn das so ist, auf den Düvel«, sagte Lockhart, und sie tranken.

Und sie tanzten im Feuerschein, während Mr. Dodd auf seinem Dudelsack spielte und sang:

»Man tanzt den Reel zu dritt und den Reel zu viert,
Den Hornpipe und den Strathspey, gebt acht;
Doch der beste Tanz, den unser Land je erlebt,
Heißt: der Düvel hat sich mit'm Zöllner aus'm Staub gemacht.«

Sie tanzten und tranken, tranken und tanzten, und dann setzten sie sich erschöpft um den langen Tisch, während Jessica ihnen Speck mit Eiern machte. Als sie fertig waren, erhob sich Lockhart und befahl Mr. Dodd, den Mann zu holen.

»Es wäre nicht nett, ihn dieses großartige Ereignis versäumen zu lassen«, sagte er. Mr. Bullstrode und Dr. Magrew, zu betrunken, um Einspruch zu erheben, hatten nichts dagegen. »Er hätte es genossen, diese Lumpen Reißaus nehmen zu sehen«, sagte Lockhart, »es hätte seine humoristische Ader angesprochen.« Als der Morgen über der Flawse-Hochebene anbrach, stieß Mr. Dodd das Tor zum Wehrturm auf, und der alte Mr. Flawse, in einem Rollstuhl sitzend, den er scheinbar selbst bediente, rollte in den Raum und nahm an seinem angestammten Tischende Platz. Mr. Dodd schloß die Türflügel und überreichte Lockhart die Fernbedienung. Der fummelte an den Knöpfen herum, und wieder einmal hallte die Stimme des alten Mr. Flawse durch den Raum.

Lockhart hatte die Bänder neu abgemischt und neue Reden zusammengestellt, die der Alte nun zum besten gab.

»Laßt uns, meine Freunde, Streitgespräche führen, wie früher, bevor der Schnitter mich zu sich holte. Ich nehme an, ihr beide habt euren Verstand mitgebracht, so wie ich den meinen.«

Für Dr. Magrew und Mr. Bullstrode war diese Frage schwer zu beantworten. Zum einen waren beide sehr betrunken, zum anderen hatte sich in letzter Zeit so viel ereignet, daß ihnen manchmal entfiel, daß der alte Mr. Flawse, wenn auch ausgestopft, offenbar immer noch einen eigenen Kopf hatte. Sie saßen da und starrten dieses sich bewegende *Memento mori* sprachlos an. In der Annahme, sie seien noch halb taub, drehte Lockhart am Lautstärkeregler, und Mr. Flawses Stimme hallte mächtig durch den Raum.

»Mir ist gleich, welches Argument Ihr benutzt, Magrew«, schrie er, »ich lasse mir nicht weismachen, man könne den Charakter einer Nation oder eines Menschen verändern, indem man an seinen Umwelt- und sozialen Bedingungen herumpfuscht. Was wir sind, sind wir aufgrund der überragenden Bedeutung von Geburt und uralten Sitten, jenem großartigen Konglomerat aus unserem angeborenen und überlieferten Erbe. Beide sind miteinander verwoben. Was früher Richter verkündeten, wenden wir heute an; es ist gängiges Gesetz; und was, durch die Chemie festgelegt, unsere Zellen formt, wird zum Menschen schlechthin. Stimmen Sie dem nicht zu, Mr. Bullstrode, Sir?«

Mr. Bullstrode nickte, unfähig, ein Wort hervorzubringen.

»Und doch«, fuhr Mr. Flawse mit zehn Watt pro Kanal fort, »und doch haben wir es mit dem Paradoxon zu tun, daß sich das, was man ›englisch‹ nennt, von Jahrhundert zu Jahrhundert ändert. Eine wenn auch seltsame, so doch konstante Unbeständigkeit ist dies, die Menschen gleich beläßt und doch ihr Verhalten und ihre Auffassung von ihnen trennt. Zu Cromwells Zeiten führten religiöse Kontroversen aufs Schlachtfeld; ein Jahrhundert später, zur Zeit Chathams, erlebte man die Eroberung eines Reiches und den Verlust Amerikas, doch der Glaube hatte das Schlachtfeld verlassen, noch vor dem uhrwerkartigen Modell des Universums und bevor Franzosen ein Lexikon diderotierten. Wißt ihr, was Sully schrieb? Daß die Engländer ihre Vergnügungen traurigerweise ihrem Lande gemäß wählen. Ein Jahrhundert später behauptete Voltaire, dieser verehrte *persifleur* Frankreichs, daß wir im großen und ganzen ein überaus ernstes und trübes Temperament besitzen. Wo ist also der Einfluß aller aus dem sechzehnten bis achtzehnten Jahrhundert stammenden Vorstellungen auf die Engländer geblieben? Nicht, daß mich interessiert, was die Franzosen von uns halten; ihre Beobachtungen stehen nicht mit den meinigen in Einklang; oder mit meiner Lektüre, wenn ich's recht bedenke. Für mich bleibt dies nichtsdestotrotz das fröhliche alte England, und was haben die Franzosen aufzuweisen, das an einen Sterne, einen Smollett oder auch nur einen Surtees heranreicht? Daß das französische Pendant eines Jorrocks auf die Fuchsjagd reitet, muß ich erst noch erleben. Bei ihnen machen Scherze und Neckereien den Witz aus. Wir dagegen müssen immerzu handeln, und den Kampf zwischen unseren Worten und unserem Sein haben sie auf der anderen Seite des Ärmelkanals Heuchelei genannt. Und unser Sein ist mit fremdem Blut und Flüchtlingen vor der Tyrannei vermischt, einer Wurst gleich, die in dem Topf kocht, den wir die Britischen Inseln nennen. So war's schon immer; so wird es immer bleiben; eine heruntergekommene Rasse von Lumpen, von fliehenden Piraten gezeugt. Was sagt Ihr dazu, Magrew, der Ihr einen gewissen Bezug zu Hume habt?«

Doch wie Mr. Bullstrode hatte Dr. Magrew nichts zu sagen. Er schwieg angesichts dieses Popanzes aus der Vergangenheit, der als Parodie seines eigenen komplexen Ichs Worte von sich gab. Der Doktor hielt Maulaffen feil, und während er dies tat, wurde die Stimme des Alten noch lauter. Sie klang nun wutentbrannt, und Lockhart, der an der Fernbedienung hantierte, mußte feststellen, daß nichts diese Stimme dämpfen konnte.

»Irgendein verfluchter Verse schmiedender Lump von Amerikaner hat gesagt«, grölte Mr. Flawse, »daß wir mit Gewimmer abtreten werden, nicht mit einem Knall. Dieser Kreatur wäre es besser bekommen, wenn sie mit Whymper zusammen das Matterhorn bestiegen und die Bedeutung des Wortes Fall kennengelernt hätte. Nun, nicht mit mir. Verflucht sei das Gewimmer, Sir, und die Zumutung, mit dem Hut in der Hand der winselnde Bettler der Welt zu sein. Ich habe kein Stirnhaar zum Berühren übrig, und wenn ich's hätte, würde ich keinen Finger an letzteres heben, um einem ausländischen Laffen ein paar Pennies zu entlocken, sei es ein arabischer Scheich oder der Kaiser von Japan. Ich bin ein echter Engländer bis ins Mark und werde es auch bleiben. Spart euch also euer Gewimmer für die Weiber und laßt mir meinen Knall.«

Wie als Antwort auf seine Forderung gab es in seinem Inneren eine dumpfe Explosion, und Rauch drang aus seinen Ohren. Mr. Bullstrode und Dr. Magrew sahen entsetzt zu, während Lockhart an den Knöpfen herumhantierte und Mr. Dodd etwas zurief.

»Den Feuerlöscher«, schrie er, »um Gottes willen, holen Sie den Feuerlöscher!«

Doch dazu war es zu spät. Mr. Flawse machte sein Versprechen wahr, nicht zu wimmern. Mit den Armen rudernd und mit klapperndem Mund unverständliche Beleidigungen ausstoßend, schoß er im Rollstuhl durch den Festsaal, wobei er unterwegs mit den Füßen einen Teppich aufsammelte und von einer Rüstung abprallte, bis er schließlich – mit dem Sinn fürs Praktische, den er an seinen Ahnen immer so bewundert hatte – in den offenen Kamin raste und in Flammen aufging. Als Mr. Dodd mit dem Feuerlöscher auftauchte, war nichts mehr zu löschen, und der Alte war in einem Funken- und Flammenregen den Schornstein hinaufgestoben.

»Der Mann wurde von seiner irdischen Hülle befreit, als die Funken gen Himmel stoben. Amen«, sagte Mr. Dodd.

Und so verglühte schließlich im großen Kamin der alte Mr. Flawse, der letzte seines Geschlechts, vor den Augen seiner beiden engsten Freunde, Jessicas, Mr. Dodds und des Mannes, den er immer den Bastard genannt hatte.

»Fast ein Wikingerbegräbnis«, sagte Dr. Magrew, als die verkohlten Überreste zu Asche zerfielen und der letzte Transistor schmolz. Er war in Japan hergestellt worden, wie der Arzt bemerkte, was der letzten Prahlerei des Alten widersprach, er sei Engländer bis ins Mark. Gerade wollte er diese interessante anatomische und philosophische Beobachtung Mr. Bullstrode mitteilen, als hinter ihm ein Schrei ertönte. Lockhart stand zwischen den tropfenden Kerzen auf dem Eichenholztisch, und Tränen liefen ihm die Wangen herunter. »Steckt also doch noch ein Funken Mitleid in dem Teufel«, dachte der Doktor, aber Mr. Dodd erkannte die Symptome, nahm seinen Dudelsack zur Hand und quetschte ihn unter den Arm, während Lockhart sein Klagelied anstimmte.

»Der letzte von allen hat die Hall verlassen
Mr. Flawse die Hochebene räumen mußte
Doch wer übriggeblieben ist wird nie vergessen
Die Geschichte, die er zu erzählen wußte.

Er starb zwei Tode, er führte zwei Leben,
Er hätte zwei Männer können sein;
Der eine sprach Worte, die er nur gelesen
Der andre hat sie so nicht gemeint.

Und so kämpfte und stritt er von früh bis spat
Und hörte nie auf zu streiten.
Stets auf der Suche nach dem rechten Pfad
Auch wenn er ein Rabenaas konnt' sein.

Nur auf eine Wahrheit wollte er schwören
Als verlassen ihn Wissenschaft und Gott,
Und er ließ sich seinen Glauben nicht nehmen
Daß die besten Männer sind tot.

Doch ihre Worte bleiben, damit wir dem Schmerz entfliehn
Und er jubelte mit uns, ich möcht's beschwören
Denn obwohl er gegangen können wir fürderhin
Den Klang seiner Stimme hören.«

Während Mr. Dodd weiter den Dudelsack bearbeitete, sprang Lockhart vom Tisch hinab und verließ den Wehrturm. Die im Turm gebliebenen Mr. Bullstrode und Dr. Magrew sahen sich verwundert an, und diesmal vergaß auch die von Lockharts Tränen zu weiblicher Sorge getriebene Jessica ihre sentimentale Ader und stand trockenen Auges da. Gerade wollte sie Lockhart folgen, als Mr. Dodd sie zurückhielt.

»Laß ihn allein, min Deern«, sagte er. »So seltsam es klingt, er muß noch ein Weilchen sein Schicksal beklagen.«

Mr. Dodd hatte nur teilweise recht. Lockhart beklagte sein Schicksal keineswegs, aber was nun folgte, war in der Tat seltsam. Als die Sonne über Tombstone Law aufging, ertönten auf der Hochebene wieder tausend Lautsprecher. Diesmal verbreiteten sie nicht Granaten- und Gewehrgeräusche, sondern die mächtige Stimme von Edwin Tyndale Flawse. Er sang die »Ballade ohne Schwanz«.

22

Als die gewaltig verstärkte Stimme verhallte und die taub gewordenen Vögel in den Kieferwäldern um den Stausee auf ihre Zweige zurückgeflattert waren, wo sie versuchten, ihren Morgengesang wieder aufzunehmen, standen Lockhart und Jessica auf dem Dach des Wehrturms und blickten über die Zinnen auf das Land hin, das nun wahrhaftig ihnen gehörte. Lockharts Tränen waren getrocknet. Sie hatten ohnehin weniger der Einäscherung seines Großvaters, als dem Verlust jener schrecklichen Unschuld gegolten, der intellektuellen Hinterlassenschaft des alten Mannes. Eine Unschuld, die wie ein Alp auf ihm gelastet und ihm das Recht auf Schuld und die wahre Humanität verwehrt hatte, die sich aus Schuld und Unschuld zusammensetzt. In seiner Totenklage hatte Lockhart all dies unbewußt festgestellt, doch nun fühlte er sich frei, sein geteiltes Selbst zu sein, ein Mann der Lüste wie der Liebe, Erfindungsreichtum mit Mitleid, Angst mit geistloser Tapferkeit kombinierend, kurz: ein Mann wie andere Männer auch. Dies war ihm zuvor durch die Fixiertheit seines Großvaters auf Helden und Heldenverehrung verwehrt gewesen; doch in den Flammen, die Mr. Flawse verzehrt hatten, war Lockhart neu geboren worden, sein eigener Herr, ganz gleich, wer seine Ahnen oder wer oder was sein Vater gewesen sein oder getan haben mochte.

Und während Mr. Bullstrode und Dr. Magrew die Straße nach Hexham hinabfuhren und Mr. Dodd mit Schaufel und Handfeger die Asche seines verstorbenen Herrn aus dem Kamin fegte, von den ausländischen Teilen trennte, mit denen einmal Mr. Flawses posthume Wiederbelebung bewerkstelligt worden war, und den Rest in die Gurkenbeete kippte, standen Lockhart und Jessica nebeneinander da und waren es zufrieden, einfach nur sie selbst zu sein.

Von Mr. Mirkin oder den Zollbeamten in Hexham ließ sich das gleiche schwerlich behaupten. Besonders Mr. Mirkin war weder er selbst, noch stand er neben sich. Er hatte kein Ego, neben dem er stehen konnte. Der Leitende Steuerinspektor (Oberfinanzdirektion; Unterabteilung Steuerhinterziehung) lag wieder im Krankenhaus, äußerlich unbeschädigt, innerlich jedoch unter den simultanen Nachwirkungen extrem niederfrequenter Wellen leidend. Sein Zustand verwirrte die Ärzte, die aus seinen Symptomen nicht schlau wurden. Sein eines Ende flatterte, das andere schwang. Die Kombination beider Phänomene war ihnen noch nie zuvor begegnet, und erst als Dr. Magrew eintraf und vorschlug, seine eingegipsten Beine zusammenzugipsen, damit sie nicht mehr vibrierten, konnte man Mr. Mirkin im Bett behalten. Dennoch jaulte er weiter; sein dringendstes Jaulen bestand in der Forderung, man möge ihm sein Formular D bringen, was wegen des gleichnamigen Vitamins zu einiger Verwirrung führte. Schließlich knebelte man ihn und packte seinen Kopf zwischen bleigefüllte Eisbeutel, damit er nicht mehr vibrierte.

»Er ist eindeutig übergeschnappt«, sagte Dr. Magrew überflüssigerweise, während der Leitende Steuerinspektor auf dem Bett herumhopste. »Am besten und sichersten wäre es, wenn man ihn in einer Gummizelle unterbrächte. Außerdem würde es das Rumpelgeräusch verringern.«

»Sein Magen kann keine Nahrung bei sich behalten«, sagte ein Facharzt, »und das Rumpeln ist ziemlich ekelhaft.«

Für die Diagnose kam erschwerend hinzu, daß Mr. Mirkin, der nichts mehr hören konnte, sich weigerte, Fragen zu beantworten, sogar solche, die seinen Namen und seine Adresse betrafen, und als man den Knebel entfernte, jaulte er nur um so lauter. In der Entbindungsstation nebenan führte sein Jaulen zu Beschwerden und der Forderung, man möge ihn außer Hörweite verlegen. Dr. Magrew war sofort einverstanden und unterschrieb eine Überweisung in die örtliche Nervenklinik, mit der vollkommen vernünftigen Begründung, ein Mensch, dessen Extremitäten so eindeutig im Clinch miteinander lägen und der offenbar sein Gedächtnis verloren habe, müsse an einer unheilbar gespaltenen Persönlichkeit leiden. Und so wurde Mr. Mirkin, nunmehr selbst nichts weiter als eine Nummer, mit einer Anonymität, die völlig zu seinem Beruf als Steuereintreiber paßte, auf öffentliche Kosten und gemäß Formular D in die am besten gepolstertste und schalldichteste aller Zellen gesteckt.

Währenddessen waren die Zöllner und der leitende Mehrwertsteuerfahnder zu sehr mit dem Verlust ihrer eigenen Hörfähigkeit beschäftigt, als daß sie ernsthaft mit dem Gedanken spielen konnten, Flawse Hall einen erneuten Besuch abzustatten. Sie verbrachten ihre Zeit damit, sich untereinander sowie ihren Anwälten Mitteilungen zu schreiben, in denen es darum ging, Klage gegen das Verteidigungsministerium zu erheben, da es sie nicht darauf aufmerksam gemacht habe, daß sie sich in der Nacht der Razzia auf einem Schießplatz befunden hätten. Das Verfahren zog sich in die Länge, da das Heer hartnäckig abstritt, nachts Schießübungen abzuhalten, und da die Befragung der Zollbeamten schriftlich erfolgen mußte.

Inzwischen verlief das Leben in Flawse Hall wieder in ruhigeren Bahnen. Auch dort hatte sich einiges verändert. In den Beeten wuchsen die Gurken zu einer Größe heran, die Mr. Dodd noch nie erlebt hatte, während Jessicas Umfang sich ähnlich vergrößerte. Und den ganzen Sommer über summten die Bienen aus den Strohstöcken über dem Heidekraut, und junge Karnickel tollten außerhalb der Gehege umher. Selbst die Füchse spürten die atmosphärische Veränderung und kehrten zurück, und zum ersten Mal seit vielen Jahren riefen über der Flawseschen Hochebene die Brachvögel. Das Leben kehrte zurück, und Lockhart hatte sein früheres Bedürfnis verloren, auf andere Lebewesen zu schießen. Dies war zum Teil Jessica zu verdanken, weit mehr jedoch Miss Deyntry, die Jessica unter ihre Fittiche genommen und ihr nicht nur eine Abneigung gegenüber Jagdsportarten eingeimpft, sondern ihr auch die Sentimentalität ausgetrieben hatte. Das morgendliche Erbrechen hatte dazu beigetragen, daß von Störchen nicht mehr die Rede war. Jessica hatte sich zu einer häuslichen Frau mit spitzer Zunge verbreitert, und die Sandicottsche Ader hatte sich wieder Geltung verschafft. Es war dies ein praktischer Zug, der einigen Wert auf Komfort legte, und so war das Herrenhaus umgebaut worden. Dazu gehörten neue Fenster und eine Zentralheizung, um mit Feuchtigkeit und Trockenheit fertigzuwerden, doch in den Hauptwohnräumen blieb Jessica bei offenem Kaminfeuer. Und Mr. Dodd schaffte aus dem Stollen immer noch Kohle herbei, wenn auch auf weniger beschwerliche Art als früher. Als Ergebnis von Lockharts Schallwellenkrieg waren im Stollen eigenartige Dinge passiert.

»Die Decke ist an einigen Stellen eingefallen«, berichtete Mr. Dodd, »doch was mich wirklich verblüfft, ist das eigentliche Flöz. Die Kohle ist zerfallen, und da unten liegt ein Haufen Staub rum.«

Lockhart sah sich das alles an und verbrachte etliche Stunden mit der Untersuchung dieses seltsamen Ereignisses. Die Kohle war tatsächlich zerfallen, und überall lag eine dicke Kohlenstaubschicht. Er kehrte geschwärzt, aber begeistert zurück.

»Könnte sein, daß wir auf eine neue Fördermethode gestoßen sind«, sagte er. »Wenn Schallwellen Fenster zerstören und Glas zerbrechen können, wüßte ich nicht, warum sie sich unter der Erde nicht zu anderen Zwecken einsetzen lassen sollten.«

»Du erwartest doch wohl hoffentlich nicht, daß ich mich da unten mit irgendeiner infernalischen Pfeife rumtreibe«, sagte Mr. Dodd. »Ich hab nicht vor, im Interesse der Wissenschaft irre zu werden, und es laufen immer noch etliche Schafe und Ochsen rum, von denen man schwerlich behaupten könnte, sie seien ganz bei Trost.«

Doch Lockhart beruhigte ihn. »Wenn mich nicht alles täuscht, muß kein Mensch je wieder Leben und Gesundheit in einem Kohlenbergwerk aufs Spiel setzen. Man müßte lediglich eine hochfrequente Wellen absondernde, selbstfahrende Maschine bauen, mit einer Art riesigem Staubsauger im Schlepptau, der anschließend den Staub einsammelt.«

»Aye, nun, ich muß schon sagen, die Idee hat einiges für sich«, sagte Mr. Dodd. »Dabei steht schon alles in der Bibel, es hätte einem nur auffallen müssen. Ich hab' mich schon immer gefragt, wie Josua mit einer winzigen Trompete die Mauern Jerichos zum Einsturz bringen konnte.«

Lockhart begab sich wieder in sein Labor und begann mit der Konstruktion seines Schallwellen-Kohlenextraktors.

Und so ging der Sommer friedlich ins Land, und das Herrenhaus wurde erneut zum Mittelpunkt des gesellschaftlichen Lebens in den Mittelmarken. Mr. Bullstrode und Dr. Magrew kamen wie gewohnt zum Dinner, doch auch Miss Deyntry und andere von Jessica eingeladene Nachbarn kamen. Es war Ende November, und der Schnee lag in hohen Verwehungen an den Bruchsteinmauern, als sie einem Sohn das Leben schenkte. Draußen pfiff der Wind, und die Schafe drängten sich in ihren steinernen Pferchen aneinander; im Haus war es warm und gemütlich.

»Wir nennen ihn nach seinem Großvater«, sagte Lockhart, als Jessica den Kleinen stillte.

»Aber wir wissen doch gar nicht, wer das ist, Liebling«, wandte Jessica ein. Lockhart schwieg. Sie hatten tatsächlich immer noch nicht herausgefunden, wer sein Vater war, und er hatte vorhin seinen eigenen Großvater gemeint. »Dann warten wir mit der Taufe bis zum Frühling, wenn die Straßen befahrbar sind und wir alle zur Feier einladen können.« Somit blieb der neugeborene Flawse erst einmal fast anonym und bürokratisch gesehen ebensowenig existent wie sein Vater, während Lockhart einen Großteil seiner Zeit in Perkins Pavillon verbrachte. Das am Ende der Gartenmauer thronende charmante Lusthäuschen diente ihm als Arbeitszimmer, wo er sitzen und durch das Buntglasfenster auf den von Capability Flawse geschaffenen Miniaturgarten sehen konnte. Dort, an seinem Schreibtisch, verfaßte er seine Reime. Wie sein Leben hatten sie sich verändert, waren milder geworden, und dort machte er sich eines Frühlingsmorgens, als die Sonne aus dem wolkenlosen Himmel herabschien und der kühle Wind um die Mauer herum und nicht in den Garten hineinblies, daran, ein Lied für seinen Sohn zu schreiben.

»Lauf, Bürschlein, spiel den lieben langen Tag
Und führe ein fröhlich Leben.
Von der Welt ich nicht bloß hören mag
Ich tat nur Geld dir geben.

Denn ich bekam nie meines Vaters Namen
Und kann ihn mir nicht erküren,
Doch Gesicht und Namen die passen zusammen
Und an seiner Art tat ich's spüren.

Legionen kamen, so sagt man, aus Spanien
Andere marschierten aus Rom gen Norden
Doch wie der Wall blieb ihre Art bestehn
Und setzt sich in uns forten.

Drum gräme dich nicht, Söhnlein klein,
Flawse wirst du heißen, bei meiner Seel.
Bei allen Menschen wird's wohl so sein
Daß niemand ist ohne Fehl.

Wir sind Flawse oder Faas aber niemals feig
Das will ich schwören bei Gott.
Ballade, nun zum Ende dich neig
Und mein richtiger Name ist Dodd.«

Unten, in einer warmen sonnenbeschienen Ecke des Miniaturgartens saß ein bestens gelaunter Mr. Dodd am Kinderwagen von Edwin Tyndale Flawse und spielte Dudelsack oder sang seine Lieder, während sein Enkel einfach nur dalag und vor Begeisterung krähte.